JN331123

中尾健一郎著

古都洛陽と唐宋文人

汲古書院

目次

前言

人間を形作るのは環境であるという。しかしその環境は必ずしも一定不変のものではなく、ある時は自らの意思によって、またある時は抗《あらが》いようのない運命の力によって変えられていく。古来、中国の知識人たちは自らの生とそれをとり囲むさまざまな環境――それは場合によっては地理的環境や自然環境であり、また場合によっては政治・文化・社会的環境である――とその変化を多く詩文に綴った。そして当然のことながら、彼らの生き様もこれらの環境によって大きく左右されていた。したがって各時代・各地域のさまざまな環境とその背景にある歴史的事件が知識人を育み、文学作品を生み出したと言っても過言ではない。

中国有数の古都洛陽は、後世に影響を及ぼした数多の文人士大夫を輩出した都市である。文人たちの集会と文人集団の成立など、これを抜きにしては洛陽を語ることのできない文化的事象が多く、特に唐宋時代を通じて見れば、他の長安や南京といった古都とは同列に論じることのできないほどその文化的気風は顕著であった。かりに洛陽にゆかりのある唐宋時代の知識人を挙げれば、杜甫、韓愈、孟郊、白居易、劉禹錫、司馬光、邵雍、張載、程顥、程頤、朱敦儒など、中国の文学史・思想史上の著名な人物が多く名を列ねる。彼らが歴史の表舞台に登場し、後世に名を遺したのは、決して単なる偶然ではない。「洛陽」という環境がこれらの知識人を育んだと言うべきである。本書において古都洛陽と唐宋文人の関わりについて論じる所以である。

洛陽は西周の頃より陪都[1]として置かれ、西の鎬京《こうけい》（後の長安）に次ぐ地位を占めていた。また大地の中心という意味で「土中」とも呼ばれ、歴代王朝の重要拠点の一つであった。それゆえに、周が東遷すると春秋戦国時代に至るまでここに首都が置かれ、これ以後、後漢、曹魏、西晋、北魏、東魏、北斉の各王朝もここを首都に定めた。南北朝時代が終わり隋に及ぶと、漢魏の洛陽城（現在の白馬寺附近）から西へおよそ十キロ離れた場所に新しく洛陽城が築かれ、ここに陪都としての洛陽が誕生した。

長安と同じく宮城が設けられ、唐代には皇帝の不時の行幸に備えて東都留守を筆頭に分司官が置かれるなど、「安史の乱」（七五五～七六三）以前の洛陽は名実ともに首都の機能を備える都市であった。更に則天武后が帝位に登り周を建てると、武后は洛陽を「神都」と称して新政権の首都に定めた。洛陽はこの時に北魏以来の多くの仏寺を構える壮麗な都市となったが、武后が退位すると陪都に戻り、以後安史の乱によって壊滅的な打撃を受けるまでは、西の長安と比肩する大都市として賑わった。

安史の乱が勃発すると、それ以前とは異なって皇帝の行幸が行われなくなるなど、洛陽の地位は著しく低下し、初唐から盛唐にかけての繁栄は失われた。そして本書で取りあげる孟郊や白居易の時代には、長安が紅塵の巷であるのと対照的に、洛陽は長安在住の高級官僚たちが別宅を置く、閑静な退老の地として生まれ変わったとされている。後に唐末五代の混乱の時期を経て北宋に至ると、洛陽は東の首都開封に対して陪都となり、唐代の遺跡を有する都市として多くの士大夫の憧れの地となった。

洛陽は悠久の歴史をもつばかりでなく、城内の中央には有名な天津橋が架けられた洛水が流れ、南には伊水の流れる龍門・香山の名勝があり、更に東南には五岳の一つである嵩山が聳える。真に風光明媚な山紫水明の地であり、洛陽城及びその郊外の豊かな自然は、唐宋時代の詩人たちの創作意欲をかき立て、多くの名篇を生み出すこととなった。特に安史の乱以後に作られた、白居易を代表とする唐人の名篇により、洛陽は風雅で政治的色彩の薄い都市としてのイメージが形成された。

本書において論じる唐宋の文人士大夫は、大部分が首都での生活を経験し、かつ首都に次ぐ大都市、いわゆる古都であり陪都である洛陽での生活を経験する。そうした彼らの目に、皇帝の行幸が途絶えた陪都洛陽は一体どのように映ったのであろうか。また洛陽は彼らの創作活動にいかなる影響を及ぼしたのであろうか。本書は、筆者のこうした問題意識の下に、唐宋時代の知識人たちの洛陽における活動とその活動の背景について明らかにすることを目的とする。特に中唐から北宋にかけて、洛陽の風雅なイメージの形成と発展に大きく寄与した白居易（七七二〜八四六）と司馬光（一〇一九〜一〇八六）を中心に据えて、洛陽に居住した知識人と彼らによる文学の営みが、洛陽という古都とどのように関わったのかということについて論ずるものである。

本書で取りあげる知識人たちは、洛陽にて文学活動を行っているが、当地で作られた詩文はそれぞれの作者において独自の個性を発揮しながら、その一方なにがしかの基調を見せている。それは陶淵明などの隠遁者に対する共感や憧憬であったり、また逆に首都ではなく陪都に住むゆえの失望や諦念であったり、朝政や為政者に対する嫌悪と反発そして批判、あるいは首都での生活への羨望といった複雑な思いである。一見すると悠々自適な隠遁生活のように見える営みを謳歌する一方で、彼らの意識は常に首都に向けられていたのである。こうしたことから、古都であり陪都である洛陽に住まう文人が綴る詩文には、首都で作られたそれを凌ぐ豊かさと陰翳が見られる。それは本書で主に取りあげる白居易と司馬光において特に顕著である。彼らの洛陽での文学作品には、首都の文学には見られない別の世界が広がっているように筆者には思われるのである。よって白居易と司馬光を中心に洛陽で活動した知識人を取りあげ、彼らの詩文を読み解くことによって、彼らと洛陽との関わり、洛陽における文学活動の実態、及びこれが営まれた背景を明らかにすることを企図する次第である。

本篇に入る前に、先行研究について言及しておかねばならない。洛陽という都市とその文化及び知識人との関係については、妹尾達彦「白居易の長安・洛陽」（『白居易研究講座　第一巻　白居易の文学と人生Ⅰ』、勉誠社、一九九三年）、木田知生「北宋時代の洛陽と士人達——開封との対立のなかで」（『東洋史研究』第三十八巻・第一号、一九七九年）、王水照「北宋洛陽文人集団的構成」及びその他の一連の研究、(2)馬東瑤『文化視域中的北宋熙豊詩壇』（陝西人民教育出版社、二〇〇六年）、松浦友久・植木久行『長安・洛陽物語』（集英社、一九八七年）、塩沢裕仁『千年帝都　洛陽——その遺跡と人文・自然環境』（雄山閣、二〇一〇年）などがある。これらの先行研究には有益な指摘が多く、本書もその裨益を受けている。しかし妹尾氏の研究は唐代、木田氏と王氏及び馬氏の研究は宋代を中心とするものであり、唐宋という時代を跨ぐ一貫したものではない。また松浦・植木両氏の著書は、古代から現代に至るまでの要所を押さえ、よくまとめられているものの、一般向けの概説書であり、本書とは目指す方向が異なる。塩沢氏の著書は、唐とそれ以前の洛陽について歴史学の方面からアプローチしたものであり、文学の専著ではなく、かつ宋代は考察の対象に含まれていない。また近年、氣賀澤保規編『洛陽学国際シンポジウム報告論文集——東アジアにおける洛陽の位置』（明治大学東アジア石刻文物研究所、二〇一一年）が刊行され、「洛陽学」の名のもとに多角的なアプローチが試みられている。(3)だが、歴史学・考古学に重点が置かれており、文学方面の専論はない。したがって以上のいずれの研究も、唐より北宋までの洛陽と知識人との関係を十分に論じているものとは言えず、ほかにも本研究と同趣旨の先行研究は、管見の及ぶ限り見あたらない。つまり中唐より北宋に至るまでの洛陽の文学を研究対象とし、しかも唐宋の両代において陪都であった洛陽の特異性と連続性に重点を置いた研究は皆無と言える。ただ個々の知識人と洛陽の関わりについては一部の先行研究もあり、これに関しては各章において個別に取りあげることにする。

続いて本書における各章の概要を述べておこう。本書は序章、唐代篇の六章、北宋篇の五章、終章の計十三章で構成される。

序章では、唐宋以前の洛陽にゆかりをもつ後漢から西晋までの知識人を取りあげ、彼らが洛陽で詩賦を詠んだ意味について論じ、本篇の導入とする。考察の対象とするのは、後漢の張衡、魏の曹植と阮籍、西晋の潘岳である。いずれも洛陽あるいはその近郊に居住した経験を有しており、就中、魏晋期の知識人は、洛陽での生活の光の部分と影の部分に目を向けて、複雑な感情を詩賦に表している。

唐代篇の第一章では孟郊を取りあげる。白居易や司馬光とは異なり、孟郊は南方の出身である。また官途においても白居易や司馬光に比べると、はるかに低い地位にあった。しかし韓愈が彼を激賞し、また老年に至った白居易が没して久しい孟郊に言及しているのを見れば、白居易は孟郊の詩に目を留め、幾分かは意識した可能性がある。たとえ必ずしもそのとおりでないにしても、洛陽で自らを「中隠」と見なした白居易に先んじ、自らを陶淵明のごとき隠士として位置づけた孟郊については、洛陽にて詩文を創作した知識人の先駆的存在として論じておく必要がある。

第二章から第四章にかけて取りあげるのは白居易である。白居易は陶淵明や謝霊運と並び、後世の詩人によって風流な詩文とその人となりが慕われている。第二章においては白居易の洛陽時代以前の長安における生活に焦点を絞り、白居易が栄達を求めた頃の新居の購入と、これを引き払って洛陽に移り住む前後の事情について考察する。このことは第三章以降、白居易の洛陽における生活とその詩作について考える上で考慮すべき点であると思われるからである。

第三章では、白居易と洛陽の関わりについて論じる。白居易の詩文を読むと、意外なことに比較的早い時期に洛陽に住んだ経験を有することが分かる。このことが後の白居易の後半生とどのように関わるのか、白居易が洛陽に退居する以前、洛陽をどのような都市として認識していたのかという点については、やはり論じておく必要があろう。第四章では、白居易の詩より窺われる彼の孤独感に着目し、白詩に頻出する「竹林七賢」中の人物を手掛かりとして、それが彼の処世と深く関わることを論証する。その上で、白居易が洛陽に愛着を抱くに至った理由に、「トポフィリア」（土地と環境に対する情緒的な結びつき）が見られることを論究する。白居易が洛陽で何を考えていたのか、その風雅な暮らしぶりの背後にあるのは何であったかということは、第九章以降に司馬光の文学活動を論じる上でも押さえておかなければならないことである。

第五章と第六章では、晩唐の李庾と韋荘の作品を踏まえて、唐末五代の洛陽の変遷と併せて、洛陽という都市がその当時の知識人にとってどのように意識されていたかについて論じる。第五章では、従来高官の閑静な退老の地となったと認識されている安史の乱後の洛陽が、実は大和・開成年間（八二七～八四〇）には相当の復興を果たしており、必ずしも白居易の詩に詠まれるような閑静な都市ではなかったことを、晩唐の李庾の「東都賦」を中心に読み解くことにより明らかにする。第六章では晩唐から五代初期の詩人韋荘を取りあげて、その代表作である「菩薩蛮」詞に、なぜ彼の故郷である長安ではなく洛陽が美化されているのか、という問題意識から、韋荘の経歴と唐末五代の時代状況を重ね合わせて分析し、その原因について論じる。

北宋篇の第七章では、まず唐末五代に壊滅的な打撃を受けた洛陽が、いかなる過程を経て復興したかについてふれた上で、洛陽の唐代の遺構を訪れた北宋の士大夫たちの詩文、就中、白居易の履道里邸跡地に遊んだ梅堯臣や司馬光らの作品を読み解き、当時の士大夫が白居易をどのように意識し、またその思いを詩に詠んだかについて論じる。なおそれと併せて、北宋末の朱敦儒が南渡前後の詩文に綴った洛陽について言及する。

第八章から第十章にかけて取りあげる北宋の司馬光は、従来、『資治通鑑』の編纂者として知られ、史学と哲学の方面では研究の蓄積がある。しかし意外なことに、文学方面の研究は極めて少ない文人である。よく知られているように、『資治通鑑』が編纂された時期は司馬光が洛陽に居住していた時期でもある。司馬光は洛陽にて『資治通鑑』を編纂する傍ら、詩を詠みあるいは著述に励み、またある時は気の合う仲間を集めて遊行に耽った。そのような営みにおいて司馬光が何を感じ、また何を考えていたかということは、『資治通鑑』の誕生の背景を知る上で甚だ重要である。なお司馬光が洛陽で開いた文人集会については、白居易と欧陽脩を意識したものとして見なされているが、そうであれば両者が司馬光に与えた影響について具体的に分析する必要があろう。そこでまず第八章では司馬光と欧陽脩を取りあげ、両者がいかなる関係にあったのか、司馬光が欧陽脩の何に影響を受けたのかを明らかにし、更にその原因について論究する。続いて第九章では司馬光の洛陽退居時代に焦点を絞り、白居易を強く意識したその文人生活を取りあげ、当時の彼の生活において重要な意味を持つ「独楽」を手掛かりとして、彼の文学活動の実体とその意義について考察する。第十章では本邦の内閣文庫所蔵の南宋刊『増広司馬温公全集』[4]に、唐圭璋編『全宋詞』[5]に未収録である司馬光の詞が数首収められていることに注目し、これらを中心に司馬光の詞の特色と創作の場について考察すると同時に、司馬光の詞作が当時の洛陽文壇において果たした役割について論じる。更に第十一章では北宋時代の耆老会について論究する。北宋には、白居易が晩年に主催した「尚歯会」に倣い、数多の耆老会（老人集会）が催された。その中で最大のものは文彦博の「洛陽耆英会」である。そこで、文彦博の集会の前後に洛陽において開催された各種の耆老会について調べ、その中で司馬光が果たした役割とその意義について論じる。

終章では、結論として知識人の洛陽における詩文創作の意義とその活動が生み出したものについて述べ、更に洛陽で育まれた文化が単なる一地方都市のものに止まらず、日本や朝鮮半島にも影響を及ぼしたことについて論じる。

なお、本書には白居易と司馬光の詩文を引用することが多い。引用に際して、白居易の詩文については、那波道円本『白氏文集』（四部叢刊初編所収）を底本とし、金沢文庫本、南宋紹興本、謝思煒校注『白居易詩集校注』（中華書局、二〇〇六年）、同『白居易文集校注』（中華書局、二〇一一年）等の諸本を参看した。詩文の出処に附した作品番号は、花房英樹『白氏文集の批判的研究』（彙文堂、一九六〇年）に準拠したものである。また本書における白居易の作品の繫年は、朱金城『白居易年譜』（上海古籍出版社、一九八二年）にしたがう。司馬光の詩文については、『温国文正司馬公文集』（四部叢刊初編所収、『温公文集』と略記）を底本とし、文字の異同については『増広司馬温公全集』（内閣文庫蔵本）並びに『伝家集』（文淵閣四庫全書所収）、李文沢・霞紹暉校点『司馬光集』（四川大学出版社、二〇一〇年）、李之亮箋注『司馬温公集編年箋注』（巴蜀書社、二〇〇九年）を参看した。司馬光の事跡については、清・顧棟高『司馬太師温国文正公年譜』（馮恵民点校『司馬光年譜』所収、中華書局、一九九〇年）にしたがう。

原文の引用は基本的に現在通行する字体に統一し、原則として新仮名遣いによる書き下し文を附した。

注

（1）「陪都」という言葉は日本では通用していないが、首都に準じあるいは首都の機能を補完する第二の都である。その起源は西周の洛邑に求められ、後漢の南陽、隋唐の洛陽がこれにあたる。なお北宋時代には、西京洛陽、南京睢陽、北京大名の三つの陪都が定められ、明清時代には北京に対して南京が陪都となった。また日中戦争の時には臨時の首都として重慶が陪都と称された。

（2）王水照「北宋洛陽文人集団的構成」「北宋洛陽文人集団与地域環境的関係」「北宋洛陽文人集団与宋詩新貌的孕育」を参照。いずれも『王水照自選集』（上海教育出版社、二〇〇〇年）に収められている。

（3）『洛陽学国際シンポジウム報告論文集――東アジアにおける洛陽の位置』は、二〇一一年十一月二十七日～二十八日に明治大学にて開催されたシンポジウムの報告論文集である。同様の報告論集には、ほかに佐川英治編、下定雅弘・橘英範共著『洛陽の歴史と文学』（岡山大学文学部『プロジェクト研究報告書』第十巻、二〇〇八年）、下定雅弘編、佐川英治・橘英範共著『六朝・唐代の知識人と洛陽文化』（同第十五巻、二〇〇九年）がある。佐川氏が漢魏洛陽城について、下定氏が洛陽の白居易遺跡について論じ、橘氏が六朝楽府における洛陽と隋唐小説中の洛陽について論じている。なお橘氏による「洛陽関係邦文文献目録稿」（『六朝・唐代の知識人と洛陽文化』所収）は、洛陽に関する先行研究を調べるにあたって極めて有用である。

（4）『増広司馬温公全集』は、一九九三年に李裕民・佐竹靖彦両氏の解題を附して汲古書院より影印出版されている。

（5）唐圭璋編、王仲聞参訂、孔凡礼補輯『全宋詞』（中華書局、一九九九年。初出は一九四〇年、国立編訳館刊）。二〇〇五年に中華書局より同書の増訂版が刊行されたが、『増広司馬温公全集』のみに見える詞はやはり収められていない。

古都洛陽と唐宋文人

序章　唐代以前の知識人と洛陽

洛陽で文学創作を行った知識人は唐代以前にも当然存在する。まずそのことについて簡単にふれておきたい。古都洛陽のそのような歴史と伝統が、後に白居易や司馬光をはじめとする唐宋文人の洛陽での活動に影響を与えたと考えるからである。中国の知識人は隠遁を希求する思いをしばしば詩歌に詠むが、多くの場合、本当に世の中を避けて隠れ住んでいるわけではない。厳密に言うと、彼らは政治の中心地から離れただけであり、隠れ住む場所は、相当の規模を持つ都市あるいはその近郊であった。「隠逸詩人の宗」と呼ばれた陶淵明も、「中隠」を標榜して半官半隠の立場を取った白居易もそうである。「市隠」「大隠」「吏隠」といった言葉が生まれたように、繁華な都会に住み、あるいは官職を持ったままの身分でも隠者を自称しさえすれば、それは隠遁の証しになるのであった。だが、ここで見方を変えて、隠者というものを官職の有無によって捉えるのでなければ、おのずと別の定義ができるのではあるまいか。例えばまず白居易である。白居易は首都長安から退き、陪都洛陽に移住して自らを「中隠」と見なした。当時、白居易は東都分司の職にあったが、自身を隠者として考えていたのである。彼をそのような心境に至らしめたのは、首都長安における政治の第一線から退いたという自覚であろう。また、北宋の司馬光は政争に敗れて洛陽に退居したものの、神宗より『資治通鑑』の編纂を委ねられており、決して本当の意味で隠遁したわけではない。しかし、彼は白居易と同じく自身を隠者と見なしていた。政治の中心である都から離れ、官職の有無にかかわらず、自己の意識において隠者を自認すれば、その時彼らは隠者となるのである。

しかも彼らが詩歌の創作を行い、その内容が政治や社会に関わるものであれば、それは隠者から社会への提言となる。したがって厳密に言うと、彼らは社会から隠れてはいないのである。もし隠れているとすれば、それは政治や社会に対して提言を行う公的な場から退いたというだけである。つまり自身を隠者として見なすことは、自らが首都の政治の第一線にはいないことを自他ともに示す自覚の表出であり、それはまた一つのステータス（社会的地位）であった。彼らはそのような立場から詩歌を詠むことによって、世俗を離れた人物、有徳の賢者として社会に提言できるのである。そうした意味で、洛陽は彼らが「隠遁」の地として選ぶのに最も相応しい場所であった。洛陽は首都の長安や開封からほどよい距離にあり、人口も多く、彼らが中央の政治の動向を知り、また自らの提言を世に発信するのに極めて有利な都市であったのだ。勿論、それよりも更に重要なのは、洛陽が悠久の歴史と文化的な伝統を有する古都だということである。

一　後漢の知識人——張衡

洛陽における文学創作を考えた時、すぐに想起されるのは「両都賦」（『文選』巻一）の作者班固（三二〜九二）と「二京賦」（『文選』巻二、同巻三）の作者張衡（七八〜一三九）である。班固と張衡の賦は、いずれも西の都長安に対する東の都洛陽の優位を説くものである。ただ班固が皇帝の姻戚だったこともあって皇室に従順な姿勢を見せるのと異なり、張衡は奢侈に耽る都長安に対して倹約を重んじる洛陽を提示しながら、やはりここでも奢侈が抑えられているわけではないことを暗示するなど、洛陽に対して批判的な視点を持つ。

張衡、字は平子、河南南陽（現在の河南省南陽市）の人。中国古代における屈指の科学者としても有名であり、(1)「渾天象」の発明など著名な業績を残しているが、その一方、文学史においては早期に隠遁を謳歌する「帰田賦」（『文選』巻十五）の作者としても知られている。張衡は青年時代に洛陽に出て太学で学んだが、二十代から三十代にかけては故郷南陽で勉学に励んだとされる。張衡が「二京賦」を書き上げたのはその時期であり、完成したのは安帝の永初二年（一〇八）、三十歳の時である。また、故郷南陽を称賛する「南都賦」（『文選』巻四）は、その翌年の作とされる。前述のように、「二京賦」は班固の「両都賦」と同様に長安に対する洛陽の優位を説きながら、実際には後漢の首都洛陽の奢侈を諷刺するものである。(2) そうした視点が形成された要因には、張衡が洛陽の住人ではなく、陪都南陽から首都洛陽を見つめていたことが考えられる。

後漢における洛陽が、班固が「東都賦」に説くような質朴な都市ではなく、繁華な都会であったことは、次に挙げる古詩からも窺われる。

青青陵上柏　　青青たる陵上の柏
磊磊磵中石　　磊磊《らくらく》たる磵中の石
人生天地間　　人　天地の間に生まれて
忽如遠行客　　忽として遠行の客の如《ごと》し
斗酒相娯楽　　斗酒もて相い娯楽《たの》しみ
聊厚不為薄　　聊《いささ》か厚しとして薄しとせず
駆車策駑馬　　車を駆りて駑馬に策《むち》うち
遊戯宛与洛　　宛（南陽）と洛（洛陽）とに遊戯す

洛中何鬱鬱　洛中　何ぞ鬱鬱たる
冠帯自相索　冠帯　自《おのずか》ら相い索《もと》む
長衢羅夾巷　長衢《ちょうく》　羅《つら》なりて巷《ちまた》を夾《はさ》み
王侯多第宅　王侯　第宅《ていたく》多し
両宮遙相望　両宮（南宮と北宮）　遙かに相い望み
双闕百余尺　双闕　百余尺
極宴娯心意　宴を極めて心意を娯《たの》しましめん
戚戚何所迫　戚戚《せきせき》として　何ぞ迫る所あらん

（「古詩十九首」其三、『文選』巻二十九）(3)

この詩には、ある無名の知識人が出世を目論み、王侯貴族との交わりを求めて、洛陽城内を往来することが詠まれている。柳川順子氏はこの詩の成立時期を後漢初期に求め、王侯貴戚が洛陽に邸宅を構え、彼らとの交わりを求めて地方の知識人が都に集まったことを歴史的事実として捉えている。(4)後漢の洛陽がそうした名利の場であればこそ、張衡は洛陽を批判的に描写したのであろう。岡村繁氏は張衡が班固と異なり朝廷に批判的であったのは、彼が一人の地方出身の知識人であったからであると述べるが、(5)附言すれば、張衡の心中には洛陽よりも魅力的な都市として南陽が存在したからであろう。

ここで南陽において営まれるはずであった張衡の帰休後の生活を思い描いた作品を見よう。

遊都邑兮永久、無明略以佐時。徒臨川兮羡魚、俟河清乎未期。感蔡子之慷慨、従唐生以決疑。諒天道之微昧、追漁父以同嬉。超埃塵以遐逝、与世事乎長辞。于是仲春令月、時和気清。原隰鬱茂、百草滋栄。王雎鼓翼、鶬鶊哀鳴。交頸頡頏、関関嚶嚶。于焉逍遥、聊以娯情。爾乃龍吟方沢、虎嘯山丘。仰飛繊繳、俯釣長流。触矢而斃、貪餌呑鉤。落雲間之逸禽、懸淵沈之魦鰡。于時曜霊俄景、係以望舒。極盤遊之至楽、雖日夕而忘劬。感老氏之遺誡、将廻駕乎蓬廬。弾五弦之妙指、詠周孔之図書。揮翰墨以奮藻、陳三皇之軌模。苟縦心于物外、安知栄辱之所如。

都邑に遊ぶこと永久《ひさ》しくして、明略の以て時を佐《たす》くる無し。徒《いたずら》に川に臨みて魚を羨《うらや》み、河清を俟《ま》つも未だ期《とき》あらず。蔡子（蔡沢　戦国時代の遊説家）の慷慨に感じ、唐生（唐挙　蔡沢の人相を見た人）に従いて以て疑いを決せり。天道の微昧《びまい》なるを諒《まこと》とし、漁父を追いて以て嬉《たの》しみを同じくす。埃塵《あいじん》を超えて以て遐《とお》く逝《ゆ》き、世事と長《とこしえ》に辞す。是《ここ》に于《お》いて仲春の令月、時は和《やわら》ぎ気は清《す》めり。原隰《げんしゅう》（高原と湿地）は鬱《さか》んに茂り、百草は滋《しげ》り栄《はなさ》く。王雎《はやぶさ》は翼を鼓《う》ち、鶬鶊《うぐいす》は哀鳴す。頸《くび》を交わして頡頏《あがりさがり》し、関関《かんかん》たり嚶嚶《おうおう》たり。焉《ここ》に于《お》いて逍遥し、聊《いささ》か以て情を娯《たの》しましむ。爾《しか》して乃《すなわ》ち龍のごとく方沢に吟じ、虎のごとく山丘に嘯《うそぶ》く。仰ぎては繊繳《いぐるみ》を飛ばし、俯《ふ》しては長流に釣る。矢に触《あた》りて斃《たお》れ、餌を貪《むさぼ》りて鉤《つりばり》を呑む。雲の間の逸禽を落とし、淵に沈む魦鰡《はぜ》を懸《あ》ぐ。時に于《お》いて曜霊《たいよう》は景《ひかり》を俄《ななめ》にして、係《つ》ぐに望舒《つき》を以てす。盤遊の至楽を極め、日夕と雖も劬《つか》るるを忘る。老氏（老子）の遺誡《いかい》に感じ。将《まさ》に駕《くるま》を蓬廬《わびずまい》に廻《かえ》さんとす。五弦の妙指を弾じ、周孔（周公旦と孔子）の図書を詠む。翰墨を揮《ふる》いて以て藻《ことば》を奮《しる》し、三皇の軌模を陳《の》べん。苟《いや》しくも心を物外に縦《ほしいまま》にすれば、安《いず》くんぞ栄辱の如《ゆ》く所を知らん。

（後漢・張衡「帰田賦」、『文選』巻十五）

これには冒頭から、長年洛陽に住み続けたものの、世の中に貢献できるだけの才能が無いため、故郷に隠退しようと述べられる。そして屋外に在っては気候に恵まれた時分に遊猟を楽しみ、屋内に在っては琴を弾じて儒教の経典を読み、文章を綴って三皇の教えを著そうという。最後に心を世間の諸々のことより解き放てば、俗世の栄辱など気に掛ける必要もない、と締めくくられる。この「帰田賦」は、張衡が民間における田園生活、隠棲生活を賛美したものであり、思想の拠り所として求められるのも儒教ではなく、道家思想であると考えられている。(6)

本来、張衡はそれほど政治に執着する性格の持ち主ではなかったと言われている。(7)しかし皇帝の招聘によるとはいえ、彼が南陽に留まらず洛陽に出て長くそこに留まり続けたのは、やはり首都に対しての魅力と、政治の世界における責任感を感じたからであろう。実は張衡の帰隠の志は、「帰田賦」より早く、現実逃避の願望から屈原の「離騒」のごとき天界遊行を詠む「思玄賦」（『文選』巻十五）において表出されているのであるが、帰隠を志しながらも、彼は「思玄賦」を制作した直後に河間王の相を拝命している。(8)このことは、張衡の帰隠願望が必ずしも現実性を持つものではなかったことを意味しよう。また、河間王の相となった張衡は「帰田賦」に、「老氏の遺誡《いかい》に感じ、将《まさ》に駕《くるま》を蓬廬《わびずまい》に廻《かえ》さんとす」と述べつつもその一方で、「周孔の図書を詠む」「三皇の軌模を陳《の》べん」と、その著述が儒教にまつわるものであることを明確に示している。これは張衡が、老荘の徒である以前に儒者であることを表す。更に張衡が都の洛陽ではなく、洛陽を離れた後に「帰田賦」を作ったのも、首都を離れて故郷を思慕するようになったのと同時に、自身の政治的立場に対して不満を抱いたからであろう。何よりも『後漢書』本伝に明記されているように、張衡が致仕を請いながら、朝廷から召還されるとそれを拒否するでもなく尚書の高位に就き、間もなく洛陽で卒しているという事実が、「帰田賦」があくまでも張衡の退官後の希望に過ぎなかったことを証明している。つまり張衡は、河間王の相としての待遇に不満があって「帰田賦」を著したが、首都洛陽で尚書として遇されることになると、帰隠の志を撤回して中央の高官として政治に携わるのである。

ここに中国の知識人の地方と首都に対する感情の複雑さが表れているが、それでは彼らにとって仕官と帰隠との間に矛盾は無かったのであろうか。張衡より少し後の人である仲長統の「楽志論」とその内容と相反する処世態度について、内山俊彦氏は次のような興味深い指摘をしている。（傍点筆者、以下同様）

中小地主階層としての生活基盤の維持と、道家思想や養生術による、精神の安定・身体の保全と、――それらへの欲求を告白した仲長統のこの文章は、自己の階層の利益を保障しうる国家・政治のあり方を構想する彼の政治思想やそれに含まれる歴史意識の立場と、また彼の政治行動と、少なくとも矛盾するものではあるまい。現実に対して機能すべき政治思想の一方で、心身の安定・充足を求める態度には、一種の平衡感覚を読みとることもできるのであり、それは必ずしも人格の分裂ではなく、逃避・隠逸とも挫折とも異なるであろう。(9)

内山氏は、仲長統の政治思想と隠遁志向との間に矛盾は無く、「政治思想の一方で、心身の安定・充足」を求める態度は、一種の平衡感覚と見ることもできると述べる。このことは仲長統のみならず、儒者でありながら隠逸に対する志向を併せ持った張衡においても同様であり、更に言えば、後代の白居易の「諷諭」と「閑適」の精神にも通底するものである。政治の世界の中心である洛陽から離れようとした時に帰るべき故郷南陽の田園は、必ずしも張衡を都洛陽から引き離すものではなかったのである。

二　魏の知識人

（一）曹　植

周知のとおり、魏の曹植（一九二〜二三二）は王位の継承をめぐって兄曹丕（一八七〜二二六）と争い、これに敗れたことによる後半生の不遇が彼の詩文に影を落としている。次に挙げる「閑居賦」もそうした作品の一つである。あまり知られていないが、これは西晋の潘岳の「閑居賦」の先蹤をなすものである。

何吾人之介特、去朋匹而無儔。出靡時以娯志、入無楽以銷憂。何歳月之若鶩、復民生之無常。感陽春之発節、聊軽駕之遠翔。登高丘以延企、時薄暮而起雨。仰帰雲以載奔、遇蘭蕙之長圃。冀芬芳之可服、結春蘅以延佇。入虚廓之閑館、歩生風之高廡。践密邇之修除、即蔽景之玄宇。翡翠翔於南枝、玄鶴鳴於北野。青魚躍於東沼、白鳥戯於西渚。遂乃背通谷、対緑波、藉文茵、翳春華。丹轂更馳、羽騎相過。

何ぞ吾人の介特（孤独）たる。朋匹《ほうひつ》去りて儔《ともがら》無し。出でては時の以て志を娯《たの》しむ靡《な》く、入りては楽《がく》の以て憂いを銷《け》す無し。何ぞ歳月の鶩《は》するが若《ごと》く、復《ま》た民生（人命）の常無き。陽春の発《ひら》ける節《とき》に感じ、軽駕の遠く翔《か》くるに聊《たよ》る。高丘に登りて以て延企《えんき》（延頸企踵）すれば、時に暮れ薄《せま》りて雨起こる。帰雲を仰ぎて以て載《くるまにの》りて奔《はし》れば、蘭蕙《らんけい》の長圃《ちょうほ》に遇《あ》う。芬芳《かぐわしきはな》の服すべきを冀《こいねが》い、春の蘅《かおりぐさ》を結びて以て延佇《たたず》む。虚廓《ひろ》くして閑《しず》かなる館に入り、風を生ずる高廡《こうぶ》（屋根付きの廊下）を歩む。密邇《みつじ》（隣接）せる修除《ながききざはし》を践《ふ》み、景《ひ》を蔽《おお》いたる玄宇《たかどの》に即《つ》く。翡翠《かわせみ》は南枝に翔け、玄鶴は北野に鳴く。青魚は東沼に躍《おど》り、白鳥は西渚に戯《たわむ》る。遂に乃《すなわ》ち通谷を背にし、緑波に対し、文茵《ぶんいん》（虎皮の敷物）を藉《し》き、春華を翳《かざ》す。丹轂《たんこく》（貴人の車）更に馳せ、羽騎（騎兵）相い過《よぎ》る。

（魏・曹植「閑居賦」、『芸文類聚』巻六十四、居処部・宅舎所引）

この賦が作られたのは、建安二十年（二一五）頃と考えられている。[10] 曹丕が正式に皇太子に立てられる二年前である。曹植と曹丕の後継争いは、この時点ではまだ雌雄が決したわけではない。しかし、形勢は曹丕に有利な方向に展開しつつあったのではないか。「閑居賦」の冒頭に吐露されている曹植の孤独と憂鬱には、彼のそうした政治的状況が反映されていると見てよかろう。賦の中で述べられるように、何をしても楽しむことのできない曹植は、一時の行楽の後に、自らの閑居へとたどり着く。その閑居は蘭をはじめとする香草の園を備え、長い廊下や階段が高殿へと続く宏壮な邸宅である。庭園に翡翠《かわせみ》、鶴、魚、白鳥がそれぞれ楽しげに憩うのを見て、曹植は水辺に下りて敷物を広げ、春の花を愛でることを詠む。曹植は都洛陽での生活に孤独を覚え、郊外に別荘を設けて、そこに慰めと安らぎを求めたのである。

ところで、曹植によって造営された閑居とは何処に構えられたのであろうか。手掛かりとなるのは、「通谷」である。その地名は「洛神賦」にも見えるものであり、その冒頭に次のように詠みこまれている。

余従京域、言帰東藩。背伊闕、越轘轅、経通谷、陵景山。日既西傾、車殆馬煩。

余、京域より、言《ここ》に東藩に帰す。伊闕《いけつ》を背にして、轘轅《かんえん》を越え、通谷を経て、景山を陵《のぼ》る。日は既に西に傾き、車は殆《あやう》く馬は煩《わずら》う。

（魏・曹植「洛神賦」、『文選』巻十九）

ここに見える「通谷」とは、曹植「贈白馬王彪」詩（『文選』巻二十四）に見える「太谷」である。李善がこの詩に、

「薛綜東京賦注曰、太谷在洛陽西南」（薛綜「東京賦」注に曰く、太谷は洛陽の西南に在り）と注すること、及び「洛神賦」に華延の『洛陽記』を引いて、「城南五十里有大《ママ》谷、旧名通谷」（城南五十里に太谷有り、旧名は通谷）と注するのを見れば、「通谷」は漢魏の洛陽城より西南におよそ二十キロメートル離れた地点に在ったようである。曹植は洛陽西南の郊外に位置する太谷附近に閑居を構え、豊かな自然の中で自らの孤独感を慰めたのである。

この賦は後半部分が脱落しており、完全なものではないが、先述の張衡の「帰田賦」と共通するテーマを持つことは一見して明らかであろう。ただ曹植が張衡と異なるのは、短期間であっただろうが、実際に閑居での生活を持ったということである。そしてそれが実行に移された原因は、曹植が権力闘争に敗れ、孤独な境遇に陥ったことに求められる。このように意を得ない境遇に在って、自らの安住の場を洛陽の外に求めようとする試みは、少し後の時代の知識人である阮籍と潘岳にも見られる。

（二）阮　籍

阮籍（二一〇～二六三）は「竹林七賢」の一人であり、言わずと知れた「詠懐詩」の作者である。その難解な詩より彼の洛陽における心情を読み取るのは容易ではないが、次に挙げる詩に関しては作詩の状況がある程度明らかである。

歩出上東門　歩みて上東門より出で
北望首陽岑　北のかた首陽の岑《みね》を望む
下有采薇士　下に采薇《さいび》の士有り
上有嘉樹林　上に嘉樹《かじゅ》の林有り

良辰在何許　　良辰　何許《いずく》にか在る
凝霜霑衣襟　　凝霜　衣襟を霑《うるお》す
寒風振山岡　　寒風　山岡《さんこう》に振るい
玄雲起重陰　　玄雲　重陰《ちょういん》を起こす
鳴鴈飛南征　　鳴鴈《めいがん》は飛びて南に征《ゆ》き
鶗鴂発哀音　　鶗鴂《ていけつ》は哀音を発す
素質游商声　　素質　商声に游《よ》る
悽愴傷我心　　悽愴《せいそう》として我が心を傷ましむ

（魏・阮籍「詠懐詩八十二首」其九、『阮歩兵集』、明・張溥『漢魏六朝百三家集』所収）

この詩は、『文選』巻二十三に「詠懐詩十七首」の第十首として収められている。阮籍は洛陽城の東側にある「上東門」を出て首陽山を望み、伯夷と叔斉に思いを寄せる。良い時代にめぐり合わないのは、伯夷と叔斉の生きた古代だけではなく、阮籍の生きる時代も同じである。寒風の吹きすさぶ晩秋、首陽山の寒々とした景色を眺めつつ傷心する阮籍の悲しみが切実に伝わってくる。単独で読めば詩の作られた背景に何があるのか不明瞭である。しかし、次に挙げる「首陽山賦」と併せて読めば、阮籍の傷心が洛陽城内における不愉快な出来事に触発されたものであることが分かる。

在茲年之末歳兮、端旬首而重陰。風飄回以曲至兮、雨旋転而織襟。蟋蟀鳴乎東房兮、鶗鴂号乎西林。時将暮而無儔兮、慮悽愴而感心。振沙衣而出門兮、纓委絶而靡尋。歩徙倚以遙思兮、喟歎息而微吟。将脩飭而欲往兮、衆齹齹而笑人。静寂寞而独立兮、亮孤植而靡因。懐分索之情一兮、穢群偽之射真。信可実而弗離兮、寧高挙而自儐。聊仰首以広頫兮、瞻首陽之岡岑。樹叢茂以傾倚兮、紛蕭爽而揚音。

茲《こ》の年の末歳に在り、端《まさ》に旬の首《はじめ》にして重陰《ちょういん》あり。風は飄回して以て曲至し、雨は旋転《せんてん》して纖襟《せんきん》にあり。蟋蟀《こおろぎ》は東房に鳴き、鶗鴂《ていけつ》は西林に号《さけ》ぶ。時の将《まさ》に暮れなんとして儔《ともがら》無く、慮《おもんばか》りは悽愴《せいそう》として心を感《うご》かす。沙衣《さい》（薄地の服）を振るいて門を出で、纓委《かんむりのひも》は絶《た》ゆるも尋《つ》ぐ靡《な》し。歩みは徙倚《しい》として以て遙かに思い、喟《なげ》き歎息して微《ひそ》かに吟ず。脩飭《しゅうちょく》（正道）を将《も》って往《ゆ》かんと欲するも、衆は齹齹《ささ》として人を笑わん。静かに寂寞として独り立ち、亮《まこと》に孤《ひと》り植《た》ちて因《よ》るところ靡《な》し。分索《ぶんさく》（離別）の情の一なるを懐《いだ》き、群偽《ぐんぎ》の真を射《いと》（厭）うを穢《けが》らわしとす。信《まこと》に実《まこと》（誠心）もて離れざるべし、寧《いず》くんぞ高く挙がりて自ら儐《しりぞ》かん。聊《いささ》か首《こうべ》を仰《あ》げて以て広く頫《み》て、首陽の岡岑《こうしん》を瞻《あおぎみ》れば、樹は叢茂《そうも》して以て傾き倚《よ》り、紛として蕭爽《しょうそう》として音を揚《あ》ぐ。

（魏・阮籍「首陽山賦」、『阮歩兵集』、明・張溥『漢魏六朝百三家集』所収）

この賦には「重陰」「鶗鴂」「悽愴」といった「詠懐詩」第九首と共通する語彙が用いられているため、この二つの作品は近い時期に作られたと見てよいだろう。[11] 賦の序文によれば、これが作られた時期は魏の正元元年（二五四）である。[12] この年は、司馬懿が曹爽を殺害し、魏王朝の実権を握って五年後にあたる。当時阮籍は司馬氏の幕下にあったが、ある日、一人軍府を離れて首陽山を仰いだことが、やはり序文に述べられている。歳末にさしかかる時節、風雨にみまわれる夕暮れに一人で首陽山に向き合う阮籍の胸中は、深い孤独と嘆きに満ちている。その孤独は、「脩飭《しゅうちょく》（正道）を将《も》って往《ゆ》かんと欲するも、衆は齹齹《ささ》として人を笑わん」と述べられることから分かるように、司馬氏の幕下においてもたらされたものである。正しい行いによって立とうとしても、周囲の人々は嘲笑するばかりであろうという。このように不愉快な人間関係のただ中にありながら、誠実な心を持つ阮籍自身は、隠遁するわけにはいかないという。この時阮籍が目を向けるのは、正義を貫いた結果、悲劇の最期をむかえた伯夷と叔斉の終焉の地、首陽山であった。先行研究によれば、「首陽山賦」は伯夷と叔斉への批判を行うことによって、現実の険しさに傷心し、生命を愛惜する阮籍の立場を明らかにしたものとされるが⒀、たとえそうであっても、本来正道を歩むことを欲していた阮籍にとって、伯夷と叔斉は追想に値する先人であったはずである。王朝簒奪の陰謀の渦巻く洛陽から逃れようにも、宮廷に仕え、家族を養う身である阮籍は、外任の官に就くことを除いてこの地を容易に離れることができない⒁。だからこそ「詠懐詩」第九首に詠むように、首陽山を眺めて伯夷と叔斉を偲び、自らを省みて傷心したのである。

阮籍と言えば、『世説新語』任誕篇に見える数々の逸事によって、奔放なイメージが強い。しかし、司馬氏が魏を簒奪しようとしていた時期に、彼は必ずしも常に自身の思いどおりに振る舞うことができたわけではなかった。阮籍の有名な「窮途の哭」は、自らが住む都洛陽とそこにおける政治に対して嫌悪の念が起きた時にしばしば発せられ、その結果として、洛陽から郊外への一時的な逃避が行われたのであろう。彼にとって洛陽は決して安住できる都市ではなく、時には忌避の対象とさえなるものだったのである。ただし彼の「詠懐詩」を読む限りでは、いかに郊外へ繰り出したとしても、そこに彼を安住させ得る場所はなかったようである⒂。

三　西晋の知識人――潘岳

西晋の潘岳（二四七～三〇〇）は、陸機（二六一～三〇三）と併称され、太康年間（二八〇～二八九）を中心に活躍した当時を代表する知識人である。陸機や石崇（二四九〜三〇〇）らと共に「賈謐《かひつ》の二十四友」の一員としても知られている。潘岳には「秋興賦」や「西征賦」など『文選』に収録されている作品が多いが、その中から石崇の集宴に参加した際に作られたものを取りあげよう。これには、後代に「金谷園の宴」として知られる優美な宴の様子が活写されている。

王生和鼎実　　王生（王詡《おうく》）鼎実《ていじつ》を和し
石子鎮海沂　　石子（石崇）海沂《かいぎ》を鎮む
親友各言邁　　親友　各《おの》おの言《ここ》に邁《ゆ》き
中心悵有違　　中心　違《たが》う有るを悵《いた》む
何以叙離思　　何を以てか離思を叙《の》べん
携手游郊畿　　手を携えて郊畿《こうき》（郊外）に游ばん
朝発晋京陽　　朝に晋京（洛陽）の陽《みなみ》を発《た》ち
夕次金谷湄　　夕に金谷の湄《みぎわ》に次《やど》る
廻谿縈曲阻　　廻《めぐ》れる谿《たにがわ》は縈《めぐ》りて曲がり阻《かさ》なり
峻阪路威夷　　峻《けわ》しき阪は路威夷《いい》たり
緑池泛淡淡　　緑池は泛《ひろ》くして淡淡たり
青柳何依依　　青柳は何ぞ依依たる
濫泉龍鱗瀾　　濫泉《わきみず》に龍の鱗のごとき瀾《なみ》あり
激波連珠揮　　激波に連なれる珠のごとく揮《ふる》う

前庭樹沙棠
後園植烏椑
霊囿繁石榴
茂林列芳梨
飲至臨華沼
遷坐登隆坻
玄醴染朱顔
但愬杯行遅
揚桴撫霊鼓
簫管清且悲
春栄誰不慕
歳寒良独希
投分寄石友
白首同所帰

前庭に沙棠《さとう》（山梨に似た木）を樹《う》え
後園に烏椑《うひ》（柿の一種）を植う
霊囿《れいゆう》　石榴《ざくろ》を繁くし
茂林《もりん》　芳梨《かぐわしきなし》を列《つら》ぬ
飲み至りては華沼《はなのさくぬま》に臨み
坐を遷《うつ》しては隆坻《みずべのたかぎし》に登る
玄醴《くろきびのさけ》は朱顔を染め
但《た》だ杯の行《めぐ》ることの遅きを愬《うった》う
桴《いかだ》を揚げて霊鼓（六面の太鼓）を撫《う》ち
簫管　清くして且つ悲し
春栄　誰か慕わざらん
歳寒　良《まこと》に独り希《まれ》なり
分を投じて石友（石崇）に寄す
白首まで帰する所を同じくせんと

（西晋・潘岳「金谷集作詩」、『文選』巻二十）

この詩は、潘岳が元康六年（二九六）に石崇の王詡を送る宴に参列した時に作られたとされる。この時の宴は王詡のためだけでなく、外地に赴く石崇自身の送別の宴でもあった。[16] 先行研究によれば、潘岳の詩において自然描写と共に語られるべき感慨は、本来別離の悲哀ではなく脱俗の願いであったという。[17] そうであれば潘岳の志は、見送られる石崇その人のものでもあったと見てよいだろう。金谷園の宴の具体的な様子は、石崇によって次のように述べられている。

余以元康六年従太僕卿出為使持節監青徐諸軍事征虜将軍。有別廬在河南県界金谷澗中。或高或下、有清泉茂林衆果竹柏薬草之属、莫不畢備。又有水碓魚池土窟、其為娯目歓心之物備矣。時征西大将軍祭酒王詡当還長安。余与衆賢共送往澗中。昼夜遊宴、屢遷其坐。或登高臨下、或列坐水浜。時琴瑟笙筑合載車中、道路並作。及住令与鼓吹遞奏。遂各賦詩、以叙中懐。或不能者、罰酒三斗。感性命之不永、懼凋落之無期。故具列時人官号姓名年紀。又写詩著後。後之好事者、其覧之哉。

余、元康六年を以て太僕卿より出でて使持節・監青徐諸軍事征虜将軍と為る。別廬の河南県界の金谷澗中に在る有り。或いは高く或いは下《ひく》く、清泉茂林、衆果竹柏薬草の属有りて、畢《ことごと》く備《そな》わらざるなし。又た水碓《すいたい》（水車）、魚池、土窟有り、其の為に目を娯しませ心を歓ばす物備《そな》わるなり。時に征西大将軍祭酒王詡、長安に還《かえ》るに当たる。余、衆賢と共に送るに澗中に往《ゆ》く。昼夜遊宴して、屢《しば》しば其の坐を遷《うつ》す。或いは高きに登りて下を臨み、或いは水浜に列坐す。時に琴瑟笙筑《きんしつしょうちく》、車中に合わせ載せて、道路に並《あわ》せ作《お》こす。住《とど》まるに及びては、鼓《こ》吹《すい》と与《とも》に遞《たが》いに奏《かな》でしむ。遂《つい》に各《おの》おの詩を賦して、以て中懐を叙《の》ぶ。或いは能《あた》わざる者は、罰酒三斗なり。性命の永《なが》からざるに感じて、凋落《ちょうらく》の期《とき》無《な》きを懼《おそ》る。故に具《つぶさ》に時人の官号、姓名、年紀を列《つら》ね、又た詩を写して後に著《しる》す。後の好事の者、其れ之れを覧《み》んか。（西晋・石崇「金谷詩叙」、『世説新語』品藻篇、劉孝標注所引）

右の文章から、管絃の演奏を背景にして広大な庭園内を逍遥する石崇らの行楽の様子が窺われる。石崇ら西晋の知識人は、都洛陽で官職に就きながら、時折り都を離れて郊外の別宅を訪れては、風景を賞玩し音楽を奏でさせて優雅なひとときを過ごした。就中、石崇の金谷園の遊びは、後世の白居易をはじめとする洛陽の知識人に強く意識されることになった。それは石崇や潘岳らが胸中に抱いていた脱俗の志に、後世の人々が共感を覚えたからである。

ところで、潘岳自身もまた邸宅を洛陽城の外に築いていた。彼の「閑居賦」の本文を見れば、その住まいは洛水と伊水に挟まれた洛陽の南郊に位置したことが分かる。しかもその造成の原因は処世の拙さにあることが、次に挙げる「閑居賦」の序文より読み取ることができる。

岳嘗読汲黯伝、至司馬安四至九卿、而良史書之、題以巧宦之目、未嘗不慨然廃書而歎。曰、嗟乎、巧誠有之、拙亦宜然。（中略）自弱冠渉乎知命之年、八徙官、而一進階、再免、一除名、一不拝職。遷者三而已矣。雖通塞有遇、抑亦拙者之效也。昔通人和長輿之論余也、固謂拙於用多。称多則吾豈敢。言拙信而有徴。方今俊乂在官、百工惟時。拙者可以絶意乎寵栄之事矣。太夫人在堂、有羸老之疾。尚何能違膝下色養、而屑屑従斗筲之役乎。於是覧止足之分、庶浮雲之志。築室種樹、逍遙自得。池沼足以漁釣、春税足以代耕。灌園鬻蔬以供朝夕之膳、牧羊酤酪以俟伏臘之費。孝乎惟孝、友于兄弟。此亦拙者之為政也。乃作閑居之賦、以歌事遂情焉。

岳、嘗て汲黯《きゅうあん》の伝を読み、司馬安の四たび九卿に至りて、良史の之れを書し、題するに巧宦の目を以てするに至り、未だ嘗て慨然として書を廃して歎ぜずんばあらず。曰く、嗟乎《ああ》、巧みなるものは誠に之れ有り、拙《つたな》きものも亦た宜《よろ》しく然《しか》るべし、と。（中略）弱冠より知命の年に渉《わた》り、八たび官を徙《うつ》されて、一たび階を進められ、再び免ぜられて、一たび名を除かれ、一たび職に拝せられず。遷《うつ》さるるは三たびなるのみ。通塞《つうそく》（順境・逆境）に遇《ぐう》有りと雖も、抑《そも》そも亦た拙き者の效《なら》いなり。昔、通人和長輿《わちょうよ》（和嶠《わきょう》）の余を論ずるや、固《まこと》に多を用うるに拙しと謂う。多と称するは則《すなわ》ち吾、豈に敢えてせんや。拙しと言うは信《まこと》にして徴《しるし》有り。方今《ほうこん》（現在）、俊乂《しゅんがい》官に在り、百工惟《こ》れ時あり。拙き者は以て意を寵栄の事に絶つべし。太夫人の堂に在りて、羸老《るいろう》（老衰）の疾《やまい》有り。尚《な》お何ぞ能《よ》く膝下の色養（孝行）を違《さ》りて、屑屑《せつせつ》として斗筲《つまらないしごと》の役に従わんや。是《ここ》に於いて止足の分を覧《み》、浮雲の志を庶《こいねが》う。室を築き樹を種え、逍遙して自得す。池沼は以て漁釣に足り、舂税《しょうぜい》は以て代耕に足る。園に灌《そそ》ぎて蔬《やさい》を鬻《ひさ》ぎ、以て朝夕の膳に供し、羊を牧し酪《らく》を酤《う》り、以て伏臘《ふくろう》（夏冬の祭）の費《つい》えを俟《ま》つ。孝なるかな惟《こ》れ孝、兄弟に友たり。此れ亦た拙き者の政を為すなり。乃《すなわ》ち閑居の賦を作りて、以て事を歌いて情を遂《と》げん。

（西晋・潘岳「閑居賦」序、『文選』巻十六）

この賦は、元康六年（二九六）、潘岳が五十歳の時に作られたものである。それは石崇が前掲の「金谷詩叙」を著したのと時を同じくする。当時潘岳は博士の官に召し出されたが、母親の病気を理由に辞退したとされる。確かに右の文章には母親の病気についても言及があるものの、辞退の原因は政界で浮沈をくり返して、庶民に落とされるに至った潘岳の処世に対する反省にある。潘岳は処世が拙いからこそ栄辱の思いを断つべきであるとし、そこで知足の分に安んじることを知り、浮雲のように自由な身を得ることを願って邸宅を構えて庭園を造営し、この中で逍遙して自適するのだという。政界における志が遂げられないからこそ、都を離れて安住の地を求めるという行為は、前に見た曹植と同じであり、まただからこそ潘岳は曹植と同題の賦を創作したのであろう。実は洛陽郊外に別宅を構えた石崇にしても、その一時的な隠遁と金谷園の造成のきっかけには、勝手に任地を離れたために免職になったという不名誉な事件があったという。[18] そうであれば潘岳の閑居の造成も、そうした石崇の身の処し方と関わるように思う。いずれにせよ、曹植にしても潘岳にしても政界において不本意な境遇に陥った時、洛陽の郊外に邸宅を構えたのである。このことは中唐以降の知識人の洛陽における生活を考える上でも留意すべきことであるように思われる。

西晋の東遷により南北朝時代に入った後も、華やかな洛陽のイメージは南朝の詩人によって詩に詠まれており、[19]東晋の王羲之による「蘭亭の宴」も、石崇を意識したものであったという。[20]更に後代洛陽で晩年を送った白居易は、自身の宴を石崇、王羲之の集宴と同じく考え、これを記念すべきものとして次のように詠んでいる。

逸少集蘭亭　逸少（王羲之）蘭亭に集い
季倫宴金谷　季倫（石崇）金谷に宴す
金谷太繁華　金谷　太《はなは》だ繁華なり
蘭亭闕糸竹　蘭亭　糸竹（音楽）を闕《か》く
何如今日会　何如《いかん》ぞ　今日の会
浥澗平泉曲　浥澗《ゆうかん》　平泉の曲《くま》
盃酒与管絃　盃酒と管絃と
貧中随分足　貧中　分に随いて足る

（唐・白居易「遊平泉宴浥澗宿香山石楼贈座客」詩、第一～八句、『白氏文集』巻六十九、作品番号三五一五）

これは開成三年（八三八）に白居易が洛陽南郊の平泉の浥澗にて催した宴会を終えて、香山寺の石楼に宿泊した時に詠んだものである。[21]金谷園で贅を尽くした宴を開いた石崇と、蘭亭で曲水流觴の雅会を主催した王羲之を挙げ、白居易らの平泉の集会は賑やか過ぎもせず、かつ簡素に過ぎるわけでもなく、「金谷園の宴」と「蘭亭の宴」に比肩するものであるという。

白居易が洛陽において意識したのは決して、「金谷園の宴」の華やかなイメージだけではない。白居易が詩文に綴るところの洛陽履道里邸は、潘岳の「閑居賦」を踏まえている。(22)つまり白居易の意識においては、古代の繁華な都としての洛陽のイメージと、政界における苦しみから逃れようとした潘岳の閑居のイメージとが混在していたのである。前者を光と見なし、後者を影と見なすならば、白居易が抱いた過去の洛陽のイメージは、光と影とが交錯する複雑なものであったと言える。また洛陽に住んだ先人の光の部分と影の部分は、白居易その人にも重ね合わすことのできるものであったろう。更に白居易の心中に内包された陰翳は、北宋の司馬光においても共有されたはずである。

さて前述したように、魏晋の知識人たちは、政治の中心である都の洛陽城を離れ、必ずしも得心できない自身の不遇感に対して郊外の別宅に慰めを求めた。これは後代の知識人にも見られる現象であり、唐代の王維の輞川荘《もうせんそう》はその最も顕著な例として挙げられよう。

ここで視点を「都城と郊外」の関係から「首都と地方都市」の関係にまで拡張して見たならば、やはり同様の現象が見られよう。例えば六朝時代であれば、首都建康と王羲之や謝霊運が別荘を築いた会稽との関係がそうである。(23)また唐代であれば、首都長安と嘗ては皇帝が行幸する第二の都でありながら、安史の乱後はそうした求心力を失った陪都洛陽との関係、宋代では首都開封と陪都洛陽との関係がそうである。このようなことを勘案すれば、後漢より西晋の東遷に至るまで、都城と閑雅な郊外の別荘地を併せ持った古都洛陽は、南北朝期以降、首都の地位を失うと共に隋唐の両都制、北宋の四都制の下、権力の中枢から離れた知識人の住む陪都へと変化したと言える。つまり魏晋の洛陽に見られた、権力の集中する都城と政治に志を得ない知識人が住む郊外の関係が、権力の集中する首都（長安・開封）

と権力の中枢から離れた知識人の住む陪都（洛陽）の関係へと拡張されたのだと考えられるのである（図一を参照）。[24]

以上のことから判るように、唐と北宋では陪都として位置づけられた洛陽であるが、その歴史的・文化的意義は、唐の都長安と比肩するものであり、北宋の東京開封、南京睢陽、北京大名とは同列に論じられない。しかも白居易と司馬光をはじめとする唐宋の文人がここに居を構え、多くの詩文を創作して、当代と後世及び朝鮮半島や日本にまで影響を与えたことにより、その意義は更に重要なものとなった。したがって古都洛陽とそこに住まう知識人の関係については、特に取りあげて論じる必要があろう。

図一　首都・郊外・陪都

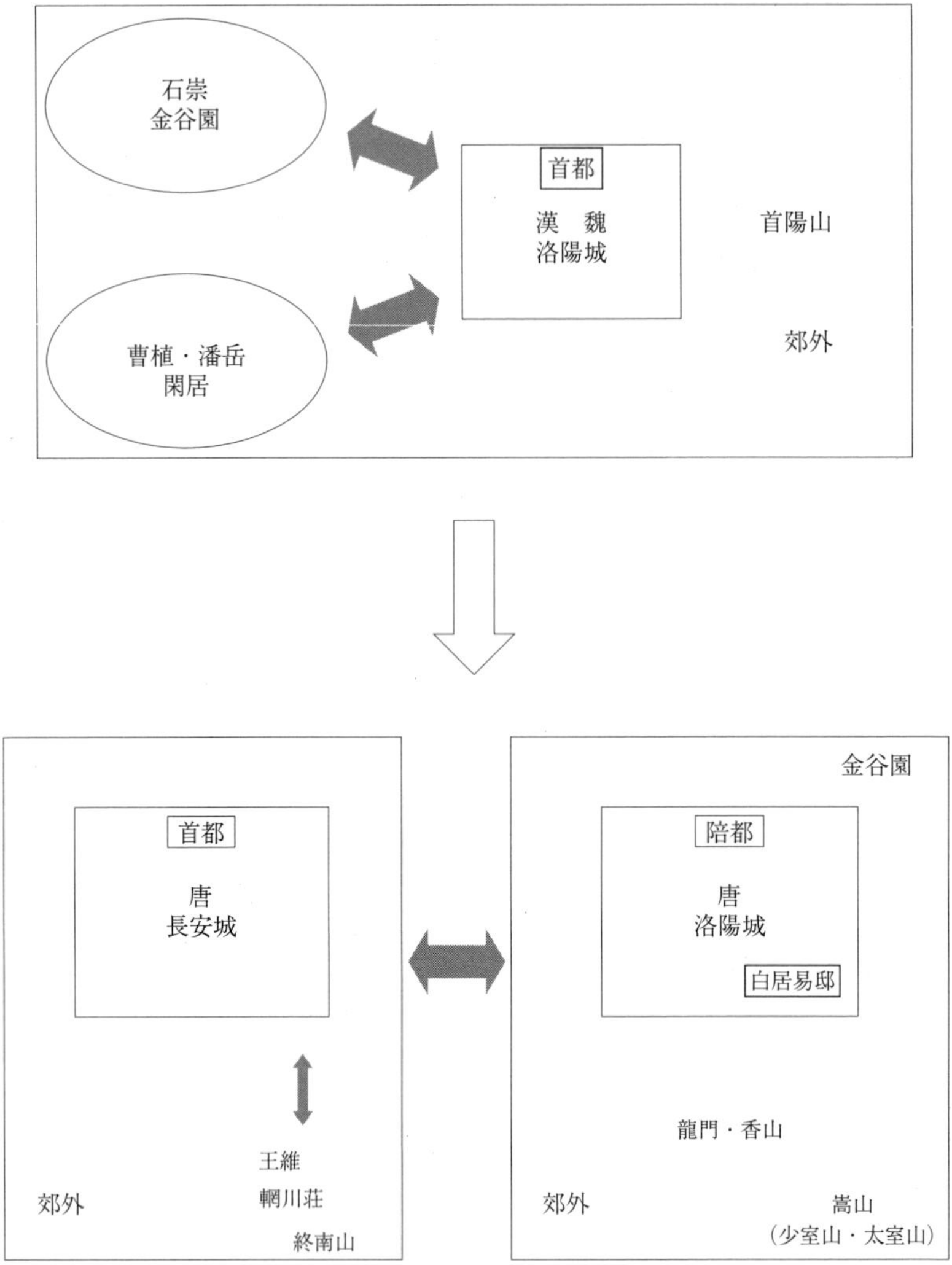
石崇
金谷園
首都
漢　魏
洛陽城
首陽山
曹植・潘岳
閑居
郊外
首都
唐
長安城
王維
輞川荘
終南山
郊外
金谷園
陪都
唐
洛陽城
白居易邸
龍門・香山
郊外
嵩山
(少室山・太室山)

注

（1）張衡の文学については、岡村繁「班固と張衡――その創作態度の異質性――」（『小尾博士退休記念中国文学論集』、第一学習社、一九七六年）に詳しい。なお、張衡の事跡及び作品の繫年は、孫文青『張衡年譜』（〔修訂版〕、上海商務印書館、一九五六年、初版は一九三五年）による。

（2）注（1）所掲、岡村氏論文、一五二～一五五頁を参照。

（3）『文選』より引用する詩文は、清・胡克家重刻宋淳熙刊本（台湾芸文印書館、一九九八年）による。

（4）柳川順子「『古詩』源流初探――第一古詩群の成立――」（中国中世文学会『中国中世文学研究』第四十三号、二〇〇三年）、八～九頁を参照。

（5）注（1）所掲、岡村氏論文、一五二～一五三頁を参照。

（6）小尾郊一『中国文学に現われた自然と自然観』（岩波書店、一九六二年）、序章「魏晋文学にさきだつ自然の叙述」、三九～四一頁を参照。

（7）金谷治「張衡の立場――張衡の自然観序章――」（『入矢教授・小川教授退休記念中国文学語学論集』、筑摩書房、一九七四年）、二〇七頁を参照。

（8）『後漢書』巻五十七、張衡伝によれば、「思玄賦」は侍中であった張衡が宦官の讒言を被った時、河間王の相となる以前に作られたものである。注（1）所掲『張衡年譜』はその制作時期を陽嘉四年（一三五）とする。

（9）内山俊彦「仲長統――後漢末一知識人の思想と行動――」（『日本中国学会報』第三十六集、一九八四年）、六六頁より引用（後に同氏『中国古代思想史における自然認識』〔創文社、一九八七年〕所収）。

（10）趙幼文校注『曹植集校注』（人民文学出版社、一九八四年）における趙氏の考語による。なお、曹植「閑居賦」の原文の引用に際しては、同書に基づき一部文字を改めた。

（11）松本幸男「阮籍の『詠懐詩』について」（『立命館文学』第三百八十四・三百八十五号、一九七七年七月）は、首陽山を詠じた作品は、おおむね正元元年（二五四）の政変に関するものであるとする（一五頁）。これにしたがい、「詠懐」第九首と「首陽山賦」を同時期の作と見なす。

（12）「首陽山賦」序の原文は次のとおり。「正元元年秋、余尚為中郎、在大将軍府。独往南牆下、北首陽山。」

（13）沼口勝「阮籍の『首陽山賦』について」（大塚漢文学会『中国文化――研究と教育』第四十二号、一九八四年）、二二頁を参照。

（14）『世説新語』任誕篇に、「阮仲容（阮咸）、歩兵（阮籍）居道南、諸阮居道北。北阮皆富、南阮貧」と、貧しい南阮と富裕な北阮が道路を隔てて向かい合って集居していたことが記されている。松本幸男『阮籍の生涯と詠懐詩』（木耳社、一九七七年）には、南阮の経済的不振は、阮籍の父である阮瑀の早世によるとの見解が示されているが（二三～二四頁）、そうであれば阮瑀の後を襲った阮籍にとって、家計を支えるためにも、官人としての地位を棄てて洛陽を離れることは困難であったと考えられる。

（15）注（14）所掲『阮籍の生涯と詠懐詩』には、当時、自給自足の大家族にとって、家父長的秩序は欠かせぬものであったとされている（二三頁）。そうすると貧しい南阮を取りしきる立場にあった阮籍に、郊外に別荘を構えて過ごす経済的余裕があったとは考えにくい。したがって阮籍は前に見た曹植や後にふれる石崇と潘岳のように、洛陽の郊外に安息の地を得ることはできなかったと見られる。

（16）興膳宏「潘岳年譜考」（『名古屋大学教養部紀要』［Ａ人文科学・社会科学］第十八輯、一九七四年）を参照（後に同氏『乱世を生きる詩人たち　六朝詩人論』〈研文出版、二〇〇一年〉所収）。

（17）戸倉英美「別れの詩の時間と空間」（『日本中国学会報』第三十九集、一九八七年）、一一九～一二〇頁を参照（後に同氏『詩人たちの時空――漢賦から唐詩へ』〈平凡社、一九八八年〉所収）。

（18）石崇と金谷園については、興膳宏「石崇と王羲之――蘭亭序外説――」（書論研究会『書論』第三号、一九七三年）に詳しい（後に注（16）所掲書所収）。

（19）六朝時代の洛陽のイメージについては、橘英範「六朝詩に詠まれる洛陽――楽府『洛陽道』を中心に」（佐川英治編『洛陽の歴史と文学』所収、岡山大学文学部『プロジェクト研究報告書』第十巻、二〇〇八年）に詳しい。

（20）王羲之の集宴については、石川忠久『陶淵明とその時代』（研文出版、一九九四年）、外篇・第三章「王羲之と蘭亭の遊」に詳しい。

(21) 平泉の浥澗は、龍門の南に位置したことが謝思煒氏によって考証されている。詳細は拙訳「白居易の詩文と唐代墓誌」(原題は「唐代墓誌与白居易詩文研究」、白居易研究会『白居易研究年報』第十号、二〇〇九年)を参照されたい。

(22) 西村富美子「白居易の《閑居》――履道里邸を中心として――」(『愛媛大学法文学部論集』[文学科編]第二十三号、一九九〇年)、六一～七二頁を参照。

(23) 拙稿「中国の詩人とトポフィリア――陪都の文学」(梅光学院大学日本文学会『日本文学研究』第四十五号、二〇一〇年)を参照。

(24) 該図は、イーフー・トゥアン著、小野有五・阿部一共訳『トポフィリア　人間と環境』(ちくま学芸文庫、二〇〇八年。初出は、**Yi-Fu Tuan**・*Topophilia :A Study of Environmental Perception, Atitudes and Values* (prentice-hall・Englewood Cliffs・New Jersey・1974))、第八章「トポフィリアと環境」、二〇〇～二〇一頁所掲の図9「原野・庭園・都市」、並びに大室幹雄『園林都市――中国中世の世界像』(三省堂、一九八五年)、第十二章「郊居　園田居　山居――文化と自然の背景画法《シーノグラフィ》仕掛I」、四七八頁所掲の図66「山水趣味のscenography」に着想を得て作成したものである。

第一部　唐代篇

第一章　孟郊と洛陽

一　古都洛陽の陰翳

唐代の洛陽のイメージを言えば、悠遠の歴史と豊かな文化が咲き誇った「花の都」であろう。隋唐時代の洛陽城は、周知のように漢魏の頃の洛陽城の西側に位置し、都城としては別のものである。しかし文学の世界における洛陽は、後漢から西晋にかけて曹操父子と建安七子、阮籍と嵆康や、潘岳と陸機といった知識人が活躍した都市として連続するものである。

次に挙げる初唐の劉希夷の楽府も、唐の洛陽が漢魏の洛陽と連続するという意識のもとに作られていると見られる。

洛陽城東桃李花　　洛陽城東　桃李の花
飛来飛去落誰家　　飛来飛去して　誰が家にか落つる
洛陽女児好顔色　　洛陽の女児　顔色好《よ》し
坐見落花長歎息　　坐《そぞ》ろに落花を見て　長歎息す
今年花落顔色改　　今年　花落ちて　顔色改まり
明年花開復誰在　　明年　花開くも　復《ま》た誰か在らん

已見松柏摧為薪
更聞桑田変成海
古人無復洛城東
今人還対落花風
年年歳歳花相似
歳歳年年人不同
寄言全盛紅顔子
応憐半死白頭翁
此翁白頭真可憐
伊昔紅顔美少年
公子王孫芳樹下
清歌妙舞落花前
光禄池台開錦繡
将軍楼閣画神仙
一朝病臥無相識
三春行楽在誰辺
宛転蛾眉能幾時
須臾鶴髪乱如糸

已《すで》に見る　松柏の摧《くだ》かれて薪《たきぎ》と為るを
更に聞く　桑田の変じて海と成るを
古人　復《ま》た洛城の東に無し
今人　還《ま》た落花の風に対す
年年歳歳　花相い似たるも
歳歳年年　人同じからず
言を寄す　全盛の紅顔の子に
応《まさ》に憐むべし　半死白頭の翁を
此の翁　白頭にして真に憐むべし
伊《こ》れ昔　紅顔の美少年なり
公子　王孫　芳樹の下
清歌　妙舞　落花の前
光禄の池台　錦繡《きんしゅう》を開き
将軍の楼閣　神仙を画《えが》く
一朝に病臥して　相識無し
三春の行楽　誰が辺にか在る
宛転《えんてん》たる蛾眉《がび》も　能《よ》く幾時ぞ
須臾《しゅゆ》にして　鶴髪《かくはつ》乱れて糸の如《ごと》し

但看古来歌舞地　但《た》だ看《み》る　古来歌舞の地の
惟有黄昏鳥雀悲　惟《た》だ黄昏に鳥雀の悲しむ有るのみなるを

（劉希夷「代悲白頭吟」、『全唐詩』巻八十二）

この詩は『唐詩選』にも採られている有名なものであり、「年年歳歳　花相い似たるも、歳歳年年　人同じからず」の句は人口に膾炙している。一人の老人の過去の栄光と現在の凋落を、春の洛陽を舞台に花と重ね合わせて詠むのである。ただその変化は、人間の一生における変化に止まらない。例えば「已《すで》に見る　松柏の摧《くだ》かれて薪《たきぎ》と為るを、更に聞く　桑田の変じて海と成るを」の二句は、「古詩十九首」第十四首の「古墓犂為田、松柏摧為薪」（古墓は犂《す》かれて田と為り、松柏は摧《くだ》かれて薪《たきぎ》と為る）と、東晋・葛洪『神仙伝』の麻姑仙の条に見える「桑変成海」の故事を踏まえており、人生ばかりでなく、人間の住む土地にも大きな変化が訪れることを言う。また、最終聯の「但《た》だ看《み》る　古来歌舞の地の、惟《た》だ黄昏に鳥雀の悲しむ有るのみなるを」の二句には、洛陽が唐以前より王侯貴族が遊宴を広げた土地であるということが意識されている。つまり、劉希夷が白頭の翁に成り代わって詠んだ悲しみは、人間世界で繰り返される栄枯盛衰のはかなさそのものであると言える。

洛陽の華やかなイメージとこれにまつわる詩跡については、既に松浦友久・植木久行『長安・洛陽物語』（集英社、一九八七年）や植木久行『唐詩の風土』（研文出版、一九八三年）をはじめとする諸書に詳しく紹介されているので、殊更に取りあげるまでもないと思うが、ただこれらの書の記述は、あくまでも初盛唐期の洛陽の繁栄を中心としており、それに附随して安史の乱及びその後の洛陽の凋落を論じている。そして殊に中晩唐期の洛陽については、高級官僚の退老の地であると同時に、閑静な庭園都市であったとする。筆者はこうした従来の見解を根本的に否定するつもりはないが、洛陽に居住あるいは滞在した知識人が詩文を綴る際、状況によっては洛陽の描かれ方が異なるように思う。そのことを、洛陽と長安の両都に居住した経験を有する杜甫を一例として見よう。

杜甫は洛陽にほど近い鞏県（現在の河南省鞏義市）の出身である。[1] 彼は青年時代にあたる開元二十九年（七四一）から天宝三載（七四四）にかけて、洛陽を生活の場としていたが、この頃に洛陽周辺で作った詩を見れば、「贈李白」（『杜詩詳注』巻二）、「夜宴左氏荘」（同上）、「重題鄭氏東亭」（同上）、「龍門」（同上）、「遊龍門奉先寺」（同上）の題にも明らかなように、贈答・遊宴の作が多く、洛陽城内で作られたと思しいものは殆ど見られない。したがってこれらの詩を見る限りでは、杜甫が李白と洛陽で交流したことのほかには、具体的にどのような生活を送っていたかは明らかでない。

一方、後年長安を離れて羈旅の中にあって作られた望郷の詩には、洛陽での生活の一端を窺わせるものがある。

昔在洛陽時　　昔　洛陽に在りし時
親友相追攀　　親友　相い追攀《ついはん》す
送客東郊道　　客を東郊の道に送り
遨遊宿南山　　遨遊《ごうゆう》　南山に宿る
煙塵阻長河　　煙塵《えんじん》　長河を阻《はば》み
樹羽成皐間　　羽《はた》（羽飾りのついた旗）を成皐《せいこう》の間に樹《た》つ
回首載酒地　　首《こうべ》を載酒《さいしゅ》の地に回《めぐ》らす
豈無一日還　　豈に一日の還《かえ》ること無からんや
丈夫貴壮健　　丈夫　壮健を貴び

惨戚非朱顔　朱顔に非ざるを惨《いた》み戚《うれ》う

（杜甫「遣興三首」其三、『杜詩詳注』巻六）

杜甫の「遣興三首」は、乾元元年（七五八）、洛陽から華州に戻った後に作られたものである。第一首には兄弟の安否が気遣われ、第二首には陸渾山の旧宅に対する望郷の念が詠まれる。そして右に挙げた第三首には、洛陽とその周辺で友人と交流を持ったことが述べられている。第一句から第四句では、杜甫が洛陽で友人と遊び、洛陽の東郊で別れを惜しみ、それから泊まりがけで嵩山に遊びに出かけたことが詠まれる。第五句以降では、洛陽に賊軍が駐屯し、洛陽の東側に賊軍の旗が立てられていることを述べている（2）。そして最後に、嘗て友人たちと宴を開いた土地が戦禍にみまわれ、洛陽に帰ることができないことを悲しむ気持ちが詠まれている。この第三首から、洛陽とその周辺が杜甫の交遊の場となっており、家族ばかりでなく友人をも含む人間関係が洛陽という土地と結びつき、望郷の念を呼び起こしていることが分かる。同様のことは次の詩からも窺うことができる。

冬至至後日初長　冬至　至りて後　日初めて長く
遠在剣南思洛陽　遠く剣南に在りて　洛陽を思う
青袍白馬有何意　青袍《せいほう》　白馬　何の意か有る
金谷銅駝非故郷　金谷　銅駝《どうだ》　故郷に非ず
梅花欲開不自覚　梅花　開かんと欲して　自《みずか》ら覚《さと》らず
棣蕚一別永相望　棣蕚《ていがく》（にわうめの花）　一たび別れて　永く相い望む
愁極本憑詩遣興　愁い極まれば　本より詩に憑《よ》りて興を遣《や》るも

詩成吟詠転凄涼　詩成りて吟詠すれば　転《うた》た凄涼なり

（杜甫「至後」詩、『杜詩詳注』巻十四）

この詩は、広徳二年（七六四）の冬至の後に成都で作られたものである。この時洛陽を詠むのは、異郷にて叛乱軍が洛陽を荒廃させたことを想起したからである。(3) 戦乱により嘗て遊んだ金谷園も銅駝街も昔の面影をとどめていない。(4) 兄弟の喩えであるにわうめの花を眺めて、肉親と遠く離れていることを思い、愁いを消すために詩を作るが、吟じてみれば却って悲しみが深くなるという。ここで杜甫は、金谷園と銅駝街という洛陽の景勝地を挙げているが、このことは前に見た「遣興三首」第三首と同じく、杜甫にこれらの場所で行楽に及んだ思い出が有ることを示す。そして旧宅である陸渾荘ばかりでなく、洛陽という都市そのものが故郷として捉えられていることが分かるのである。

さて、杜甫はどうして洛陽を故郷として見なすことになったのであろうか。松原朗氏は、生まれ育った場所が故郷として認識されるには、故郷が一旦喪失されることが前提であるが、杜甫の場合は、洛陽の陸渾山荘が安史の乱により破壊されたのを目撃することによって故郷の喪失が確認され、その時に初めて故郷というものの存在を自覚したと述べている。(5) つまり洛陽という都市は、杜甫が望郷の思いを抱くことによって追憶の対象になったのである。しかし青年時代の杜甫は、洛陽を故郷として意識していなかったため、洛陽を麗しい都市として詠むことはなかった。例えば、杜甫が青年時代に詠んだ次の詩は、洛陽を否定的に捉えている。

二年客東都　二年　東都に客たり
所歴厭機巧　歴《ふ》る所　機巧を厭《いと》う
野人対羶腥　野人　羶腥《せんせい》に対し

蔬食常不飽　　蔬食《そし》　常に飽かず
豈無青精飯　　豈に青精の飯の
使我顔色好　　我が顔色をして好《よ》からしむる無からんや
苦乏大薬資　　苦《はなは》だ大薬の資に乏し
山林跡如掃　　山林　跡は掃けるが如《ごと》し
（杜甫「贈李白」詩、第一～八句、『杜詩詳注』巻一）

この詩は、天宝三載（七四四）、三十三歳の杜甫が翰林供奉を辞めて長安から洛陽へやって来た李白に贈ったものである。杜甫は二年間洛陽に仮寓しているが、体験したことすべてが欺きにみちており、これらのことに嫌悪感を抱いているという。なお、田舎者の自分は粗食に甘んじながらも、名利に汲々とする都会の生活に辟易しており、若さを保つ仙薬を入手するだけの資力もなく、仙境へ入る人の足跡も掃いてかき消されたようであるという。この詩に見える洛陽は、人を欺く企《たくら》みにみちた都市として表現されているのだ。一方、李白も洛陽を次のように詠んでいる。

長剣復帰来　　長剣　復《ま》た帰り来たり
相逢洛陽陌　　相い逢う　洛陽の陌
陌上何喧喧　　陌上　何ぞ喧喧《けんけん》たる
都令心意煩　　都《すべ》て心意をして煩《わずら》わしむ
迷津覚路失　　津《しん》に迷いて路の失いたるを覚《さと》り
託勢随風翻　　勢に託して風の翻《ひるがえ》るに随う

以茲謝朝列　茲《ここ》を以て朝列を謝《さ》り
長嘯帰故園　長嘯《ちょうしょう》して故園に帰る
（李白「聞丹丘子於城北山営石門幽居、中有高鳳遺跡。僕離群遠懐、亦有棲遁之志。因叙旧以寄之」詩、第十九〜二十六句、『李太白文集』巻十一）(6)

李白はこの詩に、洛陽が喧噪の渦巻く都市であり、そのすべてが心を煩わしくさせるという。李白の洛陽の詩と言えば、「春夜洛城聞笛」（『李太白文集』巻二十三）が有名であるが、彼は洛陽に滞在して望郷の名篇を作る一方で、洛陽に対して騒がしさと煩わしさを覚えていたと見える。つまり杜甫のみならず、ほかの詩人にとっても洛陽は喧噪と紅塵の巷であったのである。また杜甫は後年、「有感五首」第三首（『杜詩詳注』巻十一）において、「洛下舟車入、天中貢賦均。日聞紅粟腐、寒待翠華春」（洛下　舟車入りて、天中　貢賦均《ひと》し。日に紅粟《こうぞく》の腐るを聞き、寒きに翠華《てんしのみはた》の春を待つ）と詠み、皇帝が行幸した頃の洛陽の奢侈の有り様について回想している。前掲「贈李白」詩に「野人羶腥《せんせい》に対し、蔬《そ》食《し》常に飽かず」と詠むのは、自らの質素な生活と比べ、洛陽の人々が奢侈に耽っていることに対する批判も込められているのだろう。これらの詩を見ると、青年杜甫の洛陽に対する印象は甚だ好ましくないものであったようである。安史の乱以前の洛陽について言及した唐人の作品には、晩唐の李庾の「両都賦」（『文苑英華』巻四十四）がある。本書第五章「洛陽の壊滅と復興」にもふれるが、李庾はその「東都賦」において安史の乱が起こる直前の洛陽の風俗を、「我俗既饒、我人既驕。安不思危、逸而忘労」（我が俗は既に饒《おお》く、我が人は既に驕《おご》る。安んじて危《あや》うきを思わず、逸して労を忘る）と述べ、当時の洛陽の人が奢侈と安逸に耽っていたことを批判する。ここに述べられている洛陽の風俗も、李杜の洛陽における不愉快な体験が事実であったことを裏づける。(7)

李白や杜甫の洛陽における詩を見れば、共に洛陽の暗黒面を指摘する内容を含む。贈答詩であるから他者の意を迎えたことも考えられるが、全く事実無根ということでも無いはずである。唐代の洛陽の詩文は、北邙山や上陽宮の宮女、及び安史の乱にまつわる悲劇を詠んだものを除けば、それらの暗く悲惨なイメージよりも、「花の都」の輝かしいイメージに相応しい作品を目にすることが多い。しかし、実際に洛陽に居住して一定の年数を経た知識人の目に映った洛陽は、この都市の光と影の部分を内包していた。それは中唐の孟郊に関しても言えることである。

二　孟郊の洛陽体験

孟郊（七五一～八一三）、字は東野、湖州武康（現在の浙江省湖州）の人。賈島と共に、俗に「郊寒島痩」と称される、中唐を代表する苦吟派の詩人である。(8) 従来、孟郊詩の源流にあるのは二謝（謝霊運・謝朓）とされるが、(9) 筆者は孟郊が深く影響を受けた詩人として、陶淵明も挙げるべきだと考えている。(10) 実際に孟郊の詩には、陶詩によると思われるものが少なくない。しかも、そこに詠まれているのは、俗世に対する嫌悪や反発など、「平淡」という陶詩の評語では済まされぬ複雑な感情である。また孟郊の詩に多く用いられる「拙」の字は、陶淵明と謝霊運のいずれの詩にも見られるものである。案ずるに、孟郊は理想を果たすことができず、隠遁を余儀なくされた隠士として陶淵明を意識したのではないだろうか。もし孟郊が陶淵明をそのように意識したのであれば、このことは元和元年（八〇六）から元和九年（八一四）までの九年間にわたって洛陽で営まれた半官半隠の生活様式に、少なからず影響を与えたはずである。また孟郊と洛陽の関係を考えるに際して、孟郊自身が「洛風」と呼ぶ詩風及びそれが生まれた背景についても、まだ十分な考察は行われていないように思う。

以上のことを踏まえて、孟郊と陶淵明の関わりについて論じ、併せて洛陽時代の孟郊を支えた「狂」の意識について考えよう。

孟郊の洛陽における陶詩の受容を検討する前に、彼にとって洛陽がどのような都市として意識されたかを考えてみたい。孟郊の詩では北方の長安・洛陽と江南とが対比され、「江邑春霖、奉贈陳侍御」詩（『孟東野詩集』巻九）に「始知呉楚水、不及京洛塵」（始めて知る　呉楚の水、京洛の塵に及ばざるを）と詠まれるように、長安と洛陽は塵にまみれた土地として、一方江南は塵に汚されることのない水の豊かな土地として描かれている。それでは、長安と洛陽は全く同一視されていたのであろうか。孟郊の詩の長安と洛陽とを対比させた表現には、次の二例が見える。

東京有眼富　　東京に眼有ること富むは
不如西京無眼貧　　西京に眼無きこと貧しきに如《し》かず
西京無眼猶有耳　　西京　眼無くとも猶お耳有り
隔牆時聞天子車轔轔　　牆《かき》を隔てて時に聞く　天子の車の轔轔《りんりん》たるを

（孟郊「寄張籍」詩〈未見天子面〉、第十一～十四句、『孟東野詩集』巻七）

東洛尚淹翫　　東洛　尚《な》お淹翫《とどこお》り
西京足芳妍　　西京　芳妍《あでやかなるはな》足《おお》し

（孟郊「送魏端公入朝」詩、『孟東野詩集』巻八）

「寄張籍」詩は元和八年（八一三）に眼病を病んだ張籍に宛てたものであり、「送魏端公入朝」詩は元和年間（八〇六～八二〇）に洛陽で作られたものと推測される。(11) いずれも長安在住またはこれから長安に向かう人物に贈った詩なので、自然と洛陽に対する長安の優位が述べられている。それでは孟郊が洛陽より長安をすぐれた都市として捉えていたかと言えば、必ずしもそうではない。孟郊は「長安羇旅行」（『孟東野詩集』巻二）に見られるように長安を批判する一方で、洛陽については江南ほどではないが好ましい都市として描いているからである。

孟郊と洛陽との関わりは意外と早く、徳宗の建中三年（七八二）、三十二歳の時に始まっている。この頃に孟郊は、二年ほど嵩山山中において科挙の受験に備えていた。しかも孟郊自身及び先祖の墳墓は、韓愈の「貞曜先生墓誌銘」（『東雅堂昌黎先生文集』巻二十九）に、「葬之洛陽東其先人墓左」（之れを洛陽の東、其の先人の墓の左に葬る）と述べられているように洛陽にある。孟郊は祖先にゆかりのある洛陽の地で栄達を目指し、受験勉強に励んだのである。その後、貞元四年（七八八）、貞元八年（七九二）、貞元九年（七九三）の落第を経て、貞元十一年（七九五）にようやく登第を果たした孟郊は、貞元十七年（八〇一）に洛陽で開かれた吏部の銓試に合格している。(12) 孟郊の洛陽訪問が何度目に当たるのかは定かでないが、当時、洛陽が彼の目にどのように映ったかが次の詩に示されている。

塵土日易没　　塵土　日没し易く
駆馳力無余　　駆馳《くち》するも　力に余り無し
青雲不我与　　青雲　我に与《くみ》せず
白首方選書　　白首にして　方《はじ》めて書を選ばる
宦途事非遠　　宦途《かんと》　事《つか》うるは遠きに非ず

拙者取自疎
終然恋皇邑
誓以結吾廬
帝城富高門
京路饒勝居
碧水走龍状
蜿蜒遶庭除
尋常異方客
過此亦踟躕

拙《つたな》き者　取ること　自《おのずか》ら疎《うと》し
終然　皇邑《こうゆう》を恋い
誓うに　吾が廬を結ぶを以てす
帝城　高門は富《ゆたか》に
京路　勝居饒《しょうきょおお》し
碧水　龍状に走りて
蜿蜒《えんえん》として　庭除《にわ》を遶《めぐ》る
尋常　異方の客
此《ここ》に過《よぎ》りて　亦た踟躕《ちちゅう》す

（孟郊「初於洛中選」詩、『孟東野詩集』巻三）

この詩は、孟郊が五十一歳の時に作られている。内容はおよそ次のようである。俗塵にまみれた土地では時間が過ぎるのが早く、齷齪《あくせく》と駆けずり回るだけで精一杯である。青年時代は恵まれず、老人になってようやく溧陽県尉の官職が得られることになった。任地は遠いわけではなく、才能に乏しい自分が得た仕事も多忙なものではない。そこで皇城のある洛陽の地を慕わしく思い、いつか自宅を構えようと誓いを立てた。洛陽には立派な門が立ち並び、街路に面した建物には素晴らしい邸宅が多い。紺碧の流水は屈曲して龍のようであり、水路に注いで庭園をめぐる。常に他郷から来る旅人であるわたしは、この洛陽を訪れると立ち去りがたい思いがする。

この詩の前半では、銓試に合格はしたものの既に老境に至っており、与えられた官職も韓愈の「送孟東野序」（『東雅堂昌黎先生文集』巻十九）に「東野之役於江南也、有若不釈然者」（東野の江南に役するや、釈然たらざるが若《ごと》きもの有り）と述べられるように、気の進まぬものであった。そこでいつか洛陽に移り住み、安住できる我が家を構えたいと誓うのである。

そして後半部分は孟郊の目に映った洛陽の様子である。洛陽には高級官僚の邸宅が立ち並び、洛水や伊水の水流を引き入れた水路が至る所にめぐらされている。「立徳新居十首」第五首（『孟東野詩集』巻五）には、「空曠伊洛視、髣髴瀟湘心」（空曠《くうこう》たり　伊洛の視、髣髴《ほうふつ》たり　瀟湘の心）と詠まれており、大きく広がる伊水や洛水の眺めは、南方の瀟水や湘水を髣髴《ほうふつ》とさせるという。こうした詩句より孟郊の心中の洛陽の水景は、疑似的な故郷としての色彩を帯びていたと考えられる。[13] ただしここで注意しなければならないのは、洛陽が豊かな水景を有する都市として詠まれると同時に、富貴な権門が多く住む場所として意識されているということである。つまり銓試に合格した時の彼の目に映った洛陽は、高級官僚の邸宅が立ち並ぶ「帝城」だったのである。しかし、洛陽に住まいを構えた後の孟郊の詩からは、帝都としての洛陽のイメージが次第に薄れてゆく。

三　洛陽における陶淵明詩の受容

孟郊が洛陽に構えた新居を詠んだ詩に、次のようにある。

聳城架霄漢　聳《そび》ゆる城は霄漢《おおぞら》に架かり
潔宅涵絪縕　潔《きよ》き宅《すまい》は絪縕《いんうん》（盛んな気）に涵《ひた》さる
開門洛北岸　門を洛北の岸に開き

時鎖嵩陽雲
夜高星辰大
昼長天地分
厚韻属疎語
薄名謝囂聞
茲焉有殊隔
永矣難及群

時に嵩陽の雲を鎖《とざ》す
夜高くして　星辰大なり
昼長くして　天地分かる
韻《しらべ》を厚くして　疎語《そご》（平凡な言葉）を属《つら》ね
名を薄くして　囂聞《ごうぶん》（世俗の名誉）を謝《さ》る
茲《ここ》に殊《こと》に隔つる有り
永《とこしえ》に群に及び難し

（孟郊「立徳新居十首」其二、『孟東野詩集』巻五）

この詩には、そびえ立つ洛陽の宮城と対照的に孟郊の自邸が詠まれている。その自邸は清らかな洛水の北側に在り、また時には嵩山の雲を留まらせる。この静かな立徳坊の邸宅で作詩に励み、喧《かまびす》しい俗世間とは隔たった生活を営む孟郊の姿は、まさに隠者である。また次の詩を見よう。

手鋤良自勖
激勧亦已饒
畏彼梨栗児
空資玩弄驕

鋤《すき》を手にして良《まこと》に自《みずか》ら勖《つと》む
激勧《はげま》すこと　亦た已《すで》に饒《おお》し
畏《おそ》る　彼の梨栗の児の
空しく玩弄《がんろう》の驕《きょう》に資するを

（孟郊「立徳新居十首」其八、第一～四句、『孟東野詩集』巻五）

鋤《すき》を手に取って農作業に励む自身と併せて詠まれている「梨栗児」とは、陶淵明の「責子」詩（『陶淵明集』巻三）に「通子垂九齢、但覓梨与栗」（通子は九齢に垂《なん》なんとするも、但《た》だ梨と栗とを覓《もと》むるのみ）とあるのを踏まえる。つまりこの詩において孟郊は、世俗から遠ざかって農耕に勉める自らの生活を陶淵明に擬えていることが分かる。

孟郊にとって洛陽が、長安と肩を並べる帝都でありながら、その一方で江南を髣髴《ほうふつ》とさせる水景の豊かな親しむべき都市として認識されていたことは前に述べたが、孟郊はそうした都市の中で暮らす自身を隠者に見たてた。それは彼が、「大隠詠三首・趙記室俶在職無事」（『孟東野詩集』巻六）中で趙俶に代わって、「彼隠山万曲、我隠酒一杯」（彼は山の万曲に隠れ、我は酒の一杯に隠る）と詠み、閑職を得て都市に住む人物を「大隠」と見なしたことと相通じる。つまり孟郊は趙俶に自らの姿を重ねており、ひいて言えば、彼自身を帝都に隠れ住む「大隠」と見なしていたのである。

孟郊にとって隠遁は決して馴染みの薄いものではない。何故ならば彼が少壮期に皎然と共に交流した韋応物は「吏隠」の大先輩であり、また「小隠吟」（『孟東野詩集』巻二）、「大隠詠三首」（『孟東野詩集』巻六）といった作品に見られるように、孟郊は山野に籠もる隠者を「小隠」、吏隠を「大隠」と見なしていた。孟郊が就いた官職は貞元十七年（八〇一）の溧陽県尉、元和元年（八〇六）の水陸運従事・試協律郎であるが、前者は江蘇にある片田舎の県尉、後者も白居易が同情を寄せるほど低い役職であった。[14] つまり卑職に就いていた孟郊は、自身を吏隠と見なすのに何の妨げもなかったのである。なお孟郊が「奉報翰林張舎人見遺之詩」に次のように詠むのは、晩年に至っても陶淵明を愛好する気持ちが衰えていなかったことを裏づける。[15]

忽 吟 陶 淵 明　　忽《たちま》ち吟ず陶淵明
此 即 羲 皇 人　　此れ即《すなわ》ち羲皇の人なり

心放出天地　　心は放《はな》たれて　天地より出でんとするも
形拘在風塵　　形は拘《とら》われて　風塵に在り
（孟郊「奉報翰林張舎人見遺之詩」、第三十一～三十四句、『孟東野詩集』巻七）

「形拘」とは、陶淵明の詩を踏まえる語である。(16) この四句に見えるように、孟郊は陶淵明が世俗の中に身を置きながらも、それを超越した高い志の持ち主であったことを慕った。

だがその一方、孟郊は陶淵明が抱いていた苦悩や葛藤も否定しない。孟郊の詩には少なからず陶淵明が取りあげられるが、(17) 洛陽時代に陶淵明の作品を踏まえて詠んだと目されるものに、元和七年（八一二）、孟郊が六十二歳の時期に作られた「感懐八首」（以下、「感懐」と略記）がある。まずその第一首を見よう。

秋気悲万物　　秋気　万物を悲しましめ
驚風振長道　　驚風　長道に振るう
登高有所思　　高きに登りて　思う所有り
寒雨傷百草　　寒雨　百草を傷《そこ》なう
平生有親愛　　平生　親愛するもの有るも
零落不相保　　零落して　相い保たれず
五情今已傷　　五情　今已《すで》に傷《やぶ》るれば
安得自能老　　安《いず》くんぞ自《おのずか》ら能《よ》く老ゆるを得ん

（孟郊「感懐」其一、『孟東野詩集』巻二）

第七句に見える「五情」とは、喜、怒、哀、楽、怨のことであり、陶淵明の「形影神三首・影答形」（『陶淵明集』巻二）に、「身没名亦尽、念之五情熱」（身の没すれば名も亦た尽《つ》く、之れを念《おも》えば五情熱す）とあるのに基づく。(18) 陶淵明の「形影神三首」には、彼の「飲酒」を志す側面と、「立善」を志す側面とが「形」と「影」に託されている。そして「影」が「立善有遺愛」（善を立つれば遺愛有らん）と善事の実行を宣言するそのきっかけとなるのが、前掲の二句なのである。つまり無情にも人を老衰させ、死へと追いやる時の流れは、陶淵明の「五情」を焦がし、善事を実現することによって不朽の名声を勝ちとることを考えさせるのである。

一方、孟郊の「感懐」第一首は、秋の気配の中、冷たい秋雨にさらされる草木を眺めながら、人間も同じく零落していくことを詠み、「五情」が既に損なわれてしまったので、自然に老いてゆくことすらできない、と自虐的な表現を用いる。つまり、陶淵明が功名を立てることもないままに老いさらばえることを危惧した表現を踏まえて、老いさらばえる前に、「五情」が既に破れてしまったと悲嘆するのである。いみじくも杜甫が、

陶潜避俗翁　　陶潜　俗を避けし翁なるも
未必能達道　　未だ必ずしも道に達する能《あた》わず
観其著詩集　　其の詩集に著《あらわ》すを観《み》るに
頗亦恨枯槁　　頗《すこぶ》る亦た枯槁《ここう》を恨めり

（杜甫「遣興五首」其三、第一～四句、『杜詩詳注』巻七）

と、陶淵明の老衰に対する苦悩を喝破したのと同じく、孟郊は陶淵明が抱いた老いていくことに対する焦りを敏感に

感じ取っていたのである。
　こうした孟郊の陶淵明に対する共感は、「感懐」第五首（『孟東野詩集』巻二）に更に顕著に表れている。まず詩の全文を挙げ、次いで基づくところの陶淵明の作品の詩句を示そう。

挙才天道親　　才を挙ぐるに天道に親あれば
首陽誰採薇　　首陽に誰か薇《わらび》を採らん
去去荒沢遠　　去り去りて　荒沢《こうたく》遠く
落日当西帰　　落日　当《まさ》に西帰すべし
羲和駐其輪　　羲和《ぎか》はその輪を駐《とど》め
四海借余暉　　四海　余暉《よき》を借る
極目何蕭索　　極目　何ぞ蕭索《しょうさく》たる
驚風正離披　　驚風　正に離披《りひ》たり
鳲鳩鳴高樹　　鳲鳩《しきゅう》　高樹に鳴き
衆鳥相因依　　衆鳥　相い因依《よ》る
東方有一士　　東方に一士有り
歳暮常苦飢　　歳暮　常に飢えに苦しむ
主人数相問　　主人　数《しば》しば相い問うも
脈脈今何為　　脈脈として　今何をか為さん

貧賤亦有楽　貧賤にも亦た楽しみあり
且願掩柴扉　且《まさ》に柴扉《さいひ》を掩《おお》うを願うべし

挙才天道親、首陽誰採薇
→曰天道之無親、（二句省略）夷投老以長飢（陶淵明「感士不遇賦」、『陶淵明集』巻五）
東方有一士、歳暮常苦飢
→東方有一士、被服常不全（陶淵明「擬古九首」其五、『陶淵明集』巻四）
貧賤亦有楽、且願掩柴扉
→貧賤有交娯、清謡結心曲（陶淵明「贈羊長史」詩、『陶淵明集』巻二）

一見して分かるように、「感懐」第五首には陶淵明に連なる語が多用されているが、まず冒頭に「才を挙ぐるに天道に親あれば、首陽に誰か薇《わらび》を採らん」と、陶淵明の「感士不遇賦」が踏まえられている。ここで言う「天道」とは、あるいは為政者の施政を指すのかもしれない。(19)人材を採用するにあたって、もしも天の親愛がまかり通るのであれば、誰も伯夷と叔斉のように隠遁などしない、と天に対する不信感を詠む。続いて「東方に一士有り」(20)と陶淵明に自らを重ねる孟郊は、歳の暮れに飢えに苦しみながらも、それでも貧賤にも楽しみがあり、粗末な庵に住まうことが自身の願いである、と強弁してみせる。

孟郊の「感懐」詩に見える陶淵明に由来する詩句が、単に陶淵明を踏襲したものではなく、また、近年指摘を受けている「淡泊閑適の趣」とはやや異なるものであることは注意されるべきである。(21)「感懐」第一首の「五情」の語に見えるように、無為に時を過ごすことを悲嘆する心情が詠まれることや、陶淵明が「擬古九首」第五首に「東方の一士」を貧賤にあっても苦しそうな表情を見せない好人物として描いたのに対して、孟郊はこれを食事にも事欠き、年の暮れにもかかわらず食を乞うほど困窮する人物として詠んでいることは注目に値する。孟郊の陶淵明像は、唐代の詩人たちが想い描いた超然とした隠士像とは幾ばくか距離を有するのである[22]。言うなれば、それは杜甫が前出の「遣興五首」第三首に詠んだような苦悩と葛藤を併せ持った人間らしい人物像であった。そして超俗の志と人間らしい感情を持ち合わせたその生き様に、孟郊は強い共感を覚えたのである。

四　「洛風」と「狂」の意識

孟郊の詩集に多くの連作詩が存在することは以前より注目されており、それらの詩が孟郊の作風を代表する作品であることは衆目の一致するところである。同一の題のもとで詩を連作するのは容易なことではなく、老年の孟郊がこれらの詩を作るにあたって心血を注いだことは想像に難くない。これらの連作詩の詩題を挙げると、以下のとおりである。

詩題	制作時期	制作の場	分類
○「石淙十首」（『孟東野詩集』巻四）	元和元年（八〇六）	河南嵩山の石淙	遊適
○「立徳新居十首」（『孟東野詩集』巻五）	元和二年（八〇七）	洛陽立徳坊	居処
○「杏殤九首」（『孟東野詩集』巻十）	元和三年（八〇八）	同右	哀傷

○「弔盧殷十首」（『孟東野詩集』巻十）　元和五年（八一〇）　同右　哀傷
○「弔元魯山十首」（『孟東野詩集』巻十）　元和六年（八一一）　同右　哀傷
○「感懐八首」（『孟東野詩集』巻二）　元和七年（八一二）　同右　感興
○「秋懐十五首」（『孟東野詩集』巻四）　元和七年（八一二）　同右　詠懐
○「寒渓九首」（『孟東野詩集』巻五）　元和七年（八一二）　同右　居処
○「峡哀十首」（『孟東野詩集』巻十）　元和七年（八一二）　同右　哀傷
○「送淡公十二首」（『孟東野詩集』巻八）　元和八年（八一三）　同右　送別

孟郊の連作詩は元和元年（八〇六）から元和八年（八一三）までの期間に洛陽で作られている。愛児の死を悼んだ「杏殤九首」、元徳秀を悼んだ「弔元魯山十首」、盧殷を悼んだ「弔盧殷十首」などは弔いの詩であり、孟郊の悲痛の念が表出されている。また「峡哀十首」や「寒渓九首」は自然を詠じたものであるが、寒気の吹きすさぶ自然環境が、現実社会の厳しさと重ね合わされている。「立徳新居十首」「石淙十首」「送淡公十二首」は自身を受け入れてくれない社会に対して不平感を抱く孟郊が、自然や親しい人間関係の中に慰めを見いだした作である。そして「感懐八首」「秋懐十五首」は秋の寒冷な気候を背景にして、悲哀の情を詠むものである。

ところで孟郊には、次のように自らの詩風を「洛風」と称した例がある。

江調擺哀俗　　江調　哀俗を擺《はら》い
洛風遠塵泥　　洛風　塵泥を遠ざく

徒言奏狂狷　　徒言　狂狷《きょうけん》を奏するも
詎敢忘筌蹄　　詎《なん》ぞ敢えて筌蹄《せんてい》を忘れん
（孟郊「与王二十一員外涯遊枋口柳渓」詩、第二十七～三十句、『孟東野詩集』巻五）

これは孟郊が洛陽郊外の枋口《ほうこう》で詠んだものである。江南の詩風を指す「江調」にしても、孟郊の洛陽時代の詩風を指す「洛風」にしても、塵俗を断つことに変わりはない[23]が、その位置づけは共に世俗の対極にあるというだけのことなのであろうか。

孟郊が「江調」と「洛風」とを対にして詠んだ時には、より具体的なイメージがあったと考えられる。試みに孟郊が「江調」という語を用いた時に、その前後にどのような句が配置されているかを見れば、「送陸暢帰湖州、因憑題故人皎然塔陸羽墳」詩（『孟東野詩集』巻八）に「江調難再得、京塵徒満躬」（江調　再びは得難し、京塵　徒《いたずら》に躬《み》に満つ）とあり、江南の詩歌が洛陽で塵にまみれた自身には得難いと詠んでいる。つまり同じく江南と洛陽を対にしている。このように孟郊は「江調」という語を用いた時、江南と自身が住む洛陽とを、対を為すものとして考えていたのである。そうすると、次の四句に見える対句も洛陽で作られた詩の性質を表すのではないだろうか。

江調楽之遠　　江調　之れを楽しむこと遠く
渓謡生徒新　　渓謡　生ずること徒《いたずら》に新たなり
衆蘊有余採　　衆蘊《しゅううん》（多くの水草）　採るに余り有り
寒泉空哀呻　　寒泉　空しく哀呻《あいしん》す

（孟郊「奉報翰林張舎人見遺之詩」、第十七～二十句、『孟東野詩集』巻七）

ここで「江調」と対を為すのは、「渓謡」である。孟郊に先んじる用例が見あたらないため、「渓謡」の語が指すものが具体的に何であるかは分からないが、素直に意味を取るなら「水辺で唱われる詩歌」であり、「洛風」と近似するのではないか。またその後の対句に、「衆蘊《しゅううん》　採るに余り有り、寒泉　空しく哀呻《あいしん》す」とあるが、ここに見える「衆蘊」と「寒泉」がそれぞれ茶聖陸羽や詩僧皎然をはじめとする江南の才多き詩人たち（蘊は水草のほかに才能の意を有する）と孟郊自身との対比であれば、「渓謡」とは「石淙十首」（『孟東野詩集』巻四）、「寒渓九首」（『孟東野詩集』巻五）、「峡哀十首」（『孟東野詩集』巻十）等の寒冷な水辺の景観を多く描写する連作詩を中心とした、「洛陽の水辺で詠われた詩歌」を指すと考えられる。

また「古」を好む孟郊と彼を受け入れない「今」の人々は、孟郊の詩では対にして詠まれることが多いが、次の詩にはそうした彼の自画像が詠まれている。

十歳小小児　　十歳　小小の児
能歌得聞天　　歌を能《よ》くして　天に聞かしむるを得たり
六十孤老人　　六十　孤老の人
能詩独臨川　　詩を能くして　独り川に臨む
去年西京寺　　去年　西京の寺
衆伶集講筵　　衆伶《しゅうれい》　講筵《こうえん》に集まる

能断竹枝詞　竹枝詞を断《いなな》くを能《よ》くして
供養縄床禅　縄床《じょうしょう》の禅を供養す
能詩不如歌　詩を能くするは　歌うに如《し》かず
惆望三百篇　惆《いた》みて三百篇（『詩経』）を望む
（孟郊「教坊歌児」詩、『孟東野詩集』巻三）

この詩には、都長安の仏寺で多くの楽師たちの演奏に合わせて「竹枝詞」を奉納し世間にもてはやされる教坊の童子と、六十歳を過ぎて誰にも相手にされず洛陽の水辺で独り詩を作る孟郊の様子が対比されている。だがそうした内容よりも注意すべきことは、孟郊が自らを川に臨み、『詩経』をはじめとする古人の詩を仰ぎつつ詩を作る老人として描写しているということである。つまり洛陽で詩を作る孟郊の自画像は、水辺で苦吟する老人であり、そうした環境において作られたのが、「寒渓九首」（『孟東野詩集』巻五）をはじめ、孟郊が「洛風」と称する一群の詩であると筆者は考える。

ここまで「洛風」の具体的な内容について考えたが、「江調」と「洛風」がそれぞれ江南と洛陽の詩歌であるならば、両者を分けるのは何であろうか。もちろん江南と北方という地域の違い、北方の寒さと南方の暖かさの違いもあるだろうが、筆者は、前出「与王二十一員外涯遊枋口柳渓」詩に見える「江調擺衰俗、洛風遠塵泥」（江調　衰俗を擺《はら》い、洛風　塵泥を遠ざく）の直後に、「徒言奏狂狷、詎敢忘筌蹄」（徒言　狂狷《きょうけん》を奏するも、詎《なん》ぞ敢えて筌蹄《せんてい》を忘れん）と、「狂狷」の語が続けられていることに注目したい。「狂狷」とは、『論語』子路篇に見える語であり、中庸の道には合わないが態度が一貫しているものを言う。[24]「洛風」に備わり、「江調」には欠けているもの、それはこのような「狂」の想念であり、その有無が「江調」と「洛風」の違いを生んでいるのではないだろうか。

孟郊の詩には「狂」の字を用いた例が少なからず見受けられる。年代が特定できる用例のうち、最も早いのは「哭李観」詩（『孟東野詩集』巻十）である。李観は孟郊の知己であり、推薦者でもあった。その友人を無くした悲しみは、「自聞喪元賓、一日八九狂」（元賓［李観］を喪《うしな》うを聞きてより、一日に八九は狂えり）と詠むように、ほぼ一日中精神に異常を来たさんばかりであった。

ただし、気違いじみたという意味で「狂」字を用いているのはこの一例のみであり、これ以外はすべて不羈奔放で自由な境地を言う場合に用いているようである。例えば、韓愈の子である韓昶《かんちょう》（符郎）を賞賛した「喜符郎詩有天縦」詩（『孟東野詩集』巻九）には、「幸当禁止之、勿使恣狂懐」（幸《さいわ》い当《まさ》に之れを禁じ止め、狂懐を恣《ほしいまま》にせしむること勿《な》かるべし）とある。ここでいう「狂懐」とは不羈奔放で自由な精神を言うであろう。韓昶の天賦の才能を奔放なままにしてはいけないと戒めつつ、その利発さを賞賛しているのである。同様の例はほかにも見える。制作年代は不明であるが、草書の名人である献上人が廬山に帰る時に詠んだ「送草書献上人帰廬山」詩（『孟東野詩集』巻八）には、「狂僧不為酒、狂筆自通天」（狂僧　酒の為ならず、狂筆　自《おのずか》ら天に通ず）とあり、ここにおいても「狂僧」「狂筆」と「狂」字が用いられている。

ところで、「狂筆」が献上人の不羈奔放な筆致を指すことは理解しやすいが、「狂僧」とは一体何であろうか。一説に韓愈一門は洪州禅の影響を受けたというが、その禅の一派を示すのが「狂禅」である。「狂禅」の特質は「任運自在」、つまり心の赴くままに任せる一種の唯心主義にある。そしてこれが韓愈や孟郊の奇怪な詩風に影響を与えたとされている。[25] 献上人もおそらくはそのような狂禅の僧侶であり、酒を飲み、気ままに草書を書き散らす異色の人物であったと推測される。

それでは孟郊の「狂」も禅仏教に由来するのであろうか。筆者はそうは考えない。孟郊が当時流行しはじめた禅宗の影響を知らず知らずのうちに受けた可能性は否めないが、孟郊本人の自覚としては、別の形で「狂」の意識を持っていたと見られる。それは、『論語』に見られる「狂者」である。

『論語』微子篇には、孔子が南方の楚において、狂接輿《きょうせつよ》という気違いのふりをした隠者に遭遇する話が見える。その隠者は、徳の衰えた世に鳳凰のような立派な人物が現れたところで何にもならないと、孔子に忠告するのである。これ以後、「狂者」には世を避けて隠れた賢者の意味が付加されることになるが、その狂者をもって自認し、伝統的な儒家の世界から逸脱して、社会に背を向けた詩人に杜甫がいる。北宋の孫僅は「読杜工部詩集序」（南宋・蔡夢弼『杜工部草堂詩箋』所載）において、「公之詩支而為六家、孟郊得其気焰」（公〔杜甫〕の詩、支《わか》れて六家と為り、孟郊は其の気焰を得たり）と述べ、孟郊は杜甫の気焰を受け継いでいると評している。また南宋の呉幵《ごけん》は、孟郊が困窮する自らを詠んだ「贈崔純良」詩（『孟東野詩集』巻六）は、杜甫の詩を学んで作ったものではないかと述べている[26]。両者の見解に基づくならば、孟郊は杜甫の気焰を受け継ぎ、晩年の杜甫の困窮した生活に共感を覚えていたことになるだろう。孟郊の詩には実際に、杜甫の「狂」の意識を継承した詩句が見られ、特に老境に差しかかってからは更に「狂」の意識を強くしたようである。「遊枋口二首」第一首（『孟東野詩集』巻五）に、「老逸不自限、病狂不可周」（老逸 自《おのずか》ら限られざるも、狂を病みて周《めぐ》るべからず）と詠んでいる。これに「狂」を病むとは言っているが、前述のように「狂」とは精神異常といった負のイメージは持たない。そのことは、杜甫に言及した「戯贈無本二首」第一首（『孟東野詩集』巻六）の、「可惜李杜死、不見此狂癡」（惜しむべし 李杜死して、此の狂癡《きょうち》を見ざるを）の二句にも明らかである。これは洛陽において賈島に贈った詩句であり、この詩の中で孟郊は賈島を「狂癡」と表現している。この語が肯定的に用いられていることは言うまでもない。また、同じく洛陽で作られた詩に次のように詠まれている。

煩君前致詞　君（盧仝）を煩《わずら》わして　前《さき》に詞を致せしめ
哀我老更狂　我の老いて　更に狂なるを哀しましむ
狂歌不及狂　狂歌　狂に及ばず
歌声縁鳳凰　歌声　鳳凰に縁《よ》る
（孟郊「答盧仝」詩、第十九～二十二句、『孟東野詩集』巻七）

この詩において孟郊は、自らを年老いて更に「狂」であるとし、「狂歌」して鳳凰の歌を唱っているという。鳳凰の歌が、『論語』微子篇に見える狂接輿の歌を指すことは言うまでもない。この「狂」が基づくのは、杜甫の「狂夫」詩（『杜詩詳注』巻九）の「自笑狂夫老更狂」（自《みずか》ら笑う　狂夫の老いて更に狂なるを）という句である。杜甫はこの詩を作った当時、貧窮の中に在りながら何にも束縛されない気ままな生活を送っており、だからこそ年老いて更に「狂」である自らを笑っているのである。また、「狂歌」も杜甫の「官定後戯贈」詩（『杜詩詳注』巻三）に見える「耽酒須微禄、狂歌託聖朝」（酒に耽りて微禄を須《もち》い、狂歌　聖朝に托す）の二句に基づく。この当時の杜甫は、官職こそ得たものの低い地位に甘んじており、気ままな生活ではあるが、既に理想とはほど遠い境遇にあった。これらの杜甫の詩句が典故に用いられていることから、孟郊が杜甫の「狂」を強く意識していたことが分かる。孟郊は洛陽で鄭余慶という庇護者を得て、飢えて死ぬほど困難な環境にあったわけではない。しかし、理想的な儒家の生活から逸脱したという意味では杜甫と同じであり、すぐれた才能を有しながら生涯志を得ることのなかった杜甫を、自身と同一視することによって慰めを得て、「狂」に生きる詩人としての信念をより堅くしたと見られる。

孟郊最晩年の詩には、彼の心境が次のように詠まれている。

倚詩為活計　詩に倚《よ》りて活計を為すは
従古多無肥　古《いにしえ》より肥ゆる無きこと多し
詩飢老不怨　詩に飢えて　老いるも怨まず
労師涙霏霏　師の涙の霏霏《ひひ》たるを労《いたわ》る

（孟郊「送淡公十二首」其十二、第九～十二句、『孟東野詩集』巻八）

詩に生きる孟郊にとって、杜甫と同じく「狂」の詩人として生きることは誉れであり、その「狂」の意識こそが他者の追随を許さぬ代表作を生み出す原動力であったと考えられるのである。

孟郊とは対照的な詩人である白居易について、二宮俊博氏は「洛陽時代の白居易」[27]と題する論文において、白居易が老境にあってやはり杜甫に学び、「狂」の理念を用いて自らの政治的態度や生活理念を規定していたとする卓説を述べているが、白居易が洛陽に退居する約二十年前、既に孟郊によって同様の詩境が開かれていたことは注目すべき事実であり、孟郊の「狂」の意識が白居易へと継承された可能性があることも指摘しておきたい[28]。

以上、孟郊以前の唐人の洛陽体験を踏まえた上で、孟郊における洛陽のイメージと陶淵明受容、並びに洛陽における作風を表す「洛風」と「狂」の意識について述べた。まとめると、洛陽に移住した初期において、孟郊は洛陽を華麗な皇城として意識したが、次第に隠士の住処にふさわしい土地として認識するに至った。それは陶淵明の影響に由来するものであり、陶淵明受容によって孟郊は超俗への憧れと反俗の精神を養うことになったのである。一方、孟郊における陶淵明像は、ただ超俗の詩人というわけではなく、老いと貧しさに対する苦悩と葛藤をも持ち合わせた人間らしい存在であり、だからこそ孟郊は陶淵明に対してただ憧憬するのみならず、共感すら覚えた。そして晩年の孟郊が「洛風」と称したのは、「寒渓九首」（『孟東野詩集』巻五）など洛陽の水景を描いた詩歌であり、これらが生み出された背景には、杜甫の「狂」の継承があった。

孟郊が古都洛陽の文学において果たした役割は、何よりも白居易に先んじて洛陽に移住し、この都市で半官半隠の生活を営んだことである。孟郊と白居易は詩風こそ異なるものの、洛陽の水景を多く詠んでおり、それが両者の洛陽における詩の特色の一つとなっている。そして孟郊が杜甫の「狂」を受け継いだことは、白居易に先駆けており注目すべきことである。孟郊や白居易が「狂」の意識に目覚めたのは、洛陽における半官半隠の生活が大きく関係していると思われる。少なくとも彼らがもし洛陽に住まわなければ、「狂」を強く意識することはなかったであろう。そうした意味でも、彼らの晩年の詩は、まさに洛陽という都市の環境によって形成されたと言える。

ただ孟郊は白居易と異なり、洛陽と長安との優劣を積極的に論じる必要を感じなかったようである。彼にとって理想の土地はあくまでも故郷の江南であり、洛陽は水景を有する擬似的な故郷に過ぎなかった。したがって白居易が洛陽に対して抱いたほどの愛着は、孟郊の作品からは読み取れない(29)。孟郊が洛陽で詠んだ詩の寒々しい雰囲気は、江南に対する望郷の思いの裏返しなのであろう。

注

（1）杜甫の事跡と詩文の繫年は、四川省文史研究館編『杜甫年譜』（四川人民出版社、一九五八年）による。

（2）蔡夢弼は『杜工部草堂詩箋』巻十五、「遣興五首」第五首に見える「煙塵阻長河」「樹羽成皋間」の句について、これらは鞏県及び洛陽に賊軍が駐屯していることを指すと注する。原文は次のとおり。「謂屯兵鞏洛也。」「樹羽、謂建旗旄也。『漢志』、成皐属洛陽。」

（3）清・浦起龍は「至後」詩（『読杜心解』巻四之一）に、「青袍白馬、用侯景事、指史思明也」と注し、南朝梁を壊滅させた侯景の故事を用いて、「青袍白馬」を史思明の喩えと見なす。ただし安史の乱は上元二年（七六一）に終息している。

（4）浦起龍は「至後」詩の第四句に見える「非故郷」を「昔のままの風景ではなくなった」という意味で解釈している。これにしたがう。なお原文は次のとおり。「非故郷者、謂非復旧時風景也。」

（5）松原朗「杜甫の望郷意識――蜀中前期――」（中国詩文研究会『中国詩文論叢』第二十二集、二〇〇三年）を参照。

（6）この詩は、詹鍈『李白詩文繫年』（人民文学出版社、一九八四年）によれば、天宝十載（七五一）の作である。

（7）羅炤氏は「『洛陽学』之我見」（氣賀澤保規編『洛陽学国際シンポジウム報告論文集――東アジアにおける洛陽の位置』所収、明治大学東アジア石刻文物研究所、二〇一一年）において、洛陽が春秋戦国時代より交通の要衝であり、経済・貿易の中心地であったことを述べ、更に『史記』貨殖列伝を引いて、洛陽人が経済活動に長けていたことを指摘する。また、戦国期の大商人である白圭が洛陽出身であったこと、同じく洛陽出身の前漢の桑弘羊とその政策が後代に影響を及ぼしたことにも言及している（一八頁）。洛陽が古来、商業都市としての伝統をも有するのであれば、盛唐期の洛陽には、杜甫が嫌悪感を覚えるような功利的風潮があったと見ることも可能であろう。

（8）孟郊については、赤井益久「孟郊詩風試論――『不平』感の抽出をめぐって――」（早稲田大学中国古典研究会『中国古典研究』第二十五号、一九八〇年）、同「孟郊論――仕官前の恬淡と執着――」（中国古典文学研究会『中国文学の世界』第六集、一九八三年）があり、孟郊の創作の基本姿勢が、現実と理想との不均衡感覚にあるという指摘がある（後に同氏『中唐詩壇の研究』〔創文社、二〇〇四年〕所収）。そのほかにも詳しくは紹介できないが、横山伊勢雄「苦吟派の詩――孟郊試論――」（大塚漢文学会『中国文化――研究と教育』第四十一号、一九八三年。後に同氏『宋代文人の詩と詩論』〔創文社、二〇〇九年〕所収）、和田英信「孟郊『寒渓』九首試論」（中国文史哲学会『集刊東洋学』第五十八号、一九八七年）をはじめ、多くのすぐれた研究がある。とりわけ近年刊行された齋藤茂『孟郊研究』（汲古書院、二〇〇八年）は、孟郊の生涯を概括し、更に孟郊の特色ある連作詩を全般的に丁寧に考察しており、教えられるところが多い。また、中国における孟郊に関する著作には、尤信雄

『孟郊研究』（文津出版社、一九八四年）、戴建業『孟郊論稿』（上海古籍出版社、二〇〇六年）等がある。なお本書における孟郊の詩文は、華忱之校『孟東野詩集』（人民文学出版社、一九五九年）を底本に用い、黄氏士礼居宋本『孟東野詩集』（大安、一九六七年）、『孟東野詩集』（四部叢刊初編所収）、陳延傑『孟東野詩注』（商務印書館、一九三九年）、華忱之・喩学才校注『孟郊詩集校注』（人民文学出版社、一九九五年）を参看した。孟郊の事跡については、主に齋藤茂『孟郊研究』附録「孟郊略年譜」にしたがい、同年譜に言及されていない作品については、華忱之・喩学才校注『孟郊詩集校注』にしたがうものとする。

（9）孟郊の知友であった李観と李翺によって、それぞれ次のように述べられている。「孟之詩五言高処、在古無二、其有平処、下顧両謝。」（李観「上梁補闕薦孟郊崔宏礼書」、『李元賓文編』巻三、文淵閣四庫全書所収）。「郊為五言詩、自前漢李都尉、蘇属国、及建安諸子、南朝二謝。郊能兼其体而有之。」（李翺「薦所知於徐州張僕射書」、『李文公集』巻八、四部叢刊初編所収）
　これらを見ると、孟郊詩の源流には漢魏詩及び二謝があると見られていたことが分かる。とりわけ二謝については、李観と李翺が共に取りあげていることから、孟郊により多くの影響を与えていると認識されたようである。

（10）孟郊の陶淵明受容に言及した先行研究としては、注（8）所掲、尤信雄『孟郊研究』があり、第四章・第二節「道仏思想」に孟郊の道家的側面と陶淵明との関係が語られている。同書によれば、孟郊の陶淵明への私淑は、現実に絶望した時に帰るべき境地として行われているが、内心で現実の社会生活を気にするのは、陶淵明が世間から離れながら社会への関心を失わなかったのと似ているという。また、李剣鋒『元前陶淵明接受史』（斉魯書社、二〇〇二年）は、陶淵明の名が詠み込まれている「隠士」「秋懐十五首」「奉報翰林張舎人見遺之詩」の詩題を挙げてその愛好をほのめかすにとどまる（一〇二頁）。なお、本章以降に引用する陶淵明の詩文は、基本的に『陶淵明集』（毛氏汲古閣旧蔵宋刻遞修本）によるものとする。

（11）注（8）所掲『孟郊詩集校注』、三九一頁を参照。

（12）従来は注（8）所掲『孟郊詩集校注』附録の「年譜」にしたがい、孟郊の最初の下第の年は貞元八年（七九二）と見なされていたが、現在はこれを貞元四年（七八八）に引き上げる説が有力視されている。賈晋華「華忱之『孟郊年譜』訂補」（唐代文学学会『唐代文学研究』第四輯、広西師範大学出版社、一九九三年、二一九～二二〇頁）、同『皎然年譜』（厦門大学出版社、一九九二年、一三二頁）を参照。

（13）妹尾達彦氏は「『洛陽学』の可能性――洛陽学国際シンポジウムから学んだこと――」（注（7）所掲『洛陽学国際シンポジウム報告論文集――東アジアにおける洛陽の位置』所収）において、隋の煬帝が都城の中に河を貫通させた洛陽の設計には、南朝の都城建康の都市プランが随所に適用されているとの考えを示し、煬帝が江南の都城を華北に移そうとして洛陽を建造した可能性を示唆する。もしそうであれば、孟郊が洛陽に親近感を抱いた要因は、洛陽の都市設計にも求められるだろう。

（14）白居易は「与元九書」（『白氏文集』巻二十八、作品番号一四八六）に、時世に受け入れられなかった不運な詩人の代表として李白と杜甫を挙げ、時代の近い詩人としては、次のように孟郊と張籍を挙げている。「近日、孟郊六十、終試協律、張籍五十、未離一太祝。」

（15）該詩の制作時期は不明だが、詩中に自らを「老人非俊群」と詠んでいるため、晩年の作と見られる。

（16）「始作鎮軍参軍経曲阿」詩（『陶淵明集』巻三）に、「真想初在襟、誰謂形迹拘」とあるのを踏まえる。

（17）孟郊の詩句の検索には、野口一雄編『孟郊詩索引』（東京大学東洋文化研究所附属東洋学文献センター、一九八四年）を参看した。孟詩に詠まれる陶淵明は以下のとおりである。「潜歌帰去来」（「長安羇旅行」、『孟東野詩集』巻一）、「陶公自放帰」（「隠士」詩、『孟東野詩集』巻二）、「金菊亦姓陶」（「秋懐十五首」其十二、『孟東野詩集』巻四）、「不見種柳人」（「過彭沢」詩、『孟東野詩集』巻六）、「賞句類陶淵」（「寄陜府鄧給事」詩、『孟東野詩集』巻七）、「忽吟陶淵明」（「奉報翰林張舎人見遺之詩」、『孟東野詩集』巻七）

（18）陶詩と同様の意味で「五情」が使用された例は、孟郊以前では管見の及ぶ限り、李白「古風」第五首（『李太白文集』巻二）に見える、「仰望不可及、蒼然五情熱」の一例のみである。

（19）孟郊は貞元二十年（八〇四）に作ったとされる「招文士飲」詩（『孟東野詩集』巻四）に、「退之如放逐」と、韓愈が連州陽山令として左遷されたことを詠んでいる。華忱之・喩学才両氏は注（8）所掲『孟郊詩集校注』において、この詩に見える「何言天道正、独使地形斜」の二句に次のように注し、天道が君道を指すものと見なしている。「『天道』、比喩君道、『地形』、比喩臣道。此言君道不正、致使臣下受屈」。「感懐」第五首（『孟東野詩集』巻二）に「挙才天道親」と詠まれる「天道」も、君道と読みかえることが可能であろう。

(20) この詩の「東方有一士」の対句部分は、陶淵明「有会而作」詩（『陶淵明集』巻三）の序に、「旬日已来、始念飢乏。歳云夕矣、慨然永懐」と、歳の暮れがせまる頃、食料の欠乏に苦しむことを詠む陶淵明の姿が意識されていると見なしてよかろう。

(21) 注（10）所掲『元前陶淵明接受史』に、孟郊詩に描かれる淡泊閑適の趣は明らかに陶淵明の影響を受けたものであると述べられている。原文は次のとおり。「孟郊《隠士》、《秋懐》、《奉報翰林張舎人見遺之詩》等詩写淡泊閑適之趣也明顕受陶詩影響。」（一〇二頁）

(22) 「感懐」第五首（『孟東野詩集』巻二）、第十三句の「主人」について、華忱之・喩学才両氏は注（8）所掲『孟郊詩集校注』の該詩の注に未詳とするが、これは陶淵明「乞食」詩（『陶淵明集』巻二）に見える、陶淵明に食と酒をふるまう「主人」を踏まえていよう。因みに陶淵明を貧賤に苦しんだ人物と見なす先例として王維が挙げられる。王維は「与魏居士書」（『王右丞文集』巻八）に、「近有陶潜、不肯把板屈腰見督郵、解印綬棄官去。後貧、『乞食』詩云、『扣門拙言辞』、是屢乞而多慙也」と述べ、陶淵明をしばしば食糧を乞うに至った恥多き人物として捉えている。王維は孟郊と異なり、貧賤に苦しむ陶淵明を批判的に見ていたのである。劉中文『唐代陶淵明接受研究』（中国社会科学出版社、二〇〇六年）、一二六～一二七頁を参照。

(23) 「江調」と「洛風」について、華忱之・喩学才両氏は注（8）所掲『孟郊詩集校注』の該詩の注に、「江調」を孟郊が江南を遊歴していた時期の詩歌、「洛風」を洛陽に居を定めて後の詩歌であると見なす。また、齋藤茂氏は注（8）所掲『孟郊研究』、第一章・第三節「皎然ら浙西詩壇との交流」において、華忱之氏の見解を妥当なものとする一方で、「江調」については賈晋華『皎然年譜』を踏まえて江南でふれ得た詩風、つまり皎然ら江南の地で活躍した詩人たちの作品及びその詩風の意味であるとする（七〇～七一頁）。「江調」の意味については齋藤氏の説にしたがう。

(24) 『論語』子路篇の該当する原文は次のとおり。「子曰、不得中行而与之、必也狂狷乎。狂者進取、狷者有所不為也。」

(25) 肖占鵬『韓孟詩派研究』（南開大学出版社、一九九九年）、第三章・第一節「狂禅与韓孟詩派詩歌研究」を参照。

(26) 該当する原文は次のとおり。「孟東野、『出門即有礙、誰謂天地寛』、呉処厚以渠器量褊窄、言乃爾。予以東野取法杜子美『毎愁悔吝生、如覚天地窄』之句。」（呉幵『優古堂詩話』、丁福保『歴代詩話続編』所収）。因みに引用されている杜詩は、「送李校書二十六韻」である。

（27）九州大学中国文学会『中国文学論集』（第十号、一九八一年）所収。

（28）白居易がどれほど孟郊を意識したかは推測の域を出ないが、「詩酒琴人、例多薄命。予酷好三事、雅当此科。而所得已多、為幸斯甚。偶成狂詠、聊写愧懐」詩（『白氏文集』巻六十五、作品番号三一六二）に、「愛琴愛酒愛詩客、多賤多窮多苦辛。中散歩兵終不貴、孟郊張籍過於貧」と詠んでおり、酒と琴を愛した阮籍と嵆康を挙げるに際して、孟郊と張籍を詩を愛した人物として挙げている。これを見れば、孟郊の詩も幾分かは白居易の意識下にあったと考えられる。

（29）孟郊の南北の風土に対する意識の差は、赤井益久「孟郊遊適詩考――『石淙十首』の位置――」（『國學院雜誌』第八十三巻・第十号、一九八二年）に論じられている（後に注（8）所掲『中唐詩壇の研究』所収）。

第二章　白居易と長安新昌里邸

中唐の白居易（七七二〜八四六）、字は楽天は、唐代最多の作品を残し、日本文学にも多大な影響を与えた詩人である。特にその後半生の詩には、前半生の諷諭詩の持つ激しさとは対照的に、穏やかで円熟味のある内容が多く見られる。その白居易にとって、自邸が構えられた新昌里は、彼の長安における官人生活の拠点であり、滞在期間こそ長慶元年二月から同二年七月（八二一〜八二二）、大和元年三月から同三年四月（八二七〜八二九）までの四年二ヶ月に過ぎないものの、中書舎人や刑部侍郎といった重職を担当した時期に住んだ重要な場所である。(1) 白居易は大和三年三月に刑部侍郎を辞した後、洛陽履道里に構えた別宅に移り、かの地で余生を過ごすことになるが、その決断が下されたのも、新昌里で過ごした長安時代の生活が大きな影響を及ぼしたと考えられる。

白居易の長安新昌里邸に関する研究は、いくつか存在するが、(2) 新昌里内部の環境及び白居易邸の位置について具体的に言及されることはなかった。また白居易が長安街東に居住した目的の一つに、新昌里周辺に住む親しい友人との交遊が考えられるが、それは新昌里の周縁ばかりではなく、新昌里そのものにも見られる現象であることが見落とされているように思われる。本章では、白居易とその新昌里邸について論じ、また併せて白居易の大和三年（八二九）の洛陽退居の理由についても考えたい。

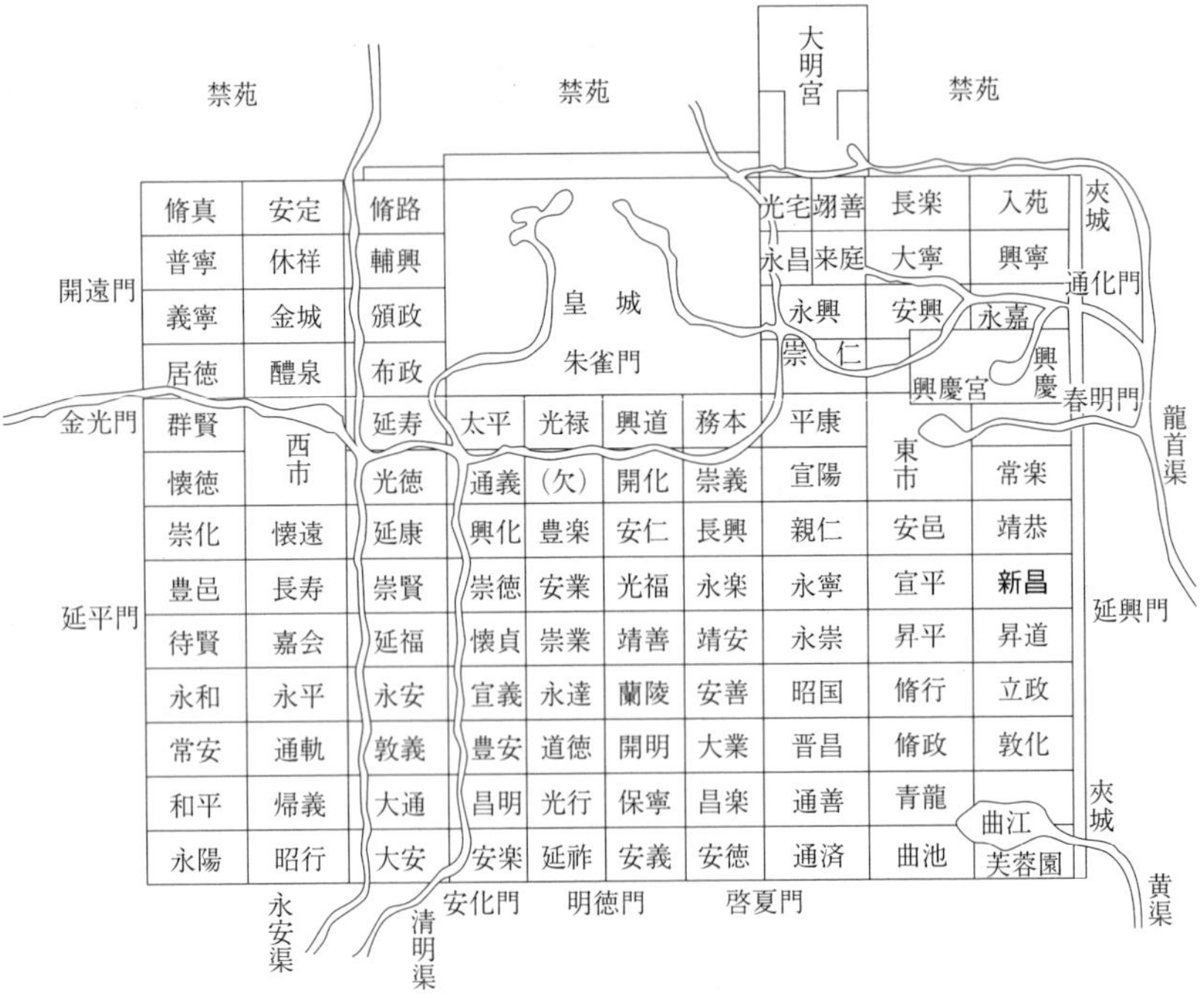

図二　長安城図(3)

一　新昌里の立地条件

白居易は長安新昌里に七年間居住しているが、彼が新昌里に居住した時期は三つに分けられる。左拾遺であった元和二年秋から同五年春までの第一期（八〇七～八一〇）、主客郎中・中書舎人であった長慶元年春から同二年夏までの第二期（八二一～八二二）、秘書監・刑部侍郎であった大和元年三月から同三年四月までの第三期（八二七～八二九）である。以下、借家住まいであった第一期を考察の対象からはずし、第二・第三期の白邸について述べたい。

元和十五年（八二〇）、忠州刺史から司門員外郎として長安へ召還された白居易は、翌春新昌里に邸宅を購入した。まずその白邸の位置を確認しておこう。

新昌里は長安街東部にあり、城外より延興門に入ってすぐ北側に位置する。長安の坊里は中央を走る十字路によって四つの区画に分かれており、新昌里の大きさは、東西一一二五メートル、南北五一五メートルである。中央を交差する十字路の幅を差し引けば、四つの区画は東西五〇五メートル、南北二五〇メートルである。(4) 白居易邸はその東北部の西辺にあったと考えられる。その根拠となるのは次の詩句である。

青龍岡北近西辺　　青龍岡北　西に近き辺
移入新居便泰然　　移りて新居に入れば便《すなわ》ち泰然たり

（「題新居寄元八」詩、『白氏文集』巻十九、作品番号一二三〇）

出門向闕路　　門を出でて闕路《けつろ》に向かい
坦坦無阻艱　　坦坦《たんたん》として阻艱《そかん》無し
始出里北閈　　始め里の北閈《ほくかん》を出で
稍転市西闤　　稍《よう》やく市の西闤《せいかん》に転ず

（「和微之詩二十三首・和櫛沐寄道友」、『白氏文集』巻五十二、第十一〜十四句、作品番号二二五二）

青龍寺は長安街東部の由緒ある名刹である。既に跡地が発掘され、その位置は新昌里東南隅の西北部に特定されている(5)（六八頁の図三を参照）。

白邸の正確な構造については、その邸宅跡が発掘されなければ明らかにできないが、その詩文から、敷地内の西北

図三　長安街東部新昌里周辺図

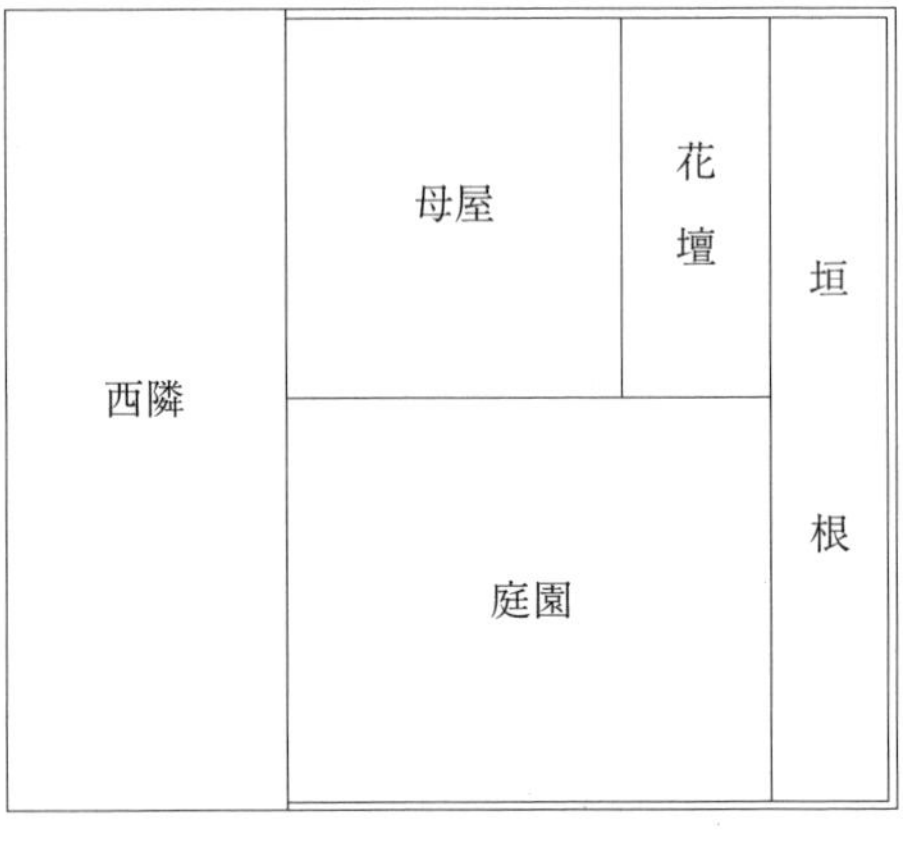

図四　白居易新昌里邸図

に母屋が配され、東側には花壇と垣根が、南側には庭園が置かれ、西隣には後来別宅が購入されたことが分かる。(6) 邸内には松と竹が植えられ、白居易を楽しませたことを附言しておこう。

ところで、白居易は自邸を狭窄なものとして意識していたようである。

宅小人煩悩　　宅は小さくして　人は煩《わずら》い悩み
泥深馬鈍頑　　泥は深くして　馬は鈍く頑《かたく》ななり
街東閑処住　　街東　閑《しず》かなる処に住み

日午熱時還　日午（正午）熱き時に還《かえ》る
院窄難栽竹　院窄《にわせま》くして　竹を栽《う》え難く
牆高不見山　牆高《かきたか》くして　山を見ず
唯応方寸内　唯だ応《まさ》に方寸《こころ》の内
此地覓寛閑　此の地に寛閑《くつろぎ》を覓《もと》むべし

（「題新昌所居」詩、『白氏文集』巻十九、作品番号一二三四）

この詩を見れば、白居易が自邸の敷地が狭いことに不満を抱いたことは明らかである。一方、敷地が狭いにもかかわらず、白居易が自邸の購入地として新昌里を選んだのには理由があったはずである。その理由として考えられることを列挙しよう。

（イ）飲用水

白居易と同時代の人である姚合の詩に、左記のごとく、新昌里の水質が他の坊里より良好であったことが記されている。

旧客常楽坊　旧《も》と客す　常楽坊
井泉濁而鹹　井泉　濁りて鹹《から》し
新屋新昌里　新たに屋す　新昌里
井泉清而甘　井泉　清くして甘し

（姚合「新昌里」詩、第一～四句、『全唐詩』巻五百二）

（ロ）青龍寺

新昌里の東南隅に位置する古刹青龍寺は、白居易が時折り公務から開放されて訪れる場所であった。例えば次の詩には、青龍寺の初夏のある日の晩景が描かれている。

塵埃経小雨　塵埃　小雨を経《ふ》
地高倚長坡　地高くして　長坡に倚《よ》る
日西寺門外　日は西す　寺門の外
景気含清和　景気　清和を含む
閑有老僧立　閑《しず》かにして　老僧の立つ有り
静無凡客過　静かにして　凡客の過《よぎ》る無し
残鶯意思尽　残鶯　意思《おもい》尽きて
新葉陰涼多　新葉　陰涼《いんりよう》多し

（「青龍寺早夏」詩、第一～八句、『白氏文集』巻九、作品番号〇四一四）

これより雨上がりの青龍寺の静謐な様子が見てとれる。その一方、当時の青龍寺の境内には戯場も置かれていたようであり(7)、白居易にはよき憩いの場であったと考えられる。しかし、白居易にとってより重要なのは、当時の仏寺が一種の教育機関であったことである(8)。後述するように白居易は、新昌里を子々孫々伝えていくつもりであったため、教育環境の適否は自邸の購入の際、十分に考慮されたはずである。青龍寺はよく知られているように空海や円仁といった日本留学僧の受法の場であり、教育機関として開放的であったことも併せて考えられる。

（八）延興門

新昌里の東南隅附近には延興門がある。ここは交通の要路であり、この附近でしばしば送別の宴が開かれたためか酒楼が多く構えられており、碧眼の胡姫が宴席に侍ったとされる。(9)しかも長安城の東郊には五陵、南郊には終南山や樊川などがあり、延興門はこれらの景勝地に出かける高級官僚たちの車でいつもにぎわった。その様子は韋荘の次の詩より窺うことができる。

芳草五陵道　　芳草　五陵の道
美人金犢車　　美人　金犢《きんとく》の車（美しく飾り立てた牛車）
緑奔穿内水　　緑の奔《はし》るは内（城内）を穿《つらぬ》く水
紅落過墻花　　紅の落つるは墻《かき》を過ぎる花
馬足倦遊客　　馬足　遊客に倦み
鳥声歓酒家　　鳥声　酒家に歓ぶ
王孫帰去晩　　王孫　帰り去ること晩《おそ》く
宮樹欲棲鴉　　宮樹に鴉《からす》棲まんと欲す

（韋荘「延興門外作」、『浣花集』巻一、四部叢刊初編所収）

これには延興門の附近にて催される貴公子たちの行楽の様子が詠まれている。白居易が新昌里に自邸を構えたのは、延興門のこのような地理的な特徴とも関係がある。なお附言すれば、延興門は白居易の実家のある下邽（現在の陝西省渭南市）へ出向くのに便利であった。

これらのほかに、官人として常に参内する皇城や、日用物資の供給の場である「東市」とそれほど遠く隔たっていないこと、また著名な行楽地である「楽遊原」と「曲江池」に近いことも挙げられよう。(10)白居易が官人生活を送るにあたり、公と私のいずれにおいても利便性の高い場所として新昌里が選ばれたことが分かる。また、白邸の購入に新昌里が選択されたことについては、物質的・外的条件だけでなく、公私にわたる人間関係も重要な要素として考慮されたと考えられる。

二　新昌里の隣人たち

白居易が自邸を構えた新昌里は、長安城の東南部、延興門の北西に在り（六六頁の図二を参照）、過去には初唐の蘇頲《そてい》や中唐の銭起が住むなど、文人と縁浅からぬ土地であった。(11)ここに白居易が自邸を構えた理由には、従来、友人の居宅や姻戚の楊氏が住む靖恭里に接していることが要因として考えられているが、そのほかにも新昌里が先人にゆかりのある土地であったことを考慮すべきであろう。また当時の白居易の人間関係について見た時、新昌里の内外には白居易の知人や友人が多く居住しており、こうした環境が白居易に新昌里邸の購入を考えさせた可能性を排除できない。次頁に掲げる**表一**を参見されたい。(12)

この表に挙げた李紳・崔群・竇易直・楊嗣復・牛僧孺の五人は、白居易の友人というより、むしろ同僚として注目すべき人物である。(13)李紳は長慶初年、李徳裕、元稹とともに翰林院にあり「三俊」と呼ばれた李党の人物である。元白に先んじて「新楽府」を制作したことで知られている。崔群は白居易と同年に科挙に及第した友人であり、元和二年（八〇七）に共に翰林学士を拝命している。白居易が江州に左遷されていた時期、彼の長安召還に功のあったことはよく知られており、また後年、白居易が洛陽履道里に邸宅を構えた際、その南隣に崔群の別宅が置かれた。竇易直は長安の人であり、白居易の「惜牡丹花二首」第一首（『白氏文集』巻十四、作品番号〇七四三）の題注に、「一首、新昌竇給事宅南亭花下作」とあり、二首のうちの一首は竇易直宅で作られたことが述べられている。楊嗣復は楊汝士・楊虞卿と同じく白居易の姻戚であり、牛党の要人でもある。牛僧孺は言わずと知れた牛李の党争の重要人物であり、また白居易の門生でもある(14)。このように新昌里の住人には、後の牛李の党争に深く関わる人物が少なからず見られる点が注目される。

表一　新昌里内の居住者

	白居易	李紳	崔群	竇易直	楊嗣復	牛僧孺
長慶元年	**長安**	**長安**	徐州	潤州	**長安**	**長安**
長慶二年	**長安**	**長安**	華州	潤州	**長安**	**長安**
長慶三年	杭州	**長安**	華州	**長安**	**長安**	**長安**
長慶四年	洛陽	江州	宣州	**長安**	**長安**	**長安**
宝暦元年	蘇州	端州	宣州	**長安**	**長安**	武昌
宝暦二年	蘇州	江州	宣州	**長安**	**長安**	武昌
大和元年	**長安**	江州	**長安**	**長安**	**長安**	武昌
大和二年	**長安**	江州	**長安**	襄州	**長安**	武昌
大和三年	洛陽	滁州	**長安**	襄州	**長安**	武昌

　これらの人物は、すべて白居易が新昌里に自邸を購入する以前からの知人であり、いずれにも詩の贈答がある。左遷により出世の遅れた白居易にとって、こうした知人や同僚たちは官界

における かけがえのない人脈であったと考えられる。因みに、白邸購入当時に新昌里に居住していた人物には、李紳と牛僧孺及び楊嗣復がいる。李紳は李党、牛僧孺と楊嗣復は牛党の人物である。したがって白居易は、後の牛李の党争における重要人物と近隣の住人となったのであり、そこにはただ友人関係という言葉だけでは片づけられない複雑な人間関係と政治上の繋がりがあったことが想像される。しかもこれらの要人の住む新昌里に居住することを決めるにあたっては、自らの交遊だけでなく、白氏一族の将来も見据えられていたと考えられる。

敢労賓客訪　敢えて賓客の訪《おとな》うを労し

或望子孫伝　或いは子孫の伝えんことを望む

（「新昌新居書事四十韻、因寄元郎中張博士」、『白氏文集』巻十九、作品番号一二五九）

長安新昌里邸を子孫が代々伝えていくことを、白居易は望んだのである。その現れとして、大和二年（八二八）冬の「祭弟文」（『白氏文集』巻六十、作品番号二九三二）に、「新昌西宅、今亦買訖」（新昌の西宅、今亦た買い訖《お》われり）とあり、白行簡の死後も新昌里邸の西側に新たに邸宅が購入され、自邸が拡張されたことが記されている。新昌里の白邸は、白氏一族の根拠地として、漸次整備されていったのである。しかし新昌里において敷地を拡張することは、決して容易ではなかったはずである。白居易と遠からぬ時代の逸話として、次のような記録が見える。

家在新昌里。与宰相路巖第相接。巖以地狭、欲易損馬厩広之、遣人致意。時損伯叔昆仲在朝者十余人、相与議曰、家門損益恃時相。何可拒之。損曰、非也。凡寸尺地、非吾等所有、先人旧業。安可以奉権臣。窮達命也。巖不悦。

会差制使鞫獄黔中、乃遣損使焉。

（楊損）家は新昌里に在り。宰相路巖の第と相い接す。巖、地の狭きを以て、損が馬厩《うまや》を易《か》えて之れを広げんと欲し、人を遣わして意を致せしむ。時に損が伯叔《おじ》・昆仲《きょうだい》の朝に在る者十余人、相い与《とも》に議して曰く、家門の損益は時の相を恃《たの》めり。何ぞ之れを拒むべけんや、と。損曰く、非なり。凡《およ》そ寸尺の地なるも、吾等が有する所に非ず、先人の旧業なり。安《いず》くんぞ以て権臣に奉ずべけんや。窮達は命なり、と。巖悦《よろこ》ばず。会《たま》たま制使を差《つか》わして黔中《けんちゅう》（現在の重慶市彭水県）に鞫獄《きくごく》（裁判）せしむるあり。乃《すなわ》ち損を遣わして使たらしむ。

（『旧唐書』巻百七十六、楊損伝）

楊損は楊嗣復の子であり、楊於陵、楊嗣復と代々受け継がれた新昌里の邸宅を守っていたと目される。その敷地の一部を、懿宗の咸通年間（八六〇～八七四）初期に宰相を務めた路巖によって譲渡を要請され、それを断ったがために路巖から嫌がらせを受けたという話である。したがって白居易が新昌里邸の敷地を拡張したのは、決して容易なことではなかったはずであり、敢えてそれを成し遂げたことに、白居易の新昌里邸に対する期待が窺える。

新昌里の住人としてその具体的な所在地が分かっているのは、牛僧孺のみである。彼は新昌里東北隅に住む白居易と、道路を挟んで西北隅に住んでいたと考えられる（六八頁の図三を参照）。『太平広記』と『唐語林』には、それぞれ次のように記されている。

今新昌里西北牛相第、即（康）詧宅也。

今、新昌里の西北、牛相の第は、即《すなわ》ち（康《こう》）詧《べん》の宅なり。

（『太平広記』巻二百六十所引『明皇雑録』佚文、康谷条注）

李吉甫安邑宅、及牛僧孺新昌宅。泓師号李宅為玉杯、牛宅為金杯。玉一破無復全。金或傷尚可再製。牛宅本将作大匠康䛒宅。䛒自弁岡阜形勢、謂其宅当出宰相。毎命相有案、䛒必延頸望之。宅竟為牛相所得。

李吉甫の安邑の宅、及び牛僧孺の新昌の宅。泓師《こうし》、李宅を号《よ》びて玉杯と為し、牛宅を金杯と為す。玉は一たび破るれば復《ま》た全《まつた》きこと無し。金は或いは傷《やぶ》れども尚《な》お再び製《つく》るべし。牛宅本《もと》将作大匠康䛒《こうべん》の宅なり。䛒、自《みずか》ら岡阜《おか》の形勢を弁じて、其の宅、当《まさ》に宰相を出だすべしと謂う。相を命ずるに案有る毎《ごと》に、䛒、必ず頸《くび》を延ばして之れを望む。宅竟《つい》に牛相の得る所と為る。

（北宋・王讜『唐語林』巻七所引『盧氏雑説』）

康䛒は玄宗期の人である。彼の地相の見立てから、新昌里の西北隅は吉祥の地と認識されていたようである。『太平広記』の注が『明皇雑録』に因むものであれば、著者鄭処誨は晩唐の人であるから、新昌里の西北隅にはまさに牛僧孺の邸宅が置かれていたことになる。また、牛僧孺邸の位置が特定できれば、白居易の姻戚である靖恭里の楊家の位置も明らかとなる。

僧孺新昌里第、与（楊）虞卿夾街対門。虞卿別起高榭於僧孺之牆東、謂之南亭。

僧孺の新昌里の第は、（楊）虞卿と街を夾《はさ》み門を対す。虞卿別に高榭を僧孺の牆東に起こし、之れを南亭と謂う。

（北宋・晁載之『続談助』巻三所引『牛羊日暦』）

靖恭里の楊家は、汝士、虞卿、漢公、魯士が一族で集住していたことが判明しており、[15] 右の記事が正しければ、白居易の妻楊氏の実家は、新昌里の北側にある靖恭里の西南隅に所在し、白邸と思いのほか近かったことが分かる。白居易が自邸を購入した新昌里東北隅は、後に大物政治家となる牛僧孺の邸宅の東側の区画に当たり、白居易の姻戚楊家と街路を挟んで斜め向かいに位置したのである。そうすると、白居易が新昌里の東北隅に自邸を購入したのは、新昌里に同僚や知人が多く住むことのほかに、姻戚楊一族の邸宅が新昌里のすぐ北側にあったからである。[16] つまり、白

表二　新昌里に近接する坊里の居住者

	楊汝士（靖恭）	楊虞卿（靖恭）	元稹（安仁）	元宗簡（昇平）	庾敬休（昭国）	張籍（靖安）	劉禹錫（不明）	裴度（永楽）	李宗閔（靖安）
長慶元年	開江	長安	長安	長安	長安	長安	夔州	太原府	剣州
長慶二年	長安	長安	同州	卒	長安	長安	夔州	洛陽	長安
長慶三年	長安	長安	越州		長安	長安	夔州	長安	長安
長慶四年	長安	長安	越州		長安	長安	和州	興元府	長安
宝暦元年	長安	長安	越州		長安	長安	和州	興元府	長安
宝暦二年	長安	長安	越州		長安	長安	和州	長安	長安
大和元年	長安	長安	越州		長安	長安	洛陽	長安	長安
大和二年	長安	長安	越州		長安	長安	長安	長安	長安
大和三年	長安	長安	長安		長安	長安	長安	長安	長安

邸購入の場として新昌里の東北隅が選ばれたのは、新昌里の周辺ばかりでなく、新昌里の中にも同僚や知人が多く居住しており、交遊の場として最適であったこと、また、そこが靖恭里の西南隅に居住する姻戚楊家と間近であったからと考えられるのである（七三頁の表一、七七頁の表二を参照）。

三　洛陽退居の理由

大和三年（八二九）春、白居易は新昌里での生活に終止符を打ち、洛陽の履道里邸へ退居する。その直前の大和二年（八二八）冬、二年前に逝去した弟白行簡を追悼する文に、白居易はその孤独な心境を次のように綴っている。

吾去年春、授秘書監賜紫、今年春、除刑部侍郎、孤苦零丁、又加衰疾、殆無生意。豈有宦情。所以僶俛至今、待終亀児服制。今已請長告、或求分司、即擬移家、尽居洛下。亦是夙意、今方決行、養病撫孤、聊以終老。

吾、去年の春、秘書監を授けられて紫を賜わり、今年の春、刑部侍郎に除せらるるも、孤苦零丁にして、又た衰疾《すいしつ》加わり、殆《ほとん》ど生意無し。豈に宦情有らんや。僶俛《びんべん》して今に至る所以《ゆえん》は、亀児の服制を終うるを待てばなり。今已《すで》に長告を請い、或いは分司を求め、即《すなわ》ち家を移して、尽《ことごと》く洛下に居らんと擬す。亦た是《こ》れ夙《つと》に意《おも》うところなれば、今方《まさ》に決行し、病を養い孤を撫《なぐさ》め、聊《いささ》か以て老いを終えん。

（「祭弟文」、『白氏文集』巻六十、作品番号二九三二）

右の文には、「孤苦零丁」「養病撫孤」と、白居易の孤独感をにじませる語句が見える。勿論、弟を亡くしたからこそ、「孤」の字が用いられているのであろうが、白居易の周囲の状況を見るとそればかりでないことが分かる。

前述のように、白居易は盛んな交遊の場として新昌里に自邸を購入したのであるが、大和二年（八二八）後半から大和三年（八二九）にかけて、当初の目的は達成されたと言い難く、却って白居易の孤独感を増幅させたと考えられる。

前掲の**表一**（七三頁）と**表二**（七七頁）を参照されたい。新昌里の友人のうち、崔群と楊嗣復以外はすべて外任にある。[17] 新昌里外に住まう親しい友人にしても、姻戚の楊虞卿と楊汝士は別格として、劉禹錫、庾敬休、張籍と寂寥たるものであり、白居易は訪問先として、主に楊家と庾敬休宅を選ばざるを得ないほどであった。[18] 同じ坊里内に同僚や知人の邸宅のみが存在し、その主がいないことは、白居易にとって一層寂しく感じられたことであろう。

白居易の孤独感を更に募らせたのは、白行簡の身内であった。従来、あまり注目されていなかったが、白氏兄弟は共に新昌里邸に居住したと考えられる。[19]

謫宦心都慣　　謫宦せらるるも　心都《すべ》て慣れ
辞郷去不難　　郷を辞して　去ること難からず
縁留亀子住　　亀子を留めて住せしむるに縁《よ》り
涕涙一闌干　　涕涙　一に闌干たり

（「路上寄銀匙与阿亀」詩、第一〜四句、『白氏文集』巻二十、作品番号一三一六）

この詩は、長慶二年（八二二）に白居易が長安から杭州へ向かう途上で作られたものであるが、白行簡の九歳になる息子亀児を残して都を去る白居易の悲しみが詠まれている。白行簡は長慶元年（八二一）に左拾遺を拝命した後、司門員外郎、度支郎中、主客郎中、膳部郎中を歴任している。[20] 彼は宝暦二年（八二六）冬に逝去しているが、それまでは親子ともども新昌里の邸宅に残り、留守宅を預かっていたものと見られる。「祭弟文」に白邸の西の別宅を購入したことが述べられていることも併せて想起されたい。そうであれば、留守を預かっていた白行簡の死が、白居易を甚だ落胆させ、長安復帰後も鬱々たる日々を過ごさせる遠因となったことは想像に難くない。次の詩は、浙東観察使として越州（現在の浙江省紹興市）に赴任した元稹から寄せられた詩に唱和したものである。

冬旦寒惨澹　　冬旦　寒くして惨澹《さんたん》たり
雲日無晶輝　　雲日　晶《あき》らかなる輝き無し
当此歳暮感　　此の歳暮の感に当たり
見君晨興詩　　君が晨興の詩を見る
君詩亦多苦　　君が詩も亦た苦しみ多し
苦在兄遠離　　苦しみは兄の遠く離るるに在り
我苦不在遠　　我が苦しみは遠きに在らず
纏綿肝与脾　　肝《かん》と脾《ひ》とに纏綿《てんめん》たり
西院病孀婦　　西院に病める孀婦《そうふ》（寡婦）あり
後牀孤姪児　　後牀に孤なる姪児《てつじ》（甥）あり
黄昏一慟後　　黄昏に一たび慟《なげ》きて後
夜半十起時　　夜半に十たび起くる時

病眼両行血　病眼　両行の血
悲鬢万茎糸　悲鬢　万茎の糸
咽絶五臓脈　五臓の脈を咽絶《えつぜつ》せんとし
消滲百骸脂　百骸の脂を消滲《しょうしん》せんとす
双目失一目　双目　一目を失えるがごとく
四肢断両肢　四肢　両肢を断てるがごとし
不如溘然尽　溘然《こうぜん》として尽《つ》くるに如《し》かず
安用半活為　安《いず》くんぞ半ば活《い》くるを用《も》って為さん

（「和微之詩二十三首・和晨興因報亀児」、第一～二十句、『白氏文集』巻五十二、作品番号二二六九）

この詩において白居易は、自身の苦しみは遠くにあるのではなく、近くにあると言う。その苦しみとは、弟白行簡の死によるものである。「西院」（後に購入された別宅）の病める寡婦と孤児とは、白行簡の妻と息子の亀児を指す。白居易は弟の亡き後、西側の別宅を購入して、白行簡の妻とその忘れ形見である亀児をそこに住まわせて面倒を見ていたのである。そして悲しみのあまり、黄昏には慟哭し、夜中でも目が覚めてしまう。まるで片目が見えなくなり、片手と片足がもがれたような痛みを覚えており、これならばいっそのこと死んだ方がましである、という悲痛な想いが纏綿と述べられている。

弟を亡くした白居易の苦しみは想像に難くないが、驚くべきは、これが白行簡の死の二年後に作られているということである。大和元年から大和三年（八二七～八二九）春まで、白邸で作られた詩に明るい内容のものは殆ど見られない。弟の没後二年が過ぎても、白居易はなおその悲しみから抜け出せずにいたのである。

白行簡亡き後の白邸は、死者にまつわる思い出の残る悲痛で孤独な空間と化していた。白居易の洛陽退居の事情については本書第三章「白居易と洛陽」において述べるが、大和三年（八二九）の白居易にとって長安の新昌里邸は購入直後とは異なり、孤独感を募らせる場へと変質していたのである。白居易が洛陽に退居することを決めた主な原因は、彼の政治面での支持者である韋処厚が、大和二年（八二八）十二月に突然死亡したことであると言われている(21)。引き金となったのは確かにその事件であろうが、潜在的な要因としては、白行簡の死が白居易の新昌里邸に対する愛着を喪失させたことも考えねばならない。白居易の洛陽退居が、白行簡の服喪礼を終えて間もない時期に行われたことも併せて指摘しておきたい。つまり白行簡亡き後、弟の死を悼み続けた白居易にとって、知人の大部分がいない空洞化した新昌里、そしてたった一人の弟すらいなくなった白邸は、孤独感を募らせるばかりで住み続けるには困難な場所となったのである。このことは、白居易の洛陽退居の理由を考える上で重要な要素の一つであり、決して看過されるべきではない、と筆者は考える。

以上、白居易の新昌里邸について考察した結果、自邸購入の場として新昌里の東北隅が選ばれたのは、新昌里の周辺ばかりでなく新昌里の中にも友人や同僚が多く邸宅を構えており、交遊の場として最適であったこと、靖恭里の西南隅に居住する姻戚楊家と間近であったことを明らかにした。また併せて、交遊の場として選ばれたはずの新昌里には、洛陽退居の直前には友人や同僚が殆どおらず、白居易の孤独感を増幅させたこと、さらに弟白行簡の死によって、新昌里の白邸が死者に対する記憶だけが残る悲しみの空間へと変質したこと、なおそれが洛陽退居の大きな潜在的要因となったことを論じた。

洛陽退居後の白居易の生活と詩文については、後に多くの文人の仰慕と憧憬の的となった。例えば、蘇轍（一〇三九～一一一二）は次のように述べている。

分司東洛、優游終老。蓋唐世士大夫達者、如楽天寡矣。予方流転風浪、未知所止息。観其遺文、中甚愧之。

東洛に分司せられ、優游して老いを終う。蓋《けだ》し唐世の士大夫の達者に、楽天の如《ごと》きものは寡《すく》なし。予、方《まさ》に風浪に流転し、未だ止まり息《いこ》う所を知らず。其の遺文を観るに、中に甚だ之れに愧《は》ず。

（北宋・蘇轍「書白楽天集後二首」序、『欒城後集』巻二十一、四部叢刊初編所収）

蘇轍は、白居易の悠々自適な生活を羨望し、それに引きかえ自身は政争の波浪に翻弄されて、各地を転々としていることに慚愧の念を抱くのである。そこには、白居易が権力闘争から潔く身を引いたことに対する畏敬の念も含まれていよう。

しかし、本章で述べてきたように、白居易が洛陽に退居したのは、単に政争を避けるためだけではなく、知友との盛んな交遊を目論んだ長安新昌里で本来望んだような効果が得られず、新昌里における人間関係の無実化、肉親喪失による白邸という空間の変質を承けてのことでもあった。洛陽退居後の楽天的に見える多くの詩文は、結果として後世に大きな影響を与えたが、もしそれが白居易の長安新昌里における傷ましい体験を乗りこえようとして得た結果だったとすれば、洛陽退居以前の白居易の生活に光をあてることは、白居易の詩文の本質を読み取るために必要不可欠なプロセスであろう。

注

（1）同地は、白居易が自邸を購入する以前、「新楽府」で名を馳せた左拾遺時代（元和二年秋～元和五年春）に借家住まいした場所でもある。

（2）妹尾達彦「白居易と長安・洛陽」（『白居易研究講座　第一巻　白居易の文学と人生Ⅰ』、勉誠社、一九九三年）、埋田重夫「白居易と家屋表現（下の二）―詩人における長安新昌里邸の意義」（中国詩文研究会『中国詩文論叢』第十八集、一九九九年。後に同氏『白居易研究　閑適の詩想』〔汲古書院、二〇〇六年〕所収）などがある。

（3）該図は清・徐松撰、張穆校補、方厳点校『唐両京城坊考』（中国古代都城資料選刊、中華書局、一九八五年）附録「西京外郭城図」に基づいて作成した。

（4）佐藤武敏『長安』（講談社学術文庫、二〇〇四年。初版は一九七一年、近藤出版社刊）、一五四～一五七頁を参照。

（5）青龍寺の正確な位置については、中国社会科学院考古研究所西安唐城工作隊「唐長安青龍寺遺址」（中国社会科学院考古研究所『考古学報』一九八九年第二期）所載「図一　青龍寺遺址勘測総図」（二三二頁）に詳しい。

（6）以下、根拠となる詩文の題及び原文である。［東側］・「新昌新居書事四十韻、因寄元郎中張博士」詩（『白氏文集』巻十九、作品番号一二五九）「籬東花掩映」、［南側］・「南園試小楽」詩（『白氏文集』巻五十六、作品番号二六五〇）「小園班駁花初発」、［西側］・「祭弟文」（『白氏文集』巻六十、作品番号二九三二）「新昌西宅、今亦買訖。」

（7）北宋・銭易『南部新書』戊に見える。原文は次のとおり。「長安戯場多集于慈恩、小者在青龍、其次薦福、永寿。」

（8）多賀秋五郎『唐代教育史の研究――日本学校教育の源流――』（不昧堂書店、一九五三年）、二二九～二三〇頁、厳耕望「唐人読書山林寺院之風尚」（台湾中央研究院『歴史語言研究所集刊』第三十本・下冊、一九五九年）、六九四～六九五頁を参照。

（9）石田幹之助「当壚の胡姫」（『増訂長安の春』、平凡社東洋文庫、一九六七年、初版は一九四一年、創元社刊）、四四～四七頁を参照。

（10）「立秋日登楽遊園」詩（『白氏文集』巻十九、作品番号一二四二）に、「独行独語曲江頭、廻馬遅遅上楽遊」と見え、白居易がこれらの景勝地を訪れたことが分かる。

（11）唐代における新昌里の居住者については、楊鴻年『隋唐両京坊里譜』（上海古籍出版社、一九九九年）、三四九〜三五六頁を参照。

（12）該表は、『旧唐書』『新唐書』、清・労格、趙鉞著、徐敏霞、王桂珍点校『唐尚書省郎官石柱題名考』（中華書局、一九九二年）、岑仲勉『郎官石柱題名新考訂』（『岑仲勉著作集』、中華書局、二〇〇四年）、同「郎官石柱題名新著録」（『岑仲勉著作集』所収『金石論叢』、中華書局、二〇〇四年）、朱金城『白居易年譜』（上海古籍出版社、一九八二年）、同「白居易交遊考・続考・三考」（『白居易研究』所収、陝西人民出版社、一九八七年）、注（11）所掲『隋唐両京坊里譜』、郁賢皓『唐刺史考全編』（安徽大学出版社、二〇〇〇年）等を参考のうえ作成した。

（13）注（11）所掲『隋唐両京坊里譜』を参照。同書に列挙されている新昌里の住人のうち、白居易と同時代の人としては、裴向、楊於陵、舒元輿、温造、姚合、路巖、路群が挙げられる。

（14）注（12）所掲、朱金城「白居易交遊考」に、元和三年（八〇八）、牛僧孺が「賢良方正能直言極諫科」を受験した折り、翰林学士であった白居易が制策考官を務めたことが指摘されている。

（15）靖恭里の楊家については、注（3）所掲『唐両京城坊考』巻三に次のように見える。「（楊汝士）与其弟虞卿、漢公、魯士同居、号靖恭楊家、為冠蓋盛游。」

（16）白居易には「南亭」に遊んだ「楊家南亭」詩（『白氏文集』巻五十六、作品番号二六二〇）、楊氏兄弟を自邸に招いた「新昌閑居招楊郎中兄弟」詩（『白氏文集』巻五十五、作品番号二五二八）がある。これらより白楊両家の交遊が盛んであったことが窺える。

（17）大和三年（八二九）正月の時点で新昌里に居住していた崔群も、同年二月には荊南節度使に転出している。

（18）「閑出」詩（『白氏文集』巻五十五、作品番号二五三九）に、「馬蹄知意縁行熟、不向楊家即庾家」とある。これは大和元年（八二七）の作であるが、大和二年から三年にかけても、状況は同様であったと考えられる。

（19）一族で集居する例には、第二節に紹介した新昌里の楊家、注（15）所掲の靖恭里の楊家がある。このほかに注（11）所掲『隋唐両京坊里譜』に、安邑里の李吉甫・李徳裕宅、昭国里の鄭絪・鄭緼宅等が紹介されている。

（20）注（12）所掲『唐尚書省郎官石柱題名考』による。
（21）アーサー・ウェイリー著、花房英樹訳『白楽天』（新装版、みすず書房、二〇〇三年。初版は一九五九年）、三七三頁を参照。

第三章　白居易と洛陽

白居易は後半生を洛陽で過ごし、数々の秀作を生み出した。白居易の洛陽退居については、前章でもふれたように、従来の研究では政治的理由が主に説かれてきたが、筆者は弟の死と新昌里の友人や同僚たちの外任による落胆と悲しみ、孤独もその背景にあったことを前章で述べた。ならば、白居易が退居の地として洛陽を選んだ理由は何であろうか。勿論それは当時の多くの士人が長安に自邸を構えていながら洛陽に別荘を購入していたことからも分かるように、地理・歴史・文化・生活・自然環境などの様々な面において洛陽が士大夫のセカンドライフを営む地として適していたという理由もあろうが、白居易にとっては単にそれだけはなかった。

白居易の洛陽退居については、従来言われているように政争を避けるためであったという理由のほかに、実は洛陽が白居易の若き日の思い出の土地であり、また子弟の教育に情熱を注いだ場所でもあるという、もう一つの意外な事実を指摘せねばならない。つまり白居易の心目中の洛陽は「二層構造」で捉えられていたはずである。土台となっているのは青年時代に洛陽で過ごした思い出であり、その上に成り立っているのが後半生の洛陽退居とそこで行われた子弟教育である。したがって白居易にとって洛陽は、後半生の詩から窺われるような単なる悠々自適の地ではなかったのである。因みに白氏一族の墓所は長安に近い下邽にあったが、白居易は敢えて自らの墓所を洛陽南郊の香山寺に定めている(1)。それは言うまでもなく白居易が洛陽に特別な思い入れをもっていたからである。以下、青年時代、江州時代、退去後の三つの時期に分けて白居易と洛陽の関わりについて論じ、従来の観点とは異なる角度から、白居易における洛陽の位置づけを試みよう。

一　洛陽に帰ってきた白居易

白居易が洛陽の履道里に居を構えたのは、杭州刺史退任後、長慶四年（八二四）に太子左庶子東都分司を拝命してのことであるが、次の詩はその時の作である。

五年職翰林
四年吏潯陽
一年巴郡守
半年南宮郎
二年直綸閣
三年刺銭塘
凡此十五載
有詩千余章
境興周万象
土風備四方
独無洛中作

五年　翰林（翰林院）に職し
四年　潯陽《じんよう》（江州）に吏たり
一年　巴郡（忠州）の守
半年　南宮（尚書省）の郎
二年　綸閣《りんかく》（中書省）に直《とのい》し
三年　銭塘（杭州）に刺（刺史）たり
凡《およ》そ此の十五載
詩　千余章有り
境興　万象に周《あま》ねく
土風　四方に備わる
独り洛中の作のみ無し

能不心悢悢　能《よ》く心の悢悢《りょうりょう》たらざらんや
今為春宮長　今　春宮《とうぐう》の長と為り
始来遊此郷　始めて来たりて　此の郷に遊ぶ
（「洛中偶作」詩、第一～十四句、『白氏文集』巻八、作品番号〇三七九）

この詩には、翰林学士より杭州刺史に至るまで、白居易が歴任した官職とそれに従事した年数が列挙され、それぞれの任地で詩興を催したが、ただ洛陽で作ったものがないと詠まれている。そして今東都分司の官を授かりようやくここに遊ぶことができたとある。

だが、洛陽での作がないというのは事実ではない。『白氏文集』巻十三には、白居易が青年時代に洛陽で作ったとされる詩が六首収められている。(2) しかも白居易は「洛中偶作」詩において、まるで初めて洛陽を訪れたかのような口吻を見せているが、実は貞元十四年（七九八）二十七歳の時から貞元二十年（八〇四）三十三歳の時まで洛陽に居を構えていた。その間、科挙受験のために洛陽、安徽、長安と各処を往来しており、常に洛陽に滞在したわけではないが、家は六年間そのまま洛陽に置かれ、下邽に移るまでは、洛陽が白居易の「故郷」であったと言っても過言ではない。つまり白居易が大和三年（八二九）に洛陽履道里の邸宅を終の住処とすることを決意して退居したのは、ある意味では青年時代に住んだ思い出の場所に帰ったことであると言える。

しかし、このことは従来殆ど重要視されなかった。その理由は主に三つ考えられる。まず一つ目は、貞元十四年（七九八）に符離から洛陽へと移居した白居易は、その翌年に宣州へ赴いて郷試に参加し、貞元十六年（八〇〇）には長安で進士科を受験するなど、その行動が慌ただしく、常時洛陽に滞在したわけではないということである。二つ目は、

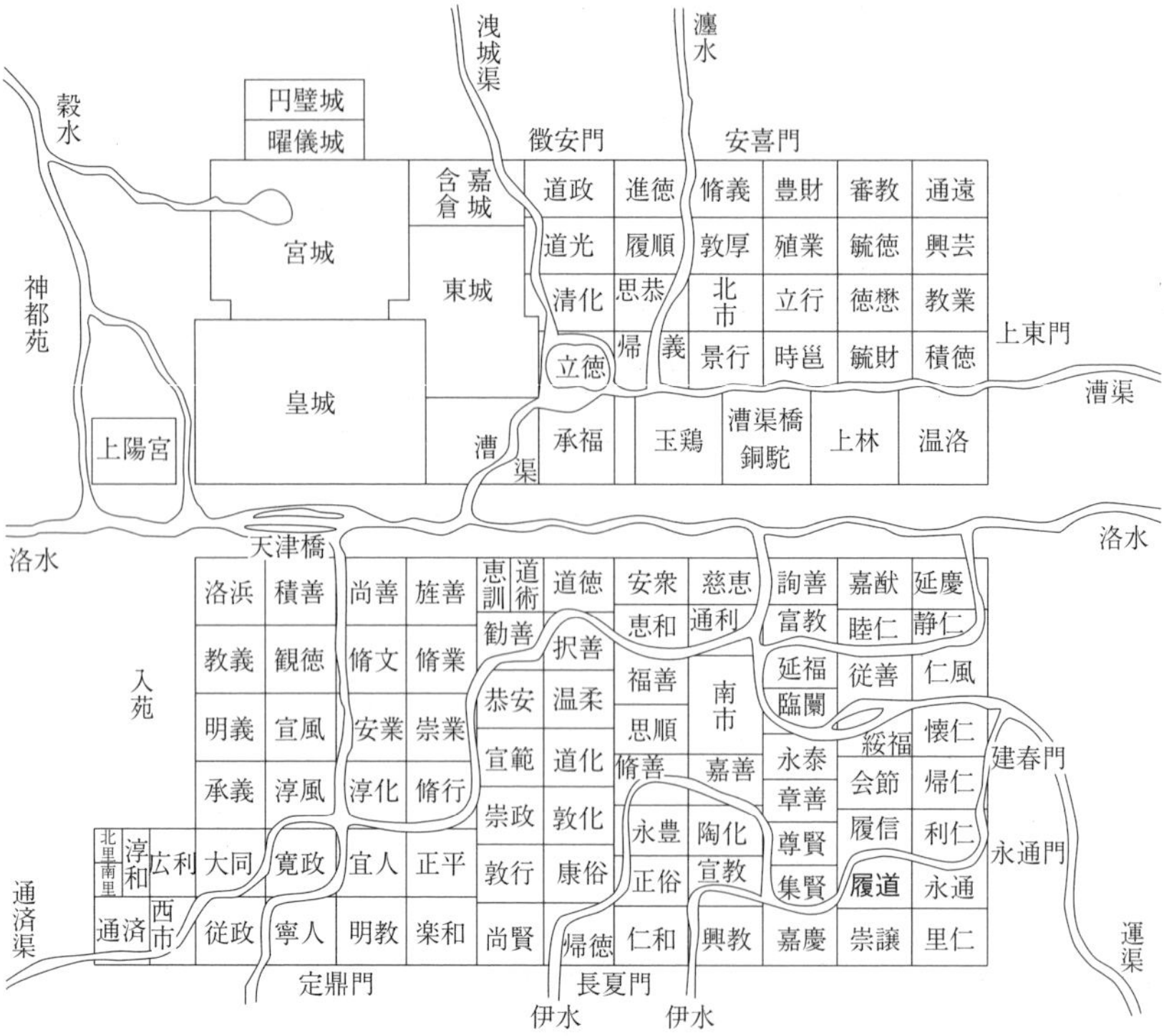

図五　洛陽城図③

現存する『白氏文集』中に白居易が青年時代に洛陽で作ったと覚しき詩篇が多くは残されていないことである。そして三つ目は、白居易自らが青年時代に嘗て洛陽に居住したことについて殆ど言及せず、長慶四年（八二四）に初めて洛陽を訪れたかのような口吻を見せていることである。

しかるに、「洛中偶作」詩が作られて六年後の大和四年（八三〇）に、白居易は自らが洛陽と縁浅からぬことを匂わせる詩を詠んでいる。「洛陽春」と題する次の詩である。

洛陽陌上春長在　　洛陽の陌上　春長《つね》に在り
昔別今来二十年　　昔別れて　今来たること二十年
唯覓少年心不得　　唯だ覓《もと》むるに少年の心のみ得ず
其余万事尽依然　　其の余は万事　尽《ことごと》く依然たり（「洛陽春」詩、『白氏文集』巻五十八、作品番号二八一二）

この詩の二句目に「昔別れて　今来たること二十年」とあるが、この詩が作られる二十年前と言えば、白居易が京兆戸曹参軍であった元和五年（八一〇）である。しかし、この年白居易が洛陽へ赴いた形跡はなく、「年」字が韻字であることを考えれば、「二十」はおそらく概数である。母の喪に服して下邽に退居していた元和六年（八一一）頃に洛陽を訪れたのであろうか。それからおよそ二十年が過ぎ、「洛陽の春」は「少年の心」が既に失われていることを除けば、すべてもとのままである、と白居易は詠むが、そこには洛陽を去ってから二十年が経過したことに対する深い感慨が込められている。実際に青年時代の白居易にとって、洛陽は故郷として意識されていた。例えば次の詩を見よう。

十年常苦学　　十年　常に苦学し
一上謬成名　　一たび上り　謬《あやま》ちて名を成す
擢第未為貴　　第に擢《ぬき》でらるるも　未だ貴しと為さず
賀親方始栄　　親を賀して　方《まさ》に始めて栄《ほまれ》あり
時輩六七人　　時輩　六七人
送我出帝城　　我の帝城より出づるを送る

軒車動行色　　軒車　行色を動かし
糸管挙離声　　糸管　離声を挙ぐ
得意減別恨　　得意　別れの恨みを減じ
半酣軽遠程　　半酣《はんかん》　遠程《えんてい》を軽くす
翩翩馬蹄疾　　翩翩《へんぺん》として　馬蹄疾《ばていはや》く
春日帰郷情　　春日　帰郷の情あり（「及第後帰覲、留別諸同年」詩、『白氏文集』巻五、作品番号〇二一〇）

この詩は、貞元十六年（八〇〇）に進士及第を果たした後、その吉報を母親に知らせるため長安から洛陽へ帰っていく白居易の心情を詠んだものである。十年間の苦学の結果、及第を果たした白居易にとって、何にもまして嬉しいのは母親に及第を報告できることであり、それゆえに見送る友人たちとの別れの悲しみも、さほど辛くはなく、遠い道程も遠いとは思われない。馬の足どりも軽く、母親のいる洛陽へと急ぐ気持ちは自然と浮き立つ。そしてこの詩に詠まれるように、この時期の白居易は明らかに洛陽を故郷として認識していた。それでは、何故に「洛中偶作」詩においては、洛陽で詩を作るのは初めてだと言うのであろうか。この問題を考えるには、まず青年時代の白居易と洛陽の関係についてふれておく必要がある。

二　青年時代の白居易と洛陽

青年時代の白居易が洛陽に滞在したことを示す資料は多くないが、彼の詩文よりその一端を窺うことができる。例えば、白居易が洛陽に家を置いた翌年の貞元十五年（七九九）に作った次の賦を見よう。

貞元十五年春、吾兄吏于浮梁。分微禄以帰養、命予負米而還郷。出郊野兮愁予、夫何道路之茫茫。茫茫兮二千五百里、自鄱陽而帰洛陽。（中略）噫、昔我往兮、春草始芳。今我来兮、秋風其涼。独行踽踽兮惜昼短、孤宿煢煢兮愁夜長。況太夫人、抱疾而在堂、自我行役、諒夙夜而憂傷。惟母念子之心、心可測而可量。

貞元十五年の春、吾が兄、浮梁《ふりょう》に吏たり。微禄を分かちて以て養に帰し、予に命じて米を負いて郷に還《かえ》らしむ。郊野を出づれば予を愁えしむ。夫《そ》れ何ぞ道路の茫茫たる。茫茫たること二千五百里、鄱陽《はよう》より洛陽に帰る。（中略）噫《ああ》、昔我往《われゆ》くや、春草始《はじ》めて芳《かぐわ》し。今我来《われき》たるや、秋風其《そ》れ涼し。独り行くこと踽踽《くく》として昼の短きを惜しみ、孤《ひと》り宿ること煢煢《けいけい》として夜の長きを愁う。況《いわ》んや太夫人の、疾《やまい》を抱きて堂に在《いま》し、我の行役してより、諒《まこと》に夙夜《しゅくや》にして憂傷するをや。惟《こ》れ母の子を念《おも》う心、心に測るべけんや、量るべけんや。

（「傷遠行賦」、『白氏文集』巻二十一、作品番号一四一〇）

賦の内容から、貞元十五年（七九九）に白居易が浮梁《ふりょう》（現在の江西省浮梁県）の官吏であった長兄白幼文の命により、鄱陽《はよう》（現在の江西省鄱陽県）から米を運んで洛陽にいる母の元へ帰ったことが看取される。当時、白居易は病気の母を抱えており、洛陽まで自ら米を運ばねばならぬほど困窮していたのである。なお、符離より洛陽に移居した後の白居易は、旅行期間を除き、かの地で勉学に励んでいたものと考えられるが、洛陽滞在時の白居易の状況については次の詩が参考となる。

陋巷孤寒士
出門苦悽悽
雖云志気在
豈免顔色低
平生同門友
通籍在金閨
曩者膠漆契
邇来雲雨睽
正逢下朝帰
軒騎五門西
是時天久陰
三日雨凄凄
蹇驢避路立
肥馬当風嘶
迴頭忘相識
占道上沙堤
昔年洛、陽、社、
貧賤相提携

陋巷《ろうこう》　孤寒の士
門を出づれば　苦《はなは》だ悽悽たり
志気在りと云うと雖も
豈に顔色の低きを免《まぬか》れんや
平生　同門の友
通籍　金閨《きんけい》に在り
曩《さき》は膠漆《こうしつ》の契りあり
邇来《じらい》　雲雨睽《そむ》けり
正《まさ》に朝より下りて帰るに逢う
軒騎　五門の西
是《こ》の時　天久しく陰り
三日　雨凄凄《せいせい》たり
蹇驢《けんろ》　路を避けて立ち
肥馬　風に当たりて嘶《いなな》く
頭《こうべ》を迴《めぐ》らして　相識を忘れ
道を占めて　沙堤《さてい》に上る
昔年　洛陽の社
貧賤　相い提携す

今日長安道　今日　長安の道
対面隔雲泥　対面　隔つること雲泥のごとし
近日多如此　近日　多くは此《か》くの如し
非君独惨悽　君の独り惨悽《いた》むのみに非ず
死生不変者　死生不変の者は
唯聞任与黎　唯だ任（任公叔）と黎（黎逢）とを聞くのみ

（「秦中吟十首・傷友」、『白氏文集』巻二、作品番号〇〇七八）

白居易の「傷友」は、官吏登用にあたって明暗を分けた洛陽の士人の姿を詠んだものである。また、これは青年時代の白居易にとって、洛陽がどのような都市として意識されていたかを示す恰好の資料と言える。この詩には長安で成功することができず、うらぶれた日々を送る苦節の士が登場する。彼は長安にて以前同じ師について学んだ同輩と再会するが、その同輩は栄達し、昔の学友のことを完全に忘却している。洛陽では貧賤を共にし、助け合った間柄であるというのに、長安での今日の対面にあたり、一方は官僚、もう一方は貧賤の士と、両者の立場は雲泥を隔てるがごとき違いがあるというのである。ここで注目したいのは、洛陽が勉学の地、長安が栄達の地として対比されていることである。そして洛陽で貧賤に耐えながら学ぶということは、白居易自身の実体験でもあった。それは次の詩にも表れている。

盛時陪上第　盛時　上第に陪《そ》い

仮日会群賢
桂折応同樹
鶯遷各異年
賓階紛組珮
妓席儼花鈿
促膝斉貧賤
差肩次後先
助歌林下水
銷酒雪中天
他日昇沈者
無忘共此筵

仮日　群賢と会す
桂の折るるは　応《まさ》に樹を同じくすべきも
鶯の遷《うつ》るは　各《おの》おの年を異にす
賓階に組珮《そはい》（刺繍した帯と珮《おびだま》）紛《まぎ》れ
妓席に花鈿《かでん》（花のかんざし）儼《おごそ》かなり
膝を促して　貧賤を斉《ひと》しくするも
肩を差《たが》うれば　後先を次ぐ
歌を助く　林下の水
酒を銷《へ》らす　雪中の天
他日《みらい》　昇沈する者あるとも
此の筵《うたげ》を共にせしを忘るる無かれ

（「東都冬日、会諸同声、宴鄭家林亭」詩、『白氏文集』巻十三、作品番号〇六一一）

この詩は、貞元十七年（八〇一）に洛陽の鄭方の家で催された、科挙の及第者と及第を志す書生たちの宴の席で作られたものである。(4) ここで白居易は、「他日《みらい》　昇沈する者あるとも、此の筵《うたげ》を共にせしを忘るる無かれ」と詠み、一座の同輩たちに貧賤に耐えつつ切磋琢磨した仲間のことを忘れるまいぞ、と呼びかけたのである。そして八年後の元和四年（八〇九）に作られた「秦中吟」の「傷友」は、はからずも洛陽で共に学んだ同輩にかくのごとき薄情者が少なからずいたことを憤るものであった。

白居易の洛陽における交友関係はあまり明らかでないが、鄭方以外に少なくとも二人の人物を挙げることができる。[5]一人は柳大（名は未詳）であり、もう一人は劉敦質である。[6]柳大については、前出「傷友」に見える洛陽の「白社」で共に遊んだことが「長安送柳大東帰」詩（『白氏文集』巻十三、作品番号〇六五二）に詠まれている。また劉敦質については、「哭劉敦質詩」（『白氏文集』巻一、作品番号〇〇一六）が残っており、若くして死んだ友人への哀悼の念が述べられている。長安に安住できず洛陽へ帰っていく柳大、不幸にも短命に終わった劉敦質。白居易が彼らに深く同情するのも、苦楽を分かち合った洛陽時代の連帯感によるものであろう。青年時代の白居易には、このほかにも友人と共に洛陽を詠んだ次の詩がある。

莫悲金谷園中月　　金谷園中の月を悲しむこと莫《な》かれ
莫歎天津橋上春　　天津橋上の春を歎くこと莫かれ
若学多情尋往時　　若《も》し多情を学びて　往時を尋ぬれば
人間何処不傷人　　人間《じんかん》　何《いず》れの処か　人を傷ましめざらん

（「和友人洛中春感」詩、『白氏文集』巻十三、作品番号〇六二四）

この詩には、洛陽が多感な人を傷心させる土地として捉えられており、これには多感な白居易自身の経験も重ね合わされている。しかもこの詩が作られた永貞元年（八〇五）は、白居易が洛陽から下邽へと居所を移した翌年の春である。去ったばかりの洛陽は、白居易を傷心させる何かを有していたと見てよい。

長安古来名利地　　長安　古来　名利の地
空手無金行路難　　手空しく　金無かりせば　行路難《かた》し
朝遊九城陌　　朝に九城の陌に遊べば
肥馬軽車欺殺客　　肥馬　軽車　客を欺殺す
暮宿五侯門　　暮に五侯の門に宿れば
残茶冷酒愁殺人　　残茶　冷酒　人を愁殺す
春明門　　春明門
門前便是嵩山路　　門前　便《すなわ》ち是《こ》れ嵩山の路
幸有雲泉容此身　　幸いに雲泉の此の身を容《い》るる有り
明日辞君且帰去　　明日　君を辞して　且つ帰り去らん

（「送張山人帰嵩陽」詩、第十一～二十句、『白氏文集』巻十二、作品番号〇五八二）

この詩に詠まれている張某は、長安で志を得ることができず、やむを得ない選択として洛陽に帰る。それは前出の柳大と同じであり、したがって長安で彼らを見送る白居易にとって洛陽は、出仕の望みが叶わず隠遁・雌伏を余儀なくされた士人の帰る場所として認識されたはずである。

これらのことから分かるように、青年期の白居易にとって洛陽は、登科以前は家族共々貧賤に苦しみ、かつ同学の貧士と共に過ごした苦学の場所であり、また登科以後は死者の記憶の残る土地、隠者の住む土地であり、また志破れた士人が帰って行く土地として認識されたはずである。白居易が青春時代を過ごした洛陽について多くを語らないのは、多感な彼を傷心させる記憶のゆえではなかっただろうか。少なくとも翰林学士の栄誉を享受していた頃の白居易にとって洛陽は、長安における栄光の対極に位置する場所であり、落伍者の帰り行く土地であると同時に、自身も辛い記憶を背負った都市として意識されていたはずである。

三　江州左遷時代の白居易と洛陽

長安で宮仕えの身となった白居易は、元和十年（八一五）に大きな政治的挫折を味わうことになる。武元衡暗殺事件に端を発する江州左遷である。この頃から洛陽は再び故郷として意識されはじめ、洛陽を思う詩が作られるようになる。左遷の地江州に向かう途上、郢州で作られた次の詩がその嚆矢である。

白雪楼中一望郷　　白雪楼中　一たび郷を望めば
青山簇簇水茫茫　　青山は簇簇《そうそう》　水は茫茫
朝来渡口逢京使　　朝来　渡口に京使に逢えば
説道烟塵近洛陽　　説道《いえらく》　烟塵　洛陽に近しと

（「登郢州白雪楼」詩、『白氏文集』巻十五、作品番号〇八七七）

白雪楼から故郷の方を眺めやると、青々とした群峰、滔々と流れる長江が見える。そうした折り都より来た使者から、反乱の兵火が洛陽に迫ったことを聞く。「望郷」の郷が、長安と洛陽のいずれを指すかは明らかでないが、その翌年に作られた次の詩からは、白居易の気に掛けている故郷は洛陽であることが明瞭に見てとれる。

潯陽遷謫地　　潯陽　遷謫の地
洛陽離乱年　　洛陽　離乱の年
烟塵三川上　　烟塵　三川の上《ほとり》
炎瘴九江辺　　炎瘴　九江の辺
郷心坐如此　　郷心　坐《そぞ》ろに此《か》くの如《ごと》し
秋風仍颯然　　秋風　仍《な》お颯然《さつぜん》たり

（「憶洛下故園」詩、『白氏文集』巻十、作品番号〇五〇一）

この詩においては、白居易が左遷されている炎熱の地潯陽と、兵乱に遭う故郷洛陽とが対比されている。ここで白居易が望郷の念を抱いているのは、明らかに洛陽である。白居易は秋風に吹かれながら、洛陽の故園の様子を憂えているのである。元和十二年（八一七）の春に作られた「潯陽春三首」にも故郷を思う気持ちが詠まれている。

春来触動故郷情　　春来たりて　触れ動かす　故郷の情
忽見風光憶両京　　忽《たちま》ち見ゆる風光に　両京を憶《おも》う
金谷蹋花香騎入　　金谷　花を蹋《ふ》みて　香騎《こうき》入り
曲江碾草鈿車行　　曲江　草を碾《ひ》きて　鈿車《でんしゃ》行く

（「潯陽春三首・春来」、第一～四句、『白氏文集』巻十七、作品番号一〇二一）

この詩には、春の訪れによって故郷を思う気持ちが触発されることが詠まれている。その故郷とは洛陽と長安であり、就中思い出されるのは洛陽の金谷園と長安の曲江である。白居易が甚だ曲江を愛したことについては既に指摘がある。(7) 金谷園は、前出「和友人洛中春感」詩に「金谷園中の月を悲しむこと莫《な》かれ」とあるように、白居易が青年時代に友人と共に遊んだ洛陽の景勝地である。「春来」詩に見られるように、白居易が江州で詠んだ詩に現れる故郷とは必ずしも洛陽だけに限られるわけではないが、遠い南方の遷謫の地で、白居易が都の長安に劣らないほど洛陽を懐かしんでいたのは明らかである。江州左遷が白居易の人生の大きな転機となったことは既に多くの先学が指摘するとおりであるが、筆者は、白居易が左遷の地である江州で再び洛陽を故郷として意識するようになったことが、やがて洛陽退居の決断へとつながったと考える。政治の世界の振り子が長安における成功の反対の方向にふれた時、そこには自然と嘗ての故郷洛陽があったのである。前述のように、江州左遷以前の白居易の詩において、洛陽は隠者が住む場所であると同時に立身出世の夢が破れた士人が帰って行く場所であった。したがって、長安で挫折し南方に逐いやられた白居易が、閑静で政治色の薄い洛陽に再び望郷の念を覚えるのは、ごく自然なことであろう。

しかも白居易の洛陽に対する望郷の念は、一時的な感情ではなかった。長慶四年（八二四）に洛陽履道里邸を購入した二年後に作られた次の詩は、蘇州刺史を辞職する直前の作である。

心中久有帰田計　　心中　久しく帰田の計有り
身上都無済世才　　身上　都《すべ》て済世《さいせい》の才無し
長告初従百日満　　長告　初めて百日の満つるに従い

故郷元約一年迴　　故郷　元《も》と一年に迴《かえ》るを約せり

（「百日仮満」詩、第一～四句、『白氏文集』巻五十四、作品番号二四八二）

この詩に明らかなように、白居易は一年以内に洛陽に帰るつもりでいた。長安に自邸があるにもかかわらず、ここでは洛陽が故郷であるとはっきり認識されているのである。白居易は、江州左遷という政治的挫折を契機として、洛陽に対して抱いていた負のイメージを払拭し、再び洛陽を故郷として意識しはじめた。そしてこの時に芽生えた望郷の念は次第に明確な形を取り、やがて晩年の洛陽退居として結実していくのである。

四　白居易の洛陽退居と子弟教育

元和十五年（八二〇）、長年にわたる南方への左遷から長安へ戻ってきた白居易は、やや遅れ気味であったが、尚書司門員外郎を皮切りに、長慶元年（八二一）に主客郎中、中書舎人と順調に出世の道を歩みはじめる。白居易の出世と歩調を合わせるかのように、弟白行簡も左拾遺を拝命した。そして白居易はこの年に高級官僚の邸宅が多く構えられ、立地条件の良い新昌里に邸宅を購入し、やがてはこの場所を白氏一族の繁栄の地とすることを計画した。だが、その翌年に白居易は杭州刺史に転出することになった。その折り、弟白行簡一家に新昌里の留守宅を預けたであろうことは、既に第二章「白居易と長安新昌里邸」に述べたとおりである。

白居易は新昌里に邸宅を構えたまま、長慶四年（八二四）に洛陽履道里に邸宅を購入した。あるいは白行簡に新昌里邸を譲り、自らは故郷の洛陽に帰ろうと考えたのかもしれない。だが残念なことに、白行簡は白居易が蘇州刺史在任時に病没してしまった。白居易が彼の死をどれほど悲しんだかは、「祭弟文」（『白氏文集』巻六十、作品番号二九三二）を読めば十分理解できるが、この時から白居易は江州時代に扶養することになった兄白幼文の七人の遺児だけでなく、白行簡の家族まで扶養しなければならなくなった。つまり白行簡亡き後、一族の命運は白居易一人の双肩に委ねられることになったのである。このことは後の白居易の人生に大きな影響を及ぼしたと考えられる。アーサー・ウェイリーは次のように述べる。

白が、彼自身のためでなくとも、少くとも一族全体の名誉のため、宰相になる危険を冒すべきではなかったかと、時に考えたことは確かである。(8)

ウェイリーは、白居易が宰相になることを時に考えたことは確かであると述べているが、これについては逆のことも言える。つまり白行簡を失い、一族全体の命運が白居易に委ねられたからこそ、政争の渦中に身を置き一族の没落を招くことは、絶対に避けねばならなかったかもしれない。そして白居易自身の政治的意欲を犠牲にしてでも果たさなければならなかったのが、白氏一族の繁栄ではなかっただろうか。また一族の繁栄を盤石のものとするには、嘗ての白居易がそうであったように、白家の子弟たちが学問によって身を立てることが有力な方策であったはずである。

こうしたことを勘案すれば、白居易にとって、明哲保身並びに一族の繁栄の両方を実現させる手段が、大和三年（八二九）の洛陽退居だったと考えられる。洛陽履道里邸の環境が快適であったことは、白居易の洛陽退居後の多くの詩文から窺うことができ、また白居易は洛陽における悠々自適な生活を満喫していたように見える。しかし、洛陽退居後の白居易の動静には不可解な点がある。それは長安の新昌里邸を大和九年（八三五）まで保有し続けたことである。

履道里に安住していたはずの白居易が、新昌里の邸宅を手放さなかったのは一体何故だろうか。長安に対する未練を断ち切ることができなかったからとも考えられるが、筆者は異なる観点からこの問題を考えたい。つまりこの問題を解く鍵は、白居易の甥にあると考えるのである。

亀児頗有文性、吾毎自教詩書。三二年間、必堪応挙。
亀児、頗《すこぶ》る文性有れば、吾、毎《つね》に自《みずか》ら詩書を教う。三二年間に、必ず挙に応ずるに堪えん。
（「祭弟文」、『白氏文集』巻六十、作品番号二九三二）

亡き弟白行簡を追悼し、大和二年（八二八）に長安にて著された「祭弟文」には、白行簡の子亀児を白居易が自ら教育しており、後二三年もすれば科挙に応じることができると記されている。またその翌年の大和三年（八二九）に著された「池上篇序」には、白居易が洛陽に至って間もなく、子弟を教育するために書庫を建てたことが述べられている。

雖有子弟、無書不能訓也。乃作池北書庫。
子弟有りと雖も、書無ければ訓《おし》うる能《あた》わざるなり。乃《すなわ》ち池北の書庫を作る。
（「池上篇序」、『白氏文集』巻六十、作品番号二九二八）

白居易は自ら教育した亀児の科挙受験を数年後にひかえた時期に洛陽に退居し、一族の子弟の教育に情熱を注いだのである。洛陽が勉学に適した環境であることは、嘗てこの地で学んだ白居易自身が知悉するところであったはずであり、長安よりも閑静で緑豊かな洛陽の方が、子弟教育の場として相応しかったことは言うまでもない。清の徐松の『登科記考』には見えないが、白居易の子弟教育の成果は、味道・景回・景受の三人の甥がいずれも官職を得ていることに明らかである(9)（図六を参照）。

図六　白居易略系図

白季庚
- 白幼文
  - 白味道（小名宅相、廬州巣県丞、成都少尹）
  - 白景回（小名匡韓、淄州司兵参軍）
- 白居易……白景受（※白行簡の子、後に白居易の養子）
- 白行簡
  - 白景受（晦之、小名亀児、孟懐観察支使）
    - 白邦翰（小名阿新、司封郎中）
    - 白邦彦
- 白幼美（小名金剛奴）※夭折

三姪、長曰味道、廬州巣県丞。次曰景回、淄州司兵参軍。次曰晦之、挙進士。楽天無子、以姪孫阿新為之後。

三姪あり、長は味道と曰い、廬州巣県《ろしゅうそうけん》丞なり。次は景回と曰い、淄州《ししゅう》司兵参軍なり。次は晦之と曰い、進士に挙げらる。楽天に子無ければ、姪孫《てっそん》阿新を以て之れが後と為す。

（「酔吟先生墓誌銘」、馬元調本『白氏長慶集』巻七十一、作品番号二七九八）

白居易には三人の甥（うち一人は養子にとった白景受）がいたが、『新唐書』宰相世系表を見る限り、高官の地位に昇った者はいないものの、全くの布衣もいない。つまり白居易の子弟教育はある程度実を結んだと言える。隋唐期には既に官立の学校や私塾による教育のほかに、血族や姻族による教育が行われていた。その場合、子弟教育の責任者は普通、儒教的教養を身につけ士大夫として世に認められた父親であるが、父親と死別した孤児の教育は、扶養者である伯父や姻族によって実子同様に行われていた。[10] 白居易の場合、大和五年（八三一）に夭折した阿崔を除いて息子はおらず、まさに甥たちを実子同様に教育したのである。

ここで、さきほど言及した新昌里邸保有の問題にたちかえってみよう。「祭弟文」の記述に示されているように、白居易は大和二年（八二八）、二三年後には亀児を科挙に応じさせるつもりでいた。もし白居易の望みどおりにことが運ばれたのであれば、亀児は大和五年前後に科挙に応じたはずである。ただし一度で及第できるとは限らず、また制科や吏部試を受験することも考慮すれば、亀児の出仕の時期は新昌里邸売却の年である大和九年（八三五）前後となるはずである。だが、『新唐書』宰相世系表を見る限り、白居易の甥には亀児を含め、白居易のように若くして長安に出仕できたと見られる人物は一人もいない。白居易は自らの甥が何時か長安で活躍することを望んでいたが、甥の出世の進展が華々しくないこともあり、[11] また長安をめぐる政治的環境の変化もあって、大和九年の時点で新昌里邸を手放すことを決めたのではないだろうか。いずれにせよ白居易の大和三年（八二九）の洛陽退居が、ただ一身の明哲保身のためだけに行われたのではないことは確かである。

注

（1）『旧唐書』巻百六十六、白居易伝に、白居易が下邽ではなく、如満禅師の塔の側に葬るよう遺言したことが記されている。

（2）以下、詩題を挙げる。「和鄭方及第後秋帰洛下閑居」（作品番号〇六〇九）、「与諸同年賀座主侍郎新拝太常、同宴蕭尚書亭子」（作品番号〇六一〇）、「東都冬日、会諸同声、宴鄭家林亭」（作品番号〇六一一）、「重到毓材宅有感」（作品番号〇六五五）、「自河南経乱関内阻飢、兄弟離散、各在一処。因望月有感、聊書所懐、寄上浮梁大兄於潜七兄烏江十五兄、兼示符離及下邽弟妹」（作品番号〇六九一）、「冬夜示敏巣」（作品番号〇六九七）

（3）該図は清・徐松撰、張穆校補、方厳点校『唐両京城坊考』（中国古代都城資料選刊、中華書局、一九八五年）附録「東都外郭城図」に基づいて作成した。

（4）白居易には、同年に「和鄭方及第後秋帰洛下閑居」（『白氏文集』巻十三、作品番号〇六〇九）と題する詩がある。

（5）このほかにも交際があったと想像される人物に孔戡がいる。「孔戡詩」（『白氏文集』巻一、作品番号〇〇〇三）を参照。

（6）元稹「送劉太白」詩（『元氏長慶集』巻十六、四部叢刊初編所収）から、劉敦質の家が洛陽従善里にあったことが分かる。

（7）妹尾達彦「白居易と長安・洛陽」（『白居易研究講座　第一巻　白居易の文学と人生Ⅰ』、勉誠社、一九九三年）、二八〇～二八一頁を参照。

（8）花房英樹訳『白楽天』（新装版、みすず書房、二〇〇三年。初版は一九五九年）、四五〇頁。

（9）該図は、『新唐書』巻七十五下、「宰相世系表」、顧学頡「白居易生系、家族考」（『文学評論叢刊』第十三輯、中国社会科学出版社、一九八二年）所掲「白居易世系表・第一表」、胡可先・文艶蓉「新出石刻与白居易研究」（『文献』二〇〇八年第二期）、並びに謝思煒校注『白居易文集校注』（中華書局、二〇一一年）第四冊、「酔吟先生墓誌銘」の注八・注九を参考にして作成した。胡可先・文艶蓉両氏の研究、並びに謝思煒氏の著書は、筆者が本章のもとになった論文を発表した際は未発表であった。近年、胡可先氏より論文を御恵贈いただき、拙稿所載の系図に誤りがあることに気づいたため、本書を執筆するにあたり、謝思煒氏の著書も参考の上、系図に修正を施した。

（10）長部悦弘「北朝隋唐時代における漢族士大夫の教育構造」（『東洋史研究』第四十九巻・第三号、一九九〇年）を参照。

（11）注（9）所掲『白居易文集校注』第四冊によれば、「酔吟先生墓誌銘」は開成年間（八三六～八四〇）に著され、会昌年間（八四一～八四六）に改筆されている。そうであれば白景受の進士及第は、開成四年（八三九）の前後か、それ以降となる。また、李商隠「唐刑部尚書致仕贈尚書右僕射太原白公墓碑銘並序」（『唐文粋』巻五十八）には、大中三年（八四九）に白景受が集賢御書を拝命したとあるが、これは白居易の死後である。

第四章　白居易の孤独とトポフィリア

洛陽に居を定めた白居易の詩を見れば、琴詩酒を友とし山紫水明の中を逍遙する風雅な暮らしぶりが窺える。しかしその一方で、彼の詩には言いしれぬ孤独感がかいま見えることもある。その孤独感については、洛陽履道里邸内外の人間関係の消失と庭園内の愛玩物の衰退・消滅によってもたらされたものとする見方もあれば(1)、政治的環境の変化によってもたらされたものとする指摘もある(2)。特に後者の影響が大きいと思われるが、白居易をめぐる政治状況と彼の孤独感の関係について考える際、白居易の晩年の詩文に見られる一つの現象に注目する必要がある。その現象とは、「魏晋時代の詩人への共感と憧憬」である。そしてこれは後述するように、洛陽に対する「トポフィリア」(土地と環境に対する情緒的な結びつき)の発生とも深く関わるのである。白居易に影響を与えた人物として、「竹林七賢」の阮籍と嵇康の名が挙げられることは、これまでも皆無であった訳ではない(3)。しかし洛陽での白居易の後半生において、阮籍と嵇康をはじめとする魏晋の士人がいかなる存在として捉えられていたかについては、まだ十分な論究がなされていない。そこで本章では、洛陽で作られた白詩に見える「竹林七賢」の阮籍・嵇康・劉伶の三者を手掛かりとして、白居易の孤独と洛陽に対するトポフィリアについて論じることにする。

一　白居易の孤独と琴詩酒

洛陽時代の白居易の詩には、彼の閑適の楽しみが綴られており、それがこの頃の白居易の詩の特徴の一つとなっていることは、既に周知の事実に属するであろう。しかし、だからといって白居易が平坦な日常に満足のみを覚えていたかといえば、決してそうではない。白居易が洛陽で詩に詠む楽しみは、彼が懐いていた孤独感の裏返しでもあるのだ。それは白居易の琴詩酒の作品に特に顕著に表れている。例えば次の詩を見よう。

西窓明且暖
晩坐巻書帷
琴匣払開後
酒瓶添満時
角樽白螺盞
玉軫黄金徽
未及弾与酌
相対已依依
泠泠秋泉韻
貯在龍鳳池

西窓　明るくして且つ暖かし
晩に坐して　書帷を巻く
琴匣《きんこう》　払いて開きし後
酒瓶　添えて満つる時
角樽　白螺《はくら》の盞あり
玉軫《ぎょくしん》　黄金の徽あり
未だ弾と酌とに及ばざるも
相い対すれば已《すで》に依依たり
泠泠たる秋泉の韻
貯えて　龍鳳の池に在り

油油春雲心　　油油たる春雲の心
一杯可致之　　一杯　之れを致すべし
自古有琴酒　　古《いにしえ》より琴酒有るも
得此味者稀　　此れを得て味わう者は稀なり
祇応康与籍　　祇《た》だ応《まさ》に康（嵇康）と籍（阮籍）と
及我三心知　　我と三心のみ知るべし　（「対琴酒」詩、『白氏文集』巻六十三、作品番号三〇一〇）

この詩は大和九年（八三五）に作られたものである。夕陽の差し込む西の窓辺で琴と酒と向かい合い、まるで古い友人に会ったような親しみを覚える白居易の孤独な心情が描かれている。特に注目したいのは最後の四句である。琴と酒は古より存在するものの、本当の意味でその楽しみを知っているのは、嵇康と阮籍と己の三人だけである、というこの発言には、嵇康と阮籍に共感を覚える白居易の思いが託されている。なおそれはまた、現実世界では知音を得ることができない白居易の孤独な心情の裏返しでもある。

さて、このように琴と酒を友に見立てる詩に接した時、まず念頭に浮かぶのは杜甫の次の詩句である。

瓮余不尽酒　　瓮《かめ》に不尽の酒を余し
膝有無声琴　　膝に無声の琴有り
聖賢両寂寞　　聖賢　両《ふた》つながら寂寞たり
眇眇独開襟　　眇眇《びょうびょう》として　独り襟を開く（杜甫「過津口」詩、第十一～十四句、『杜詩詳注』巻二十二）

大暦四年（七六九）に湖南の地を流浪していた杜甫が、船中で酒と琴と向かい合い、これらを聖人賢者に見たてて詠んだ詩句である。南宋・蔡夢弼会箋『杜工部草堂詩箋』（古逸叢書所収）巻三十七の該詩に、蔡夢弼は「傷時無君子、故独披襟而已」（時に君子無きを傷み、故に独り襟を披《ひら》くのみ）と注しており、また杜甫と同時代の人である元結も、「古人、郷に君子無ければ、則《すなわ》ち雲山と友と為る。里に君子無ければ、則ち松柏と友と為る。坐に君子無ければ、則ち琴酒と友と為る」と記している。(4) これらを併せて考えれば、杜甫は友とすべき君子のいない最晩年の孤独感を琴酒で紛らわし、これらを友と見なしたことが分かる。そしてこれは白居易にも当てはまることであり、「寄殷協律」詩（『白氏文集』巻五十五、作品番号二五六五）の「琴詩酒伴皆抛我、雪月花時最憶君」（琴詩酒の伴　皆な我を抛《なげう》ち、雪月花の時　最も君を憶《おも》う）の二句が示すように、琴詩酒は白居易にとって心の楽しみの三つの友として意識されていた。(5) なお琴詩酒を友とする心が嵆康・阮籍と同じであると詠むのは、自らも嵆・阮と同じく危うい時世に在って、胸襟を開いて語り合うことのできる知友が身辺にいない孤独と閉塞感を覚えていたからであろう。

二　白詩における「竹林七賢」——阮籍・嵆康・劉伶

前に見た「対琴酒」詩が作られた大和九年（八三五）の一年前より、白居易の詩には一つの注目すべき現象が現れる。それは「竹林七賢」を琴詩酒と併せて詩に詠むということである。ただこのことについては次節でふれることにし、ここではまず洛陽時代以前の白居易の詩に、七賢がどのように詠まれているかを見よう。

「竹林七賢」のうち阮籍・嵆康・劉伶の三人は、比較的に早い時期から既に白居易の詩に登場している。洛陽時代以前の例を挙げれば次のようである。(6)

阮籍（六例）

・賈誼哭時事、**阮籍**哭路岐。（「寄唐生」詩、『白氏文集』巻一、作品番号〇〇三二）
・弾琴復有酒、但慕**嵆阮**徒。（「馬上作」詩、『白氏文集』巻八、作品番号〇三四七）
・所以**劉阮**輩、終年酔兀兀。（「対酒」詩、『白氏文集』巻十、作品番号〇四七〇）
・憐君古人風、重有君子儒。篇詠**陶**謝輩、風襟**嵆阮**徒。（「哭王質夫」詩、『白氏文集』巻十一、作品番号〇五四七）
・天地為幕席、富貴如泥沙。**嵆劉陶阮**徒、不足置歯牙。

（「和微之詩二十三首・和新楼北園偶集、従孫公度、周巡官、韓秀才、盧秀才、范処士小飲、鄭侍御判官、周劉二従事皆先帰」、『白氏文集』巻五十二、作品番号二二六〇）

・**阮籍**謀身拙、**嵆康**向事慵。生涯別有処、浩気在心胸。（「秋斎」詩、『白氏文集』巻五十五、作品暗号二五三三）

嵆康（九例、阮籍の用例と重複する四例を含む）

・禍患如棼糸、其来無端緒。馬遷下蠶室、**嵆康**就囹圄。（「読史五首」其二、『白氏文集』巻二、作品番号〇〇九六）
・呂安兄不道、都市殺**嵆康**。斯人死已久、其事甚昭彰。（「雑感」詩、『白氏文集』巻二、作品番号〇一一三）
・常聞**嵆叔夜**、一生在慵中。弾琴復鍛鐵、比我未為慵。（「詠慵」詩、『白氏文集』巻六、作品番号〇二六〇）
・浅薄求賢思自代、**嵆康**莫寄絶交書。（「答馬侍御見贈」詩、『白氏文集』巻十四、作品番号〇七四六）
・生何足養**嵆**著論、途何足泣楊漣洏。

（「和微之詩二十三首・和酬鄭侍御東陽春悶放懐追越遊見寄」、『白氏文集』巻五十二、作品番号二二六五）

劉伶（四例、阮籍の用例と重複する二例を含む）

・楚王疑忠臣、江南放屈平。晋朝軽高士、林下棄劉伶。

（「効陶潜体詩十六首」其十三、『白氏文集』巻五、作品番号〇二二五）

・生計悠悠身兀兀、甘従妻喚作劉伶。（「橋亭卯飲」詩、『白氏文集』巻五十八、作品番号二八四二）

これらの例を見ると、「嵇阮徒」（「馬上作」詩、「哭王質夫」詩）や「嵇劉陶阮徒」（「和微之詩二十三首・和新楼北園偶集、従孫公度、周巡官、韓秀才、盧秀才、范処士小飲、鄭侍御判官、周劉二従事皆先帰」）のように七賢が併称されている場合は、名利や富貴をものともしない風雅な先人として詠まれていることが分かる。しかしその一方、併称ではなく単独の例で見たならば、「阮籍謀身拙、嵇康向事慵」（「秋斎」詩）、「嵇康就囹圄」（「読史五首」其二）、「晋朝軽高士、林下棄劉伶」（「効陶潜体詩十六首」其十三）のように、白居易が彼らを困難な時世を生きた先人としても捉えていることが分かる。殊に嵇康については、「都市殺嵇康」（「雑感」詩）、「常聞嵇叔夜、一生在慵中」（「詠慵」詩）のように、その悲劇的な人生に同情を寄せている。つまり洛陽時代以前の白居易にとって、阮籍・嵇康・劉伶は風雅の徒であると同時に、また同情すべき先人として意識されていたと言える。

それでは白居易の洛陽時代において、これらの三者はどのように詠まれているだろうか。この時期の作品から用例を挙げれば次のようである。

阮籍（三例）

・祇応康与籍、及我三心知。（「対琴酒」詩、『白氏文集』巻六十三、作品番号三〇一〇）

・**中散歩兵**終不貴、孟郊張籍過於貧。※「中散」は嵆康、「歩兵」は阮籍。

（「詩酒琴人、例多薄命。予酷好三事、雅当此科。而所得已多、為幸斯甚。偶成狂詠、聊写愧懐」詩、『白氏文集』巻六十五、作品番号三一六二）

・偶因冷節会嘉賓、況是平生心所親。迎接須矜疏傅老、祇供莫笑**阮**家貧。

（「酬鄭二司録与李六郎中寒食日相遇同宴見贈」詩、『白氏文集』巻六十六、作品番号三二五九）

嵆康（八例、阮籍の用例と重複する二例を含む）

・罷免無余俸、休閑有弊廬。慵於**嵆叔夜**、渇似馬相如。

（「酬令狐留守尚書見贈十韻」、『白氏文集』巻五十七、作品番号二七三四）

・豈是交親向我疎、老慵自愛閉門居。近来漸喜知聞断、免悩**嵆康**索報書。

（「老慵」詩、『白氏文集』巻五十八、作品番号二八一八）

・閑地唯東都、東都少名利。閑官是賓客、賓客無牽累。**嵆康**日日懶、畢卓時時酔。

（「詠懐」詩、『白氏文集』巻六十二、作品番号二九八四）

・吾道本迂拙、世途多険艱。嘗聞**嵆**呂輩、尤悔生疎頑。

（「晩帰香山寺、因詠所懐」詩、『白氏文集』巻六十二、作品番号二九八八）

・玲瓏暁楼閣、清脆秋糸管。張翰一盃酣、**嵆康**終日懶。

（「和皇甫郎中秋暁同登天宮閣言懐六韻」、『白氏文集』巻六十二、作品番号二九九〇）

・已収身向園林下、猶寄名於禄仕間。不鍛**嵆康**彌懶静、無金疏傅更貧閑。

（「洛下閑居、寄山南令狐相公」詩、『白氏文集』巻六十六、作品番号三二九七）

劉伶（七例）

・独醒従古笑霊均、長酔如今斅**伯倫**。（「詠家醞十韻」、『白氏文集』巻五十六、作品番号二六七三）

・客散有余興、酔臥独吟哦。幕天而席地、誰奈**劉伶**何。
（「詠興五首・小庭亦有月」、『白氏文集』巻六十二、作品番号二九六〇）

・豈独吾拙好、古人多若斯。嗜詩有**淵明**、嗜琴有啓期。嗜酒有**伯倫**、三人皆我師。
（「北窓三友」詩、『白氏文集』巻六十二、作品番号二九八五）

・抱琴栄啓期、縦酒**劉伶**達。放眼看青山、任頭生白髪。
（「洛陽有愚叟」詩、『白氏文集』巻六十三、作品番号三〇〇五）

・**伯倫**毎置随身鍤、**元亮**先為自祭文。（「哭崔二十四常侍」詩、『白氏文集』巻六十五、作品番号三一七〇）

・頼有**伯倫**為酔伴、何愁不解傲松喬。
（「呉秘監毎有美酒、独酌独酔。但蒙詩報、不以飲招、輒此戯酬兼呈夢得」詩、『白氏文集』巻六十六、作品番号三二九〇）

・異世**陶元亮**、前生**劉伯倫**。臥将琴作枕、行以鍤随身。
（「酔中得上都親友書、以予停俸多時、憂問貧乏。偶乗酒興、詠而報之」詩、『白氏文集』巻六十九、作品番号三五八七）

阮籍の用例は、前に見た「祇応康与籍、及我三心知」（「対琴酒」詩）のほかに、「祇供莫笑阮家貧」（「酬鄭二司録与李六郎中寒食日相遇同宴見贈」詩）、「中散歩兵終不貴」（「詩酒琴人、例多薄命。予酷好三事、雅当此科。而所得已多、為幸斯甚。偶成狂詠、聊写愧懐」詩）の二例があり、内容は阮籍の官位が低く、貧しかったことを言うに止まる。これに対して嵆康の用例は八例ある。洛陽時代以前と比べて一例少なくなっているものの、白居易が甚だ嵇康を好んだことは間違いない。なお、八例の中の四例が嵇康の「慵」と「懶」をいい、これが無聊をかこつ白居易自らの譬えとして詠まれていることは言うまでもないが、気になるのは次の用例、「嘗聞嵇呂輩、尤悔生疎頑」（「晩帰香山寺、因詠所懐」詩）の二句である。この詩は大和九年（八三五）に作られており、中央の政治と関わったばかりに殺害された舒元輿等を悼んだものと見なされている。[7] そうであれば、洛陽時代の白居易の詩における嵇康は悲劇的なイメージを失っておらず、したがって一旦身の処し方を誤ると自らも嵇康と同じ轍を踏むことになると、白居易は考えていたと見てよかろう。また洛陽時代以前の詩に頻出する「嵇阮徒」といった併称が消え、彼らを風雅の徒として詠まなくなったこともこの時期の白詩に見える特徴的な現象である。

一方、劉伶に関する詩句は増えて七例となっている。一見すると嵇康の用例より少ないが、劉伶の「酒徳頌」（『文選』巻四十七）を継承する「酒功賛」（『白氏文集』巻六十一、作品番号二九三八）や、「酔吟先生伝」（『白氏文集』巻六十一、作品番号二九五三）所引の「詠懐」詩（「洛陽有愚叟」詩に同じ）まで含めると九例にのぼり、洛陽時代の白居易の詩においては、劉伶が阮籍や嵇康よりも多く登場していることが分かる。つまり晩年の白居易は、嵇康におとらないほど劉伶を愛好したと考えられるのである。

もう一つ注目すべきことは、洛陽時代以前は「嵇劉陶阮徒」のように阮籍や嵇康と同類とされていた劉伶が、洛陽時代に入ると嵇・阮と同時に用いられなくなり、陶淵明と共に用いられるようになったことである。殊に「異世陶元亮、前生劉伯倫」（「酔中得上都親友書、以予停俸多時、憂問貧乏。偶乗酒興、詠而報之」詩）などは、白居易が「達者」としての陶淵明と劉伶に甚だ親近感を覚えたことを示す好例である。更に附言すれば、「竹林七賢」の生活の場は洛陽であり、彼らの中でも劉伶の放達な生き様は、「耽酒狂歌客」（「履道居三首」其三、『白氏文集』巻五十八、作品番号二九〇六）をもって任ずる白居易と通底するものがある。したがって白居易が「前生劉伯倫」と詠むのも、洛陽で名利を離れた生活を送り、一酒徒として一生を終えた劉伶を敬慕したゆえであろう。

ところで、洛陽時代の白居易が魏晋の士人に対して抱いた感情には、ある種の二面性が見られるように思う。それは、阮籍・嵆康に対する感情と、劉伶・陶淵明に対するそれとに分けられる。

三　知音としての魏晋の士人

周知のように大和九年（八三五）は、「甘露の変」と称されるクーデター未遂事件が起こり、白居易の知人であった舒元輿を含む官僚たちが宦官勢力によって虐殺された年である。この事件が白居易の洛陽退居を決定的なものとしたことはあながち無理な想像ではあるまい。この事件が起こる一年前から、白居易の作品には「竹林七賢」を琴詩酒と共に詠むものが見えるようになる。次の詩はその最たるものである。

愛琴愛酒愛詩客　　琴を愛し　酒を愛し　詩を愛する客
多賤多窮多苦辛　　多くは賤《いや》しく　多くは窮まり　多くは苦辛す
中散歩兵終不貴　　中散　歩兵　終《つい》に貴からず
孟郊張籍過於貧　　孟郊　張籍　貧に過ぎたり
一之已歎関於命　　之れを一にして　已《すで》に歎ず　命に関《あずか》るを
三者何堪併在身　　三者　何ぞ堪えん　併せて身に在るを

只合飄零随草木　只《た》だ合《まさ》に飄零《ひょうれい》して草木に随うべきも
誰教凌厲出風塵　誰か凌厲《りょうれい》して風塵より出でしむる
栄名厚禄二千石　栄名　厚禄　二千石
楽飲閑遊三十春　楽飲　閑遊　三十春
可得無厭時咄咄　可《しか》るに厭《いと》う無きを得たるも　時に咄咄《とつとつ》として
猶言薄命不如人　猶お言う　薄命　人に如《し》かずと

（「詩酒琴人、例多薄命。予酷好三事、雅当此科。而所得已多、為幸斯甚。偶成狂詠、聊写愧懐〈詩酒琴の人、例として薄命多し。予、酷《はなは》だ三事を好み、雅《まさ》に此の科に当たる。而《しか》れども得る所已《すで》に多く、幸《さいわ》いたること斯《ここ》に甚だし。偶《たま》たま狂詠を成し、聊《いささ》か愧懐《きかい》を写す〉」詩、『白氏文集』巻六十五、作品番号三一六二）

大和八年（八三四）に作られたこの詩において、酒を愛した阮籍、琴を愛した嵆康、詩を愛した孟郊と張籍は、貧しくて官位も低く、苦難の中で生きた同情すべき人物として描かれている。一方、自分は彼らと異なり、琴詩酒の三つを併せて楽しみながらも、栄誉と厚禄を手に入れ、悠々自適に暮らしているが、それでも時折り自身の薄命を嘆いてしまうのは恥ずべきことだという。ところで、同じ年に白居易はまた次のような詩を詠んでいる。

今日北窓下　今日　北窓の下
自問何所為　自《みずか》ら問う　何の為す所ぞと
欣然得三友　欣然として　三友を得たり

三友者為誰
琴罷輒挙酒
酒罷輒吟詩
三友逓相引
循環無已時
一弾愜中心
一詠暢四支
猶恐中有間
以酔彌縫之
豈独吾拙好
古人多若斯
嗜詩有淵明
嗜琴有啓期
嗜酒有伯倫
三人皆吾師
或乏担石儲
或穿帯索衣
絃歌復觴詠

三友なる者は誰と為す
琴罷《や》めば　輒《すなわ》ち酒を挙げ
酒罷めば　輒ち詩を吟ず
三友　逓《たが》いに相い引き
循環して　已《や》む時無し
一たび弾ずれば　中心に愜《かな》い
一たび詠ずれば　四支を暢《の》ぶ
猶お中に間有らんことを恐れ
酔いを以て之れを彌縫《びほう》す
豈に独り吾のみ拙にして好まん
古人も多くは斯《か》くの若《ごと》し
詩を嗜むは淵明有り
琴を嗜むは啓期有り
酒を嗜むは伯倫有り
三人　皆な吾が師なり
或いは担石の儲《たくわ》えに乏しく
或いは帯索の衣を穿《き》る
絃歌して　復《ま》た觴詠し

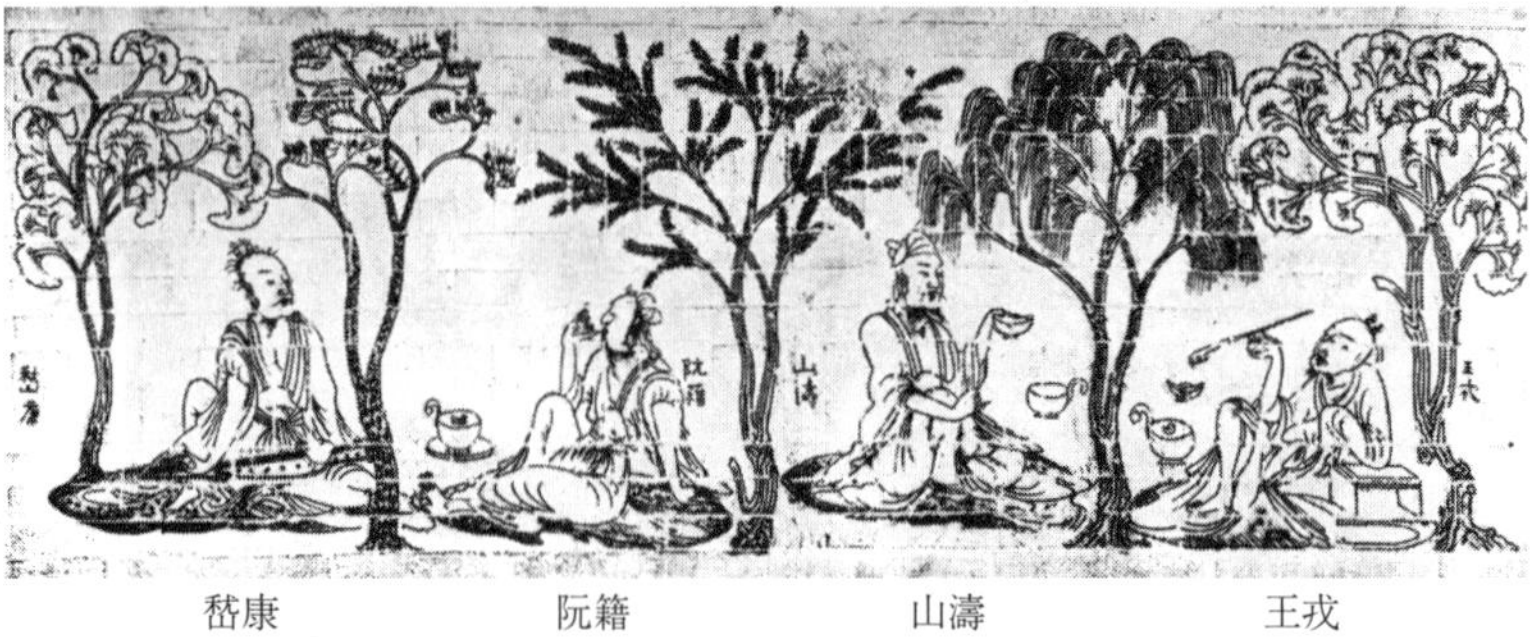

嵆康　阮籍　山濤　王戎

図七　竹林七賢図（『六朝芸術』、文物出版社、一九八一年）

楽道知所帰　道を楽しみて　帰する所を知る
三師去已遠　三師　去ること已《すで》に遠く
高風不可追　高風　追うべからず
三友游甚熟　三友　游ぶこと甚だ熟し
無日不相随　日として相い随わざる無し
左擲白玉卮　左に擲《なげう》つ　白玉の卮
右払黄金徽　右に払う　黄金の徽
興酣不畳紙　興　酣《たけなわ》にして　紙を畳まず
走筆操狂詞　筆を走らして　狂詞を操る
誰能持此詞　誰か能《よ》く此の詞を持ちて
為我謝親知　我が為に親知に謝する
縦未以為是　縦《たと》い未だ以て是《ぜ》と為さざるも
豈以我為非　豈に我を以て非と為さんや

（「北窓三友」詩、『白氏文集』巻六十二、作品番号二九八五）

白居易の自適の様子を詠んだ甚だ有名な詩であるため、字句の説明は省くが、この詩において白居易は、琴詩酒を友とし、詩の師を陶淵明、琴の師を栄啓期、酒の師を劉伶と宣言している。陶淵明は別として、劉伶は「竹林七賢」の一人で

栄啓期　　阮咸　　劉霊(伶)　　向秀

あり、栄啓期もこれと同格視される人物である。[8] 詩の全般にわたって陶淵明のごとく「北窓」の下で三友と戯れる楽しみを詠み、最後の二句においては、「縦《たと》い未だ以て是《ぜ》と為さざるも、豈に我を以て非と為さんや」と、親友や知人たちは自分が琴詩酒の楽しみを追求することを、是とは言わないにしても非ともしないであろうと締めくくる。さて、この詩に挙げられる琴詩酒にまつわる先人を、前に見た「対琴酒」詩や「詩酒琴人、例多薄命。予酷好三事、雅当此科。而所得已多、為幸斯甚。偶成狂詠、聊写愧懐」詩のそれと対照させると、「竹林七賢」中の人物が、次のように敬慕して詠まれる場合と同情して詠まれる場合に分かれていることに気付く。

表三　白詩における琴詩酒と関連する知識人

	琴	酒	詩
敬慕	栄啓期	劉伶	陶淵明
同情	嵆康	阮籍	孟郊・張籍

琴詩酒と陶淵明及び「竹林七賢」を詠んだこれらの作品は、いずれも大和八年（八三四）から翌九年にかけて詠まれている。それでは、白居易が同じ時期に同じテーマを詩に詠みながら、「竹林七賢」及び陶淵明といった魏晋の士人を、阮籍と嵆康、陶淵明と劉伶の二つのグループに分けたのは、一体何故だろうか。その理由を考えるに際して忘れてはならないのは、阮籍や嵆康が「弾琴復有酒、但慕嵆阮徒」（「馬上作」詩、『白氏文集』巻八、作品番号〇三四七）と詠まれるように名利を超越した清談の士としての一面と、時流に反発した抵抗者としての一面を併せ持つことである。

白居易は、大和八年に次のような文章を著している。

自三年春至八年夏、在洛凡五周歳、作詩四百三十二首。除喪朋哭子十数篇外、其他皆寄懐於酒、或取意於琴。閑適有余、酣楽不暇。苦詞無一字、憂歎無一声。豈牽強所能致耶。蓋発中而形外耳。

（大和）三年春より八年夏に至るまで、洛に在ること凡《およ》そ五周歳、詩を作ること四百三十二首。朋を喪し子を哭する十数篇を除きて外、其の他は皆な懐《おも》いを酒に寄せ、或いは意を琴に取る。閑適に余り有り、酣楽に暇あらず。苦詞一字も無く、憂歎一声も無し。豈に牽強して能《よ》く致す所ならんや。蓋《けだ》し中に発して外に形《あら》わるるのみ。

（「序洛詩」、『白氏文集』巻六十一、作品番号二九四二）

洛陽に退居した大和三年（八二九）の春以降に作った詩は、友人や子を哀悼する数首を除けば、その他はすべて楽しみの詩であり、思いを琴酒に寄せて閑適の境地を堪能していると述べている。しかし先行研究に指摘があるように、牛李の党争に加えて宦官の跋扈が見られ、甘露の変を翌年に控えたこの時期に表明された白居易の言葉を、そのまま受けとることは難しい(9)。

白居易の洛陽における生活が、もし長安における党争を意識せざるを得なかったとすれば、彼の孤独感は魏晋の「竹林七賢」、特に阮籍や嵆康と同様に自らの政治的立場を危うくしないために、より慎重に振る舞うことによってもたらされたものであり、それは白居易が半ば自らに課したものであったと見られる。その際に白居易が避けたかったのが、阮籍や嵆康と同じく時流に反抗する批判者として見なされることではなかっただろうか。二宮俊博氏は、白居易の生きる姿勢が阮籍や嵆康と同じではあり得なかったことを、次のように指摘している。

けれども、常々制約されて発散できずにいる自己の心情を思いのままに解き放つことが、魏晋の隠者に在っては、往々名教社会に対するあらがいの姿勢を示すこととなり、とりわけ酒に耽り琴を玩ぶことがそれ自体で時の権力者に対する無言の抵抗を呈示することであった阮籍や嵆康の場合とは異なって、白居易にあっては、「狂」を自称することによって時政に批判的な態度を明示し、そこに確乎たる自己主張を試みていたという具合に受け取ることは、やや早計に過ぎるであろう。（中略）劉禹錫らとともに洛陽で閑雅な詩酒の宴を催し、裴度・牛僧孺といった人々と清遊を重ねる白居易の「狂」意識の裡には、時流に抗する強烈なアンチテーゼとしての自己確認といった意味合いは、ほとんど薄れているようであった。(10)

二宮氏が述べるように、琴詩酒の楽しみに耽溺することが、政治的に阮籍や嵆康と同じ生き方を志向するものではなかったとすれば、白居易にとって阮籍と嵆康が師として賞揚する人物として相応しくなかったことは言うまでもない。したがって、大和九年（八三五）前後の政治的に不安定な時期において、白居易は知音として阮籍と嵆康を挙げることはあっても、この二者を理想の人物に見立てて琴詩酒を楽しむことはできなかったはずである。そのように考えると、洛陽時代以前はしばしば阮籍や嵆康に言及し、劉伶についてふれることの少なかった白居易が、洛陽時代に入ると阮籍を経済的に困窮することの象徴とし、嵆康を物憂い生活を送っていることの象徴として詩に詠むようになるのと同時に、言及の少なかった劉伶を陶淵明と共に達者の代表として盛んに詩に詠むようになることも得心がいく。白居易が阮籍と嵆康に同情や共感を覚えながらも、陶淵明・劉伶・栄啓期を師として仰慕するといった二面性を見せるに至った背景には、当時の複雑な政治情況があったと考えられるのである。

ただし白居易は、必ずしも陶淵明・劉伶・栄啓期といった琴詩酒を楽しんだ先人たちが、すべて楽しく愉快な人生を送ったと考えていたわけではない。陶淵明には陶淵明の、劉伶には劉伶の孤独があったことも認識した上で、敢えて彼らを琴詩酒の師として仰いだのである。(11)少なくとも洛陽に退居した白居易が、多難な時期にあって琴詩酒に慰めを見いだし、「竹林七賢」及び陶淵明といった古人を知音と見なさざるを得ないほどの孤独感を抱いていたことは確かである。

四　長安の動向と白居易の心情

白居易の洛陽における生活は、先行研究に指摘されているように明哲保身の色彩を帯びるものであり、(12)そうであれば白居易は、結局のところ洛陽に住み続けることを決断せざるを得なかったと見られる。そしてその決断は、白居易に孤独感をもたらしただけでなく、自らが教育する白家の子弟たちの前途にも影響を及ぼすことになった。

是歳大和八　　是《こ》の歳　大和の八
兵銷時漸康　　兵銷《き》え　時漸《ようや》く康《やす》し
朝廷重経術　　朝廷　経術を重んじ
草沢捜賢良　　草沢に賢良を捜す
堯舜求理切　　堯舜　理を求むること切にして
夔龍啓沃忙　　夔龍《きりゅう》　啓沃《けいよく》すること忙なり
懐才抱智者　　才を懐《いだ》き　智を抱く者

無不走遑遑　走りて遑遑《こうこう》たらざるもの無し
唯此不才叟　唯だ此の不才の叟《おきな》のみ
頑慵恋洛陽　頑慵《がんよう》にして洛陽を恋う
飽食不出門　飽食して　門を出でず
閑坐不下堂　閑坐して　堂を下りず
子弟多寂寞　子弟　寂寞多く
僮僕少精光　僮僕　精光少《まれ》なり
衣食雖充給　衣食　充給すと雖も
神意不揚揚　神意　揚揚たらず
為爾謀則短　爾《なんじ》が為に謀るは則《すなわ》ち短あり
為吾謀甚長　吾が為に謀るは甚だ長あり

（「飽食閑坐」詩、第十七〜二十四句、『白氏文集』巻六十三、作品番号三〇〇六）

この詩も大和八年（八三四）の作である。平和に治まっている現在、皇帝は在野の遺賢を求めており、世間では有能な人物が登用を求めて駆けずり回っている。しかし、白居易だけは長安における栄達を求めず、洛陽で「隠遁」生活を続けようとしている。そうした一家の主を見て、白家の子弟は寂しげであり、僮僕は元気の無い様子である。前章「白居易と洛陽」に述べたように、白居易は洛陽退居にあたって当地における子弟教育をも視野に入れていた。ところが、退居して五年後に作られたこの詩を見ると、洛陽に執着する白居易の姿勢は、白家の子弟たちを甚だ失望させたようである。白居易が自らを「不才の叟《おきな》」と称し、再び中央政界に進出しようとしないため、子弟らは栄達の道が閉ざされたと思い、自らの将来を悲観したに違いない。そこで白居易は、「爾《なんじ》が為に謀るは則《すなわ》ち短あり、吾が為に謀るは甚だ長あり」と述べ、官界に生きる危うさとそれによって左右される白居易本人の身の安全、及び白氏一族の命運を考えた場合、やはり中央政界から身を引いた方が賢明であることを子弟らに諭すのである。

白居易が自身を「愚者」として詩に詠む例には、開成二年（八三七）に作られた「迂叟」詩（『白氏文集』巻六十六、作品番号三二九六）と大和八年（八三四）に作られた「洛陽有愚叟」詩（『白氏文集』巻六十三、作品番号三〇〇五）がある。「迂叟」詩には、自らを「迂叟」と呼んで政治的立場を韜晦する思いが詠まれている。一方、「洛陽有愚叟」詩には、「抱琴栄啓期、荷鍤劉伶達」（琴を抱く栄啓期、鍤《すき》を荷なう劉伶の達）とあるように、白居易が自らを仮託する人物として栄啓期と劉伶が挙げられており、この詩の最後の四句には、

不知天地内　　知らず天地の内
更得幾年活　　更に幾年か活《い》くるを得る
従此到終身　　此れより身を終うるに到るまで
尽為閑日月　　尽《ことごと》く閑日月と為さん

と終生洛陽で過ごす決意が示されている。だが、洛陽を終老の地とするということは、つまり長安で名利を追う生活を諦めることになる。その時に白居易が思いをめぐらしたのが、陶淵明や「竹林七賢」等の難多くして危うい時代を生き抜いた魏晋時代の先人であったのだろう。そして彼らのごとく危難を避けようとするならば、やはり中央政界に

執着の無いことを示す必要があったのではあるまいか。大和九年（八三五）に同州刺史への就任を辞退し、長安新昌里邸を売却したのは、その表れの一つであったと見られる。また同年に作られた次の詩には、政界での栄達を警戒する態度と、洛陽に住まうことに対する肯定感が強く打ち出されている。

何処投荒初恐懼
誰人遶沢正悲吟
始知洛下分司坐
一日安閑直万金

何《いず》れの処にか荒に投ぜられて　初めて恐懼する
誰人か沢を遶《めぐ》りて　正に悲吟する
始めて知る　洛下分司の坐
一日の安閑　直《あたい》万金なるを

（「閑臥有所思二首」其一、第五～八句、『白氏文集』巻六十五、作品番号三一五九）

更に同じく大和九年に作られた次の詩を見よう。

権門要路足身災
散地閑居少禍胎
今日憐君嶺南去
当時笑我洛中来

権門　要路は身の災い足《おお》く
散地　閑居は禍胎《かたい》少なし
今日憐れむ　君の嶺南に去るを
当時笑《わら》う　我の洛中に来たりしを

（「閑臥有所思二首」其二、第一～四句、『白氏文集』巻六十五、作品番号三一六〇）

清の汪立名は、この詩は楊虞卿と李宗閔の左遷を受けて作られたという。(13)この詩に見える南方に左遷される官僚が誰であったかは詮索しないが、当初、白居易の「隠遁」を笑ったその人が、今政界の犠牲者となったのである。もし官界において党争に巻き込まれたならば、当然、白居易もそうした事態にみまわれる可能性が高く、しかもその被害は彼一人の身に止まらなかったはずである。したがって白居易は自分一人のためだけでなく、白氏一族のためにも政界を警戒し、自己を韜晦する必要があったのだ。

白居易の長安の政界に対する警戒は、晩年の会昌二年（八四二）に至るまで維持されており、名利の追求を戒める言葉は白家の子弟たちに、次のように伝えられている。

雨砌長寒蕪　　雨砌《うせい》に寒蕪《かんぶ》（雑草）長じ
風庭落秋果　　風庭に秋果落つ
窓間有閑叟　　窓間に閑叟《かんそう》有り
尽日看書坐　　尽日《ひねもす》　書を看《み》て坐す
書中見往事　　書中に往事を見れば
歴歴知福禍　　歴歴として　福禍を知る
多取終厚亡　　多く取れば　終《つい》に厚く亡《うしな》い
疾駆必先堕　　疾《はや》く駆《か》くれば　必ず先に堕《お》つ
勧君少干名　　君に勧む　少しく名を干《もと》めよ
名為錮身鏁　　名は身を錮《つな》ぐ鏁《くさり》たり

勧君少求利　　君に勧む　少しく利を求めよ
利是焚身火　　利は是《こ》れ身を焚《や》く火なり
我心知已久　　我が心　知ること已《すで》に久し
吾道無不可　　吾が道　可ならざる無し
所以雀羅門　　所以《ゆえ》に雀羅の門
不能寂寞我　　我を寂寞たらしむる能《あた》わず

（「閑坐看書、貽諸少年」詩、『白氏文集』巻六十九、作品番号三三三八）

詩の大意は次のようである。秋雨の日に窓辺に坐って、終日読書にいそしむ白居易は、書物の中に歴史の法則を見いだす。貪欲に利益を求めれば結局を失うものも多くなり、名誉を得ることに性急であれば、必ず追い落とされてしまうのである。そこで若者たちに対して、殊更に名利を追求することを戒める。なお、自分は名利を求めることの危うさをよく知っているので韜晦の道を選んでおり、その選択は間違っていないという。そして、だからこそ門の前に雀取りの網が張れるほど客人が途絶えても、自身は寂寞を感じることがないと述べる。自身と一族の安全が保てるのであれば、敢えて孤独に甘んじることも辞さないことを、白居易は表明するのである。同様の戒めは、「遇物感興、因示子弟」詩（『白氏文集』巻六十九、作品番号三五二九）にも、「寄言立身者、不得全柔弱、彼因罹禍難、此未免憂患」（言を寄す　立身の者、柔弱を全《まっと》うするを得ざれば、彼れ因りて禍難に罹《かか》り、此れ未だ憂患を免《まぬか》れず）と述べられており、処世のあり方についての白居易の訓戒は、白家の子弟たちにしばしば示されたものと見える。

このように名利の追求を否定する考えは、白居易の洛陽における生活の基調となっており、また彼の文学作品にも色濃く反映されている。一方、白居易のそのような詩文は長安の知人や友人たちにも伝わっていた。例えば、白居易が開成五年（八四〇）に楊嗣復（字は継之）に贈った詩の題には、「継之尚書、余の病みてより来《このかた》、寄遺すること一に非ず、又た『酔吟先生伝』を覧ずるを蒙《こうむ》り、詩を題して以て之れを美《ほ》む。今、此の篇を以て、用いて酬謝を伸ぶ」[14]とあり、またその詩には、「酔傅狂言人尽笑、独知我者是尚書」（酔傅の狂言　人尽《ことごと》く笑う、独り我を知るは是《こ》れ尚書のみ）と詠んでいる。これらの内容から、楊嗣復が白居易の「酔吟先生伝」（『白氏文集』巻六十一、作品番号二九五三）を閲覧し、その内容を褒める詩を作って寄越してきたことが分かるが、「酔吟先生伝」が作られたのは開成三年（八三八）であり、楊嗣復への返詩が作られる二年前にあたる。「酔吟先生伝」の制作から二年を経て、楊嗣復から称讃の詩が送られてきた事実が示すのは、白居易が楊嗣復に「酔吟先生伝」を直接送ったのではなく、楊嗣復がこれを間接的に入手して閲覧したということである。つまり白居易の「酔吟先生伝」は、知友を介して人づてに長安へ伝えられ、朝廷の高官であった楊嗣復の眼にふれたのである。

「酔吟先生伝」は既に指摘されているように陶淵明の影響が色濃い作品であり、[15]また伝の中で白居易が酔吟先生の口を借りて詠むのは、「抱琴栄啓期、荷鍤劉伶達」の詩句が含まれている「洛陽有愚叟」詩（『白氏文集』巻六十三、作品番号三〇〇五）である。つまり白居易自身の仮託として、琴詩酒にまつわる栄啓期と劉伶が登場するため、この伝の内容は、白居易が彼らのごとく名利を排した人物のように生活していることを主張するものと言える。同様の例は、次の詩にも見える。

頭 白 酔 昏 昏　　頭白くして　酔いて昏昏たり
狂 歌 秋 復 春　　狂歌す　秋復《ま》た春

一生耽酒客
五度棄官人
異世陶元亮
前生劉伯倫
臥将琴作枕
行以鍤随身
歳要衣三対
年支穀一囷
園葵烹佐飯
林葉掃添薪
没歯甘蔬食
揺頭謝縉紳
自能抛爵禄
終不悩交親
但得盃中淥
従生甑上塵
煩君問生計
憂醒不憂貧

一生　酒に耽る客
五度　官を棄てし人
異世は陶元亮
前生は劉伯倫
臥しては琴を将《も》って枕と作《な》し
行きては鍤《すき》を以て身に随う
歳に衣三対《ころもさんつい》を要し
年に穀一囷《こくいっきん》を支《う》く
園葵　烹《に》て飯を佐《たす》け
林葉　掃きて薪《たきぎ》に添う
歯を没して　蔬食に甘んじ
頭を揺らして　縉紳に謝す
自《みずか》ら能《よ》く爵禄を抛《なげう》ちて
終《つい》に交親を悩ましめず
但《た》だ盃中の淥《ろく》を得て
甑上《そうじょう》の塵を生ずるに従《まか》す
君を煩《わずら》わして　生計を問わしむれども
醒むるを憂えて　貧を憂えず

(「酔中得上都親友書、以予停俸多時、憂問貧乏。偶乗酒興、詠而報之〈酔中に上都の親友の書を得るに、予の俸の停まること多時なるを以て、憂えて貧乏を問う。偶《たま》たま酒興に乗じ、詠じて之れに報ゆ〉」詩、『白氏文集』巻六十九、作品番号三五八七)

この詩は会昌二年(八四二)、退官して一年後の作である。第五句では自らを異世の陶淵明であるとし、また第六句では自身の前世は劉伶であるという。そして最終句では、「醒むるを憂えて貧を憂えず」と貧乏よりも酒の酔いが醒めることを憂うと詠む。この句は陶淵明の「癸卯歳始春懐古田舎二首」第二首(『陶淵明集』巻三)に、「先師有遺訓、憂道不憂貧」(先師に遺訓有り、道を憂えて貧を憂えず)とあるのを踏まえる。「酔吟先生伝」といい、この詩といい、長安にいる人々を読者に想定した白居易の作品には、このように自らを陶淵明や劉伶、そして栄啓期に擬えたものが見られるのである。それは前述のように白居易が長安の政界を警戒し、自己を韜晦するためであったと考えられるが、またそれと同時に洛陽での生活を、長安の人々に誇る気持ちがあったことも否定できない。このようにして、白居易が洛陽で作った詩文は彼の洛陽に対する愛着と相俟って、風光明媚な自然の素晴らしさを伝えるものとなり、かつ白居易の風雅な生活ぶりを宣伝する媒体となって長安に向けて発信されたのである。

五　白居易のトポフィリア——詩文によって構築される洛陽のイメージ

白居易は、大和三年(八二九)に洛陽履道里邸に移り住んだ後、大和九年(八三五)に長安の新昌里邸を売却した。新昌里邸の売却は、白居易が長安に復帰することを事実上断念し、洛陽を生活の本拠地としたことを意味するであろう。

これに関連して見逃すことのできないことがある。それは、白居易が大和九年（八三五）より後には、下邽への墓参りについて言及しなくなることである。

筆者は嘗て謝霊運の例を挙げてふれたことがあるが、南北朝時代の貴族において、先祖の墳墓の地を現実に住んでいる土地に移すということは、該地を故郷と見なすということであった(16)。本来の白居易の墳墓の地は下邽であり、『白氏文集』を見れば、大和九年の寒食の時節までは、白居易が墓参りのために下邽を訪れていることが分かる。だがこれ以後に、白居易が下邽を訪れた形跡は無い(17)。そのことは、この年に長安の新昌里邸を売却したことと関わりがあるだろう。おそらく新昌里邸を手放した時点で、白居易の長安に対する未練はほぼ断ち切られ、そのことが最終的には香山寺に墓所を定め、そこに埋葬するように遺言することへと繋がったと見られる(18)。それは、白居易が青年時代に故郷と認識していた洛陽を、名実共に自らの故郷と為したことを意味する。ひいてはこのことが、白居易の洛陽に対する愛着とそこで余生を送る決意を確固たるものにしたと考えられるのである。

さて、白居易の洛陽に対する愛着について考える場合、「トポフィリア」（Topophilia）という概念が想起される。トポフィリアとは、アメリカの地理学者イーフー・トゥアン（段義孚）氏が提唱した概念であり、「人々と、場所あるいは環境との間の、情緒的な結びつき」、つまり簡単に言えばその土地への愛着、「場所愛」である(19)。一方、トゥアン氏のより詳しい説明は次のようである。

> 「トポフィリア」という言葉は新造語であり、物質的環境と人間との情緒的なつながりをすべて含むように広く定義できるという点で、便利な言葉である。環境とのこうした情緒的なつながりは、その強さも微妙さも表現様式も、きわめてさまざまである。環境への反応は、まず第一に審美的なものかもしれない。そしてそれはまた、人

が眺望から手に入れるはかない喜びから、同じようにはかないが、しかしはるかに熱烈な、突然啓示的に現われる美的感覚まで、さまざまにわたりうるのだ。その反応は、空気や水や土の感触からもたらされる喜びのように、触覚的なものかもしれない。もっと永続的で、しかし表現するのはもっと容易でないものは、そこが故郷だったり、思い出の場所だったり、生計を立てる手段であるという理由から、人が場所に対してもつ感覚である。(20)

トポフィリアが生じる環境の例として挙げられているのは、故郷や思い出の場所、生計を立てる場所である。近年この概念は中国学の分野にも応用され、詩人の創作の場に対する感情を読み解く一つの関鍵語となっている。(21)白居易の詩には、彼が晩年を過ごした洛陽に対する愛着がしばしば見受けられており、当然これもトポフィリアである。そしてこの「場所愛」が、白居易の文学創作の原動力の一つになったと言える。

白居易の洛陽時代の詩を読むと、ある事実に気づかされる。それは白居易の詩に、自邸の庭園や知友の邸宅、及び洛陽城内外の景勝地を詠むものは多いが、洛陽城内の繁華な様子を詠むものは殆ど無い、ということである。

白居易が洛陽履道里に邸宅を構えてから洛陽で作ったと見られる詩は、那波本『白氏文集』に基づいて数えれば全部で千八十首あるが、その中で城内の様子を詠むものはおよそ十分の一に相当する百五首である。しかもその大部分は、高級官僚の別荘でなければ、天宮寺等の名刹、天津橋、洛中橋、及び魏王堤のような洛水沿岸の景勝地である。それ以外に白居易が洛陽城内を馬に乗って遊覧する詩もあるが、大和五年（八三一）に作られた「馬上晩吟」詩（『白氏文集』巻五十七、作品番号二七八五）に、「人少街荒已寂寥、風多塵起重蕭條」（人少なく街荒れて已《すで》に寂寥たり、風多く塵起こりて重ねて蕭條たり）と、洛陽城内は人が少ないと詠まれている。次の詩もこの類である。

晩帰騎馬過天津
沙白橋紅反照新
草色連延多隙地
鼓声閑緩少忙人
還如南国饒溝水
不似西京足路塵
金谷風光依旧在
無人管領石家春

晩に帰るに　馬に騎《の》りて　天津を過ぐ
沙《すな》白く　橋　紅《くれない》にして　反照《はんしょう》新たなり
草色　連延として　隙地《げきち》多く
鼓声　閑緩にして　忙人少《まれ》なり
還《ま》た南国の溝水饒《おお》きが如《ごと》し
西京の路塵足《おお》きに似ず
金谷の風光　旧に依りて在るも
人の石家（石崇の家）の春を管領する無し

（「早春晩帰」詩、『白氏文集』巻五十三、作品番号二三九〇）

この詩は長慶四年（八二四）に作られたものである。本書第五章に取りあげる晩唐の李庾の「東都賦」に、「惟洛泱泱、浜盈万室」（惟《こ》れ洛は泱泱たりて、浜に万室盈《み》つ）と描写された洛水沿岸の賑わいは、ここには見えない。もっとも李庾の賦はこれから六年後の大和四年（八三〇）の作であるから、白居易がこの詩を作った時の洛陽はまだ発展していなかったと見ることもできる。しかし、それにしても白居易の詩に描かれる洛陽は閑静に過ぎるように思われる。ややもすると、故意に洛陽の繁華な様子を隠蔽するかのごとく見える。だが、そうした見方は穿ちすぎであろう。何故ならば、甚だ少ないが、白居易は洛陽に人が多く見られる様子を詠む詩も残しているからである。次の詩がその一例である。

風光烟火清明日　　風光　烟火　清明の日

歌哭悲歓城市間
何事不随東洛水
誰家又葬北邙山
中橋車馬長無已
下渡舟航亦不閑
冢墓累累人擾擾
遼東悵望鶴飛還

歌哭　悲歓　城市の間
何事か　東洛の水に随わざらん
誰が家か　又た北邙の山に葬れる
中橋の車馬　長《つね》に已《や》むこと無く
下渡の舟航　亦た閑ならず
冢墓累累《ちょうぼるいるい》　人擾擾《じょうじょう》
遼東に悵望《ちょうぼう》し　鶴《つる》飛び還《かえ》る

（「清明日、登老君閣望洛城、贈韓道士」詩、『白氏文集』巻六十六、作品番号三二五六）

この詩は開成元年（八三六）の春、洛陽の北郊にある老君閣（老君廟）で作られたものである。(22) 洛陽の郊外は墓参りの線香の煙に覆われており、歌声と哭声が相混じって遠くまで聞こえてくる。また洛陽城南も墓参りに出かける車馬や舟でごった返す。洛中橋には絶え間なく車馬が行き交い、橋の下では船が混雑している。北郊の老君閣から城内の洛中橋の様子が見えたとは考えにくいので、必ずしも実景ではないかもしれないが、この詩を読めば、洛陽が単なる閑静な都市ではないことが分かるだろう。無論、この詩は清明節という特別な日の情景を描いているので必ずしも普遍性を持つとは限らないが、白詩に詠まれる洛陽が必ずしも詩の内容そのままの閑静な都市ではなかったことも確かである。

それでは、白居易が意図的に洛陽を閑静な都市として描くことを、どのように理解すればよいのであろうか。言うまでもなく、白居易が洛陽の閑静さを強調する時には、比較の対象に長安が設定されている。例えば、「和敏中洛下即事」詩（『白氏文集』巻六十九、作品番号三五五二）には、「人稀塵少勝西京」（人稀にして塵少なきは　西京に勝る）とあり、また、前出「早春晩帰」詩には、「不似西京足路塵」（西京の路塵足《おお》きに似ず）とある。更に「菩提寺上方晩望香山寺、寄舒員外」詩（『白氏文集』巻六十三、作品番号三〇一四）には「西京鬧於市、東洛閑如社」（西京　市より鬧《さわ》がしく、東洛　閑《しず》かなること社の如《ごと》し）と、長安の騒々しさと洛陽の閑静さが対比されている。つまり洛陽の閑静さは、あくまでも長安と比較した場合のものである。一方、現実の洛陽は次に挙げる詩にも見えるように、紅塵の巷であった。

能入城中乞食否　　能《よ》く城中に入りて食を乞うや否や
莫辞塵土汚袈裟　　塵土の袈裟を汚すを辞する莫《な》かれ
欲知住処東城下　　住処を知らんと欲せば　東城の下に
遶竹泉声是白家　　竹を遶《めぐ》る泉声あるは　是《こ》れ白家

（「招山僧」詩、『白氏文集』巻六十九、作品番号三五八二）

この詩は会昌元年（八四一）に作られたものである。山中に住む僧を自邸に招く内容であるが、洛陽城内を塵にまみれた場所として描きつつも、その中にある自邸を清浄の地と見なしている。また、この詩の直後に置かれている「夏日与閑禅師林下避暑」詩（『白氏文集』巻六十九、作品番号三五八三）にも、「落景牆西塵土紅、伴僧閑坐竹泉東」（落景　牆西の塵土に紅《あか》く、僧を伴いて閑《しず》かに坐す　竹泉の東）とあり、塵埃の多い洛陽城内と閑静で清浄な自邸とが対比されている。洛陽で詠んだ詩の大半が自邸で作られていることを考えると、白居易の意識において閑静で清浄なのは、あくまでも自邸が置かれた履道里を中心とする洛陽城の東南隅であり、洛陽城そのものが閑静で清浄であったわけではない。もし白居易の詩文において洛陽城そのものが閑静で清浄なイメージで描かれているとすれば、それは長安と比較してのことであったのだ。

さて、白居易が洛陽の閑静さを強調する際に長安の存在を意識していたと考える時、併せて想起されるのは、陶淵明が清貧を詠じたように、白居易も晩年には清貧な暮らしぶりをよく詩に詠んでいることである。

冠蓋閑居少　　冠蓋《かんがい》　閑居少《まれ》なり
簞瓢陋巷深　　簞瓢《たんぴょう》　陋巷《ろうこう》深し
称家開戸牖　　家を称《はか》りて　戸牖《こゆう》を開き
量力置園林　　力を量《はか》りて　園林を置く
倹薄身都慣　　倹薄　身都《すべ》て慣れ
営為力不任　　営為　力任《た》えず
飢烹一斤肉　　飢えては烹《に》る　一斤の肉
暖臥両重衾　　暖かきに臥《ふ》す　両重の衾
樽有陶潜酒　　樽に陶潜の酒有れども
嚢無陸賈金　　嚢《ふくろ》に陸賈《りくか》の金無し
莫嫌貧活計　　嫌う莫《な》かれ　貧しき活計
更富即労心　　更に富めば即《すなわ》ち心を労せん

（「閑居貧活」詩、『白氏文集』巻七十一、作品番号三六四三）

この詩は白居易の最晩年の作である。この頃になると貴人の訪問を受けることもなく、顔回のように慎ましい生活を営んでいる。衣食住のすべてにおいて身の丈にあったものを用い、陶淵明のように飲酒の楽しみはあっても、前漢の陸賈のように富裕ではない。しかし、そのような貧乏暮らしに自分は満足しており、富を手に入れるために齷齪《あくせく》する必要はないと諦めくくる。

しかし一方、『白氏文集』及びその他の史料を見る限り、白居易の洛陽時代の生活水準は、決して彼自身が詩に詠むほど貧しかったわけではないように思われる。例えば、「達哉楽天行」（『白氏文集』巻六十九、作品番号三五四七）にも白居易の貧窮ぶりが詠まれているが、財産が足りなくなった時には、「先売南坊十畝園、次売東郭五頃田」（先に南坊の十畝の園を売り、次に東郭の五頃の田を売らん）と、宅地の一部と荘園を売却することが述べられている。これによって白居易が荘園を経営していたことが分かる。(23) また会昌四年（八四四）に作られた「開龍門八節石灘詩二首並序」（『白氏文集』巻七十一、作品番号三六二五、三六二六）には、龍門の八節灘の石を取り除くのに労働力と資力を提供した人々がいたことが述べられているが、詩と序を読む限り、白居易本人が相当な資材を提供したのは間違いない。(24)

白居易の財力は、『白氏文集』以外の史料からも窺うことができる。例えば、次に挙げる宋人の筆記を見れば、白居易は香山以外にも別荘を所有していたことが分かる。

洛城之東南午橋、距長夏門五里。蔡君謨為記。蓋自唐已来、為游観之地。裴晋公緑野荘、今為文定張公別墅。白楽天白蓮荘、今為少師任公別墅。池台故基猶在。

洛城の東南の午橋は、長夏門より距《へだ》たること五里。蔡君謨（蔡襄）記を為《つく》る。蓋《けだ》し唐より已来《いらい》、游観の地たり。裴晋公の緑野荘、今は文定張公の別墅たり。白楽天の白蓮荘、今は少師任公の別墅たり。池台・故基、猶お在り。

（北宋・邵伯温『邵氏聞見録』巻十）

右の文章によれば、洛陽南郊の午橋には裴度の「緑野荘」と白居易の「白蓮荘」が在り、後にそれぞれ北宋の高級官僚の所有に帰した。もしこれが事実であれば、『白氏文集』に詠まれている白居易の経済状況を、そのまま鵜呑みにすることはできないのである。白居易が洛陽南郊の裴度の別荘を頻りに訪れていること、また洛陽からいささか距離のある香山へしばしば出向くことができたことを考えると、白蓮荘の存在は必然のことでもあるだろう。なお、白居易は同じく最晩年の作である「狂吟七言十四韻」（『白氏文集』巻七十一、作品番号三六三二）に、「香山閑宿一千夜、梓沢連遊十六春」と、頻繁に香山と梓沢（金谷園）に遊んだことを詠むが、実は金谷園にも白居易によって「中隠堂」という建造物が置かれていた。しかも、ここには白居易本人による詩の石刻があったという記述が清代の地方志に見える。(25)時代がかなり下るため、本当に白居易本人のものであったかという疑いも残るが、白居易が香山と共に愛好した金谷園に、遊園に適した建物を置いたとしても不自然なことではあるまい。つまり白居易が詩に詠んだ慎ましい生活は、必ずしも実態を反映しているとは限らず、彼は洛陽の近郊に荘園と複数の別荘を所有し、香山寺にも多額の喜捨を施すなど、経済的に恵まれた生活を送っていたと見られるのである。

無論、もともと詩人は事実をありのまま詩に詠むとは限らないので、白居易が荘園を経営し、郊外に別荘を所有していたとしても何らやましいことではない。ただ何故に白居易は洛陽を閑静な都市として詩に詠み、また自身の生活を現実とはかけ離れた形で描く必要があったのかということに、筆者は興味を覚えた。案ずるにそれは、陶淵明が貧窮を詩に詠み、自らが名誉や利益、及び物質的に満たされた世界から離れた清貧な生活を送っていることを詠じたように、白居易も名利や物欲にまみれた世界から遠く離れた場所にいることを、首都長安の人々にアピールしたかったからではなかろうか。そのためには、彼の居住する洛陽は決して繁華な都会であってはならず、また彼の生活も裕福であってはならない。閑静で自然豊かな古都において清貧な生活を営んでこそ、「竹林七賢」や陶淵明のように名利を超越したことになるからである。しかも洛陽は白居易の青年時代の故郷であり、また晩年の隠退の地である。したがって白居易が洛陽に特別の愛着つまりトポフィリアを抱いたのはごく自然なことであり、だからこそ彼は洛陽を美化して詩文に描く必要があったのだろう。

白居易には、長安で宰相になれなかったことに対して未練があったとの見方がある。(26) また、白居易が名利について説いた詩には、他人に訴えかけるようにして自分に言い聞かせるようなもの、自分に言い聞かせるようにして他人に言い聞かせるものがあるとも言われている。(27) つまるところ白居易は、名利を求める気持ちを完全に断ち切ることができず、自身に言い聞かせるようにして詩を詠み、その気持ちを抑えたというのである。一人の官人である以上、白居易が中央政界での活躍を望む気持ちを抑え難かったことは想像に余る。しかし、最終的に白居易は官界で栄達する道を選ばなかった。それは、白居易が阮籍や嵇康に共感を覚え同情を寄せることからも分かるように、多難な官途にあって、孤独に耐えながら明哲保身の道を貫き通した結果であった。

人間は主として自身が生きる世界や場所にトポフィリアを懐く。白居易にとって洛陽は青年時代の故郷であり、また自らが終焉の地として選んだ場所である。したがって白居易はこの都市とそこでの生活に積極的な意味を見いだそうとしたはずであり、かりに長安に対する未練があったとしても、否、そうであればこそ逆に洛陽の良さを強調する必要があったのかもしれない。そして自らの洛陽退居の決断の正しさ、洛陽とそこで営まれる俗世を離れた生活の素晴らしさを主張し、自身が人生の敗残者でないことを示さなければならなかったのではあるまいか。白居易の洛陽時代の詩歌は、言葉では言い尽くせないほどの豊かな内容を持つが、その背景にあったのは、白居易の孤独や葛藤から生み出された自己肯定の意識、及び自身と洛陽に対する愛情であった、と筆者は考える。

注

（1）埋田重夫「白居易における洛陽履道里邸の意義」（早稲田大学中国文学会『中国文学研究』第二十九期、二〇〇三年）は、白居易の閑適の理想郷である履道里邸が、時間の圧力によって不完全なものへと推移していく宿命を背負っていたとする（後に同氏『白居易研究　閑適の詩想』〔汲古書院、二〇〇六年〕所収）。

（2）下定雅弘「宰相になれなかった白居易」（帝塚山学院大学中国文化研究会『中国文化論叢』第四号、一九九五年）に、この問題についての詳細な分析がある（後に同氏『白氏文集を読む』〔勉誠社、一九九六年〕所収）。

（3）菅野禮行「白居易の詩における『慵』と『拙』（上・下）」（『漢文教室』第百五十二号・第百五十三号、大修館書店、一九八五年九月・十二月）に、阮籍・嵇康の影響について論じられている。同氏によれば、白居易の「慵」である心情や生活態度は、世渡り下手の「拙」なる自覚に支えられており、そのような彼の人間形成に影響を及ぼしたのが阮籍と嵇康であるという（下篇、一一一～一一二頁）。

（4）原文は次のとおり。「古人、郷無君子、則与雲山為友。里無君子、則与松柏為友。坐無君子、則与琴酒為友。」（元結「丐論」、『元次山文集』巻八、四部叢刊初編所収）

（5）白居易における琴詩酒については、波戸岡旭「白居易の『琴詩酒』について」（『伝統と創造の人文科学――國學院大學大学院文学研究科創設五十周年記念論文集』所収、國學院大學大学院文学研究科、二〇〇二年）に詳しい（後に同氏『宮廷詩人菅原道真――『菅家文草』『菅家後集』の世界』〔笠間書院、二〇〇五年〕所収）。

（6）白居易の詩に見える阮籍・嵇康・劉伶の用例を調査するにあたっては、平岡武夫・今井清編『白氏文集歌詩索引』（同朋舎出版、一九八九年）を用いた。なお、阮籍・嵇康・劉伶の三人に限定して用例を挙げるのは、白居易の関心が特にこの三者に寄せられていたと見られるからである。因みに上記の索引を調べた限りでは、「和令狐僕射小飲聴阮咸」詩（『白氏文集』巻六十六、作品番号三三二六）に「別占阮家名」と阮咸の一例が見えるのを除けば、阮咸、向秀、山濤、王戎ら他の七賢の姓名や字を用いた用例は見あたらない。

（7）蹇長春『白居易評伝』（南京大学出版社、二〇〇二年）、第五章「寂寞的晩年」、二八二〜二八四頁を参照。

（8）栄啓期は春秋時代の人であり、本来は「竹林七賢」とは無関係である。しかし何故か一九六〇年に南京西善橋で発見された東晋時代の墳墓の磚画（姚遷・古兵編著、郭群撮影『六朝芸術』所収、文物出版社、一九八一年）には、「竹林七賢」と共に栄啓期も描かれており、しかも嵆康と同じく琴を弾く姿勢をとっている。白居易が「抱琴栄啓期、荷锸劉伶達」（「洛陽有愚叟」詩、『白氏文集』巻六十三、作品番号三〇〇五）というように、劉伶と栄啓期とを対にして詩に詠むのは、当時も「竹林七賢」と栄啓期とを同格視する風潮があったからではないかと考えられる。因みに長廣敏雄氏は『六朝時代美術の研究』（美術出版社、一九六九年）、第一章「竹林七賢と栄啓期の画図」に、南京西善橋墓の磚画に竹林七賢と一緒に栄啓期が描かれている理由を、高士であり弾琴の名手としての栄啓期を嵆康たちの精神と思想を導いた先達と見たからではないかと推測している（五二頁）。傾聴すべき説である。

（9）アーサー・ウェイリーは、宦官勢力が絶対的な権力を振るった時期に、白居易が「序洛詩」を著して文宗の治世に祝詞を述べていることを不誠実なものと見なし、かつ洛陽時代の明るい調子は決してわざとつくられたものではない、という白居易の断言に対して疑問を提示した（花房英樹訳『白楽天』新装版、みすず書房、二〇〇三年〈初版は一九五九年〉、三八二〜三八三頁）。また川合康三氏も、牛李の両党と宦官勢力の抗争に加えて、李訓・鄭注が台頭し、甘露の変を引き起こしたこの時期、白居易がそうした不穏な情勢を感取したであろうことを指摘している（「白居易閑適詩攷」〔中文研究会『未名』第九号、一九九一年、二三〜二四頁。後に同氏『終南山の変容——中唐文学論集』（研文出版、一九九九年）所収〕）。

（10）二宮俊博「洛陽時代の白居易——『狂』という自己認識について——」（九州大学中国文学会『中国文学論集』第十号、一九八一年）、六一頁より引用。なお、二宮氏は同論文に、この当時、阮籍と嵆康の追随者とされる人々に対する厳しい批判があったこと、鄭覃が進士科出身の官僚に浴びせた「如嵆、阮之流、不摂職事」（『旧唐書』巻百七十三鄭覃伝所引）との非難が、直接白居易に向けられたものではないにしろ、白居易がその対象となる人物であったことは間違いないものと見なし、白居易の「狂」の自称が自己弁護の一手段であったことを示唆する（同論文、注(28)を参照）。

(11) 拙稿「陶淵明『読山海経』詩に見える『楚辞』の影響」（広島大学東洋古典学研究会『東洋古典学研究』第七集、一九九九年）に「效陶潜体十六首」第十三首（『白氏文集』巻五、作品番号〇二二五）を引用して述べたように、白居易にとって劉伶は「林下に棄てられた人物」と意識されていた。また同詩において、陶淵明が醒酔の間にあって劉伶に等しいものと見なされていることも、白居易が「竹林七賢」と陶淵明を同列視している一つの表れであると言える。更に附け加えれば、白居易は「春日閑居三首」第一首（『白氏文集』巻六十九、作品番号三五一一）に「陶氏愛吾廬、吾亦愛吾廬。屋中有琴書、聊以慰幽独」と、陶淵明と自身とを重ねて、琴書が孤独を慰める手段であることを詠んでいる。

(12) 堤留吉『白楽天研究』（春秋社、一九六九年）、第五章「生活意識」を参照。

(13) 清・汪立名『白香山詩集』巻三十三の該詩の注に見える。原文は次のとおり。「立名按、此詩作於大和九年。時李訓・鄭注用事糸恩髪怨必報、尽逐二李之党。徳裕既外貶。注又素悪京兆尹楊虞卿、搆貶虔州。宗閔論救、亦坐貶。公於楊本姻親。史称其悪縁党人斥、亟求分司東都、故有『当時笑我洛中来』之句也。」

(14) 原文は次のとおり。「継之尚書、自余病来、寄遺非一、又蒙覧『酔吟先生伝』、題詩以美之。今以此篇、用伸酬謝」（『白氏文集』巻六十八、作品番号三四六五）

(15) 川合康三『中国の自伝文学』（創文社、一九九六年）、「かくありたい我れ――『五柳先生伝』型自伝」を参照。なお、白居易と陶淵明との関わりについては、松岡榮志「白居易と陶淵明」（『白居易研究講座　第二巻　白居易の文学と人生Ⅱ』、勉誠社、一九九三年）において、「效陶潜体詩十六首並序」（『白氏文集』巻五、作品番号〇二二一～〇二二八）を中心に論じられている。

(16) 矢野主税「東晋における南北人対立問題」（史学会『史学雑誌』第七十七編・第十号、一九六八年）、四二～四四頁、並びに拙稿「中国の詩人とトポフィリア――陪都の文学」（梅光学院大学日本文学会『日本文学研究』第四十五号、二〇一〇年）を参照。

(17) 白居易が洛陽退居後に下邽に赴いたことは、「将帰渭村、先寄舎弟」詩（『白氏文集』巻六十五、作品番号三二三〇）、「別楊同州後却寄」詩（金沢本『白氏文集』巻六十五、作品番号三七〇三）等により窺い知れるが、この後に白居易が下邽に赴いたことを示す詩句は見あたらない。

(18) 白居易が自らを香山寺の如満禅師の塔の側に葬るように遺言したことは、『旧唐書』巻百六十六、白居易伝に見える。また白居易の墓碑銘とその建碑の背景については、芳村弘道「李商隠の『白公墓碑銘』」（立命館大学中国芸文研究会『学林』第二十六号、一九九七年）に詳しく論じられている（後に同氏『唐代詩人と文献研究』〔中国芸文研究会、二〇〇七年〕所収）。

(19) イーフー・トゥアン著、小野有五・阿部一共訳『トポフィリア　人間と環境』（ちくま学芸文庫、二〇〇八年）、第一章「序論」、二七頁を参照（初出は、Yi-Fu Tuan・*Topophilia :A Study of Environmental Perception, Atitudes and Values* prentice-hall・Englewood Cliffs・New Jersey・1974）

(20) 注（19）所掲『トポフィリア　人間と環境』、第八章「トポフィリアと環境」、一七九頁より引用。

(21) 大室幹雄『園林都市――中世中国の世界像』（三省堂、一九八五年）は、その代表的なものである。ほかに鎌田出「白居易の愛した風景――杭州『西湖』へのトポフィリア――」（中国詩文研究会『中国詩文論叢』第十七集、一九九八年）に、白居易と西湖の関係を考えるにあたって、トポフィリアの概念が用いられている。

(22) 謝思煒校注『白居易詩集校注』（中華書局、二〇〇六年）第五冊、二五〇三～二五〇四頁に見える該詩の注を参照。

(23) 唐代において二品の京官は十頃の職分田を支給されていた。二品官を得て退官した白居易の場合は、在官時の半分の俸給を支給されていたので、まさに「五頃の田」を所有していたことになる。勾利軍『唐代東都分司官研究』（上海古籍出版社、二〇〇七年）、第六章・第二節「東都分司官的生活」、二二七～二三〇頁を参照。

(24) 該当する原文は次のとおり。「予嘗有願、力及則救之。会昌四年、有悲知僧道遇適同発心、経営開鑿、貧者出力、仁者施財。」（以上、序）、「振錫導師憑衆力、揮金退傅施家財」（以上、第一首）

(25) 清・張聖業撰『河南府志』（康熙三十四年〈一六九五〉刊）巻二十一、古蹟・中に次のように見える。「中隠堂、在金谷園、唐白居易有詩刻石。」

(26) 注（2）に同じ。

(27) 注(12)に同じ。

第五章　洛陽の壊滅と復興——李庾の「東都賦」を中心に

詩に描写された都市の姿を、そのまま実像として捉えてよいのか。このような疑問を懐くのは、歴史資料に記録された都市と文学作品に描かれるその光景との間に、時折り齟齬がかいま見られるからである。例えば、陶淵明は隠者の代表とも言うべき人物であるが、その住居が置かれた尋陽は東晋においては交通の要衝であり、多くの人口を有する繁華な大都市であった[1]。もしこうしたことを知らないまま陶淵明の詩を読んだならば、陶淵明は鄙びた片田舎で菊を手折り、悠然と廬山を眺めて暮らしたと思うだろう。だが、それが必ずしも陶淵明の実像ではないことは、既に半ば常識に属することである。また白居易が後半生を過ごした洛陽も同様である。このことは前章に述べたとおりであるが、安史の乱後の洛陽がどのような状況であったかということは、もう一度検討されるべきであろう。そこで本章では、安史の乱直後の洛陽の荒廃について概観し、これまで言及されることが稀であった洛陽の復興と中唐以降の洛陽の景観について述べることにする。

一　安史の乱から貞元年間までの洛陽

唐代の洛陽は、則天武后の時代に首都に定められ、「神都」と称された。また武后が退位した後も、皇帝が行幸する陪都として重要な地位を占めた。その繁栄ぶりについては既に多くの研究書に説かれているので贅言を省くが、安史の乱後の洛陽については、まだ十分に研究されていないように思う。一方、当時の洛陽の様子は、白居易の詩に多く描かれている。一例を挙げよう。

昨日池塘春草生
阿連新有好詩成
花園到処鶯呼入
驄馬遊時客避行
水暖魚多似南国
人稀塵少勝西京
洛中佳境応無限
若欲諳知問老兄

昨日　池塘に春草生じ
阿連　新たに好詩の成る有り
花園　到る処　鶯《うぐいす》入るを呼び
驄馬　遊ぶ時　客《きゃく》行くを避く
水暖く魚多きは　南国に似たり
人稀にして塵少なきは　西京に勝る
洛中の佳境　応《まさ》に限り無かるべし
若《も》し　諳《ことごとくし》知らんと欲せば　老兄に問え

（白居易「和敏中洛下即事」詩、『白氏文集』巻六十九、作品番号三五五二）

この詩は会昌元年（八四一）に従弟である白敏中が洛陽で作った詩に唱和したものである。まず自らを謝霊運に、白敏中を謝恵連に擬え、次に洛陽の庭園の美しさとこれを見物する人々の活況を詠む。そして洛陽の水景が江南のようであり、長安に比べて人や塵埃の少ないことを誇る。最後にこの洛陽には多くの佳境があるので、それらをすべて知りたければ自分に聞けと結んでいる。白居易によって洛陽は閑静な都市として詩に詠まれているが、それは前章に見たように長安と比較した場合のことである。陪都である以上、洛陽も当時はそれなりの復興を遂げたものと見られる。

それでは、復興を果たすまでの洛陽はどうであったのだろうか。
『旧唐書』地理志によれば、玄宗の天宝年間（七四二～七五六）の洛陽は、戸数は十九万四千七百四十六戸、人口は百十八万三千九十三人であった。しかし天宝十四載（七五五）十一月に范陽（現在の北京市附近）にて挙兵した安禄山の軍隊は、翌月には大挙して押し寄せて洛陽を陥落させた。この時の洛陽の状況は、郭子儀が代宗に上奏した表（『旧唐書』巻百二十、郭子儀伝所引）に、「東周之地、久陥賊中、宮室焚焼、十不存一」（東周の地、久しく賊中に陥《おちい》り、宮室焚焼《ふんしょう》せられて、十に一も存せず）、「中間畿内、不満千戸」（中間の畿内、千戸に満たず）と述べたとおりである。なおその悲劇は、李白によって次のように詠まれている。

俯視洛陽川　俯《ふ》して洛陽川を視れば
茫茫胡兵走　茫茫として胡兵走る
流血塗野草　流血　野草塗《まみ》れ
豺狼尽冠纓　豺狼《さいろう》　尽《ことごと》く冠纓《かんえい》あり

（李白「古風」其十九、第十一～十四句、『李太白文集』巻二）

洛水の沿岸には蛮族の兵士たちが駆けめぐる様子が見える。野の草は血にまみれ、山犬や狼のような輩が皇帝を僭称した安禄山に任命され、文武百官の冠をかぶっているという。また李白は「扶風豪士歌」（『李太白文集』巻六）に、「天津流水波赤血、白骨相撐如乱麻」（天津の流水　赤き血を波だたせ、白骨　相い撐《ささ》えて　乱れたる麻の如《ごと》し）と詠んでいる。天津橋の下を流れる洛水は赤く血に染まり、亡くなった人の骨がうずたかく積み重なっているというのである。
なお、洛陽の様子をこのように描写したのは李白だけではない。中唐の馮著は当時の洛陽の様子を次のように詠んでいる。

洛陽宮中花柳春
洛陽道上無行人
皮裘氈帳不相識
万戸千門閉春色
春色深　春色深
君王一去何時尋
春雨灑　春雨灑
周南一望堪涙下
蓬萊殿中寝胡人
鳷鵲楼前放胡馬
聞君欲行西入秦
君行不用過天津
天津橋上多胡塵
洛陽道上愁殺人

洛陽宮中　花柳の春
洛陽道上　行人無し
皮裘《ひきゅう》　氈帳《せんちょう》（毛織りの天幕）　相い識《し》らず
万戸　千門　春色を閉ざす
春色深し　春色深し
君王　一たび去りて　何《いず》れの時にか尋ねん
春雨灑《そそ》ぐ　春雨灑ぐ
周南（洛陽）　一望すれば涙の下るに堪えんや
蓬萊殿《ほうらいでん》中に胡人寝《い》ね
鳷鵲楼《しじゃくろう》前に胡馬を放つ
聞く　君の行きて　西のかた秦に入らんと欲すと
君行くとも　天津を過《よぎ》るを用いざれ
天津橋上　胡塵多く
洛陽道上　人を愁殺す

（馮著「洛陽道」、『全唐詩』巻二百十五）

詩の作者である馮著は、韋応物（七三五～七九〇）の友人である。この詩には安禄山の軍隊によって占領された洛陽の市街地と宮城の様子が描かれている。市街地の各処には異民族の兵士の天幕が張りめぐらされており、宮殿も彼らの起居する場と化した。だから春が訪れても、洛陽の悲惨な有り様に、作者は涙を禁じ得ないという。なお、「蓬萊殿《ほうらいでん》中に胡人寝《い》ね、鳷鵲楼《しじゃくろう》前に胡馬を放つ」の二句について補足すると、武宗の会昌五年（八四五）八月に出された中書門下の上奏文によれば、安禄山は当時洛陽に安置してあった太廟を占拠して軍営を置き、二十六柱の位牌を街頭に廃棄したという(2)。唐王朝の神聖な霊廟が、蛮族の起居する場となったとすると、馮著ならずとも多くの唐の臣民が落涙を禁じ得なかったことであろう。

このように悲惨な状況にあった洛陽は、周知のように唐朝がウイグル族の援助を得たことにより、宝応元年（七六二）に長安と共に回復することができた。しかし、安禄山一党の掃討に功績のあったウイグル族は、唐朝に恩義を売ったのを良いことに、しばしば傍若無人の振る舞いがあった。その様子は次に挙げる戎昱の楽府に詠まれている。

官軍収洛陽　　官軍　洛陽を収め
家住洛陽里　　家住す　洛陽の里
夫婿与兄弟　　夫婿と兄弟と
目前見傷死　　目前に傷死せらる
呑声不許苦　　声を呑みて　苦しむを許されず
還遣衣羅綺　　還《ま》た羅綺《あやぎぬ》を衣《き》せしめらる
上馬随匈奴　　馬に上りて　匈奴に随い
数秋黄塵裏　　数秋　黄塵の裏《うち》にあり

生為名家女　生まれては名家の女と為《な》り
死作塞垣鬼　死しては塞垣《さいえん》（長城）の鬼と作《な》る
郷国無還期　郷国　還《かえ》る期《とき》無く
天津哭流水　天津　流水に哭す

（戎昱「苦哉行五首」其二、『全唐詩』巻二百七十）

これは五首ある「苦哉行」の第二首である。洛陽が官軍によって回復されたにもかかわらず、夫と兄弟を殺され、綾絹の衣裳を着せられて胡人に連れ去られていく名家の女性の悲しみが詠まれている。(3) このほかの四首にもウイグル族の軍隊による蛮行があからさまに描写されており、戎昱の見聞した民衆の悲惨さが切実に伝わってくる。詩の題注によると、戎昱は代宗の宝応年間（七六二〜七六三）に、滑州（現在の河南省滑県）及び洛陽を通り、その後に王季友と共に「苦哉行」を作ったという。(4) また戎昱の他の詩には、次のように詠まれている。

匈奴数年収洛陽　匈奴　数年　洛陽を収め
洛陽士女皆駆将　洛陽の士女は　皆な駆将《かりた》てらる
豈無父母与兄弟　豈に父母と兄弟と無からんや
聞此哀情皆断腸　此れを聞けば　哀情ありて皆な断腸す

（戎昱「聴杜山人弾胡笳歌」、第二十一〜二十四句、『全唐詩』巻二百七十）

ウイグル兵が洛陽に駐屯していた数年間、洛陽の人々が塗炭の苦しみを被ったことが、杜山人の琴の音色にこと寄

せて述べられている。(5)

洛陽は、安史の乱後もしばしば戦禍にみまわれ続けた（本章末の**年表一**を参照）。徳宗の建中二年（七八一）には、盧龍・天雄・成徳軍の河北三鎮を中心に、平盧・淮西・山南西道・涇原の諸藩鎮が連合して反乱を起こした。時の皇帝徳宗は都を捨てて逃げなければならず、建中三年（七八二）から徐州近郊の符離に居住していた白居易も、江南に疎開せざるを得ならなかった。洛陽は戦場にはならなかったものの、甚だ荒廃していたようであり、孟郊の詩に次のように詠まれている。

訪旧無一人　旧を訪《おとな》えば　一人も無く
独帰清雒春　独り帰す　清雒《せいらく》の春
花聞哭声死　花は哭《な》き声を聞きて死《か》れ
水見別容新　水は別れの容《さま》を見て新たなり
乱後故郷宅　乱後　故郷の宅
多為行路塵　多くは行路の塵と為る

（孟郊「答盧虔故園見寄」詩、第一～六句、『孟東野詩集』巻七）

詩題から盧虔が故郷の洛陽について詩を詠み、孟郊がこれに和したものであることが分かる。この詩の制作年代は明らかでないが、「乱後　故郷の宅、多くは行路の塵と為る」とあるため、藩鎮の反乱が終息した貞元二年（七八六）以降の作と見られる。(6)

これらの詩句において、特に目を引くのは、「花は哭《な》き声を聞きて死《か》れ、水は別れの容《さま》を見て新たなり。乱後　故郷の宅、多くは行路の塵と為る」の四句である。洛陽では戦禍にみまわれた人々の慟哭する声が絶えず、洛陽を離れて行く人々の姿が洛水の流れに映しだされているという。それは藩鎮の反乱に遭遇し、洛陽の人家の多くが灰燼に帰したからである。孟郊が必ずしも当時洛陽に居合わせたとは限らないが、詩の内容から盧虔が寄せてきた詩に洛陽の惨状が綴られていたであろうことは想像に難くない。藩鎮の反乱はその後も起きている。憲宗の元和十年（八一五）に、呉元済が淮河流域にて反乱を起こし、洛陽の近くまで賊軍が押し寄せたと見られる。当時江州司馬であった白居易が「憶洛下故園」詩（『白氏文集』巻十、作品番号〇五〇二）に、「洛陽離乱年、烟塵三川上」（洛陽　離乱の年、烟塵　三川の上《ほとり》）と詠んでいるからである。このように安史の乱に始まる三度の反乱に見舞われた洛陽は、則天武后が「神都」に定めた頃の面影を窺うことも難しいほどの打撃を受けていたと見られる。

一方、後には洛陽に移り住んだ白居易は、かの地の素晴らしい環境を頻繁に詩に詠み込んでいる。しかも白居易だけでなく、彼と同じく洛陽に居住した劉禹錫や裴度の詩を見ても、洛陽が閑静な地方都市であるという印象は否めない。だが、彼らとは別の知識人の目を通して見ると、そこには洛陽の異なる景観が立ち現れてくる。

二　李庾の「東都賦」（一）――作者と制作年代

後漢時代には、長安と洛陽を対比させた二つの有名な作品が作られた。班固の「両都賦」と張衡の「二京賦」である。両作品は『文選』にも収録されており、その知名度は比較的高い。しかし、唐代にも同じく長安と洛陽を対比させた作品があることはあまり知られていない。李庾の「両都賦」である。『文苑英華』巻四十四、『唐文粋』巻二、及び『全唐文』巻七百四十に収録されており、南宋の洪邁の『容斎随筆』にも取りあげられている。洪邁は、同じく唐代の杜牧等と比べると李庾の賦は遠く及ばないと評しているが(7)、賦の文学的な価値はともかく、この作品は安史の乱後の洛陽の様子を比較的詳細に記録しているという点においては注目に値する。

作者の李庾については、諸書によりおおよその経歴を知ることができる。李庾、字は子虔、晩唐の人、生年は不明、卒年は僖宗の乾符元年（八七四）である。「宗室世系表上・大鄭王房」（『新唐書』巻七十・上）にその名が見え、襄邑恭王神符の後裔であり、湖南観察使兼御史大夫であったことが述べられている。また郁賢皓『唐刺史考全編』によると、咸通年間（八六〇～八七四）に随州刺史、咸通十四年（八七三）から乾符元年（八七四）まで湖南観察使を拝命しており、在任中に卒して礼部尚書を贈られたという(8)。また北宋の王讜の『唐語林』巻三によれば、李庾は文宗朝の宰相李石の甥であったため、若くして進士に及第し、監察御史として洛陽に赴任したという(9)。「両都賦」はこの時の作であろうか。「両都賦」がいつ頃、どのような経緯で著されたかを考える際、まず手がかりとなるのは李庾が賦に添えた表（『文苑英華』巻四十四所収）である。

臣伏見、漢諸儒、若班固張衡者、皆賦都邑、盛称漢隆。当王道升平、火徳丕赫、数子歌詠、発著後代。今自隋室遷都、而我宅焉。広狭栄陋、与漢殊状。言時則有六姓千齢之変。言地則非秦基周室之故。宜乎。称漢於彼、述我於此。臣幸生聖時、天下休楽。雖未及固衡之位、敢效皋陶奚斯庶幾之誠、謹冒死再拝、献両都賦。凡若干言、以詘夸漢者、昭聞我十四聖之制度、請付史氏。

臣、伏して見るに、漢の諸儒、班固・張衡の若《ごと》きは、皆な都邑を賦し、盛んに漢の隆《さか》んなるを称《たた》う。王道升平にして、火徳の丕《おお》いに赫《あき》らかなるに当たり、数子の歌詠、後代に発著《あらわ》る。今、隋室の都を遷してより、而して我（唐朝）焉《ここ》に宅す。広狭・栄陋は、漢と状を殊にす。時を言えば則《すなわ》ち六姓（姫・嬴・劉・曹・司馬・楊）千齢の変有り。地を言えば則《すなわ》ち秦基・周室の故非ず。宜《むべ》なるかな。漢を彼に称え、我を此に述ぶ。臣、幸いにして聖《きよ》き時に生まれ、天下、休《おお》いに楽しむ。未だ固・衡の位に及ばずと雖も、敢えて皐陶《こうよう》・奚斯《けいし》の庶幾《しょき》（賢人）の誠に效《なら》いて、⑽謹みて死を冒《おか》して再拝し、「両都の賦」を献ず。凡《およ》そ若干の言、以て漢を夸《ほこ》る者を詘《しりぞ》け、我が十四聖（高祖・太祖・高宗・中宗・則天武后・睿宗・玄宗・粛宗・代宗・徳宗・憲宗・穆宗・敬宗・文宗）の制度を昭《あき》らかに聞こしめして、史氏に付さんことを請う。⑾

この表が奉られる背景には、唐における「上書拝官」の制度があったと考えられる。その実態については、以前杜甫の献賦を論じる際に考察したことがあるが、⑿李庾が上奏文を添えて「両都賦」を献じたのも、杜甫の場合と同様に立身出世を目指すものであったと考えられる。しかも『唐語林』に述べられているように、身内である宰相李石の引き立てがあったのであれば、杜甫とは異なり、献賦の試みもそれほど困難ではなかったはずである。あるいは「両都賦」は、既に科挙に及第した李庾が「温巻」（任官後の「行巻」）として皇帝に献上した可能性がある。⒀献賦の実際の結果はともかく、この表から窺われる李庾の献賦の動機は、高祖から文宗までの十四世にわたる唐朝の制度を明らかにし、皐陶や奚斯のように史官の記録に名を連ねたいということである。なお、前述のように李庾は唐室に連なる人物であるので、皇室を言祝ぐことは自らの家系を誇ることにも繋がる。

ところで、この表により李庾が文宗の治世下において「両都賦」を作ったことは分かるが、賦が成立した具体的な時期はいつだろうか。「東都賦」の本文には、「至徳復興、六紀于茲。七聖儲休、平癰補痍」（至徳に復興し、茲《ここ》に六紀。七聖儲《そな》うること休《さか》んにして、癰《はれもの》〈逆賊〉を平らげ痍《きずあと》〈戦禍〉を補う）とあり、この賦が成立したのは粛宗の至徳年間（七五六～七五八）から数えて七代、七十二年（六紀）後であることが分かる。また同じく本文には、皇帝の口を借りて、「予在人上、歴祀三四」（予、人の上に在りて、祀《とし》を歴《ふ》ること三四）と述べられており、皇帝が即位して三年あるいは四年後であることが分かる。更に本文には、「前年日南至、天子謁太清宮太廟、郊天祀地」（前年の日南至〈冬至の日〉、天子、太清宮の太廟に謁し、天を郊《まつ》り地を祀《まつ》る）とあり、『旧唐書』文宗紀を見ると、大和三年（八二九）十一月に、文宗が天地を祀《まつ》って大赦したことが記録されている。したがって、李庾の「両都賦」は文宗の大和四年（八三〇）に成立したと見てほぼ間違いないだろう。

三　李庾の「東都賦」（二）——洛陽の描写

李庾の「両都賦」は、班固の「両都賦」や張衡の「二京賦」と同様に、二人の人物が対話する形式で書かれている。ただ班・張と異なるのは、長安の「里人」と洛陽の「洛汭《らくぜい》先生」が問答を交わす点である。先行する二賦では、「西都賓」と「東都主人」、「憑虚公子」と「安処先生」というように、知識階級の人々が主人公であるが、李庾の賦ではそうした形式を採らず、知識人は洛陽の洛汭先生のみである。長文であるため、「東都賦」を中心に要所を一部抜粋して紹介しよう。

洛汭先生、客于上京、問里人以秦漢咸陽故事。里人曰、先生不習乎哉。秦址薪矣、漢址蕪矣。西去一舍、鞠為墟矣。代遠時移、作新都矣。先生曰、賓者不識、藐然老沈懵。歳亡而日遠。願聞古而知今。為我源説、恭承玉音。

洛汭先生、上京に客となり、里人に問うに秦漢咸陽の故事を以てす。里人曰く、先生、習わざるか。秦址《しんし》は薪《あ》れ、漢址《かんし》も蕪《あ》れたり。西に去ること一舎にして、鞠《きわ》まりて墟《はいきょ》と為る。代遠くして時移り、新都を作る、と。

先生曰く、賓者は識《し》らず、藐然《ばくぜん》として老いて沈懵《ちんぼう》たり。歳亡《う》せて日遠し。願わくは古《いにしえ》を聞きて今を知らん。我が為に源《はじめ》より説け、恭《つつし》みて玉音を承《う》けん、と。（李庾「西都賦」）

長安を訪れた洛汭先生が里人（土地の人）に秦・漢の都であった成陽・長安の故事を尋ねたところ、既に廃墟と化して、現在は新しく唐の都が建てられていると里人は答える。すると洛汭先生は、詳しく教えてくれるようにと頼む。そこで里人は、まず隋が興り、それを唐が引き継いだことから語り始め、宮廷の構造、官僚機構、大学、禁軍、封禅、宮廷内の諸行事、長安と関中の地勢について述べた後、東西南北の四つの郊外にある遺跡と春夏秋冬の四季に周・秦・漢・隋の四王朝の功罪を絡めて紹介する。そして最後には、唐が徳によって隋の後を承け、都を長安に定めて、十四世にわたる皇統を継いでいることを称賛して話を締めくくる。

これに対して洛汭先生は、唐王朝の栄光は長安のみに帰するものではないと反論する。

先生曰、富哉言乎。堯舜之事、吾知之矣。然天地旁魄、奥区不一。九衢六陌、亦称河洛。始乎周卜、今自隋革。進八百里、作唐東宅。成者居者、余得其故、用悉聞見、丕我王度。子不識乎、顛煬奮華、中原毒痛。順天応人、文皇赫図。王充不来、建徳相依、阻我東人、不蘇義旗。高祖西安、文皇舞干。一挂戎衣、邦人保完。彭城献級、東功乃立。則創業之事、不独于西也。至天后朝、匪伊是居、於焉逍遙。明帝大同、出震開宮、恩波爾郷、洩源于東。則太平之事、不独于鎬也。

先生曰く、富めるかな言や。堯舜の事、吾、之れを知る。然れども天地は旁魄《ぼうはく》（広大）にして、奥区《おうく》（中心地）は一ならず。九衢六陌ありて、亦た河洛と称す。周の卜《うらない》より始まり、今、隋より革《あらた》まる。進むこと八百里にして、唐の東宅と作《な》る。成者と居者と、余、其の故を得たれば、聞見を用《もち》い悉《つ》くして、我が王度（王者の徳行）を丕《おお》いにたたえん。子、識《し》らざるや、顚煬《てんよう》（煬帝）華を奮《ふる》い、中原、毒痛す。天に順《したが》い人に応じ、文皇（太宗）図りごとを赫《あき》らかにす。王充（王世充）来《らい》（帰順）せず、建徳（竇建徳）相い依り、我が東人を阻み、義旗を蘇《と》らしめず。高祖、西に安んじ、文皇、干《たて》を舞わす。一たび戎衣を挂《か》くれば、邦人、保完す。彭城《ほうじょう》（揚州の彭城閣）に級《しるし》（煬帝の首級）を献《ささ》げ(14)、東功乃《すなわ》ち立つ。則《すなわ》ち創業の事、独り西のみにあらざるなり。天后（則天武后）の朝に至り、伊《か》れ（長安）に匪《あら》ず、是《こ》れ（洛陽）を居とし、焉《ここ》に於いて逍遙す。明帝（玄宗）も大同にして、震《ひがし》に出でて宮を開き、恩は爾《なんじ》が郷より波のごとくおよび、源を東に洩《の》ばす。則ち太平の事、独り鎬（長安）のみにあらざるなり。

（李庾「東都賦」）

洛汭先生のこの一連の話には、次のようなことが踏まえられている。奢侈を好んだ煬帝が、中原の人々の深い恨みを買い、揚州で殺された後、王世充が洛陽を支配して唐に帰順せず、竇建徳と結んで洛陽の人々が唐の義軍に投じるのを阻んだ。後に高祖が長安を治め、太宗の活躍により王世充と竇建徳は平らげられ、唐の功業は成った。また、則天武后が洛陽を首都に定め、玄宗も洛陽の宮城にしばしば行幸したので、太平の盛事は長安のみに属するものではないという。このように、洛陽という都市の唐における重要性を力説した後で、洛汭先生は洛陽の地形について紹介し、続いて洛陽に都を置いた歴代の王朝が興亡を繰り返した原因について次のように分析する。

故権在諸侯、則姫氏平。権在内官、則漢室傾。権在彊臣、則魏狃。権在親戚、則晋走。是四者、各以其故。権与勢移、運随鼎去。従古如斯、謂之何如。世治則都、世乱則墟。時清則優偃、政弊則戚居。

故に権の諸侯に在れば、則《すなわ》ち姫氏（周）平らかなり。権の内官に在れば、則ち漢室傾く。権の彊臣に在れば、則ち魏狃《むさぼ》る。権の親戚に在れば、則ち晋走る。是《こ》の四者は、各《おの》おの其の故を以てす。権は勢と与《とも》に移り、運は鼎に随いて去る。古《いにしえ》より斯《か》くの如《ご》くなれば、之れを謂うこと何如ぞ。世治まれば則ち都たり、世乱るれば則ち墟《はいきょ》たり。時清《す》めば則ち優《やわ》らぎて偃《ふ》し、政弊《やぶ》るれば則ち戚《うれ》えて居る。（同前）

権勢が諸侯にあったゆえに安定していた東周、宦官が専横を極めたゆえに傾いた後漢、重臣の司馬氏が実権を握っていたゆえに腐敗が甚だしかった魏、有力な皇族が反乱を起こした結果、東遷を余儀なくされた西晋の四つの王朝について述べ、洛陽は平和な時代であれば都となり、民衆も安らかに過ごすことができたが、国政が乱れると廃墟となり、民衆も不安な思いを懐いて暮らさざるを得なくなるという。そして、これは歴代の王朝だけでなく、我が唐朝においても同様であるというのが次の記述である。

勿謂往代、試言前載。開元太平、海波不驚。乃駕神都、東人誇栄。時則轔轔其車、殷殷其徒。行者不賚、衣食委衢。冠冕之夫、綺羅之婦。百室連歌、千筵接舞。高楼大観、陳賓宴侶。金堂玉戸、糸鳴管語。我道如堯、我税如貉。貧庾而稲、賤笥而褐。比屋相視、恥衣空帛。開場分肆、不列麰麦。同軌同文、昼呼夜讙。父懌子愉、去経即盤。既兆既億、動動植植。無声之楽、薫然不息。稽成康之周隆、考文景之漢休。推代繫時、不為彼優。我俗既饒、我人既驕。安不思危、逸而忘労。故天宝之季、漁陽兵起。逆旗南指、我無堅塁。匝甸鞞動、衝天羯腥。門開麗景、殿拠武成。殺人如刈、焚廬若薙。蜀駕先移、允師後誓。傷四年之委燼、奮二将以建勲。天落妖彗、風摧陣雲。及夫掃台榭之灰、収京野之骨、徴郡国之版在、験地官之籍列、太平之人、已十無七八。

往代を謂う勿《な》かれ、試みに前載を言わん。開元太平にして、海波驚かず。乃《すなわ》ち神都に駕して、東人、栄を誇る。時に則《すなわ》ち轔轔《りんりん》たる其の車、殷殷《いんいん》たる其の徒。行く者は賫《あた》えずして、衣食を衢《みち》に委《ゆだ》ぬ。冠冕《かんべん》の夫、綺羅《きら》の婦あり。百室、歌を連ね、千筵、舞を接《つ》ぐ。高楼・大観に、賓を陳《つら》ね侶を宴《もてな》す。金堂・玉戸に、糸鳴《ことな》り管語《ふえかた》る。我が道は堯の如《ごと》く、我が税《よろこ》びは 貉《いくさまつり》 の如し。貧しき庾《くら》に稲あり、賤《いや》しき笥《はこ》に 裼《れいふく》 あり。比屋《ひおく》相い視《み》て、空帛《むじのおりもの》 を衣《き》るを恥じ、場《いちば》を開き肆《みせ》を分け、麰《おおむぎ》 と麦《むぎ》を列《つら》ねず。軌を同じくして文を同じくし、昼に呼び夜に 讙《かまびす》 し。父は懌《よろこ》び子は愉《たの》しみ、経《ふみ》を去りて盤《さら》に即《つ》く。兆に既《およ》び億に既び、動動たり、植植たり。無声の楽、薫然《くんぜん》として息《や》まず。成康（成王・康王）の周の隆《さか》んなるを稽《かんが》え、文景（文帝・景帝）の漢の休《さか》んなるを考う。代を推《はか》りて時を繫ぎ、彼の優るを為さず。我が俗は既に饒《おお》く、我が人は既に驕《おご》る。安んじて危うきを思わず、逸して労を忘る。故に天宝の季《すえ》、漁陽に兵起こる。逆旗は南を指し、我に堅塁《けんるい》無し。甸《でん》（郊外）を匝《めぐ》りて鼙《へい》（兵鼓）動《とどろ》き、天を衝《つ》きて羯 腥《えびすなまぐさ》 し。門は麗景に開かれ、殿は武成に拠《し》めらる。人を殺すこと刈《か》るが如《ごと》く、廬《いえ》を焚《や》くこと薙《な》ぐが若《ごと》し。蜀駕《しょくが》（玄宗の御輦）は先に移り、允師《いんし》（粛宗の軍隊）は後に誓う。四年の燼《じん》（戦火）に委《ゆだ》ぬるを傷《いた》み、二将（郭子儀・李光弼）の以て勳《いさお》を建つるを奮《ほこ》る。天は妖彗を落とし、風は陣雲を摧《くだ》く。夫《か》の台榭《だいしゃ》の灰を掃きて、京野の骨を収むるに及び、郡国の版在（土地台帳）を徴し、地官の籍列（戸籍簿）を験ずれば、太平の人、已《すで》に十に七八無し。

（同前）

この段のあらましは次のようである。開元の御代には玄宗がしばしば洛陽に行幸し、その際に洛陽の臣民は皇帝の一行を、贅を尽くしてもてなした。男女を問わず派手に着飾り、至る所で宴を開いて賑わっていた。しかも当時の洛陽には既に奢侈を好む社会風潮が形成され、民衆は謙虚さを失い、危機に備えることもなく安逸を貪っていた。そのために天宝の末に安史の乱が勃発し、賊軍が殺到した時、備えが万全でなかった洛陽はたちまち陥落し、宮殿は野蛮な異民族の兵士たちに占拠されてしまった。彼らは手当たり次第に人を殺し、気の向くままに人家に火を放った。玄宗は成都に蒙塵し、粛宗の軍隊は国土の回復を誓った。それから四年の間、戦火は燃え続けたが、郭子儀等の活躍により逆賊は誅滅されて兵火は止んだ。そこで宮殿の塵を払って亡くなった人を埋葬し、各地の戸籍簿を集めて人口を調べると、太平の御代の人は十人に七、八人は亡くなっていたという。

安史の乱による被害については、前に取りあげた李白等の詩に詠まれているが、見てのとおり、「東都賦」には更に具体的に記されている。続いて次の段には、乱後の洛陽の復興の様子が描かれている。

至徳復興、六紀于茲。七聖儲休、平癰補痍。故含識之士女、植髪之童児、皆能痛其喪乱、而期我康時。今四方之事、叟不知也。惟洛泱泱、浜盈万室、惟城職職、市廛駢集。比年大有、稍蔵以実。都人嬉賀、有笑無慄。咸曰、将睹乎貞観之風、開元之日。郷里之人、思万乗之威儀、幸物阜而時和。指康衢而引領、作望幸之賡歌。歌曰、暁雲行兮西風、慶揺裔兮龍在中。望雲光兮拝千百、西沢霈兮均東沢。

至徳に復興し、茲《ここ》に六紀。七聖（粛宗・代宗・徳宗・憲宗・穆宗・敬宗・文宗）儲《そな》うること休《さか》んにして、癰《はれもの》（逆賊）を平らげ痍《きずあと》（戦禍）を補う。故に含識《がんしき》（有情）の士女、植髪《しょくはつ》（総角）の童児、皆な能《よ》く其の喪乱を痛みて、我が康《やす》き時を期《まちのぞ》む。今、四方の事、叟《おきな》は知らず。惟《こ》れ洛は泱泱《おうおう》たりて、浜に万室盈《み》ち、惟《こ》れ城は職職たりて、市廛《してん》（市場・商店）は駢集《べんしゅう》す。比年《まいとし》大有（豊作）なれば、稍《ようや》く蔵するに実《みのり》を以てす。都人、嬉《よろこ》び賀し、笑《え》み有りて慄《おそ》れ無し。咸《み》な曰く、「将《まさ》に貞観の風、開元の日を睹《み》んとす」と。郷里の人、万乗（天子）の威儀を思い、物の阜《さか》んにして時の和するを幸《こいねが》う。康衢《こうく》（大通り）を指して領《くび》を引《の》ばし、幸《みゆき》を望むの賡歌《こうか》を作る。歌に曰く、

「暁雲行くに西風あり、揺裔《ようえい》して龍の中に在るを慶《よろこ》ぶ。雲光を望みて拝すること千百、西沢（長安）の霈《めぐ》み、東沢（洛陽）に均《ひと》しからん」と。（同前）

至徳年間（七五六～七五八）に逆賊の討伐が始まって以来、既に六紀つまり七十二年が過ぎた。この間、皇帝は七人入れ替わっており、それぞれ戦乱の鎮定と戦禍の回復に努めた。戦争の喪乱に心を痛めた民衆も、平和で安定した生活を待ち望んだ。そしてこの願いは今ようやく叶えられ、洛陽は旧時の活気を取り戻している。現在の洛陽を見れば、洛水は豊かに流れ、(15)その両岸には万の家々が立ち並んでいる。洛陽城内は人と物資で充ちあふれており、(16)南市、北市、西市では商店が軒を連ねている。しかも連年豊作であり、洛陽の人々の顔には笑みがあふれ、戦乱に怯えていた頃の怖れは見えない。だから人々は、太祖の貞観の御代、玄宗の開元の御代を再び見るかのようである、と語りあっている。そして、この繁栄に相応しく皇帝陛下が嘗てのように洛陽に行幸することを望み、その願いを歌にして唱っているというのである。

ただこの賦の最後段においては、国家がまだ完全には安定しておらず、四方の異民族もまだ完全には感化できていないので、皇帝陛下は行幸を望んでいないと里人が告げ、洛汭先生もこれに納得して、「即所都者、在東在西、可也」（即《すなわ》ち都とする所は、東に在るも西に在るも、可なり）と述べて締めくくられる。つまり、諸般の事情によって皇帝の行幸こそかなわないものの、洛陽は皇帝を迎えてもてなすことができるほどに復興し、繁栄していることを示している。なおこのことは、安史の乱後の洛陽が、政治的地位こそ低下したものの、商業経済の勃興を受けて、全国的商業網の結節点の一つとなったとする歴史学の研究成果とも一致する。(17)

李庾の「両都賦」は、賦の創作の動機に彼の出世が絡むことから、内容に一部の誇張があることは免れない。しかし、かりにも皇帝に献上されるものであるからこそ、多少の誇張はあるにしてもでたらめなものではないはずである。少なくとも李庾が「東都賦」に描いた洛陽が、白居易の作品に見える洛陽と全く異なっていることは確かである。

年表一　洛陽年表（安史の乱より呉元済の乱まで）

皇帝	年号	洛陽	長安、その他
唐　玄宗	天宝十四載（七五五）	十二月、安禄山の反乱軍によって洛陽が陥落。	
粛宗	天宝十五載（七五六） ※至徳元載	正月、安禄山、大燕皇帝を僭称。	六月、玄宗、蜀に蒙塵。 七月、粛宗、霊武にて即位。
	至徳二載（七五七）	長安回復後、李俶（後の代宗）が洛陽を回復。	郭子儀が長安を回復。 安禄山が子慶緒に殺害される。
	上元元年（七六〇）	前年に大燕皇帝を僭称した史思明が洛陽を占拠。	
	上元二年（七六一）		史思明が子朝義に殺害される。
代宗	宝応元年（七六二）	唐軍がウイグルの援軍により洛陽を回復。	
徳宗	建中二年（七八一）		河北三鎮を中心に節度使が反乱を起こす。
	建中四年（七八三）	李希烈の反乱軍が洛陽に迫る。	徳宗、朱泚の乱のため奉天（現在の陝西省咸陽市乾県）に蒙塵。
	興元元年（七八四）		徳宗、長安に帰還。
	貞元元年（七八五）		朱泚が殺害され、朱泚の乱が終息。
	貞元二年（七八六）		李希烈が殺害され、藩鎮の乱が終息。

憲宗	元和十年（八一五）	呉元済、淮西にて反乱を起こす。	
	元和十三年（八一八）	呉元済の乱が鎮圧される。	

注

（1）拙稿「陶淵明居宅考」（『梅光学院大学論集』第四十二号、二〇〇九年）を参照。

（2）『旧唐書』巻二十六、礼儀志に次のように引用されている。「東都太廟九室神主、共二十六座、自禄山叛後、取太廟為軍営、神主棄於街巷、所司潜収聚、見在太微宮内新造小屋之内。」

（3）塞外の地に没した女性については、小川昭一「和蕃公主の文学」（花園大学文学部『花園大学研究紀要』第十二号、一九八一年）、日野開三郎「唐代の和蕃公主」（久留米大学商学部『久留米大学論叢』第二十七巻・第二号、一九七八年。後に同氏『日野開三郎東洋史学論集』第九巻〔三一書房、一九七八年〕所収）を参照。

（4）原文は次のとおり。「宝応中、過滑州・洛陽、後同王季友作」。これにより戎昱は、華陰（現在の陝西省華陰市）の尉であった王季友を尋ね、その官舎で共に作詩したと考えられる。傅璇琮主編『唐才子伝校箋』第一冊（中華書局、一九八七年）、六六一頁を参照。

（5）赤井益久「韋応物の屏居」（國學院大学漢文学会『漢文学会会報』第三十輯、一九八四年）、五七〜五八頁に、広徳元年（七六三）に洛陽県丞となった韋応物が、治安維持にあたってウイグル兵と宦官を相手に苦闘したことが論じられている（後に同氏『中唐詩壇の研究』〔創文社、二〇〇四年〕所収）。

（6）華忱之・喩学才校注『孟郊詩集校注』（人民文学出版社、一九九五年）の該詩の解題には、最初に科挙に落第した時の作とする見解が示されており、華・喩両氏は孟郊の最初の下第を貞元八年（七九二）と見るが、齋藤茂『孟郊研究』（汲古書院、二〇〇八年）附録「孟郊略年譜」によれば、最初の下第は貞元四年（七八八）である。したがって、該詩の制作時期は貞元二年から貞元四年の間に位置づけることができるであろう。

（7）南宋・洪邁『容斎五筆』巻七に、「西都賦」についての論評が見える。原文は次のとおり。「唐人作賦、多以造語為奇、（中略）後又有李庾者、賦西都云、秦址薪矣、漢址蕪矣。西去一舎、鞠為墟矣。代遠時移、作新都矣。其文与意、皆不逮楊（楊敬之「華山賦」）、杜（杜牧「阿房宮賦」）遠甚。」

（8）郁賢皓『唐刺史考全編』（安徽大学出版社、二〇〇〇年）第四冊、二四二七～二四二八頁、二六三七頁を参照。

（9）該当する原文は次のとおり。「李石従子庾、少擢進士第、石之力也。累拝監察御史、分司東都。」

（10）班固「両都賦」序に次のようにあるのを踏まえる。「故皐陶歌虞、奚斯頌魯。同見采於孔氏、列於詩書」。皐陶とは舜帝の臣下、奚斯とは魯の公子魚のことである。

（11）「両都賦並表」の本文は、『文苑英華』巻四十四所収のものに基づき、『唐文粋』巻二、『全唐文』巻七百四十を参看した上で適宜文字を改めた。

（12）拙稿「杜甫献賦考」（『九州中国学会報』第四十二巻、二〇〇四年）を参照。

（13）任官後の「行巻」の前例としては、白居易の「新楽府」がある。「新楽府」献上の背景については、静永健「白居易『秦中吟』の読者層――『新楽府』との比較を通して――」（九州大学中国文学会『中国文学論集』第二十三号、一九九四年）を参照（後に同氏『白居易「諷諭詩」の研究』〔勉誠出版、二〇〇〇年〕所収）。

（14）「義旗」と「彭城」については、白居易の「新楽府・隋堤柳」（『白氏文集』巻四、作品番号〇一六七）に、「龍舟未過彭城閣、義旗已入長安宮」とある。因みに揚州の彭城閣は、煬帝が殺害された場所である（『大唐創業起居注』巻下を参照）。

（15）「惟洛泱泱」の句は、『詩経』小雅・瞻彼洛矣の「瞻彼洛矣、維水泱泱。君子至止、福禄如茨」を踏まえる。この詩は国家の繁栄を詠んだものであり、したがって李庾がこの詩を典故に用いたのも、洛陽の繁栄を言祝ぐためであることが分かる。

（16）「惟城職職」の句は、『荘子』至楽篇に「万物職職、皆従無為殖」とあるのを踏まえる。唐・成玄英の疏によれば、「職職」とは「繁多貌」（物が多い様子）を表す語である。

（17）妹尾達彦「隋唐洛陽城の官人居住地」（『東洋文化研究所紀要』第百三十三冊、一九九七年）、九六頁を参照。

第六章　唐末動乱期の洛陽と韋荘

韋荘（八三六〜九一〇）、字は端己、京兆杜陵の人である。[1] 晩唐から五代の頃の詩人であり、その端麗な詞は温庭筠の詞と共に『花間集』に収められている。[2] その経歴をたどれば、長安で幼年時代を過ごし、長じては長安のほかに下邽（現在の陝西省渭南市）をはじめ陝西・河南の各地に居住した。若年より科挙に応じたが及第せず、僖宗の広明元年（八八〇）、四十五歳の時、「黄巣の乱」（八七五〜八八四）に巻き込まれ、賊軍が占領する長安で二年間過ごした。その後洛陽に脱出して、更に江南の各地を流浪した。昭宗の景福元年（八九二）に長安に戻り、二年後の乾寧元年（八九四）に五十九歳でようやく進士科に及第して昭宗に仕えた。晩年は蜀に拠って帝号を称した王建に宰相として仕え、七十五歳でその波乱にみちた生涯を終えている。

韋荘はもともと長安の人であり、実際に長安にいた時期も洛陽にいた時期より長いはずだが、彼の晩年の作と見られる次の詞には、何故か長安ではなく洛陽を恋い慕う心情が吐露されている。

洛陽城裏春光好　　洛陽城裏　春光好《よ》し
洛陽才子他郷老　　洛陽才子　他郷に老ゆ
柳暗魏王堤　　柳は暗し　魏王の堤
此時心転迷　　此の時　心転《うた》た迷う

桃花春水渌
水上鴛鴦浴
凝恨対残暉
憶君君不知

桃花　春水渌《きよ》く
水上　鴛鴦浴す
恨みを凝《こ》らして　残暉に対し
君を憶《おも》うも　君知らず

（韋荘「菩薩蛮」五首・其五、『花間集』巻二）

この詞には、異郷の地で年老いてゆく「洛陽才子」が、洛陽を回想することが述べられている。「洛陽才子」とはもともと前漢の賈誼を指すが、ここでは韋荘自身の姿が投影されている。洛陽を回想する韋荘にとって思い出の場所は、「魏王堤」をはじめとする洛水沿岸である。柳が揺れ桃の花が咲き乱れる光景は、韋荘に深い印象を与えたのであろう。

韋荘が長安の人であるにもかかわらず、「菩薩蛮」第五首に長安ではなく洛陽の風光を慕わしいものとして詠むのは何故だろうか。この問題は、韋荘一人にとどまらず、黄巣の乱に遭遇した唐末の多くの士人の長安と洛陽に対する心象について考える上でも甚だ重要である。また唐の首都長安が五代・北宋以降は一地方都市と化すのに対して、一方の洛陽は、北宋には西京が置かれ「士大夫の淵藪」として発展する。韋荘が長安ではなく洛陽の風光を慕ったのは、このことと関係するのではあるまいか。これらの問題を、韋荘の詩詞を読み解くことによって明らかにしたい。

一　黄巣の乱勃発時の韋荘

前述のように韋荘は、少年時代を長安で過ごした。当時の韋荘は、「途次逢李氏兄弟感旧」詩（『浣花集』補遺巻）に、「御溝西面朱門宅、記得当時好弟兄」（御溝の西面　朱門の宅、記し得たり　当時の好《よ》き弟兄）とあることや、「憶昔」詩（『浣花集』巻二）に、「昔年曾向五陵遊、子夜歌清月満楼」（昔年　曾《かつ》て五陵に遊び、子夜《しや》の歌は清く　月は楼に満つ）とあることから推測されるように、高級官僚の子弟らと共に華やかな青春の日々を過ごした。しかし幾度も科挙の受験に失敗し、不惑の歳を過ぎた頃、彼の人生を大きく変える事件が起きた。黄巣の乱である。僖宗の広明元年（八八〇）に科挙を受験するために上京していた韋荘は、ちょうど黄巣の長安侵攻に遭遇したのである。この時の体験は、次の詩に詠まれている。

相逢倶此地　　相い逢いて　此の地を倶《とも》にす
此地是何郷　　此の地は　是《こ》れ何《いず》れの郷ぞ
側目不成語　　目を側《そば》だてて　語を成さず
撫心空自傷　　心《むね》を撫《う》ちて　空しく自《みずか》ら傷《いた》む
剣高無鳥度　　剣高くして　鳥の度《わた》る無く
樹暗有兵蔵　　樹暗きところ　兵の蔵《かく》るる有り
底事征西将　　底事《なにごと》ぞ　征西の将
年年戍洛陽　　年年　洛陽を戍《まも》れる

（韋荘「重囲中、逢蕭校書」詩、『浣花集』巻二）

これは中和二年（八八二）に黄巣が占領する長安で作られたものである。黄巣の支配下に在って自由に発言できず、悲嘆に暮れる士人たちの様子が詠まれている。なお結句には、唐朝の将軍が洛陽に駐屯し、長安を奪還しようとしないことに対する憤りが表されている。この後、長安を脱出して洛陽に逃れた韋荘は、やはり征西の兵を起こそうとしない洛陽の軍隊を、次のように批判している。

漢皇無事暫遊汾
底処狐狸嘯作群
夜指碧天占晋分
暁磨孤剣望秦雲
紅旌不巻風長急
画角閑吹日又曛
止竟有征須有戦
洛陽何用久屯軍

漢皇　無事にして　暫《しばら》く遊汾（蒙塵）し
底処《いずく》にか　狐狸嘯《うそぶ》きて　群れを作《な》す
夜に碧天を指して　晋分を占め
暁に孤剣を磨きて　秦雲を望む
紅旌《こうせい》　巻かれずして　風長《つね》に急なり
画角　閑《そぞ》ろに吹きて　日又た曛《く》る
止《た》だ竟《つい》に征《ゆ》くこと有らば　須《すべから》く戦うこと有るべし
洛陽　何を用《も》ってか　久しく軍を屯《とど》めたる　（韋荘「贈戍兵」詩、『浣花集』巻二）

詩の内容は次のようである。黄巣の入寇のために僖宗は蜀の地に逃れ、長安では賊軍が我がもの顔にふるまっている。夜空の晋の地に対応する空域に妖気がかかっているのを指さし、独り剣を研ぎつつ長安の方角を眺めている。しかし、洛陽に駐屯する政府軍の軍旗は、巻かれることなく風にはためいており、角笛が空しく吹き鳴らされる中、今日も日が暮れようとしている。いずれは長安に軍を進めて決戦すべきであるのに、洛陽の軍隊はどうして長期間いたずらに洛陽を守るだけであるのか。

この詩を読めば、いつまでも洛陽に駐屯したまま、長安に向かおうとしない政府軍に対する韋荘のもどかしさと憤りが痛いほどよく伝わってくる。しかし、実は僖宗の広明元年（八八〇）、黄巣は長安侵攻に先んじて、時の東都留守劉允章に降伏を促し、偽官を授けて懐柔していた。[3] 韋荘は当然そのことを知らなかったはずであり、だからこそ彼は洛陽の軍隊が動こうとしない理由を理解できず、ただ焦りを覚えていたのである。一方、長安では悲惨な情況が続いていた。それは韋荘が嘗て実際に体験したことでもある。韋荘は黄巣の占領下にある長安の悲惨な様子を代表作である「秦婦吟」に詠んでいる。「秦婦吟」は、黄巣の乱に際して長安に住んでいた一婦人が洛陽に逃れ、彼女が見聞した惨状を語る形で書かれている。その一部を抜粋してここに挙げよう。

長安寂寂今何有
廃市荒街麦苗秀
採樵砍尽杏園花
修寨誅残御溝柳
華軒繍轂皆銷散
甲第朱門無一半
含元殿上狐兔行
花萼楼前荊棘満
昔時繁盛皆埋没
挙目凄涼無故物
内庫焼為錦繍灰
天街踏尽公卿骨

長安　寂寂《せきせき》として　今何か有る
廃市　荒街　麦苗秀《ひい》づ
樵《たきぎ》を採りて砍《き》り尽《つ》くす　杏園の花
寨《とりで》を修《なお》して誅《き》り残《そこな》う　御溝の柳
華軒《かけん》　繍轂《しゅうこく》　皆な銷散《しょうさん》し
甲第　朱門　一半も無し
含元殿上　狐兔行《はし》り
花萼楼前　荊棘満《み》つ
昔時の繁盛　皆な埋没し
目を挙ぐれば　凄涼として　故物無し
内庫は焼かれて為《な》る　錦繍《きんしゅう》の灰
天街に踏み尽くす　公卿の骨

（韋荘「秦婦吟」第百三十五句〜百四十六句、『浣花集』補遺巻）

この部分には、破壊しつくされ寂寥とした長安の様子が描かれている。市街地では草が生い茂り、嘗て皇族たちが遊んだ園池では木々が伐採されている。また貴族たちの飾り立てた馬車は姿を消し、その邸宅も原型を留めていない。含元殿には狐や兎が跳梁し、花萼楼の前には荊棘《イバラ》が生い茂っている。繁栄を極めていた長安の面影は跡形もなく、見慣れたものは何ひとつ残っていない。宮廷の宝物庫は焼かれて灰燼に帰し、宮廷内の通路は大臣たちの屍で埋め尽くされているという。因みに、中和三年（八八三）四月に李克用が沙陀部を率いて長安に攻め寄せると、黄巣は長安を棄てて逃れるが、その際、宮殿には火が放たれ、回復が困難なほどの損害を被った(4)。韋荘が気にかけていた長安は、実にこのような有り様であったのだ。

二　洛陽における韋荘

韋荘が洛陽に滞在したのは、僖宗の中和三年の春から秋にかけてである。彼はこの後に南方に逃れて、景福元年（八九二）に長安に戻るまで各地を転々とする。韋荘が洛陽に滞在した時期は僅か半年であったが、この短い期間に洛陽は彼に生涯忘れられない深い印象を残したようである。まず次の詩を見よう。

万戸千門夕照辺　　万戸　千門　夕照の辺
開元時節旧風煙　　開元の時節　旧風煙

宮官試馬遊三市　　宮官　馬を試みて　三市に遊び
舞女乗舟上九天　　舞女　舟に乗りて　九天に上る
胡騎北来空進主　　胡騎　北より来たりて　空しく主を進め
漢皇西去竟昇仙　　漢皇　西に去りて　竟《つい》に昇仙す
如今父老偏垂涙　　如今《じょこん》　父老　偏《ひとえ》に涙を垂れ
不見承平四十年　　承平を見ざること　四十年

（韋荘「洛陽吟」、『浣花集』巻三）

この詩には、「時大駕在蜀、巣冦未平。洛中寓居、作七言」（時に大駕《たいが》蜀に在り、巣冦《そうこう》未だ平らげられず。洛中に寓居し、七言を作る）との自注が附されており、韋荘が黄巣の乱を避けて洛陽に逃れていた時期に詠んだ作品であることが分かる。そしてこの詩から看取されるように、韋荘にとって洛陽は、玄宗の開元の御代の名残を留める都市であった。官僚たちが馬を廻らせた北市、西市、南市の三市や、宮女たちが皇帝の船遊びに伺候した洛水と伊水は、いずれも盛唐時代の繁栄を想起させるものであった。しかし、この度の黄巣の乱によって皇帝は蜀の成都に逃れ、民衆はただ悲嘆に暮れている。武宗の会昌年間（八四一～八四六）より、たび重なる反乱や異民族の侵入などによって、唐王朝は既に四十年にわたって平和の保たれたことがなかったのである。また次の詩を見よう。

春城迴首樹重重　　春城に首《こうべ》を迴《めぐ》らせば　樹は重重《ちょうちょう》
立馬平原夕照中　　馬を立つ　平原　夕照の中
五鳳灰残金翠滅　　五鳳に灰は残り　金翠《きんすい》滅《き》ゆ

六龍遊去市朝空　六龍は遊び去り　市朝空《むな》し
千年王気浮清洛　千年の王気　清洛に浮かび
万古坤霊鎮碧嵩　万古の坤霊《こんれい》（地霊）　碧嵩《へきすう》（嵩山）を鎮む
欲問向来陵谷事　問わんと欲す　向来《きょうらい》　陵谷《りょうこく》の事
野桃無語涙華紅　野桃語《かた》るなく　華の紅《あか》きに涙す

（韋荘「北原閑眺」詩、『浣花集』巻二）

春の夕陽の中、洛陽郊外に馬を止め、洛陽城や洛水、嵩山を眺めながら詠んだ詩である。春の洛陽城は木々が鬱蒼と茂っており、嘗て皇帝が遊んだ五鳳楼は戦火に焼けて残骸しかなく、旧時の黄金色や翡翠色の輝きは消えてしまった。天子の乗った馬車（六龍）は姿を消し、宮城に人はいなくなっている。千年の王気はいたずらに洛水に漂い、万古の地霊が嵩山を守るだけである。歴代の王朝の興亡を考えると、紅く咲いた花を見ても思わず涙が流れ出る。盛唐時代の繁栄ぶりとはうって変わってすっかり寂れた洛陽の様子と、そのような情景を目の前にして唐王朝の行く末を案ずる韋荘の愁いと悲しみが描かれている。

洛陽における韋荘の住まいは、洛水の北畔にあった。「洛北村居」と題する次の詩に、その住まいに関する言及が見える。

十畝松篁百畝田　十畝の松篁　百畝の田
帰来方属大兵年　帰来　方《まさ》に属す　大兵の年
巖辺石室低臨水　巖辺の石室　低くして水に臨み

雲外嵐峯半入天　　雲外の嵐峯　半ば天に入る
鳥勢去投金谷樹　　鳥勢　去りて投ず　金谷の樹
鐘声遙出上陽煙　　鐘声　遙かに出づ　上陽の煙
無人説得中興事　　人の中興の事を説き得たる無く
独倚斜暉憶仲宣　　独り斜暉に倚《よ》りて　仲宣を憶《おも》う

（韋荘「洛北村居」詩、『浣花集』巻三）

この詩の第二句に「帰来　方《まさ》に属す　大兵の年」とあるのは、黄巣の乱のさなかに韋荘が洛陽へ戻ってきたことをいう。[5] その住まいは洛水の畔にあり、そこからは靄《もや》のかかった峯が見える。夕暮れになると、東側には金谷園へ投宿する鳥の群が見え、西側には鐘の音が鳴りわたる中、上陽宮の夕餉の煙が見える。共に唐朝の中興を語る人もなく、韋荘は一人で夕陽の中、戦乱に遭って漂泊を続け「登楼賦」（『文選』巻十一）を作った後漢の王粲を思うのである。大才を抱きながら重用されず、空しく他郷を流浪することに対する焦燥感と憤り及び望郷の念を詠じた王粲に、韋荘は強い共感を覚えたに違いない。続いて次の詩を見よう。

魏王堤畔草如煙　　魏王堤の畔《ほとり》　草煙《けぶ》るが如《ごと》し
有客傷時独扣舷　　客有り　時を傷《いた》みて　独り舷《ふなべり》を扣《たた》く
妖気欲昏唐社稷　　妖気　唐の社稷を昏《くら》からしめんと欲し
夕陽空照漢山川　　夕陽　空しく漢の山川を照らす
千重碧樹籠春苑　　千重の碧樹　春苑に籠《こ》め

万縷紅霞襯碧天　万縷の紅霞　碧天に襯《つ》く
家寄杜陵帰不得　家を杜陵に寄するも　帰り得ず
一迴迴首一潸然　一迴　首《こうべ》を迴《めぐ》らせば　一たび潸然《さんぜん》たり
（韋荘「中渡晩眺」詩、『浣花集』巻三）

夕暮れの洛水に舟を浮かべ、船縁を叩きながら乱世を嘆き、故郷の杜陵を思いながら詠んだ詩である。反乱軍によって、唐の社稷は潰えようとしており、まるでそうした時勢を象徴するかのように、夕陽は山川に残照を注いでいる。木々が上陽宮の宮苑を覆い、真っ赤な夕焼けは紺碧の空を染めている。故宅がある長安の杜陵には帰ることができず、西の方を眺めやると涙がとめどもなく流れる。この詩にも、唐王朝の行く末を愁う気持ちと共に望郷の念が託されている。

三　長安への帰還

まもなく韋荘は洛陽を離れ、江南の各地を転々とした後、昭宗の景福元年（八九二）にようやく長安に戻った。そして二年後に応じた四度目の試験によって進士科に及第した。だが不運にも、翌年にはまた鳳翔節度使李茂貞、邠寧節度使王行瑜、華州刺史韓建が兵を率いて長安に入城し、再び騒乱となった。民衆は各処に逃散し、昭宗も長安城外へ避難しなければならなかった。(6) 更にこの機に乗じて李克用（後の後唐の太祖）が長安に侵攻し、都城は荒廃した。この時の長安の様子は、乾寧二年（八九五）に作られた韓偓の次の詩に生々しく描かれている。

狂童容易犯金門
比屋斉人作旅魂
夜戸不扃生茂草
春渠自溢浸荒園
関中忽見屯辺卒
塞外翻聞有漢村
堪恨無情清渭水
渺茫依旧遶秦原

狂童　容易に金門を犯し
比屋　斉人（平民）旅魂と作《な》る
夜戸　扃《とざ》されずして　茂草生じ
春渠　自《おのずか》ら溢《あふ》れて　荒園を浸《ひた》す
関中に忽《たちま》ち辺卒の屯《たむろ》するを見
塞外に翻《かえ》って漢村有るを聞く
恨むに堪《た》えたり　無情なる清渭の水の
渺茫《びょうぼう》として　旧に依《よ》り　秦原を遶《めぐ》るを

（唐・韓偓「乱後、却至近甸有感」詩、『韓内翰別集』、文淵閣四庫全書所収）

この詩の内容は次のようなものである。乱兵が宮門に侵入し、民衆は都を離れて旅の空の下にいる。空き家となった建物には鍵も掛けられず雑草がはびこり、水路の水はあふれて荒れはてた庭園を水浸しにしている。ここは天子の住まう都であるのに辺境の兵士が群集し、却って辺境の地に漢族の村があると聞く。人の世はすっかり様変わりしてしまったというのに、恨めしいことに渭水は無情にも以前と変わらず関中をめぐり流れている。「清渭水」は杜甫の「秦州雑詩二十首」の第二首（『杜詩詳注』巻七）に、「清渭無情極、愁時独向東」（清渭　無情の極みなり、愁時　独り東に向かう）とあるのを踏まえて、関中の荒廃を表す。

この時期に長安が度々戦災を被ったことは、『資治通鑑』の乾寧年間（八九四～八九八）の条に記述されている。例を挙げれば、昭宗の乾寧二年（八九五）八月の条に、「時宮室焚毀、未暇完葺。上寓居尚書省、百官往往無袍笏僕馬」（時に宮室焚毀《ふんき》せられて、未だ完《すべ》て葺《おさ》むるに暇《いとま》あらず。上、尚書省に寓居し、百官往往にして袍笏僕馬《ほうこつぼくば》無し）と記されているように、皇宮が焼失したために昭宗は尚書省に仮寓し、文武百官は殆ど身ひとつで朝政に携わらねばならなかった。同年十月、ようやく皇宮の修理が完成し、昭宗は内裏に戻ることができたが、翌乾寧三年（八九六）七月、またしても李茂貞の長安侵攻に遭い、「茂貞遂入長安、自中和以来所葺宮室、市肆、燔焼倶尽」（茂貞、遂に長安に入り、中和より以来、葺《おさ》むる所の宮室、市肆《しし》、燔焼《はんしょう》せられて倶《とも》に尽く）と記されるように、中和元年（八八一）以来、黄巣の乱をはじめとする一連の動乱の中で、焼け落ちてはその都度再建されてきた長安の宮室と東西の両市は、とうとう灰燼に帰したのである。(7)

韋荘が帰還した頃の長安は、このような様子であった。乾寧元年（八九四）に及第した韋荘は、左拾遺、補闕を歴任し、昭宗に扈従して行在を渡り歩いている。韋荘がこうした困難な時勢にありながらも昭宗に付き従ったのは、彼がその繊細な詞からは窺うことのできない剛直な一面を有していたからである。「関河道中」詩（『浣花集』巻一）には、「平生志業匡堯舜、又擬滄浪学釣翁（平生の志業　堯舜を匡《たす》けんとし、又た滄浪に釣翁に学ばんと擬す）」と詠まれており、韋荘はもとより皇帝を補佐せんとする志を秘めていたことが看取される。また「塗次逢李氏兄弟感旧」詩（『浣花集』補遺巻）には、「今日相逢倶老大、憂家憂国尽公卿（今日　相い逢えば倶《とも》に老大、家を憂え国を憂えば尽《ことごと》く公卿）」とあり、この二句からも窺われるように、韋荘はもとより憂国の士であった。彼の憂国の情は、前出の洛陽時代の詩に見えるとおりである。ところが、昭宗の天復元年（九〇一）に韋荘は西川節度使王建の掌書記に招聘されて成都に赴任し、その晩年には王建が建てた前蜀の宰相を拝命してその生涯を終えている。憂国の士であった韋荘が、王建の幕下に入ったのは何故だろうか。その理由を忖度するに、韋荘の理想と現実との乖離が考えられる。

韋荘は「題安定張使君」詩（『浣花集』巻二）において、「中興若継開元事、堪向龍池作近臣」（中興して若《も》し開元の事を継がば、龍池に近臣と作《な》るに堪《た》えん）と詠み、もし唐朝の中興が成し遂げられれば、皇帝の侍臣となったであろうにと、張使君に同情の意を示している。これを見ると、韋荘の理想とする治世は玄宗の開元年間（七一三～七四一）であったことが分かるが、彼が仕えた昭宗は中興の君主となり得ない人物であった。昭宗の人柄については、『新唐書』昭宗紀に次のように記されている。

昭宗為人明雋。初亦有志於興復。而外患已成、内無賢佐、頗亦慨然思得非常之材。而用匪其人、徒以益乱。

昭宗、人となりは明雋《めいしゅん》なり。初め亦た興復を志す有り。而《しか》れども外患已《すで》に成り、内に賢佐無ければ、頗《すこぶ》る亦た慨然として非常の材（人材）を得んことを思う。而れども用うるは其の人に匪《あら》ざれば、徒《いたずら》に以て乱を益すのみ。

（『新唐書』巻十、昭宗紀賛）

これによれば、昭宗は初め唐朝の復興を志した。ところが内憂外患に遭い、賢臣の補佐も得られなかったので、非常の人材を求めた。しかし、結局登用したのはその人材ではなかったので、朝政は混乱を増したという。一方、韋荘といえば、「寓言」詩（『浣花集』巻四）に、「為儒逢世乱、吾道欲何之。学剣已応晩。帰山今又遅」（儒と為りて世乱に逢い、吾が道　何《いず》くにか之《ゆ》かんと欲す。剣を学ぶは已《すで》に応《まさ》に晩《おそ》かるべし。山に帰るも今又た遅し）と詠むように、出仕して儒家としての志を遂げることを強く望んでいた。それにもかかわらず朝廷より与えられたのは、左拾遺（従八品）、補闕（従七品）であった。諫官の要職とはいえ、既に耳順を過ぎた韋荘にとってこれらの官位は、「堯舜を匡《たす》けん」とする志を果たすには不十分なものであった。しかも、韋荘の故郷杜陵を含む長安の惨状は目に余るものがあったと見られる。長安にて昭宗に扈従し、如何ともすべくもない現実に直面した韋荘にとって、将来の展望が開けないまま長安に住み続けることは、甚だ苦痛を伴うものではなかったか。

実際に、長安に戻った韋荘が目のあたりにしたのは、往時の街並の景観を留めぬ悲惨な光景であった。乾寧四年（八九七）に作られた次の詩を見よう。

満目牆匡春草深　　満目の牆匡《かきね》に春草深く
傷時傷事更傷心　　時を傷《いた》み　事を傷み　更に心を傷ましむ
車輪馬跡今何在　　車輪　馬跡　今何《いず》くにか在る
十二玉楼無処尋　　十二玉楼　尋ぬる処無し

（韋荘「長安旧里」詩、『浣花集』巻十）

韋荘の目にふれる坊里の垣根には、春を迎えて野草が生い茂っており、嘗ては大通りを盛んに往来していた車馬は見る影もなく、王侯貴族で賑わった楼閣も焼失して跡形もない。そのようにすっかり荒廃した長安を目のあたりにして韋荘は、己がこのような戦乱の時代に生まれあわせたことを思うと悲しみが増すのである。起句の「春草深」は、言うまでもなく杜甫の「春望」の「城春草木深」の句を踏まえる。杜甫が安史の乱の際に目にしたのと同じく、長安の見るも無惨な光景は、韋荘の脳裡に焼きついて終生離れなかったことであろう。しかも長安ばかりではない。後述するように、韋荘の旧居があった杜陵も戦禍にみまわれて住民が離散し、旧知の人々はいなくなっていた。このように変わりはてた長安及び杜陵の光景は、韋荘の心を甚だ悲しませたのである。

一方、この頃の洛陽はどうであったか。天祐元年（九〇四）に朱全忠に迫られ、昭宗は長安から洛陽に遷都した。これにより長安の宮殿と官衙及び市民の邸宅も解体されて洛陽へと運ばれたが、(8) それ以前から洛陽は光啓三年（八八七）より後唐の荘宗の同光四年（九二六）に至るまで洛州刺史・河南尹を務めた張全義の治世下で、着実に復興を遂げていた。更に五代においても、首都あるいはそれに次ぐ重要都市として注目され、北宋においては都の開封に次ぐ陪都として重要な位置を占めた。

さて、ここで本章の冒頭に挙げた韋荘の「菩薩蛮」第五首の「残暉」について考えてみたい。清の陳廷焯や葉嘉瑩氏が指摘するように、「凝恨対残暉、憶君君不知（恨みを凝《こ》らして　残暉に対し、君を憶《おも》うも　君知らず）」の二句には、蜀地に在って君主を恋慕する感情が吐露されていると筆者は考える。(9) これを牽強附会とする見方もあるが、韋荘の詞は詩に近しい性質を有しており、(10) そうであれば詞における日没の光景は、詩におけるそれとほぼ同様に考えてよいはずである。まず次の詩を見よう。

辛勤曾寄玉峯前　　辛勤し　曾《かつ》て寄る　玉峯の前
一別雲渓二十年　　一たび雲渓に別れてより　二十年
三径荒涼迷竹樹　　三径　荒涼として　竹樹に迷い
四隣凋謝変桑田　　四隣　凋謝して　桑田に変ず
渼陂可是当時事　　渼陂《びひ》は是《こ》れ当時の事なるべきも
紫閣空余旧日煙　　紫閣（終南山）は空しく旧日の煙を余す
多少乱離無処問　　多少の乱離　問う処無し
夕陽吟罷涕潸然　　夕陽に吟じ罷《や》めば　涕潸然《なみださんぜん》たり

（韋荘「過渼陂懐旧」詩、『浣花集』巻十）

この詩は、前に見た「長安旧里」詩と同じく乾寧四年（八九七）の作である。この年は李茂貞が長安を焼き払った乾寧三年（八九六）の翌年であり、使者として蜀へ赴いた帰りに、二十年ぶりに杜陵の渼陂に立ち寄った韋荘は、荒廃したその土地が夕陽に照らされる光景を見て涙を流している。第八句の「潸然」は、前出の「中渡晩眺」詩の「家寄杜陵帰不得、一迴迴首一潸然（家を杜陵に寄するも帰り得ず、一迴　首《こうべ》を迴《めぐ》らせば　一たび潸然《さんぜん》たり）」の二句に重ね合わせることができる。洛陽にて切望した杜陵への帰還は、この時点で不可能なものとなってしまい、故郷を喪失した悲しみに、韋荘は落涙を禁じ得なかったのである。

　夕陽に映る風景と時代状況を重ね合わせて詠じる手法は、前出「中渡晩眺」詩の「妖気欲昏唐社稷、夕陽空照漢山川」（妖気　唐の社稷を昏《くら》からしめんと欲し、夕陽　空しく漢の山川を照らす）や、「咸陽懐古」詩（『浣花集』補遺巻）の「城辺人倚夕陽楼、城上雲凝万古愁」（城辺　人は夕陽の楼に倚《よ》り、城上　雲は万古の愁いを凝《こ》らす）のような対句表現にも見えるものである。つまり韋荘における「夕陽」は単なる夕陽ではなく、それは確かに王朝の落日なのである。ここで本章の冒頭に挙げた、韋荘が長安の人であるにもかかわらず、「菩薩蛮」第五首に洛陽の風光を慕わしいものとして詠むのは何故かという問題に立ち返ろう。これまで見たように、唐末の長安は、黄巣の乱をはじめとする一連の戦乱によって破壊された。韋家の荘園のあった杜陵も荒廃して、もはや帰還すべき場所ではなくなっていた。一方、洛陽は風光明媚な景観を残しており、韋荘が江南に逃れた後、一旦は灰燼に帰したが、その後、河南尹張全義の統治によって復興の機運が兆していた。そればかりでなく都が遷されて復興の途上にあった洛陽では、後の後梁の太祖朱全忠によって帝位簒奪の準備が進められ、唐王朝はまさに落日の危機に瀕していた。兪平伯氏や兪陛雲氏が「菩薩蛮」第五首を評して、これには表向きは韋荘の望郷の思いが綴られているが、その骨子には故国の行く末や君主に対する思いが込められていると述べるのは、おそらく正しい[11]。韋荘にとっての洛陽は、唐の全盛時代を想起させる風光明媚な都市であり、かつ滅びゆく唐朝を哀惜させる土地であったのだ。

前述したように、洛陽において韋荘は夕陽を眺めながら常に唐の社稷とその行く末を案じていた。臆断を恐れずに言うなら、「菩薩蛮」第五首の後関に「恨みを凝《こ》らして残暉に対し、君を憶うも　君知らず」と詠まれている「君」とは、長安で苦楽を共にし、後には洛陽に移された嘗ての君主、昭宗その人を指すであろう。また韋荘は夕陽に向かいつつ、以前に自らが仮寓した洛陽の風光明媚な景観を回想し、滅亡の時を迎えようとする唐王朝に哀惜の念を注いだのである。故郷を喪失した韋荘にとって、回想することが苦痛に感じられる長安と比べて、開元の御代を想起させる洛陽のすぐれた風光が、終生心をとらえられるものであったことは間違いない。唐末の士人にとって、少なくとも韋荘にとっての長安は、もはや帰るべき場所ではなくなっていた。だが壊滅した長安と異なり、復興を遂げつつあった洛陽は、王朝の交替と相俟って、より強い求心力をもって士人たちの注意と関心を惹きつけたと言えよう。

年表二　韋荘略年表（黄巣の乱より卒年まで）

王朝	皇帝	年号	年齢	韋荘・洛陽	備考　長安、その他
唐	僖宗	乾符二年（八七五）	四十		黄巣、王仙芝に呼応して反乱を起こす。
		広明元年（八八〇）	四十五	黄巣が洛陽を攻略。東都留守劉允章は降伏し、偽官を受ける。黄巣の入京時、韋荘、一旦避難した後、長安城内に潜伏。李光庭が洛陽で略奪をはたらく。	黄巣、長安を占領。僖宗は成都に蒙塵。
		中和三年（八八三）	四十八	韋荘、洛陽にて「秦婦吟」を作る。この年、江南に脱出。	李克用が長安を回復。
		中和四年（八八四）	四十九	韋荘、潤州にて浙西観察使周宝の幕下に入る。	黄巣、山東で殺害される。
		光啓元年（八八五）	五十		僖宗が長安へ帰還。

唐	僖宗	光啓二年（八八六）	五十一	孫儒が洛陽を占拠し、宮城・民家を焼き払う。	田令孜が僖宗を擁して鳳翔に入る。
		光啓三年（八八七）	五十二	韋荘、江南各地を放浪。 張全義が河南尹となり、洛陽を統治。	浙西で内乱が起こる。この年、周宝卒す。
	昭宗	景福元年（八九二）	五十七	韋荘、洛陽に北帰し、侯学士・丁侍御と詩を応酬する。 秋に長安に入る。	昭宗、長安にて即位。
		景福二年（八九三）	五十八	韋荘、科挙に応ずるも下第。	
		乾寧元年（八九四）	五十九	韋荘、進士科に及第。校書郎を授けられる。	
		乾寧二年（八九五）	六十	韋荘、江南へ赴き、家族を伴って入京。	李茂貞らが長安に入城し、昭宗は長安南郊に逃れる。
		乾寧三年（八九六）	六十一	韋荘、昭宗に随行して華州へ赴く。翌年、左拾遺に遷る。	李茂貞が長安を占拠。この時、長安が灰燼に帰す。
		光化元年（八九八）	六十三	韋荘、昭宗に随行して長安に戻る。	昭宗、長安へ帰還。
		光化三年（九〇〇）	六十五	韋荘、補闕に遷る。	昭宗、幽閉され、一時的に太子裕が擁立される。
		天復元年（九〇一）	六十六	韋荘、西川節度使王建に招聘され、掌書記として成都に移住。	昭宗が復位。
		天祐元年（九〇四）	六十九	昭宗、朱全忠に迫られ、長安から洛陽に遷都。 昭宗が殺害されて、昭宣帝が即位。	
後梁	太祖	開平元年（九〇七）	七十二	朱全忠、昭宣帝の禅譲を受け即位。唐滅亡。	王建、帝号を称し、前蜀を建国。
		開平二年（九〇八）	七十三	韋荘、前蜀にて門下侍郎同平章事を拝命。	
		開平四年（九一〇）	七十五	韋荘、成都花林坊にて卒す。	

注

（1）韋荘の事跡については、聶安福箋注『韋荘集箋注』（上海古籍出版社、二〇〇二年）附録「韋荘年譜簡編」、及び同書の注釈による。

（2）韋荘の詩の引用は基本的に『浣花集』（四部叢刊初編所収）による。また詞の引用は五代後蜀・趙崇祚編『花間集』（呉昌綬、陶湘輯『景刊宋金元明本詞』〈上海古籍出版、一九八九年〉所収）により、注（1）所掲『韋荘集箋注』を参看した。「秦婦吟」及び『浣花集』未収の詩については、『韋荘集箋注』により、出処を「『浣花集』補遺巻」と略記する。

（3）『資治通鑑』巻二百五十四、唐紀七十、僖宗・広明元年（八八〇）十一月の条に次のように見える。「丁卯、黄巣陥東都、留守劉允章帥百官迎謁。巣入城、労問而已、閭里晏然。」

（4）『資治通鑑』巻二百五十五、唐紀七十一、僖宗・中和三年（八八三）四月の条に次のように見える。「甲辰、（李）克用等自光泰門入京師。黄巣力戦不勝、焚宮室遁去。」

（5）韋荘が「黄巣の乱」以前に洛陽に居住したことを示す史料は見あたらない。しかし洛陽の西方に位置する虢州（現在の河南省霊宝県）に韋家の別墅が構えられていたことから、過去に彼が洛陽を訪問する機会はあったと見られる。

（6）『資治通鑑』巻二百六十、唐紀七十六、昭宗・乾寧二年（八九五）七月の条を参照。

（7）『資治通鑑』巻二百六十、唐紀七十六、昭宗・乾寧三年（八九六）七月の条を参照。

（8）該当する原文は次のとおり。「壬戌、車駕発長安、全忠以其将張廷範為御営使、毀長安宮室百司及民間廬舎、取其材、浮渭沿河而下。長安自此遂丘墟矣。」（『資治通鑑』巻二百六十四、唐紀八十、昭宗・天祐元年〈九〇四〉正月の条）

（9）該当する原文は次のとおり。「端己『菩薩蛮』云、『未老莫還郷、還郷須断腸』。又云『凝恨対斜《ママ》暉、憶君君不知』。（中略）皆留蜀後思君之辞。時中原鼎沸、欲帰不能。端己人品未為高、然其情亦可哀矣。」（清・陳廷焯『白雨斎詞話』巻一、人民文学出版社、一九五九年）。「如果以中国詩歌一貫所習用的託喩的想法来看、則『日』之為物、一向乃是朝廷君主之象喩、而今端己乃用了『残暉』二字、則当時朝廷国事之有足哀者也可以説是意在言外了、而且如果以史実牽附立説、則昭宗之被脅遷洛陽、唐朝国祚之已瀕於落日残暉可知。」（葉嘉瑩「従《人間詞話》看温韋馮李四家詞的風格」（『迦陵論詞叢稿』、上海古籍出版社、一九八〇年、七〇頁）

なお、「菩薩蛮」五首の成立時期については、山本敏雄「韋荘詞小考」（『愛知教育大学研究報告』第三十三輯、一九八四年）

に先行研究の整理がなされており、結局のところ確実な証拠がないので先行する諸説は決定性に欠けるとされている。しかし、近年刊行された張美麗『韋荘詩研究』（中国社会科学出版社、二〇一〇年）に、「菩薩蛮」五首を含む韋荘の大部分の詞は蜀地において作られたことが当時の政治状況と関連づけながら論証されている（一八九〜一九六頁）。

（10）　岡崎俊夫「洛陽才子他郷老——詞人韋荘のことども——」（中国文学研究会『中国文学月報』第四十九号、一九三九年。一九七一年に汲古書院より影印発行）、一七頁を参照。また、村上哲見『宋詞研究——唐五代北宋篇』（創文社、一九七六年）、上篇・第三章「五代詞論」、一四五頁にも、「韋端己の詞は、もとより詩とは異なる、もっと具体的にいえば、「浣花集」における端己自身の詩と比べてその差異をとり出すことはたやすいが、一面、飛卿の詞に比べるならば、はるかに詩に近く、詩に連なる要素を多く内包していることもたしかである。さらに単純に言ってしまうならば、韋端己の詞には、士大夫としての境遇、もしくはその中における士大夫的な心情が、かなり濃厚に、あるいは直接的に表されており、その点において温飛卿の詞と質を異にする」と述べられている。あるいは、「詞を詩と同じように歴史を反映する史料として用いて良いのか」と見るむきもあるかもしれない。しかし、韋荘より少し後の時代の詞人である南唐の後主李煜の詞が、「破陣子（四十年来家国）」や「浪淘沙令（簾外雨潺潺）」のように南唐の滅亡という歴史的背景をもとに解釈されるのが通例であることなどを勘案すれば、前掲の岡崎氏や村上氏が指摘するように詩に近い韋荘の詞は、唐朝の滅亡に対する感情の表出という点において、詩と相通ずるものとして見なすことができると筆者は考える。

（11）　該当する原文は次のとおり。「其実端己此詞、表面上看是故郷之思、骨子裏説是故国之思。（中略）更進一歩説、不僅有故国之思也、且兼有興亡治乱之感焉。」（兪平伯『読詞偶得』、香港万里書店、一九五九年、一六頁）。「洛地風景、為唐初以来都城勝処、魏堤柳色、回首依依。結句言『憶君君不知』者、言君門万里、不知羈臣恋主之忱也。」（兪陛雲『唐五代両宋詞選釈』、上海古籍出版社、一九八五年、四八頁）

第二部　北宋篇

第七章　北宋の洛陽士大夫と唐代の遺構

唐と北宋の陪都であった洛陽は、白居易（七七二～八四六）や司馬光（一〇一九～一〇八六）の詩作の舞台となり、特に司馬光とその周辺の士大夫たちは洛陽にて盛んに詩歌を応酬した。[1] しかし白居易と司馬光の間、つまり唐末五代の混乱期に洛陽がいかなる状況にあり、また北宋の洛陽に唐代の遺構がどのような形で残っていたかについては、文学の方面ではあまり言及がないように思う。

北宋の李格非は『洛陽名園記』の「富鄭公園」の条に、「洛陽園池、多因隋唐之旧」（洛陽の園池、多くは隋唐の旧に因る）と述べており、実際に北宋の洛陽城内の坊里は、唐の旧名を用いたものが多かったようである。[2] それでは北宋の洛陽に唐代の庭園がそのまま残っていたかと言えばそれは考えにくい。[3] 周知のように、唐宋の間には五代と呼ばれる時代があり、洛陽の位置する中原では、後梁・後唐・後晋・後漢・後周の五つの王朝が興亡を繰り返した。当時、洛陽は首都ないし陪都として政治的に重要な役割を果たした都市であり、したがってこれが無傷のまま北宋に受け継がれたとは考えにくいのである。

本章では、唐末五代より北宋初期までの洛陽の荒廃から復興へと至った状況をおおまかに俯瞰し、その上で北宋の士大夫が唐の遺構について綴った詩文をもとに、彼らの唐代の詩人に対する思いを読み解きたい。もっとも洛陽に居住した士大夫は多く、またその中の幾人か、例えば銭惟演（九七七～一〇三四）や欧陽脩（一〇〇七～一〇七二）については既に先行研究があるので、[4] ここでは梅堯臣（一〇〇二～一〇六〇）と司馬光を中心に取りあげる。

一　唐末五代の洛陽

僖宗の乾符二年（八七五）、王仙芝に呼応して反乱を起こした黄巣は、宋州と汴州を攻め、一旦長江を渡って南方に転戦した後、広明元年（八八〇）十一月に洛陽に攻め寄せた。当時の洛陽を治めていたのは東都留守の劉允章であったが、彼が抵抗することなく降伏したことにより、洛陽は長安のように甚大な被害を受けることは避けられた(5)。しかし黄巣の乱が終息した後も、洛陽に平和は訪れなかった。というのは、蔡州の賊将孫儒と河陽節度使の諸葛爽が、洛陽をめぐって抗争を繰り広げたからである。その結果、洛陽は灰燼に帰し荒廃を極めたが(6)、これ以後、洛陽を四十年間統治し、復興させた人物がいる。唐末から後唐にかけて活躍した張全義(7)（八五二～九二六）である。

張全義、字は国維、濮州《ぼくしゅう》臨濮《りんぼく》（現在の山東省鄄城県）の人。農民の出身であるが、乾符末に黄巣軍に参加し、黄巣が斉を建てると吏部尚書、水運使に任じられた。黄巣の敗死（八八四年）後は諸葛爽に降った。諸葛爽が卒すると、李罕之と共に諸葛爽の子を追放して河南尹となり洛陽に拠ったが（八八七年）、後に李罕之を追放し、天平と河陽の節度使を兼ねて洛陽を領した（九〇六年）。なお、朱全忠が唐の昭宗を強制的に洛陽に移してここを国都に定め、やがて唐の禅譲を受けて後梁を建国すると、降伏して魏王に封じられた（九〇七年）。更に後梁が後唐に滅ぼされると後唐に降り（九二三年）、河南尹、斉王に封じられたが、同光四年（九二六）に魏博（現在の河北省大名県）の兵が鄴で反乱を起こして李嗣源（八六七～九三三、後の明宗）を擁立すると、これを憂いて卒した。河南を治めるようになって以来、張全義は荒廃した洛陽の復興に尽力したとされるが(8)、彼がどのようにして洛陽を復興させたかは、北宋の張斉賢（九四三～一〇一四）の『洛陽搢紳旧聞記』に詳細に記されている。

斉王、諱全義。五代史有伝。今之所書、蓋史伝之外、見聞遺事爾。王濮州人。嘗在巣軍中。知其必敗、遂翻身帰国。唐授王沢州刺史。（中略）在沢未久、移授洛州刺史。時洛城兵乱之余、県邑荒廃、悉為榛莽。白骨蔽野、外絶居人。洛城之中、悉遭焚毀。初巣、蔡継乱。乃築三小州城、保聚居民、以防寇盗。及罕之等争奪、但遺余堵而已。初至洛、率麾下百余人、与州中所存者僅百戸共保中州一城。洛陽至今尚存南州中州之号。王招懐完葺。五七年間、漸復都城之壮観、正居守之位焉。王本伝云、洛城之中、戸不満百。又唐鴻撰王行状云、於瓦礫邱墟之内、化出都城、是也。

斉王、諱は全義。『五代史』に伝有り。今の書する所、蓋《けだ》し史伝の外に、遺事を見聞するのみ。王、濮州の人なり。嘗て巣（黄巣）の軍中に在り。其の必ず敗れんことを知り、遂に身を翻《ひるがえ》して国に帰る。唐、王に沢州刺史を授く。（中略）沢に在ること未だ久しからずして、移りて洛州刺史を授けらる。時に洛城、兵乱の余にして、県邑、荒廃し、悉《ことごと》く榛莽《しんぼう》と為《な》る。白骨、野を蔽《おお》い、外に居人を絶つ。洛城の中、悉《ことごと》く焚毀《ふんき》に遭う。初め巣（黄巣）、蔡（蔡州の賊、孫儒）乱を継ぐ。乃《すなわ》ち三つの小州城を築き、居民を保聚して、以て寇盗を防ぐ。罕之《かんし》（李罕之）等の争奪するに及び、但《た》だ堵《かきね》を遺余《のこ》すのみ。初め洛に至り、麾下《きか》の百余人を率《ひき》いて、州中に存する所の者僅《わず》か百戸と共に中州一城を保つ。洛陽、今に至るも尚《な》お南州・中州の号を存す。王、招懐（懐柔）して完葺《かんしゅう》（修膳）す。五七年の間、漸《ようや》く都城の壮観を復し、正に守の位に居る。王の本伝に、「洛城の中、戸は百に満たず」と云う。又た唐鴻の王の行状を撰《つく》りて、「瓦礫《がれき》邱墟の内に於いて、化して都城を出だす」と云うは、是《こ》れなり。

（北宋・張斉賢『洛陽搢紳旧聞記』巻二、斉王張令公外伝）

これによれば、張全義はもともと黄巣の反乱軍に身を投じていたが後に帰郷し、唐に降って沢州刺史、洛州刺史を歴任した。当時、洛陽は兵乱のために荒れ果てていたので、張全義は生存するわずか百世帯の住民と共に洛陽の再建に乗りだし、三十五年の歳月をかけて都城の復興を果たしたという。更に続きを見よう。

王始至洛、於麾下百人中選可使者一十八人、命之曰屯将。毎人給旗一口、榜一道。於旧十八県中、令招農戸、令自耕種。流民漸帰。王於百人中又選可使者十八人、命之曰屯副。民之来者、綏撫之。除殺人者死、余但加杖而已。無重刑、無租税、流民之帰漸衆。王又麾下選書計一十八人、命之曰屯判官。不一二年、十八屯申、毎屯戸至数千。王命農隙毎選丁夫、教以弓矢槍剣、為起坐進退之法。行之一二年、毎屯増戸、大者六七千、次者四千、下之三二千、共得丁夫閑弓矢槍剣者二万余人。有賊盗、即時擒捕之。関市人賦、殆於無藉。刑寛事簡、遠近帰之如市。五年之内、号為富庶。

王、始め洛に至り、麾下《きか》の百人の中に於いて使うべき者一十八人を選び、之れを命《な》づけて屯将と曰う。人毎《ごと》に旗一口《はたひとふり》、榜一道《たてふだいっぽん》を給す。旧十八県の中に於いて、農戸を招かしめ、自《みずか》ら耕種せしむ。流民漸《ようや》く帰る。王、百人の中に於いて又た使うべき者十八人を選び、之れを命《な》づけて屯副と曰う。民の来たる者あれば、之れを綏撫《いたわ》る。人を殺《ころ》せし者を死すを除《のぞ》き、余《のこ》りは但《た》だ杖《ぼうたたき》を加うるのみ。重刑無く、租税無ければ、流民の帰るもの漸く衆《おお》し。王、又た麾下に書計（帳簿係）一十八人を選び、之れを命《な》づけて屯判官と曰う。一二年ならずして、十八屯申《の》びて、毎屯戸《こ》数千に至る。王、命じて、農隙《のうげき》（農閑期）に毎《つね》に丁夫を選び、教うるに弓矢槍剣を以てして、起坐進退の法を為《おさ》めしむ。之れを行うこと一二年にして、毎屯戸《こ》を増やし、大なるは六七千、次ぎたるは四千、之れより下るは三二千、共に丁夫の弓矢槍剣に閑《な》るる者二万余人を得たり。賊盗有れば、即時に之れを擒捕《きんほ》す。関・市・人の賦（税）、藉（徵税）無きに殆《ちか》し。刑寛《ゆる》やかにして、事簡《おおまか》なれば、遠近の之れに帰すること市の如《ごと》し。五年の内、号して富庶《ふうしょ》と為す。

（同前）

この一段には、張全義がいかなる方策を用いて洛陽を再建したかが述べられている。その内容を見ると、彼が行ったのは洛陽を治めるための強力な統治組織を作ることであった。まず十八人の「屯将」を置いて、農家を呼び集め耕作に従事させた。次に十八人の「屯副」を置いて民政を司らせ、殺人以外の罪は重く咎めず、税を殆ど徴収しなかった。更に十八人の「屯判官」を置いて会計に従事させた。こうした施策のもと、各地に逃れていた流民が洛陽へと戻り、人口が増えたところで、張全義は農民によって民兵を組織し、治安の維持に勉めた。このように租税の負担を軽減し、刑罰を軽くして寛容な政策を行ったため、近隣ばかりでなく遠方からも移住する者が増え、洛陽は人と物資の多く集まる豊かな都市になったという。張全義の善政は、五代の著名な書家である楊凝式（八七三〜九五四）によって、次のように称賛されている。

洛陽風景実堪哀　　洛陽の風景　実《まこと》に哀しむに堪《た》う
昔日曾為瓦子堆　　昔日　曾《かつ》て瓦子《ガレキ》の堆《おか》と為《な》る
不是我公重葺理　　是《こ》れ　我が公の重ねて葺理《しゅうり》するにあらずんば
至今猶是一堆灰　　今に至るも　猶お是《こ》れ一堆の灰のごとからん

（楊凝式「贈張全義」詩、『全唐詩』巻七百十五）

嘗ての洛陽には、瓦礫がうずたかく積みあげられた悲惨な光景が見られた。もし張全義が再建しなければ、今でもそのままであったろう、と詠まれている。楊凝式については南宋の張世南の『游宦紀聞』巻十に詳細な伝記が見えるが、若くして張全義の幕下に入ったとされる。そうであれば楊凝式も、張全義に付き随って洛陽の復興に努めたことであろう。[9] 前述したように張全義は、最初は唐王朝の臣下であったが、後梁と後唐にも仕えており、一見すると節操なきかに見える。しかし、臣下として節操を守ることよりも彼が情熱を注いだのは、むしろ洛陽という都市の復興であった。後唐の荘宗李存勗《りそんきょく》（八八五～九二六）は、九二三年に後梁を滅ぼすと、汴梁（現在の河南省開封市）ではなく洛陽に都を置いたが、そもそも洛陽遷都を提言したのは張全義であった。[10] 前に見たように、張全義は洛陽に善政をしき、流民を呼び戻して人口を増やし、民兵を組織して富国強兵を図った。彼のような統治者を得たのは洛陽にとって幸運であったが、更に幸運だったのは、これ以後しばしば王朝が交替したにもかかわらず、洛陽が灰燼に帰すような激しい戦禍に殆ど遭遇しなかったことである。

後唐の荘宗が、九二六年に兵士の反乱によって負傷し、洛陽にて薨ずると、魏博で擁立された李嗣源が後唐の皇帝（明宗）に即位した。この時洛陽では一時的に混乱が生じたが、抵抗することなく明宗を受け入れ、その入洛に際して戦闘が行われることはなかった。[11] また、九三六年に後晋の高祖石敬瑭（八九二～九四二）が後唐を滅した際にも、後唐の末帝李従珂《りじゅうか》（?～九三六）が玄武楼にて自焚するに止まり、洛陽は平和の中に後晋の支配下に入った。[12] なお、九四七年に後漢の高祖劉知遠（八九五～九四八）が晋陽（現在の山西省太原市）で即位し、南下した際にも、洛陽は速やかに降伏して戦禍を被ることはなかった。[13] このように張全義の再建後、洛陽は王朝交替に際して、大規模な戦闘の影響を被ることは殆ど無きに等しかったのである。

しかもこのような現象は、洛陽だけに見られるものではなかった。九五〇年に後漢から後周へと王朝が交替した際に、国都開封は無血開城しているが、南宋の胡三省が『資治通鑑』（巻二百八十九、後漢紀四、隠帝・乾祐三年〈九五〇〉十二月丙辰）の、郭威（九〇四～九五四、後周の太祖）が開封入城に先がけて書を下し、城内の士民を慰撫したとする箇所に注して、「恐京城士民懲前者剽掠之禍、奔迸四出、故撫安之」（京城の士民の前者の剽掠の禍に懲りて、奔迸《ほんぽう》して四もに出づるを恐れ、故に之れを撫安す）と述べるように、たび重なる王朝交替期において、自ら天下を手中に収めようとするならば、統治下に入る民衆のことも考慮しなければ国家が安定・繁栄しないことを、統治者側が熟知するようになったのである。また、統治者の手足となって働く文官の意識も民衆に向けられていたことが、『旧五代史』に記録された馮道《ふうどう》（八八二～九五四）の次の言葉から窺われる。

今天下戎馬之後、四方兇盗之余、杼柚空而賦斂繁、人民稀而倉廩匱。謂之康泰、未易軽言。侯伯牧宰、若能哀矜之、不至聚斂、不殺無辜之民。民為邦本、政為民本。和平寛易、即劉君之政、安足称耶。復何患不至於令名哉。

今、天下戎馬の後、四方兇盗の余、杼柚《ちょじく》（はた織り機）空《むな》しくして賦斂《ふれん》（租税の取り立て）繁《しげ》く、人民稀《まれ》にして倉《そう》廩匱《りんとぼ》し。之れを康泰と謂うは、未だ軽言に易《か》わらず。侯伯牧宰、若《も》し能《よ》く之れを哀矜《あいきょう》せば、聚斂《しゅうれん》に至らず、無辜《むこ》の民を殺さざらん。民は邦の本たり、政は民の本たり。和平にして寛易《かんい》なれば、即《すなわ》ち劉君（劉審交）の政、安《いず》くんぞ称《たた》うるに足らんや。復《ま》た何ぞ令名《れいめい》至らざるを患《うれ》えんや。

（『旧五代史』巻百六、劉審交伝）

馮道、字は可道、長楽老子と号した[14]。馮道は五代の複数の君主に仕えており、したがってその処世のあり方が厳しく批判されることもあるが、『旧五代史』に引かれた右の発言を見れば、彼が重んじたのは主君に対する忠誠心ではなく、民衆の生活をいかにして平和に保つかであったことが分かる。その思想には、『尚書』の「五子之歌」に見える「民惟邦本、本固邦寧」（民は惟《こ》れ邦の本《もと》なり、本固《かた》くして邦寧《やす》らかなり）を踏まえた、「民衆あっての国家である」という信念が明らかに見られ、またそれは張全義にも通底するものであった。五代において洛陽が復興を果たし、また戦禍を免れることができたのは、張全義や馮道のように民衆の生活を重要視する支配者や官僚たちの力に与《あずか》るところが大きかったと言えよう。洛陽はこうした統治者と官僚たちの成熟した意識に守られて、五代から北宋へと受け継がれたのである。

二　唐人を偲ぶ洛陽の士大夫たち

北宋に入ると、洛陽は西京河南府として陪都の一つとなった。文人たちが集い、盛んに創作活動を行った当時の洛陽は、欧陽脩が「洛陽は天子の西都にして、京師を距《へだ》つること数駅ならず、搢紳、仕宦して雑然として処《お》る。其れ亦た珠玉の淵海ならんか」[15]と述べるように、士大夫の淵藪であった。そして既に先行研究に指摘があるように、欧陽脩をはじめとする洛陽の文人たちの活動が花開いたのは、銭惟演の洛陽赴任を契機とするが[16]、その銭惟演が洛陽で慕ったのは白居易であった。

天聖明道中、銭文僖公、自枢密留守西都。謝希深為通判、欧陽永叔為推官、尹師魯為掌書記、梅聖兪為主簿。皆天下之士、銭相遇之甚厚。一日会於普明院。白楽天故宅也。有唐九老画像。銭相与希深而下、亦画其旁。

天聖・明道の中、銭文僖公、枢密より西都に留守す。謝希深（謝絳）通判たり、欧陽永叔（欧陽脩）推官たり、尹師魯（尹洙）掌書記たり、梅聖兪（梅堯臣）主簿たり。皆な天下の士なれば、銭相、之れを遇すること甚だ厚し。一日、普明院に会す。白楽天の故宅なり。唐九老の画像有り。銭相と希深より下も、亦た其の旁《かたわ》らに画《えが》かしむ。

（北宋・邵伯温『邵氏聞見録』巻八）

ここには、洛陽に留守となった銭惟演の幕下に謝絳（九九四〜一〇三九）、欧陽脩、尹洙（一〇〇一〜一〇四七）、梅堯臣といった少壮気鋭の士大夫たちが集い、銭惟演に厚遇されたことが記されているが、注目されるのは銭惟演が彼らと共に白居易の故宅に遊び、白居易の「九老会」を描いた「九老図」の傍らに、自分たちの絵を描かせたことである。また、銭惟演は白居易の「白蓮荘」を所有したようであり、(17) 白居易を慕う気持ちが強かったことが分かる。そもそも銭惟演が洛陽に赴任したのは、先祖の墳墓を守るためと願い出てのことであったが、その事情を推察するに、実際のところは開封の朝廷で弾劾を受け、心ならずも洛陽に移住することにしたものと考えられる。もしそうであれば、銭惟演が白居易を慕ったのは、自ら進んで国都を離れ、風光明媚な洛陽で晩年を送ることにした自身と、白居易の姿を重ね合わせたからではなかろうか。ただ銭惟演の詩文にそうした心境を物語るものは見られないため断言はできないが、銭惟演が白居易を敬慕した背景にそのような事情があったと見るのもあながち無理なことではあるまい。

さて、洛陽に居住した著名な士大夫の中、唐の先人を特に意識したと見られるのは、梅堯臣と欧陽脩、及び司馬光である。欧陽脩については既に詳細な先行研究があるため割愛し、以下本節では主に梅堯臣と司馬光の詩文において、唐人の遺構がどのように描かれているかを見よう。

（一）梅堯臣

梅堯臣、字は聖兪、宣城（現在の安徽省宣城市）の人である。天聖九年（一〇三一）に河南府主簿として洛陽に赴任し、翌明道元年には河陽県（現在の河南省孟州市）の主簿となったが、この間、洛陽において白居易を偲ぶ詩を詠んでいる。

岸幘清涼地
倏然楽未窮
竹陰過晩雨
林表見残虹
花影平波上
経声小隖東
還思酔吟者
寧与此時同

幘《ずきん》を岸《うわむ》く　清涼の地
倏然《しょうぜん》として　楽しみ未だ窮まらず
竹陰に晩雨過《よぎ》り
林表に残虹見《あらわ》る
花影　平波の上
経声　小隖《しょうお》の東
還《ま》た思う　酔吟の者
寧《いず》くんぞ此の時と同じからん

（梅堯臣「与諸友普明院亭納涼分題」詩、『宛陵先生集』巻一、四部叢刊初編所収）

これは梅堯臣が白居易の故宅があった履道里の普明院にて、友人らと作った納涼の詩である。梅堯臣らは池のほとりで歓楽の時を過ごした。竹林に夕立が通り過ぎると、林の表には薄い虹がかかった。蓮の花の影はさざ波に揺れ、普明院の僧侶の読経の声が池の東側から聞こえてくる。嘗てここで酒に酔い詩を吟じた人のことを思うが、彼がこの池のほとりで過ごした時の楽しみも、今のこの楽しみには及ばないだろう、と梅堯臣は詠んでいる。この詩が「酔吟先生」と号した白居易と、彼が「池上篇並序」（『白氏文集』巻六十、作品番号二九二八）に描写した池辺の風景を意識しているのは言うまでもなく、またそのことを知らなければ梅堯臣の詩の妙味は分からないであろう。梅堯臣はこのほかにも同地において「寒食前一日、陪希深遠遊大字院」詩（『宛陵先生集』巻一）等を詠んでいるが、特に次に挙げる詩は、彼が白居易を強く意識していることが看取されるものである。

夫君康楽裔
顧我子真派
湛然懐清機
超爾尋虚界
暫来香園中
共憩寒松大
先生酔復吟
長老言不壊
信与賞心符
寧同俗士愛
杖屨恣遊遨
池塘仍感概

夫《そ》れ君は康楽（謝霊運）の裔《すえ》
顧《おも》うに我は子真（梅福）の派《ながれ》
湛然として　清機（清い心の起こる機縁）を懐《おも》い
超爾（超然）として　虚界（大字院）を尋ぬ
暫《しばら》く香園の中に来たり
共に寒松の大なるに憩《いこ》う
先生（酔吟先生）　酔い復《ま》た吟じ
長老（仏僧）　言《とな》えて壊《やぶ》れず
信《まこと》に賞心と符《あ》いたり
寧《いず》くんぞ俗士と同《とも》に愛《め》でんや
杖屨《じょうく》　遊遨《ゆうごう》を　恣《ほしいまま》にし
池塘　仍《な》お感概あり

焚香露蓮泣
聞磬霜鷗邁
青板今已空
濁醪誰許載
軟草当熊絪
低篁挂纓帯
不覚月明帰
候門僮僕怪

香を焚《た》けば　露蓮泣《な》き
磬《けい》を聞きて　霜鷗邁《すす》む
青板《あおきふね》（青板舫）　今已《すで》に空《むな》しく
濁醪《にごりざけ》　誰か載《たずさ》うるを許さん
軟《やわ》らかき草に　熊絪《ゆういん》（熊皮の茵《しとね》）を当て
低き篁《たけ》に　纓帯《えいたい》を挂《か》く
覚えず　月明に帰れば
門に候《ま》ちし僮僕怪《あや》しむ

（梅堯臣「依韻和希深遊大字院」詩、『宛陵先生集』巻一）

右の詩の第二句に見える子真とは、前漢の梅福（字は子真）を指す。官を棄てて家居していたがしばしば上書し、王莽が朝政を牛耳るに至ると、妻子を棄てて遁世したという人物である。梅堯臣は謝絳を謝霊運の末裔と言い、自らを同じ姓を持つ梅福に擬えることにより、両者の清遊を詠み始める。梅堯臣らが訪れた大字院は、この詩の題注に「白傅旧宅」（白居易の旧宅）と記されているように、普明院と同じか、または同じ敷地にあった寺院と見られる。あるいは大字寺の敷地内に大字院と普明院が在ったのかもしれない。それはともかく梅堯臣の詩には、白居易の詩文を踏まえた表現が各処に見られる。まず第一句から第六句には、梅堯臣らが大字院を訪れ、庭園中の松の木陰で涼む様子が詠まれ、次いで第七句より第十二句には、梅堯臣が想像する白居易の姿が描かれている。第七句の「先生」は言うまでもなく「酔吟先生」と号した白居易を指し、第八句の「長老言不壊」はやや難解であるが、おそらく白居易の「遊悟真寺詩」（『白氏文集』巻六、作品番号〇二六四）に「誦此蓮花偈、数満百億千。身壊口不壊、舌根如紅蓮」（此の蓮花の偈を誦し、数は百億千に満つ。身壊《やぶ》るれども口壊れず、舌根 紅蓮の如《ごと》し）とあるのを踏まえると見られる。(18) 梅詩がこれに基づくのであれば、この句は白居易の履道里邸の詩に時折り見える仏僧が、読経を行う様子をイメージするものと言える。もとより白居易の故地である履道里は寺院の敷地であるから、酔吟する白居易と読経する仏僧を思い浮かべるのは自然なことであろう。なお第九句から第十二句には、風雅を解する友と共に杖をついて気ままに遊び、池のほとりで感慨に耽る白居易の姿が描かれている。因みに第十一句の「恣遊遨」は、白居易の「初領郡政衙退登東楼作」（『白氏文集』巻八、作品番号〇三五五）に「凌晨親政事、向晩恣遊遨」（凌晨《あけがた》 政事に親しみ、向晩《ゆうがた》 遊遨を 恣《ほしいまま》にす）とあるのを踏まえた表現である。第十三句から第十六句にかけて梅堯臣の視点は、往事の履道里から現在の履道里へと移る。香の焚かれる中、池の蓮は露を帯びて泣き濡れたようであり、寺院の磬が鳴り響くと白いカモメが飛び交う。白居易が愛好した「青板舫」は既に無く、もう白居易その人が濁り酒を楽しむこともない。白居易の「池上篇序」（『白氏文集』巻六十、作品番号二九二八）には、「罷蘇州刺史時、得太湖石、白蓮、折腰菱、青板舫以帰」（蘇州刺史を罷《や》めし時、太湖石、白蓮、折腰菱、青板舫を得て以て帰る）とあり、したがって梅詩中の「蓮」と「青板舫」はいずれもこれに因んでいることが分かる。梅堯臣は大字院の池をめぐりながら、今も目にすることができる蓮と既に存在しない船を詠み、白居易とその遺物を想像するのである。第十七句と第十八句では、梅堯臣と謝絳が若草の生えた地面に敷物を広げ、冠を脱いで竹に掛けてくつろぐ様子を詠むが、これも白居易の「池上即事」詩（『白氏文集』巻五十七、作品番号二七三五）に見える「緑竹挂衣涼処歇、清風展簟困時眠」（緑竹 衣を挂《か》けて涼処に歇《やす》み、清風 簟《たかむしろ》を展《ひろ》げて困《つか》れし時に眠る）の二句を踏まえた表現である。つまり梅堯臣は単に白居易の履道里邸跡を訪れただけでなく、その詩句に基づいて白居易の行為を追体験することによって高尚な風趣にひたっているのである。そして最後の二句では、白居易に思いを馳せつつ謝絳との清遊を堪能した結果、満月が夜空にかかるのも忘れ、門で彼の帰宅を待つ童僕が訝しむほど帰りが遅くなってしまったと収められている。この詩を見ると、梅堯臣が白居易の詩に通暁していたことが察せられると同時に、彼ら北宋の文人たちにとって大字寺は、ただ白居易の故地であるだけでなく、白居易の遺物を有する場所でもあったことが分かるのである。

李格非の『洛陽名園記』「大字寺園」の条にも、白居易の遺物が現存していたことが記されている。

大字寺園、唐白楽天園也。楽天云、吾有第在履道坊。五畝之宅、十畝之園、有水一池、有竹千竿、是也。今張氏得其半為会隠園。水竹尚甲洛陽。但以其図攷之、則某堂有某水、某亭有某木。其水其木、至今猶存。而曰堂、曰亭者、無復彷彿矣。豈因於天理者可久、而成於人力者不可恃邪。寺中楽天石刻存者尚多。

大字寺の園は、唐の白楽天の園なり。楽天の、「吾に第有りて履道坊に在り。五畝の宅、十畝の園、水一池有り、竹千竿有り」（「池上篇」）と云うは、是《こ》れなり。今、張氏其《そ》の半ばを得て「会隠園」と為す。水竹、尚《な》お洛陽に甲たり。但《た》だ其の図を以て之れを攷《かんが》うれば、則《すなわ》ち某堂に某水有り、某亭に某木有り。其の水、其の木は、今に至るも猶お存す。而《しか》るに堂と曰い、亭と曰うものは、復《ま》た彷彿たること無し。豈に天理に因るものは久しかるべくして、人力に成るものは恃《たの》むべからざらんや。寺中に楽天が石刻の存するもの尚お多し。

（北宋・李格非『洛陽名園記』、「大字寺園」の条）

李格非が記すところによれば、白居易の履道里邸跡は大字寺と張氏の邸宅に二分されており、洛陽屈指の景勝を有したという。注目すべきは、旧白居易邸の図面が現存しており、これに敷地内のどの場所にどのような建造物が在ったかが記されていたということである。なお池と樹木は当時まだ残っていたが、堂や亭といった建造物は既に存在していなかったという。これは前に見た唐末五代の騒乱が、不幸にも旧白居易邸にも及んだことを裏づけるものである。しかし、池のように水を引き入れることができ、また樹木のように再生可能なものに関しては、旧来の姿を取り戻すことができたようである。しかも大字寺内には、白居易が字を彫りこんだ石が多く現存したというから、この場所を訪れた北宋の士大夫たちは容易に白居易の遺物を目睹することができたのであろう。したがって、白居易の履道里邸の建物は残っておらずとも、士大夫たちは白居易の遺物や邸宅の図面、洛陽時代の詩文、そしてその肖像を描いた「九老図」などによって、十分に白居易の姿とその生き様を想像できたはずである。中でも梅堯臣の前出の「依韻和希深遊大字院」詩などから窺えるように、白居易の詩文そのものが旧履道里邸跡地と相俟って、北宋の洛陽の文人たちが白居易を敬慕するにあたって重要な役割を果たしたと考えられる。

前述のように、梅堯臣は白居易の故地に建てられた寺院を訪れて詩を詠んでいるが、白居易ゆかりの地はここだけではなかった。洛陽城の南の午橋附近には「白蓮荘」があり[19]、金谷園には「中隠堂」があった[20]。そしてこのような白居易ゆかりの遺構の残る洛陽に移住し、白居易のごとき晩年を送ろうとする士大夫もいた。例えば張去華（九三八～一〇〇六）はその一人である。

咸平二年、徙蘇州。頃之、以疾求分司西京。在洛葺園廬、作中隠亭以見志。

咸平二年（九九九）、蘇州に徙《うつ》る。頃之《しばら》くして、疾《やまい》を以て西京に分司されんことを求む。洛に在りて園廬を葺《おさ》め、「中隠亭」を作りて以て志を見《あらわ》す。

（『宋史』巻三百六、張去華伝）

張去華、字は信臣、開封襄邑の人である。彼は自ら求めて分司官として洛陽に赴任し、白居易を慕って「中隠堂」

（中隠亭）を作ったという。梅堯臣にはこれを詠んだ詩がある。

疇昔人帰老　疇昔《むかし》　人帰老《きろう》し
於茲望白雲　茲《ここ》に於いて　白雲を望む
門高知後慶　門高くして　後慶（余慶）を知り
賓至誦先芬　賓至りて　先芬《せんふん》（先人の美徳）を誦す
草樹中園秀　草樹　中園に秀《ひい》で
衣冠旧里聞　衣冠　旧里に聞こゆ
寧同江令宅　寧《いず》くんぞ同じからん　江令（江総）の宅の
寂寞向淮濆　淮濆《わいふん》（淮水のほとり）に寂寞たるに

（梅堯臣「張侍郎中隠堂」詩、『宛陵先生集』巻二）

梅堯臣はこの詩において、昔洛陽に帰老した白居易が、張去華という後継者を得たこと、また梅堯臣自身を含む洛陽の士大夫たちがここを訪れて、白居易の徳を詩に詠むことを述べる。そして詩の尾聯においては、南朝陳の江総（五一九～五九四）の故宅が住む人もなく蕭然としているのに対して、洛陽では白居易を慕って居住する人があることを強調している。

梅堯臣の洛陽の詩に詠まれたのは白居易だけではない。韓愈について詠んだものもある。(21)

韓公伝石室　韓公　石室を伝う

聞之固已旧　之れを聞くこと　固《もと》より已《すで》に旧《ひさ》し
当時興稍衰　当時の興稍《や》や衰え
不暇苦尋究　苦《ねんごろ》に尋究するに暇《いとま》あらず
（梅堯臣「希深恵書、言与師魯、永叔、子聡、幾道遊嵩。因誦而韻之」詩、第四十七～五十句、『宛陵先生集』巻二）

この詩は、謝絳が尹洙、欧陽脩、楊愈、王復と共に嵩山に遊び、そのことを書簡に記して送ってきたので、梅堯臣がこれに答えて詠んだものである。これを見ると、嵩山には韓愈が遊んだとされる石室があり、謝絳らがここを尋ね歩いて興趣を覚えたことが分かる。その時の様子は次に挙げる謝絳の書簡に、彼らがたどった道程と共に詳細に述べられている。

又尋韓文公所謂石室者、因尽詣。（中略）馬上粗苦疲厭、則有師魯語怪、永叔子聡歌俚調、幾道吹洞簫。往往一笑絶倒。豈知道路之阻長也。十七日、宿鼓婆鎮、遂縁伊流陟香山。上下方飲于八節灘上。始自峻極中院、末及此。凡題名于壁、于石、于樹間者、蓋十有四処。

又た韓文公（韓愈）の所謂《いわゆる》石室なるものを尋ね、因りて尽《ことごと》く詣《いた》る。（中略）馬上にて粗《ほ》ぼ疲厭《たいくつ》に苦しめば、則《すなわ》ち師魯（尹洙）の怪を語り、永叔・子聡（欧陽脩・楊愈）の俚調《りちょう》を歌い、幾道（王復）の洞簫を吹く有り。往往にして一笑絶倒す。豈に道路の阻《けわ》しくして長きを知らんや。十七日、鼓婆鎮に宿り、遂に伊流に縁《よ》りて香山に陟《のぼ》る。上下し、方《はじ》めて八節灘の上《ほとり》に飲む。峻極中院《しゅんきょくちゅういん》より始めて、末に此《ここ》に及ぶ。凡《およ》そ名を壁、石、樹間に題するもの、蓋《けだ》し十有四処なり。
（北宋・謝絳「游嵩山寄梅殿丞」、『宋文鑑』巻百十三、四部叢刊初編所収）

謝絳を筆頭とする一行は、嵩山に韓愈の石室を尋ねた後、馬上の旅が退屈だったので、尹洙が奇怪な話を語り、欧陽脩と楊愈が歌を唱い、王復は洞簫を吹くなどして、しばしば皆で大笑いし旅の無聊を慰めた。それから伊水の流れに沿って白居易ゆかりの香山に上り、また下って、最後は八節灘のほとりにて酒宴を開いた。その道中において壁・石・樹に名を書きつけた場所は、十四箇所にも及んだという。注目したいのは、謝絳らが訪れた場所が韓愈や白居易といった中唐の詩人ゆかりの遺跡であったことである。そして同行こそしなかったものの、梅堯臣も韓愈や白居易の遺跡のことを以前より聞き及んでおり、謝絳らの嵩山行きを羨望したことが前掲の詩から読みとれるのである。

なお梅堯臣の他の詩には、嵩山にて韓門の人々の墨跡を見たことを詠むものがある。

車馬雲外来　　車馬　雲外より来たり
衣霑半山雨　　衣は半山の雨に霑《うるお》う
弭節扣真居　　節を弭《とど》めて　真居を扣《たず》ね
捫蘿笑塵矩　　蘿《つた》を捫《つか》みて　塵矩《じんく》を笑う
廻渓響石叢　　廻渓　石叢に響き
霊茹抽巌塢　　霊茹《れいし》　巌塢《げんお》に抽《ぬ》きんず
玉檻刻年華　　玉檻《ぎょくかん》　年華を刻むも
応無愧前古　　応《まさ》に前古に愧《は》ずること無かるべし

（梅堯臣「天封観」詩、『宛陵先生集』巻一）

この詩は、「以下陪太尉銭相公遊嵩山七章」（以下、太尉銭相公に陪して嵩山に遊ぶ七章）の題注を附す「緱山子晋祠」詩

（『宛陵先生集』巻一）の三首後に収められていることから、梅堯臣が銭惟演の嵩山行きに同行した時の作であることが分かる。しかもこの詩には、「殿檻石柱上有唐樊宗師、石鴻、韓退之、盧仝名在焉。今亦刻名於此」（殿檻《でんかん》の石柱の上に唐の樊宗師、石鴻、韓退之、盧仝の名の在る有り。今、亦た名を此《ここ》に刻む）という自注が附されている。(22)

　このように銭惟演の幕下にあって、梅堯臣や尹洙、及び欧陽脩は、韓愈や白居易を偲び、その故地を尋ね、宴を催しては詩文を応酬したが、(23)それというのも洛陽が長安とは異なり、唐代の遺跡を多く有していたからであると言える。そして梅堯臣らの活動は、やがて次の世代にあたる司馬光へと受け継がれるのである。

（二）司馬光

　司馬光については、本書の第八章より第十章に詳述するが、彼は白居易の「尚歯会」に倣って「真率会」を開いている。しかも梅堯臣や欧陽脩らと同様、司馬光もしばしば白居易の故宅にあった場所を訪れている。ただ、前に見たように梅堯臣らがよく訪れたのは大字寺であり、これは旧白居易邸の半分を占めるものであるが、司馬光がしばしば行き来したのは、残りの半分を占める張氏の「会隠園」であった。次の記述を見よう。

> 河南張君清臣、創園于某坊。其兄上党使君、名曰会隠。清臣固隠矣。其曰、会者使君亦有志於隠歟。夫馳世利者、心労而体拘。唯隠者能外放而内適。故両得焉。有志者、雖体未得休、而心無他営。不猶賢乎哉。張氏世卿大夫、清臣独以衣冠為身汚、湔洗奮去、目不眂勢人。洛陽城風物之嘉、有以助其趣者、必留連忘帰。始得民家園、治而新之。水竹樹石、亭閣橋径、屈曲廻護、高敞蔭蔚。邃極乎奥、曠極乎遠。無一不称者。日与方外之士傲然其間。

楽乎哉、隠居之勝也。予既美清臣能享其楽。又嘉使君之有志於是也。故為之作記。

河南の張君清臣、園を某坊（履道坊）に創る。其の兄上党使君、名づけて「会隠」と曰う。清臣固《もと》より隠れたり。其れ曰く、会うとは、使君も亦た隠に志す有るかな。夫《そ》れ世利に馳する者、心労して体は拘せらる。唯だ隠者のみ能《よ》く外に放《ほしいまま》にして内に適《かな》う。故に両《ふた》つながら得たり。志有る者は、体は未だ休むを得ずと雖も、而《しか》れども心に他の営み無し、と。猶お賢ならざらんや。張氏は世よ卿大夫なるも、清臣、独り衣冠を以て身の汚れと為し、澣洗《あらいきよ》めて奮いて去り、目に勢人を眂《み》ず。洛陽城の風物の嘉《よ》きこと、以て其の趣を助くるもの有れば、必ず留連して帰るを忘る。始めて民家の園を得て、治めて之れを新たにす。水竹樹石、亭閣橋径、屈曲して廻護し、高敞蓊蔚《こうしょういんうつ》たり。邃《ふか》くして奥を極め、曠《ひろ》くして遠きを極む。一として称えざる者無し。日び方外の士と其の間に傲然たり。楽しいかな、隠居の勝《すぐ》れたるや。予、既に清臣の能《よ》く其の楽しみを享《う》くるを美《よみ》し、又た使君の是《こ》れに志す有るを嘉《よみ》す。故に之れが為に記を作る。

（北宋・尹洙「張氏会隠園記」、『河南先生文集』巻四、四部叢刊初編所収）

右記の尹洙の「張氏会隠園記」は、洛陽に住んだ張清臣の庭園について記述したものであるが、これには「水竹樹石、亭閣橋径」などと、白居易の「池上篇」（『白氏文集』巻六十、作品番号二九二八）を彷彿とさせる景物が描かれている。梅堯臣や欧陽脩が大字寺に遊び、会隠園に集うことがなかったのは、ここが個人の邸宅であったからであろう。勿論そのことは司馬光にとっても同様であるが、梅堯臣らと異なるのは、司馬光が張清臣の子弟と懇意であったことである。司馬光の文集を繙《ひもと》くと、「還張景昱景昌秀才兄弟詩巻」詩（『温公文集』巻十三）や「南園雑詩六首・明叔家瑞蓮」（『温公文集』巻五）などがあり、これによって司馬光が張景昱（字は明叔）や張景昌（字は子京）と普段より交流を持っていたことが窺える。そして司馬光と張氏兄弟との交流がより明らかに描写されているのは、次に挙げる范祖禹（一〇四一～一〇九八）の「和楽庵記」である。

河南張子京、結茅為庵於其所居会隠之園。元豊中、司馬温文正公、為隷書以名之。取常棣之詩兄弟和楽云。後十年、子京書与余曰、庵得名於温公、近以雨壊復新之。温公歿矣、是不可忘也。子其為我記之。始余以熙寧中入洛。温公方買田於張氏之西北、以為独楽園。公賓客満門、其常往来従公游者、張氏兄弟四人、出処必偕。余毎見公幅巾深衣坐林間、四張多在焉、或奕棋、投壺、飲酒、賦詩。公又鑿園之東南墉為門、開径以待子京之昆弟。杖屨相過於流水修竹之間、入乎幽深、出乎蔭翳、乃得是庵焉。美木嘉卉、四時之変、無一不可喜者。賓至則兄弟倒屣、怡怡然。信所謂和且楽也。（中略）張氏伯曰明叔、仲曰才叔、次則子京、季曰和叔。自其先君棄官隠居、園池之美、為洛之冠。子孫不墜其素風。而大賢以為隣、有徳義之益之、可尚也。已是庵也、其与独楽之園久、而人益愛之。宜子京欲為之記。而余不得辞也。敝又新之、其勿替哉。

河南の張子京、茅を結びて庵を其の居る所の会隠の園に為《つく》る。元豊中、司馬温文正公、隷書を為して以て之れを名づく。「常棣《じょうてい》」（『詩経』小雅・常棣）の詩の兄弟和楽より取ると云う。後十年、子京、書を余に与《あた》えて曰く、庵、名を温公より得しも、近ごろ雨を以て壊《やぶ》るれば、復《ま》た之れを新たにす。温公歿するも、是《こ》れ忘るべからざるなり。子、其れ我が為に之れを記せ、と。始め余、熙寧中を以て洛に入る。温公方《まさ》に田を張氏の西北に買い、以て独楽園を為《つく》る。公の賓客、門に満ち、其の常に往来して公に従いて游ぶ者は、張氏の兄弟四人、出処必《かなら》ず偕《とも》にす。余、毎《つね》に見る、公の幅巾《ふくきん》・深衣《しんい》にて林間に坐し、四張、焉《ここ》に在ること多く、或いは奕棋《えきき》し、投壺し、酒を飲み、詩を賦するを。公、又た園の東南の墉《かべ》を鑿《うが》ちて門を為《つく》り、径《こみち》を開きて以て子京ら昆弟（兄弟）を待つ。杖履《じょうく》もて流水・修竹の間を相い過《よぎ》りて、幽深に入り、蔭翳より出で、乃《すなわ》ち是《こ》の庵（和楽庵）を得《う》。美木嘉《びぼくか》卉《き》、四時の変、一として喜ぶべからざるもの無し。賓（司馬光）至れば則《すなわ》ち兄弟屣《くつ》を倒《さかしま》にして、怡怡然《いいぜん》たり。信《まこと》に所謂《いわゆる》和して且つ楽しむなり。（中略）張氏、伯は明叔と曰い、仲は才叔と曰い、次は則ち子京、季は和叔と曰う。其の先君（張清臣）の棄官隠居してより、園池の美、洛の冠たり。子孫、其の素風を墜《うしな》わず。而して大賢以て隣たり、徳義の之れを益すこと有るは、尚《たっと》ぶべきなり。已《すで》にして是《こ》の庵や、其れ独楽の園と与《とも》に久しくありて、人益《ます》ます之れを愛す。宜しく子京の之れが記を為《つく》らんと欲すべし。而して余、辞《じ》するを得ざるなり。敝《やぶ》るれば又た之れを新たにして、其の替《か》うること勿《な》からんかな。

（北宋・范祖禹「和楽庵記」、『范太史集』巻三十六、文淵閣四庫全書所収）

范祖禹、字は純甫、あるいは夢得、成都の人である。司馬光の右腕として『資治通鑑』の編纂に尽力し、唐代の部分を担当して後に『唐鑑』を著した。彼は張景昌と交流があったため、その依頼を受けて「和楽庵記」を執筆したが、これによって司馬光が張氏兄弟を尋ねて会隠園を訪問したばかりでなく、その庭園内に設けられた建物に「和楽」と命名したことが分かる。そして司馬光は、ここにおいて次のような詩を詠んでいる。

春禽哢晴朝　　春禽　晴朝に哢《さえず》り
秋虫吟雨夕　　秋虫　雨夕に吟ず
風和振蘭芳　　風和《なご》やかにして　蘭芳振るい
露寒滋菊色　　露寒くして　菊色を滋《うるお》す

万物苟得所　　万物　苟《いや》しくも所を得れば
随時各有適　　時に随いて　各《おの》おの適する有り
矧伊人最霊　　矧《いわ》んや伊《こ》れ人最《もっと》も霊なるをや
胡為長感感　　胡為《なんす》れぞ長《つね》に感感《うれ》えたる

（司馬光「同子駿題和楽亭」詩、第一～八句、『温公文集』巻五）

この詩は、司馬光が鮮于侁（一〇一九～一〇八七）の詩に唱和したものである。春秋の良い時節に鳥、虫、蘭、菊がそれぞれ時と場所を得ていることを挙げ、人もそうあるべきことを述べているが、第五句・第六句は白居易の次の詩に基づくと見られる。

何処披襟風快哉　　何《いず》れの処か襟を披《ひら》けば　風快《こころよ》きや
一亭臨澗四門開　　一亭　澗《たに》に臨みて四門開く
金章紫綬辞腰去　　金章　紫綬　腰を辞して去り
白石清泉就眼来　　白石　清泉　目に就きて来たる
自得所宜還独楽　　自《みずか》ら宜しき所を得て　還《ま》た独り楽しみ
各行其志莫相咍　　各《おの》おの其の志を行いて　相い咍《わら》うこと莫《な》かれ
禽魚出得池籠後　　禽魚《きんぎょ》　池籠を出で得し後
縦有人呼可更廻　　縦《たと》い人の呼ぶ有るも　更に廻《かえ》るべけんや

（唐・白居易「題新澗亭、兼訓寄朝中親故見贈」詩、『白氏文集』巻六十九、作品番号三五八四）

この詩は、白居易が晩年に履道里の邸宅内に新たに亭を設けた時に詠んだものである。第五句・第六句に、「自《みずか》ら宜しき所を得て　還《ま》た独り楽しみ、各《おの》おの其の志を行いて　相い咍《わら》うこと莫《な》かれ」とあり、これが司馬光の「同子駿題和楽亭」詩に踏まえられていることは明らかであろう。つまり司馬光は、白居易の故地である張氏の会隠園で、自分の居るべき場所を履道里に見いだした白居易を偲び、自らも白居易のそうした生き方に共感を覚えた。そして司馬光にそのような思いを喚起させたのが、ほかならぬ会隠園なのである。

司馬光の唐の先人を慕う気持ちは、彼の友人である范純仁（一〇二七〜一一〇一）によって次のように詠まれている。

幽圃多清致　　幽圃《ゆうほ》　清致《せいち》多く
人賢楽有余　　人賢にして　楽しみに余り有り
游心同芸苑　　游心　芸苑に同じく
帰興若田廬　　帰興　田廬の若《ごと》し
畦広容栽薬　　畦《はたけ》広くして　薬を栽《う》うるを容《い》れ
門扃為著書　　門を扃《とざ》して　書を著すを為す
築台占嶽頂　　台（見山台）を築きて　嶽頂（嵩山の頂）を占め
鑿沼灑伊渠　　沼を鑿《うが》ちて　伊渠《いきょ》（伊水の流れ）を灑《そそ》ぐ
庵傚盧仝屋　　庵は傚《なら》う　盧仝の屋
坊隣白傅居　　坊は隣す　白傅の居

（北宋・范純仁「同張伯常会君実南園」詩、第一〜十句、『范忠宣集』巻二、文淵閣四庫全書所収）

范純仁、字は堯夫、蘇州の人。北宋の名臣范仲淹の子である。右の詩は司馬光の「独楽園」について記しているが、その庭園内の建物を洛陽に居住した中唐の盧仝の庵（履道坊の東南、里仁坊に在った）に比擬し、更に独楽園の在った尊賢坊が、白居易の履道坊の隣に位置することを詠む。前に見た范祖禹の「和楽庵記」に、「已《すで》にして是《こ》の庵や、其れ独楽の園と与《とも》に久しくありて、人益《ます》ます之れを愛す」と述べられているように、司馬光の独楽園は、白居易の故地にある会隠園及び大字寺と共に洛陽の名勝として後世に名を残したが、司馬光が独楽園を造成し、白居易を慕う詩文を創作した背景には、やはり旧白居易邸跡の庭園の存在が大きかったと考えられる。

しかも司馬光は旧白居易邸跡に遊んだだけでない。謝絳が前出の「游嵩山寄梅殿丞」に述べたのと同じように、司馬光は友人である范鎮（一〇〇八～一〇八九）と共に嵩山と龍門に遊び、「遊山録」（佚）を著している。

司馬温公既居洛時、（中略）嘗同范景仁過韓城、抵登封、憩峻極下院、登嵩頂、入崇福宮会善寺、由轘轅道至龍門、遊広愛奉先諸寺、上華厳閣千仏嵒、尋高公堂、渡潜渓、入広化寺、観唐郭汾陽鉄像、渉伊水至香山皇龕、憩石楼、臨八節灘、過白公影堂。凡所経従多有詩什、自作序曰遊山録。士大夫争伝之。

司馬温公、既に洛に居りし時、（中略）嘗て范景仁と同《とも》に韓城を過《よぎ》り、登封《とうほう》に抵《いた》り、峻極下院《しゅんきょくかいん》に憩《いこ》い、嵩頂に登り、崇福宮・会善寺に入り、轘轅道《かんえんどう》より龍門に至り、広愛・奉先の諸寺に遊び、華厳閣・千仏嵒に上り、高公の堂を尋ね、潜渓を渡り、広化寺に入り、唐の郭汾陽（郭子儀）の鉄像を観《み》、伊水を渉《わた》りて香山の皇龕《こうがん》に至り、石楼に憩い、八節灘に臨み、白公（白居易）の影堂を過《よぎ》る。凡《およ》そ経る所、詩什《ししゅう》有ること多きにより、自ら序を作りて「遊山録」と曰う。士大夫、争いて之れを伝う。

（北宋・邵伯温『邵氏聞見録』巻十一）

図八　北宋洛陽城　東南隅図

ここに述べられているように、嵩山に登った後、龍門・香山をめぐる旅程は、前出謝絳のそれと類似するが、この文章には更に具体的に、司馬光と范鎮が郭子儀の像を参観し、白居易の肖像画が収められた影堂に至り、各処で詩を唱和したことが述べられている。つまり司馬光はただ自然の風景を賞玩したのではなく、唐代の遺構を訪ね、また己と同様に嵩山をめぐり龍門・香山に遊んだ白居易の人となりを慕って詩文を創作したのである。

三　朱敦儒の追憶

北宋末期の「靖康の変」（一一二六〜一一二七）により徽宗と欽宗が金に連れ去られると、洛陽だけでなく開封をはじめとする北地の知識人は南方に逃れねばならなくなった。そうした知識人の一人に朱敦儒（一〇八一〜一一五九）がいる。朱敦儒、字は希真、号は巖壑、河南洛陽の人である。日本ではあまり研究されていないが、書画にすぐれ、その詩詞は高い評価を受けている。朱敦儒は若年に洛陽に居住しており、次に挙げる詞より北宋末期の洛陽における彼の生活の一端が窺われる[24]。

「鷓鴣天」　西都作

我是清都山水郎　　我は是《こ》れ清都山水の郎
天教嬾慢帯疏狂　　天は嬾慢《らんまん》をして疏狂《そきょう》を帯びしむ
曾批給露支風勅　　曾《かつ》て批す　露を給《たま》い風を支《あた》うる勅
累奏留雲借月章　　累《かさ》ねて奏す　雲を留め月を借る章

詩万首　　詩は万首
酒千觴　　酒は千觴
幾曾着眼看侯王　　幾ばくか曾《かつ》て着眼して侯王を看《み》ん
玉楼金闕慵帰去　　玉楼金闕も帰り去《ゆ》くに慵《ものう》く
且挿梅花酔洛陽　　且《しばら》く梅花を挿して　洛陽に酔わん

まず詞の全体の内容は次のようである。わたしはもともと天宮（清都）で山水を司る官吏であり、天は怠け者のわたしに自由気ままに振る舞える権力を与えた。嘗てわたしは露や風を与える勅令を批し、たびたび雲を留め月を借りる上奏文を奉った。わたしは詩と酒を好み、王侯貴族など眼中にもない。そして今は玉楼金闕の宮殿に帰るのも懶《ものう》く、しばらく梅の花を頭に挿して洛陽にて酔いしれたい。

前関では嘗て宮廷に仕えていた自分の過去を比喩を用いて表現しており、後関ではそのような栄達を棄て、花の都の洛陽に隠遁して悠々自適する現在を詠んでいる。

さて、この詞の前関に見える「嬾慢」と「疏狂」は、白居易の詩に見える言葉である。[25] また後関の最終句は、司馬光の「送堯夫知河中府二首」第二首（『温公文集』巻十五）の最終聯、「何時重載酒、同酔洛陽花」（何《いず》れの時か重ねて酒を載《の》せ、同《とも》に洛陽の花に酔わん）を意識した表現であろう。白居易の詩語はいずれも官僚としての窮屈な生活から解放された自由と自適を表すものであり、したがってこれらの語を転用した朱敦儒の詞もまた主旨は同じである。つまり朱敦儒は、洛陽で白居易や司馬光を意識しながら隠遁生活を楽しんだと見える。そして当時の輝かしい思い出は、南渡後にも回想され、望郷の詞として綴られることになる。しかも洛陽の先人を慕う態度は、朱敦儒一人に限られるものではなかった。それは洛陽の人々の春遊を述べる朱敦儒の次の文章より窺うことができる。

西都陶化坊之東南、窮巷静深、有園曰独楽。公著書游息之地。不満五畝、亭堂三四、小且庳。台一仞。有半沼、僅袤丈。結竹曰庵、種薬曰圃。無佳花怪石殊異之観、見諸家園亭為甚倹。洛陽人好游。初春、車馬争馳鶩、必以独楽為先。始至門、則皆以手加額、誦公之徳。游竟而出門、則又咨嗟歎息、惟公之思。嗚呼、独楽園者、召南之甘棠歟。

西都陶化坊（尊賢坊の西隣）の東南、窮巷の静深なるに、園有りて独楽と曰う。公（司馬光）の著書・游息の地なり。五畝に満たず、亭堂は三四ありて、小にして且つ庳《ひく》し。台は一仞なり。半沼有り、僅《わず》かに袤《ひろ》さ丈なり。竹を結いて庵と曰い、薬を種えて圃と曰う。佳花・怪石の殊異の観無く、諸家の園亭を見れば甚だ倹と為す。洛陽の人、游ぶを好む。初春、車馬争いて馳騖《ちぶ》して、必ず独楽を以て先と為す。始め門に至れば、則《すなわ》ち皆な手を以て額に加えて、公の徳を誦す。游び竟《お》わりて門を出でなば、則ち又た咨嗟《しさ》して歎息し、公の思いを惟《おも》う。嗚《あ》呼《あ》、独楽園は、「召南」（『詩経』召南）の「甘棠《かんとう》」なるかな。

（朱敦儒「司馬氏顕崇集序」）(26)

朱敦儒が著した右の文章は、『司馬氏顕崇集』（佚）の序文である。『顕崇集』が誰の文集であるかは不明だが、右の文意から察すれば司馬光の文集のようである。ただ司馬光の独楽園の所在地が、誤って陶化坊とされ（実際は尊賢坊）、司馬光の「独楽園記」（『温公文集』巻六十六）と園内の面積の記述が異なっている（実際は二十畝）のを見れば、朱敦儒の南渡後の作である可能性が高い。もっともこれには独楽園の亭・堂・庵・台などの規模が具体的に記されており、その慎ましい佇《たたず》まいを如実に伝えてくれるが、なおそれよりも留意すべきことは、洛陽の人々の独楽園とその元の所有者である司馬光に対する敬慕の思いの強さである。洛陽の人は春に遊覧することを好むが、必ず独楽園から先に訪れ、独楽園の門の前に至れば、皆が手を額に当てて司馬光の徳行を朗誦し、園内を遊覧して門を出た後には、ため息をついて司馬光に思いをめぐらすという。

嘗て司馬光の在世中には、洛陽に現存した唐代の遺構によって白居易や韓愈が偲ばれていた。それと同様に司馬光亡き後は、司馬光の独楽園が当地の人々に往事の彼を偲ばせるものとして大切にされていたのである。

唐代以降、洛陽は士大夫が清遊する都市となったが、ここまで見てきたように、唐より北宋に至るまで、平和の中にその環境が保たれていたわけでは決してない。黄巣の乱をはじめ数度にわたる混乱がその間にあった。勿論これは唐の都であった長安の場合も同様であり、蘇軾が当地を訪れた際に、「都城　日び荒廃し、往事　還《かえ》るべからず。惟《た》だ古苑石の、人間に漂散するを余すのみ」[27]と詠んだように、長安は五代の争乱期に徹底的に破壊され、国都としての地位を失い、北宋においては単なる地方都市へと零落した。一方、洛陽は黄巣の乱後、壊滅的な状況に陥ったものの、張全義という有能な為政者を得て四十年にわたる安定した統治を受けた。また張全義没後も五代の各王朝の君主及び官僚たちによって、長安のような打撃を受けることなく北宋という時代を迎えることができた。したがって唐代の洛陽がそのまま北宋に伝えられたわけではないにしても、洛陽城内の坊里や、郊外にあった唐代の高級官僚たちの別墅、及び金谷園や嵩山などの景勝地にあった唐人ゆかりの建造物などは、唐代の息吹を感じさせる程度には遺されていた。就中、履道里の旧白居易邸跡地にあった大字寺と張氏の会隠園は、そこを訪れる北宋の士大夫たちに白居易を偲ばせた。つまり北宋時代の洛陽には唐代の遺構が残り得たのであり、そのような都市景観の中で生活を営む洛陽在住の士大夫たちはおのずと唐代の先人に思いを馳せたはずである。ただ忘れてはならないのは、彼らが白居易や韓愈を追慕したのは、決して単に洛陽の遺構だけに触発されたものではなく、むしろ残された詩文によるところが大きいということである。それは梅堯臣や司馬光の詩に白居易の詩文が踏まえられていることからも窺うことができよう。あるいは梅堯臣らが遺構を目の前にして想像した唐の洛陽は、白居易や他の唐人の詩文によって再構成されたものであったかもしれない。つまり唐と北宋の詩人を結び合わせたのは、洛陽を舞台にした唐人の詩文であり、これに加えて唐代の遺構は宋人の唐に対するイメージをふくらませ、更に増幅させたと言えるのではないだろうか。いずれにせよ洛陽という都市が、韓愈や白居易ら唐の文人と梅堯臣や司馬光をはじめとする北宋の士大夫とを結びつけ、そのことが宋代の文学を一層豊かにしたのは間違いない。

年表三　唐末五代洛陽年表（張全義の河南尹着任より北宋・開宝九年まで）

王朝	皇帝	年号	洛陽	長安、開封、その他
唐	僖宗	光啓三年（八八七）	張全義が河南尹となり、後唐の同光四年まで洛陽を統治。	
	昭宗	景福元年（八九二）		昭宗、長安にて即位。
		乾寧三年（八九六）		李茂貞が長安を占拠。この時、長安が灰燼に帰す。
		光化元年（八九八）		前々年、華州に逃れた昭宗が、長安に帰還。
		天祐元年（九〇四）	昭宗、朱全忠に迫られ、長安から洛陽に遷都。昭宗が殺害されて、昭宣帝が即位。	
後梁	太祖	開平元年（九〇七）		朱全忠が禅譲により、後梁を建国し、開封を国都に定める。唐滅亡。
		開平二年（九〇八）	朱全忠が開封から洛陽に遷都。	
後唐	荘宗	同光元年（九二三）	李存勖が後唐を建国。洛陽を国都に定める。	後梁滅亡。長安が西都に定められる。
		同光四年（九二六）	李嗣源（後の明宗）が兵変の起きた洛陽を治め、即位する。張全義、卒す。	
後晋	高祖	天福元年（九三六）	後唐の末帝が洛陽皇城の玄武楼にて自焚。後唐滅亡。	石敬瑭、後晋を建国。開封を国都に定める。
	少帝	開運三年（九四六）		遼の太祖、後晋を伐ち、少帝を捕らえて後晋を滅ぼす。
後漢	高祖	天福十二年（九四七）		劉知遠、後漢を建国。開封を国都に定める。
後周	太祖	広順元年（九五一）		郭威、後周を建国。開封を国都に定める。

北宋	太祖	建隆元年（九六〇）		趙匡胤、宋州で即位し、北宋を建国。開封を国都に定める。
		開宝九年（九七六）	太祖が初めて洛陽で郊祀を行い、洛陽への遷都を計画。	（九六三年、九六八年、九七一年には、開封にて郊祀を実施）

注

（1）詳細は本書第九章「司馬光の洛陽退居生活とその文学活動」、第十章「司馬光の詞作」、及び第十一章「北宋の耆老会」に後述する。

（2）木田知生「北宋時代の洛陽と士人達——開封との対立のなかで——」（『東洋史研究』第三十八巻・第一号、一九七九年）によれば、北宋の洛陽の城坊は、市制こそ崩れているものの、全坊百十九坊の内、百七坊が唐代の坊名と同一であったと見られる（五五～五七頁を参照）。

（3）久保田和男「五代宋初の洛陽と国都問題」（『東方学』第九十六輯、一九九八年）、四～五頁によれば、唐末の洛陽は荒廃しており、張全義によって農地の開墾が進められていたという（後に同氏『宋代開封の研究』（汲古書院、二〇〇七年）所収）。

（4）銭惟演の洛陽における活動については、池澤滋子『呉越銭氏文人群体研究』（華文、上海人民出版社、二〇〇六年）、第五章・第五節「銭惟演洛陽幕府与北宋詩文革新」に詳しい。欧陽脩については、王水照「北宋洛陽文人集団与地域環境的関係」、同「北宋洛陽文人集団与宋詩新貌的孕育」（いずれも『王水照自選集』〔上海教育出版社、二〇〇〇年〕所収）、及び東英寿「欧陽脩の洛陽時代」（鹿児島大学法文学部紀要『人文学科論集』第四十八号、一九九八年。後に『欧陽脩古文研究』〔汲古書院、二〇〇三年〕所収）を参照。

（5）ただし僖宗の広明元年（八八〇）九月には、汝州にて義軍を起こした李光庭が、洛陽を通過する際、放火・掠奪を行ったという記録が『資治通鑑』に見える。該当する原文はおよそ次のとおり。「九月東都奏、汝州所募軍李光庭等五百人、自代州還、過東都、焼安喜門、焚掠市肆、由長夏門去。」（『資治通鑑』巻二百五十三、唐紀六十九、僖宗・広明元年〈八八〇〉九月の条）

（6）当時の洛陽の様子は、次のように記されている。「初、蔡賊孫儒、諸葛爽争抛洛陽、迭相攻伐。七八年間、都城灰燼、満目荊榛。」（『旧五代史』巻六十三、張全義伝）
（7）張全義の事跡は『旧五代史』巻六十三、張全義伝に詳しい。
（8）張全義が洛陽を統治したのは、唐・僖宗の光啓三年（八八七）より後唐・荘宗の同光四年（九二六）までの四十年である。途中、河南尹が張全義以外の人物に交替したことはあるが、後掲の北宋・張斉賢『洛陽搢紳旧聞記』巻二、斉王張令公外伝に、「王在洛四十余年。累官至守太尉・中書令、封魏王、徙封斉王」と述べられているように、実質的には張全義が洛陽の行政を担当していた。郁賢皓『唐刺史考全編』（安徽大学出版社、二〇〇〇年）第一冊、六二〇～六二一頁を参照。
（9）楊凝式の事跡については、石田肇「楊凝式小考――付年譜稿――」（書論研究会『書論』第十九号、一九八一年）に詳しい。
（10）『資治通鑑』巻二百七十二、後唐紀一、荘宗・同光元年（九二三）十一月の条を参照。
（11）『資治通鑑』巻二百七十五、後唐紀四、明宗・天成元年（九二六）四月の条を参照。
（12）『資治通鑑』巻二百八十、後晋紀一、高祖・天福元年（九三六）十一月の条を参照。
（13）『資治通鑑』巻二百八十七、後漢紀二、高祖・天福十二年（九四七）六月の条を参照。
（14）馮道については、礪波護『馮道　乱世の宰相』（中公文庫、一九八八年。初版は一九六六年、人物往来社刊）に詳しい。
（15）該当する原文は次のとおり。「洛陽天子之西都、距京師不数駅、搢紳仕宦雑然而処。其亦珠玉之淵海歟。」（欧陽脩「送梅聖兪帰河陽序」、『欧陽文忠公集』巻六十四、『居士外集』巻十四、四部叢刊初編所収）
（16）注（4）所掲、王水照「北宋洛陽文人集団的構成」、一三一～一三六頁を参照。
（17）欧陽脩に「過銭文僖公白蓮荘」詩（『欧陽文忠公集』巻十一、『居士集』巻十一）がある。
（18）謝思煒校注『白居易詩集校注』（中華書局、二〇〇六年）第二冊の該詩の注によれば、この故事は『太平広記』巻百九、「悟真寺僧」所引の『宣室志』に見える。悟真寺の僧が地中より法華経を唱える唇舌を具えた髑髏を発見し、石の函に収めたという説話であるが、これは『高僧伝』巻四、鳩摩羅什伝に基づいて敷衍された法華経説話の一つであるという。
（19）北宋・邵伯温『邵氏聞見録』巻十に、当時洛陽南郊の午橋附近に裴度の「緑野荘」と白居易の「白蓮荘」が在ったことが記されている。該当する原文は次のとおり。「洛城之東南午橋、距長夏門五里。蔡君謨為記、蓋自唐已来、為游観之地。裴晋公緑野荘、今為文定張公別墅。白楽天白蓮荘、今為少師任公別墅。池台故基猶在。」

(20) 清・張聖業撰『河南府志』（康熙三十四年〈一六九五〉刊）巻二十一、古蹟・中に次のように見える。「中隠堂、在金谷園、唐白居易有詩刻石。」

(21) 韓愈と洛陽との関わりについては、和田浩平「韓愈と洛陽――元和年間初期に於ける吏隠の狭間」（慶應義塾大学芸文学会『芸文研究』第六十三号、一九九三年）を参照。

(22) 梅堯臣は欧陽脩とも共に嵩山に遊び、二人で天封観及び福先寺に書きつけられた韓愈の墨蹟を鑑賞している。欧陽脩「韓退之題名」（『欧陽文忠公集』巻百四十一、『集古録跋尾』巻八）を参照。

(23) 欧陽脩の洛陽における活動については、注（4）所掲の東氏論文に詳しい。なお同論文は、欧陽脩と韓愈の関わりについても詳細に論じている。

(24) 朱敦儒詞の引用は、鄧子勉校注『樵歌』（上海古籍出版社、一九九八年）により、また彼の事跡についても同書に準拠した。ただし「鷓鴣天」後関の「酔千場」は、彊村叢書本『樵歌』にしたがい、「酒千觴」に改めた。

(25) 「嬾慢」は「春中与盧四周諒華陽観同居」詩（『白氏文集』巻十三、作品番号〇六三三）に「性情懶慢好相親、門巷蕭條称作隣」（嬾と懶は通用）とあり、「疏狂」は「代書詩一百韻寄微之」（『白氏文集』巻十三、作品番号〇六〇八）に「疏狂属年少、閑散為官卑」とある。

(26) 『故宮書画録』（中華叢書委員会、一九五六年）巻四、名画巻所収。

(27) 蘇軾の詩の原文は次のとおり。「都城日荒廃、往事不可還、惟余古苑石、漂散向人間」（「次韻劉京兆石林亭之作。石本唐苑中物、散流民間、劉購得之」詩（清・馮応榴輯注『蘇文忠公詩合注』巻三）

第八章　司馬光と欧陽脩

司馬光（一〇一九～一〇八六）、字は君実、号は迂叟《うそう》、陜州夏県（現在の山西省夏県）の人である。欧陽脩（一〇〇七～一〇七二）や蘇洵（一〇〇九～一〇六六）に遅れて生を受け、曾鞏（一〇一九～一〇八三）や王安石（一〇二一～一〇八六）と同時代を生きた。主に『資治通鑑』の編纂者として知られ、文学の方面では殆ど重視されることのない文人であるが、現実には少なからぬ詩文を残している。唐宋八大家にこそ含まれないものの、彼らと同じく古文家の一人であり、当時においては政治や学問の分野だけでなく、文学の方面においても大きな影響力を持っていた。なお、その文学は欧陽脩の影響を受けていると筆者は考える。そこで、本章では司馬光と欧陽脩の関係に焦点を絞り、欧陽脩が司馬光に与えた影響について論じたい。

一　司馬光と欧陽脩の交流

欧陽脩は周知のように唐宋八大家の一人であり、古文の復興に勉めた北宋文壇の大御所である。司馬光と欧陽脩の両者は古文家という点では共通しているものの、文学的な繋がりについて言えば、詩話の執筆を除いて注目されることは稀であったように思う。

司馬光が欧陽脩と出会ったのは、嘉祐三年（一〇五八）に欧陽脩が権知開封府、司馬光が開封府推官となった時である。(1)当時、欧陽脩は五十二歳、司馬光は四十歳であった。ただ両者が直接詩を応酬した形跡はなく、翌嘉祐四年にそれぞれが王安石の「明妃曲」に唱和した詩が残るのみである。(2)一方、司馬光は孫察という人物から、その伯父である孫甫の神道碑の執筆を依頼された時、次のように述べて断っている。

今尊伯父既有欧陽公為之墓誌。如欧陽公可謂声名足以服天下、文章足以伝後世矣。他人誰能加之。愚意区区、欲願足下止刻欧陽公之銘、植於隧外以為碑。則尊伯父之名、自可光輝於無窮。又足以正世俗之惑、為後来之法。不亦美乎。

今、尊伯父、既に欧陽公の之の墓誌を為《つく》る有り。欧陽公の如《ごと》きは、声名は以て天下を服せしむるに足り、文章は以て後世に伝うるに足ると謂うべし。他人、誰か能《よ》く之れに加えんや。愚意、区区たれば、足下の止《た》だ欧陽公の銘のみを刻し、隧外に植《た》てて以て碑と為さんことを欲し願う。則《すなわ》ち尊伯父の名、自《おのずか》ら無窮に光輝あるべし。又た以て世俗の惑いを正し、後来の法と為すに足る。亦た美《よ》からざらんや。

（司馬光「答孫察長官書」、『温公文集』巻六十二）

あなたの伯父様については欧陽公が既に墓誌を著しており、公の名声は天下の人々を心服させ、その文章は後世伝えるのに充分すぎるほど立派なものなので、これに何をまた付け加えることがあるだろうかと述べて、神道碑には欧陽脩による銘のみを刻することを勧めるのである。無論、これは司馬光が孫察からの依頼を断るための口実であったとみることも可能であろうが、謹厳実直な司馬光の人柄を勘案すれば、決して単なるその場限りの偽りの評価であったとは思えない。司馬光にとって欧陽脩の文章は賞賛に値するものであったのだ。

ただ司馬光と欧陽脩は、常に良好な関係にあったわけではない。二人は少なくとも二度の衝突を経験している。一度目は、科挙の問題をめぐってである。よく知られていることだが、北宋の当時は、科挙をめぐって北方出身者と南方出身者との間に対立関係が見られた。司馬光と欧陽脩について言えば、司馬は山西の出身、欧陽は江西の出身である。英宗の治平元年（一〇六四）八月に司馬光は、科挙の及第者に北方出身者より南方出身者が多いことから、科挙の及第者の出身地にバランスを取らせるべきとする「貢院乞逐路取人状」（『温公文集』巻三十）を上奏した。一方、欧陽脩はこれに反対して「論逐路取人劄子」（『欧陽文忠公集』巻百十三、『奏議』巻十七）を上奏し、南方人が北方人より及第者が多いのは競争力の差であるとして、司馬光の建議を批判した。(3) 二度目は、「濮議」のためである。(4) これは仁宗の養子となった英宗の実父の呼称をめぐって、司馬光及び台諫の一派と、欧陽脩をはじめとする中書側とが激論を交わし、最終的には欧陽脩側の意見が採用された事件である。この二度の対立のほかに、欧陽脩と司馬光は経書についても見解が分かれており、その思想や信条は互いに異なっていた。(5)

このように二人は激しく対立することもあったが、それでも両者の人間関係が破綻をきたすことはなかった。欧陽脩は濮議の後、治平四年（一〇六七）に「薦司馬光劄子」（『欧陽文忠公集』巻百十四、『奏議』巻十八）を上奏し、司馬光を翰林学士に推薦している。この事実から分かるように、欧陽脩は公正な人物であった。それは欧陽脩自身が恩讐を超えた境地を目指していたからであり、(6) 司馬光もまた欧陽脩の文学だけでなく、そうした人柄に敬意を抱いていたと見られる。両者は晩年に至るまで交流を続け、政治的立場の相異はあったものの、良好な人間関係を築いていた。

二　司馬光に見える欧陽脩の影響

司馬光が欧陽脩の影響を受けたと目されるもののうち、第一に挙げるべきは、『続詩話』の執筆であろう。司馬光はその序に次のように述べている。

詩話尚有遺者。欧陽公文章名声、雖不可及、然記事一也。故敢続書之。

詩話は尚《な》お遺《のこ》れるもの有り。欧陽公の文章・名声は、及ぶべからずと雖も、然れども事を記すは一なり。故に敢えて続けて之れを書す。

（司馬光「続詩話序」、『増広司馬温公全集』巻百六）(7)

右記にあるように、司馬光は欧陽脩の『六一詩話』を継承するものとして『続詩話』を著したとする。(8) その意図が那辺にあったかについては後述することにして、まず司馬光と欧陽脩との間に共通して見られる事象について取りあげよう。

（一）「酔翁」と「迂叟」

司馬光と欧陽脩が、共に唐の白居易の閑適の生活を志向したことについては既に先行研究があるが、(9) その顕著な例の一つに別号の問題がある。(10) 欧陽脩の別号は「酔翁」であるが、これは慶暦六年（一〇四六）に左遷の地である滁州《じょしゅう》（現在の安徽省滁州市）にて唱え始めたものである。欧陽脩が「酔翁」と号したのは、洛陽に退居した白居易のように、名利にとらわれない自由な精神生活を求めてのことであっただろう。[11] 勿論、欧陽脩は必ずしもこの境遇に安住したわけではなかろう。欧陽脩は後年、「贈沈遵」詩（『欧陽文忠公集』巻六、『居士集』巻六）に、「我時四十猶彊力、自号酔翁聊戯客」（我　時に四十にして猶お力彊《つよ》きも、自《みずか》ら酔翁と号して聊《いささ》か客に戯る）と詠み、また「題滁州酔翁亭」詩（『欧陽文忠公集』巻五十三、『居士外集』巻三）にも、「四十未為老、酔翁偶題篇」（四十　未だ老と為さざるも、酔翁　偶《たま》たま篇に題す）と詠んで、まだ四十歳にしかなっていない自身を老人と見なすことに、いささか諧謔の意を込めている。そして更に後年、欧陽脩は自身の生き様を次のように詩に詠んでいる。

豊楽山前一酔翁　　豊楽山前　一酔翁
余齢有幾百憂攻　　余齢　幾ばくか有る　百憂攻《せ》む
平生自恃心無媿　　平生　自《みずか》ら心に媿《は》ずる無きを恃《たの》むも
直道誠知世不容　　直道誠知　世に容《い》れられず

（欧陽脩「寄答王仲儀太尉素」詩、第一～四句、『欧陽文忠公集』巻五十七、『居士外集』巻七）

この詩は、欧陽脩が致仕する一年前の熙寧三年（一〇七〇）に作られたものであるが、正しい道と真心が受け入れられなくなった世の中を嘆く内容を有する。そしてこのような社会風潮を前にして、「酔翁」と自称するのは一種の自虐であると同時に、また一種の「韜晦」であったと考えられる。なお、それは司馬光によって受け継がれ、熙寧六年（一〇七三）に「独楽園記」（『温公文集』巻六十六）を著したことをきっかけに、「迂叟」という号が用いられることになる。[12]
つまり欧陽脩にしても司馬光にしても、官途にあって逆境に立たされた時、彼らを支えたのは白居易の詩文とその生

図九　「投壺図」（都賀大陸『雅遊漫録』、宝暦十三年、『日本随筆大成』吉川弘文館所収）

き様であり、したがって彼らは白居易の詩句を取って別号とし、そこに自らの心の慰めを求めると共に、政治的立場の「韜晦」を図ったのである。

（二）　文人趣味

司馬光が欧陽脩より受け継いだと見られるものの一つに、文人趣味がある。欧陽脩は晩年に「六一居士」と号したが、周知のようにこれは、蔵書一万巻、集古録一千巻、琴一張、碁盤一面、酒壺一個、それに欧陽脩自身を加えていうものである。合山究氏によれば中国の文人趣味は基本的に欧陽脩に始まっており(13)、したがって欧陽脩のこれらの多様な嗜みは中国の文人趣味の濫觴であったと言える。

そして司馬光も文人趣味の持ち主であったが、その中でも注目されるのは「投壺」に対する嗜みである。まず次の詩を見よう。

喜君午際来　喜ぶ　君の午際《ひるまえ》に来たり
涼雨正紛泊　涼雨　正に紛泊《みだれおち》たるを
呼奴掃南軒　奴《しもべ》を呼びて　南軒を掃《は》かしめ
壺席謹量度　壺と席と　謹みて量度《はか》る
軒前紅微開　軒前　紅微《こうび》（紅蓮）開き
壺下鳴泉落　壺下　鳴泉《めいせん》落つ
（自注）虎爪泉上、覆之以版。毎投壺、板上設榻繞之。榻去壺各二矢半。
虎爪泉の上、之れを覆《おお》うに版《いた》を以てす。投壺するごとに、板上に榻《ながいす》を設けて之れを繞《めぐ》らす。榻は壺を去ること各《おの》おの二矢半なり。
必争如五射　必ず争うは　五射の如《ごと》く
有礼異六博　礼有るは　六博に異なる
求全怯垂成　全《まった》きを求めて　成（完成）に垂《なん》なんとするに怯《ひる》み
倒置畏反躍　倒置して　躍（活躍）を反《くつがえ》さんことを畏《おそ》る
（自注）新格、倒中者、壺中之算尽廃之。
『新格』に、倒中する者は、壺中の算尽《ことごと》く之れを廃すとす。
雖無百驍巧　百驍《ひやくぎよう》の巧み無しと雖も
且有一笑楽　且《しばら》く一笑の楽しみ有り
交飛觥酒満　交《こも》ごも飛ばして　觥酒《こうしゆ》満ち

強進盤飧薄　　強いて進むるも　盤飧《ばんそん》薄し
苟非興趣同　　苟《いや》しくも興趣の同じきに非ざれば
珍殺徒綺錯　　珍殺《ちんこう》（珍味）あるとも　徒《いたずら》に綺錯《きさく》（華美）たり
（司馬光「張明叔兄弟、雨中見過、弄水軒投壺賭酒、薄暮而散。詰朝以詩謝之」詩、『温公文集』巻五）

この詩は洛陽に退居していた司馬光が、『資治通鑑』編纂の合間に、隣の履道坊の会隠園に住まう張景昱・景昌兄弟と共に投壺に興じる場面を描いたものである。内容は次のようである。

ある雨の日、正午になる少し前に張氏兄弟が司馬光を訪れた。そこで司馬光は童僕に弄水軒の南側にある虎の爪の形に擬えた水路に板をわたして掃き清めさせた。投壺の準備にあたり長椅子を置き、壺と椅子との間は矢二本半ほどの間隔をあけた。時節は初夏なので池には赤い蓮が咲いており、壺の下では流水が水音を立てている。投壺の腕を競う様子は「五射」(14)に似ており、守るべき礼があるのは「六博」(15)と異なる。全壺（十二本の矢がすべて壺に入ること）(16)を目指して成功しかけているところで（三回の勝負がすべて終わることを「成」というので、ここでは終わりに近づく意を兼ねる）、緊張で怖じ気づく。矢が逆さまに入ればこれまでの得点を全部失ってしまうからである（「反躍」はもともと投げた矢が勢い余って壺から跳ね返ることを指す）。郭舎人のような「百驍」(17)の巧みさはないけれども、しばしの楽しみがある。かわるがわる矢を投げ入れて罰杯を満たし、強いて勧めるが料理は豪華ではない。しかし、もしこうして共に投壺を楽しむことに興趣を覚えないとすれば、山海の珍味を揃えたところでそれが何になろうか(18)。

詩の自注に見える『新格』とは、熙寧五年（一〇七二）に司馬光が編んだ『投壺新格』を指す。司馬光は自ら投壺を楽しむだけでなく、従来の投壺のルールを一部改めて「新格」とし、これを以て投壺の復興を図ったのである。

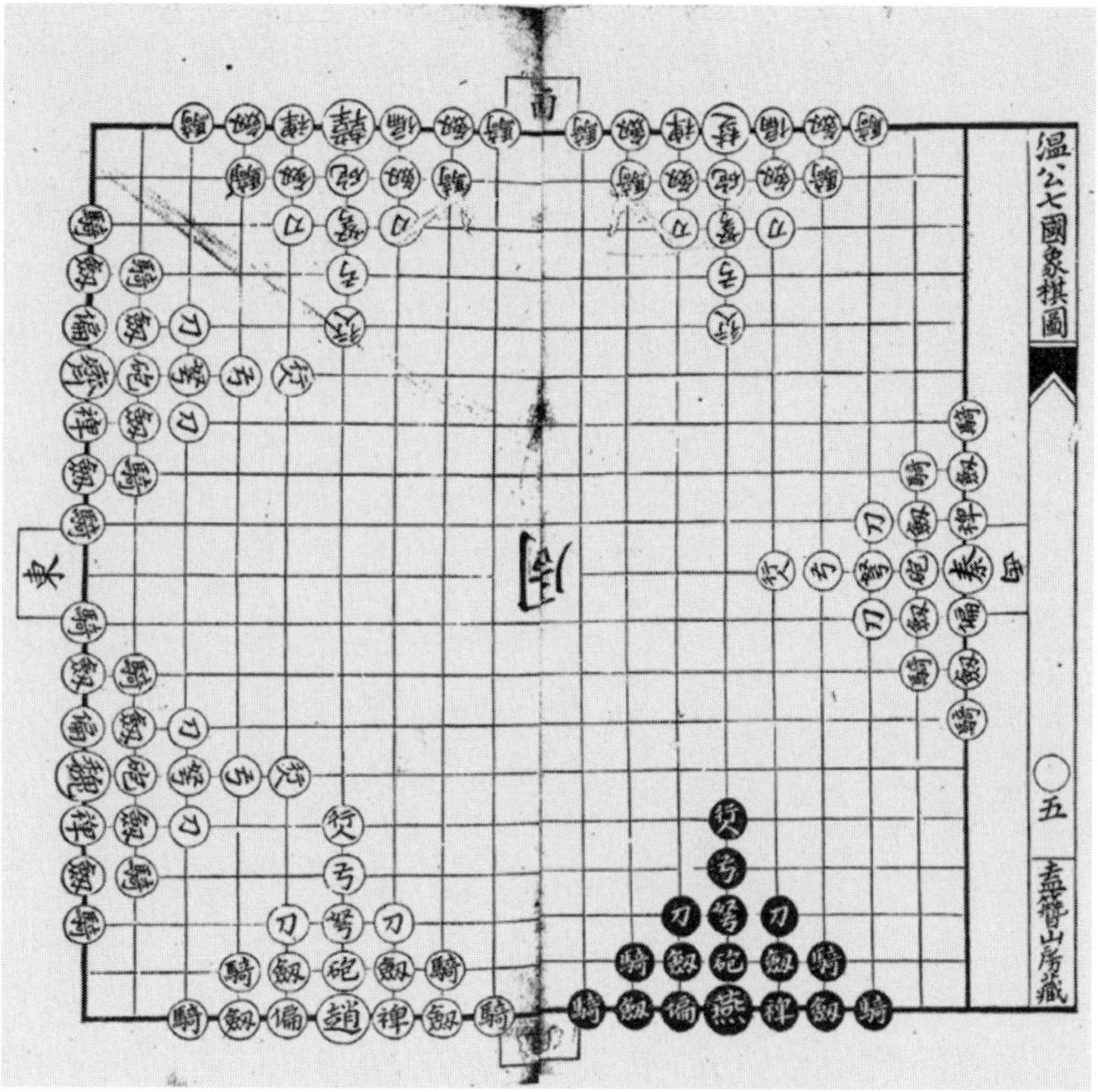

図十　「温公七国象棋図」（東京都立中央図書館特別文庫室所蔵）

司馬光の遊技にまつわる著述には、ほかに『七国象棋』（『古局象棋』）がある。司馬光の文集には収められていないが、南宋の晁公武の『郡斎読書志』巻十五に、『温公投壺新格』と共に『温公七国象棋』の名が見える。『七国象棋』は現存する最古の象棋の専著とされる。[19] その遊びは次のようである。

周を盤の中央に据え、周囲の東西南北に斉、魏、秦、韓、楚、趙、燕の戦国七国を配置し、中央の周を侵犯しないようにして七者で勝敗を競う。面白いのは対戦者の人数によって競技方法が変わることである。競技者が七人の時は各自が勝敗を争うが、六人の時は秦と他の一国が連衡する。そして五人の時は秦と他の一国が連衡し、楚と他の一国が合従する。なお四人の時は更に斉と他の一国が合従し、三人の時は秦と二国、楚と一国、斉と一国がそれぞれ連衡・合従して競い合うようになる。

周が中央に位置するのは、洛陽が天下の中心にあり、ここが文化と平和が保たれる都市としてイメージされているためであろう。またこのことは、司馬光が春秋学に通じ、『春秋』を継承するものとして『資治通鑑』を編纂したこととも深く関係すると考えられる。因みに『温公七国象棋』は、本邦では安永四年（一七七五）に和刻本が出版され、第十一代将軍徳川家斉もこれを愛好するなど、江戸後期において流行を見せた。

『論語』陽貨篇に、「博奕《はくえき》なるもの有らずや。之れを為すは猶お已《や》むに賢《まさ》れり」とあるように、双六や囲碁の類は孔子でさえむやみに禁じなかった。そして北宋においては、欧陽脩の古文の先輩にあたる尹洙（一〇〇一～一〇四七）が『象戯格』を著し、蘇軾の門人晁補之《ちようほし》（一〇五三～一一一〇）が『広象戯格』を著すなど、士大夫たちにとって象棋は関心事の一つであった。青木正児氏によれば、琴棊書画が併称されるようになったのは唐の玄宗の時であり、この時代の人である何延之が「蘭亭記」（唐・張彦遠『法書要録』巻三所載）に、「弁才俗姓袁氏、梁司空昂之玄孫。弁才博学工文、琴碁書画、皆得其妙」（弁才、俗姓は袁氏、梁の司空昂の玄孫なり。弁才、博学工文にして、琴碁書画、皆な其の妙を得たり）と記したのが最も早い例であるという。(20)「琴棊書画」が司馬光の時代に定着していたとは必ずしも言えないにしても、尹洙・欧陽脩・司馬光・晁補之らにとって、囲碁や象棋が風雅な文人生活を彩るものであったことは確かである。

欧陽脩は首都を離れ辺地にて過ごした失意の時期を、「酔翁」や「六一居士」と号し風雅な生活を営むことで乗りきろうとした。文人趣味もそうした生活の一環として育まれた。そして洛陽に退居し、晩年の欧陽脩と同様の境遇に在った司馬光は、少なくとも「詩話」「別号」「文人趣味」の三つにおいて欧陽脩を継承し、志を得ない境遇に耐えつつ現実に向き合ったのである。

三　司馬光と欧陽脩における「清風明月」

司馬光が欧陽脩に最も大きく影響を受けたのは、逆境に在りながら挫けることのない精神の在り方であった。例えば、司馬光は「独楽園記」の中で次のように述べている。

迂叟謝曰、叟愚、何得比君子。自楽恐不足、安能及人。況叟之所楽者、薄陋鄙野、皆世之所棄也。雖推以与人、人且不取。豈得強之乎。必也有人肯同此楽、則再拝而献之矣。安敢専之哉。

迂叟、謝して曰く、「叟《おきな》、愚なれば、何ぞ君子に比するを得ん。自《みずか》ら楽しむも足らざるを恐るるに、安《いず》くんぞ能《よ》く人に及ぼさんや。況《いわ》んや叟の楽しむ所のものは、薄陋《はくろう》鄙野《ひや》にして、皆な世の棄つる所なり。推して以て人に与うと雖も、人且《まさ》に取らざるべし。豈に之れを強うるを得んや。必ずや人の肯《あ》えて此の楽しみを同じくするもの有れば、則《すなわ》ち再拝して之れを献ぜん。安《いず》くんぞ敢えて之れを専《もっぱ》らにせんや」と。

（司馬光「独楽園記」、『温公文集』巻六十六）

これは「独楽園記」の最後段であるが、傍点を附した部分に見えるように、司馬光は世間の人々が価値を見いださないものを楽しみの対象としている。このように俗世の価値観に背を向ける言説は、実は欧陽脩によって夙《つと》に表明されていた。次の詩を見よう。

山気無四時
幽花常婀娜
石泉咽然鳴
野艶笑而傞
賓歓正諠譁
翁酔已岌峩
我楽世所悲
衆馳予坎軻

山気　四時無く
幽花　常に婀娜《あだ》たり
石泉　咽然《えつぜん》として鳴り
野艶《のばな》　笑いて傞《まいおど》るがごとし
賓は歓《よろこ》びて　正《まさ》に諠譁《けんか》たり
翁は酔いて　已《すで》に岌峩《きゅうが》たり
我が楽しみは世の悲しむ所なり
衆は馳せ　予は坎軻《かんか》（不遇）にあり

（欧陽脩「思二亭送光禄謝寺丞帰滁陽」其一、第十一～十八句、『欧陽文忠公集』巻五十四、『居士外集』巻四）

この詩は、皇祐元年（一〇四九）に潁州《えいしゅう》（現在の安徽省阜陽市）にて、滁州に帰る謝縝《しゃしん》に寄せたものであるが、欧陽脩は「酔翁亭記」を作った頃を回想して、「我が楽しみは世の悲しむ所なり」と詠んでいる。通常であれば僻地に左遷されたことを悲しむべきところを、山水を賞玩して楽しんだと言うのである。このような逆境に在りながら精神の余裕を失うまいとする態度は、独楽園内の自然を愛で、「況《いわ》んや叟の楽しむ所のものは、薄陋鄙野《はくろうひや》にして、皆な世の棄つる所なり。推して以て人に与うと雖も、人且《まさ》に取らざるべし」と述べる司馬光に確実に継承されていると言えよう。しかも「独楽園記」には、こうした司馬光の楽しみが、次のように具体的に表現されている。

明月時至、清風自来。行無所牽、止無所柅。耳目肺腸、悉為己有。踽踽焉、洋洋焉。不知天壌之間復有何楽可以代此也。

明月時《とき》に至り、清風自《おのずか》ら来たる。行くも牽《ひ》く所無く、止まるも柅《とど》むる所無し。耳目肺腸、悉《ことごと》く己の有するところと為る。踽踽焉《くくえん》たり、洋洋焉《ようようえん》たり。天壌の間に復《ま》た何の楽しみか以て此れに代うべき有るかを知らざるなり。

（司馬光「独楽園記」、『温公文集』巻六十六）

司馬光の楽しみは、明月があたりを照らし、清風の吹きとおる夜、独楽園の中を逍遙することである。その気ままな散策を妨げるものは何もなく、目にふれるもの、耳に入るもの、及び五感で感じるすべてのものが自身の所有物となる。したがって天地の間にこの楽しみに代替できるものはほかに存在しないとして、司馬光は独楽園の楽しみを至高の楽しみと見なしている。そして司馬光のこうした自然の景物に無上の価値を与える態度は、次の蘇軾の作品に先行するものとして注目に値する。

且夫天地之間、物各有主。苟非吾之所有、雖一毫而莫取。惟江上之清風与山間之明月、耳得之而為声、目遇之而成色。取之無禁、用之不竭。是造物者之無尽蔵也、而吾与子之所共食。

且《か》つ夫《そ》れ天地の間、物には各《おの》おの主有り。苟《いや》しくも吾が有する所に非ざれば、一毫と雖も取ること莫《な》けん。惟《た》だ江上の清風と山間の明月とのみ、耳之《こ》れを得ては声を為し、目之《こ》れと遇いては色を成す。之れを取れども禁ずること無く、之れを用うるも竭《つ》きず。是《こ》れ造物者の無尽蔵にして、吾と子と共に食《あじ》わう所なり。

（蘇軾「赤壁賦」、『東坡集』巻十九）

この賦は、蘇軾が黄州（現在の湖北省黄岡市）に左遷された時期に作られたものである。司馬光のように自身の庭園ではなく、大自然の風景を、これを鑑賞する人の所有と見なすなど発想のスケールが大きいが、「清風明月」の夜に自然を鑑賞して楽しむという点においては、司馬光の「独楽園記」と共通している。

「清風明月」という言葉はもともと『文心雕龍』物色篇に、「歳に其の物有り、物に其の容《かたち》有り、情は物を以て遷《うつ》り、辞は情を以て発す。一葉且《か》つ或いは意を迎え、虫声心を引くに足る有り。況《いわ》んや清風と明月と夜を同じくし、白日と春林と朝を共にするをや」[21]とあるように、自然によって感興が湧き起こり、その興趣から詩文が生まれることを説く段において、自然の好例として引き合いに出されるものである。これを李白が「襄陽歌」（『李太白文集』巻六）に、「清風朗月不用一銭買」（清風朗月　一銭の買うを用いず）と詠み、更にこれを敷衍して用いたのが欧陽脩である。[22]次の用例を見よう。

清風明月本無価　　清風　明月　本《も》と価《あたい》無し
可惜祇売四万銭　　惜しむべし　祇《た》だ売ること四万銭
（欧陽脩「滄浪亭」詩、『欧陽文忠公集』巻三、『居士集』巻三）

金馬玉堂三学士　　金馬玉堂の三学士
清風明月両閑人　　清風明月の両閑人
（欧陽脩「会老堂致語・口号」、『欧陽文忠公集』巻百三十一、『近体楽府』巻一）

これらの用例を見れば分かるように、欧陽脩は「清風明月」を無価のものとし、風雅を解する人の友と見なしていた。そして南宋の許顗が指摘するように、「会老堂致語・口号」に見える「清風明月両閑人」の語は、『南史』巻二十、謝譓伝に基づくと見られる。つまり欧陽脩は李白の詩句に加えて謝譓の故事を踏まえて、「清風明月」を詠んだのである[23]。欧陽脩のこのような美意識が更によく表されているのは次の文である。

昔者、王子猷之愛竹、造門不問於主人。陶淵明之臥輿、遇酒便留於道士。況西湖之勝概、擅東潁之佳名。雖美景良辰固多於高会、而清風明月幸属於閑人。並遊或結於良朋、乗興有時而独往、鳴蛙暫聴。安問属官而属私。曲水臨流、自可一觴而一詠至歓。然而会意亦傍若於無人。乃知偶来常勝於特来。前言可信。所有雖非於己有、其得已多。因飜旧闋之辞、写以新声之調、敢陳薄伎、聊佐清歓。

昔者《むかし》、王子猷《おうしゆう》、竹を愛し、門に造《いた》るも主人を問わず。陶淵明、輿《こし》に臥し、酒に遇えば便《すなわ》ち道士に留まる。況《いわ》んや西湖の勝概、東潁《とうえい》の佳名を擅《ほしいまま》にするをや。美景良辰、固《もと》より高会多しと雖も、而《しか》れども清風明月、幸いにして閑人に属す。並《とも》に遊び、或いは良朋と結び、興に乗ずれば、時に独り往き、鳴蛙、暫《しばら》く聴くこと有り。安《いず》くんぞ官に属すると私に属するとを問わんや。曲水流れに臨み、自《みずか》ら一觴して一詠し、歓に至るべし。然して意を会《さと》りて亦た傍らに人無きが若《ごと》し。乃《すなわ》ち知る、偶《たま》たま来たるは常に特に来たるに勝れるを。前言信ずべし。有する所は己が有に非ずと雖も、其の得るところは已《すで》に多し。因りて旧闋《きゆうけつ》の辞を飜《ひるがえ》して、写すに新声の調を以てし、敢えて薄伎《はくぎ》を陳《の》べて、聊《いささ》か清歓を佐《たす》けん。

（欧陽脩「西湖念語」、『欧陽文忠公集』巻百三十一、『近体楽府』巻一）

この文は、欧陽脩が晩年に潁州で作ったものである。(24) 東晋の王徽之や陶淵明の風流に倣い、更に潁州の好風景を愛でる楽しみを述べる。その上で、「清風明月」が閑人に属するものであること、共に遊ぶべき存在であることを主張するのである。この当時の欧陽脩は中央から離れ、片田舎の生活に甘んじていたが、注目したいのは、洛陽に退居した司馬光が、この文章で言及されている王徽之と陶淵明を慕うことを「独楽園七題」（『温公文集』巻四）の中で述べ、更に「清風明月」の愛好を継承し、これを無上の楽しみとして発展させたことである。また司馬光は、「朋《とも》の来たるに　惟《た》だ月有るのみ、山見ゆるも　銭を須《もち》いず」（「和王安之題独楽園」詩、『温公文集』巻十四）と詠み、欧陽脩と同じく自然を閑人の所有物と見なしている。

以上を見れば分かるように、蘇軾の「赤壁賦」より前に、欧陽脩から司馬光へと、「清風明月」に代表される自然を鑑賞者の所有物とする価値観が形作られており、それが蘇軾によって結実したのである。(25) そしてこの三者が「清風明月」に心を向けたのは、いずれも左遷等により都を離れ、自然豊かな地方において同様な境遇に陥った文人に思いを致した時であったと見える。そうした意味では、司馬光における「清風明月」は、欧陽脩から蘇軾へとこれを受けわたす過渡的な役割を果たしたと言えよう。

司馬光が欧陽脩に影響を受けたのは、逆境に在って自身の生活を風雅なものへと昇華させ、高尚な趣味に沈潜した欧陽脩を敬慕したからであろう。それゆえに欧陽脩に倣って詩話を著し、白居易の詩語を用いて別号とし、文人趣味に耽り、「清風明月」をはじめとする自然の景物に無上の価値を見いだしたのである。欧陽脩は北宋の士大夫の文人生活を切り開いた人物である。司馬光は逆境に在った洛陽時代に、この敬愛する文人を手本として、その文人生活を継承したのである。司馬光が欧陽脩の影響を受けたと見られるものには、ほかにまた「耆老会」（老人集会）があるが、これについては本書第十一章「北宋の耆老会」において詳しく論じることにし、ここでは割愛する。

さて、司馬光の欧陽脩に対する敬愛の気持ちが強かったことは前に見たとおりであるが、欧陽脩にとっての司馬光はどのような存在であっただろうか。欧陽脩から司馬光に宛てた次の書簡からその一端が窺える。(26)

脩啓。脩以衰病余生、蒙上恩寛仮、哀其懇至、俾遂帰老。自杜門里巷、与世日疎。惟窃自念、幸得早従当世賢者之遊、其於欽嚮徳義、未始少忘於心耳。近張寺丞自洛来、出所恵書。其為感慰、何可勝言。因得仰詗起居、喜承宴処優閑、履況清福。春候暄和、更冀為時愛重。以副搢紳所以有望者、非独田畝垂尽之人区区也。不宣。脩、再拝。端明侍読留台執事。三月初二日。

脩啓す。脩、衰病の余生を以て、上恩の寛仮（寛容）にして、其の懇至《こんし》（懇切）たるを哀れみ、帰老を遂《と》げしむるを蒙《こうむ》る。門を里巷に杜《と》じてより、世と日びに疎《うと》し。惟《た》だ窃《ひそ》かに自《みずか》ら念《おも》うに、幸いに早《つと》より当世の賢者の遊びに従うを得て、其の徳義を欽《つつし》むに於けるや、未だ始《かつ》て少しくも心に忘れざるのみ。近ごろ張寺丞、洛《らく》より来たり、恵む所の書を出だせり。其の感慰《かんい》を為すや、何ぞ言うに勝《た》うべけんや。起居を仰ぎ詗《うかが》うを得るに因りて、宴処優閑、履況清福を承《う》くるを喜ぶ。春候、暄和《けんわ》なれば、更に時に愛重を為さんことを冀《こいねが》う。以《おも》んみるに搢紳の以て望み有る所に副《そ》うるは、独り田畝もて垂尽せしむる人の区区たるのみに非ざるなり。不宣。脩、再拝す。端明侍読留台執事。三月初二日。

（欧陽脩「尺牘」）(27)

この書簡において欧陽脩は、司馬光が安否を尋ね、自分の近況を知らせる手紙を送って来たことを述べている。時は熙寧五年（一〇七二）三月、司馬光が洛陽に退居して一年後である。司馬光の書簡は『温公文集』に見えないため、どのような内容であったかは定かでないが、この書簡の末尾に王安石の「青苗法」の施行に関連する内容が見えることを勘案すれば、司馬光から送られてきた手紙には近況のほかに新法派の政策についての見解も述べられていたようである。そして世の士大夫たちが司馬光に期待を寄せていることを述べて手紙を締めくくっていることから見れば、欧陽脩にとって司馬光は、認めるに堪えうる人物として意識されていたと考えられる。司馬光が欧陽脩を敬慕したのも、この敬愛する文人の期待を受けたことも大きく影響したであろう。

注

(1) 劉徳清『欧陽修紀年録』(上海古籍出版社、二〇〇六年)、嘉祐三年(一〇五八)の条を参照。なお、本書における欧陽脩の事跡はすべて同書による。また、引用する欧陽脩の詩文は、『欧陽文忠公集』(四部叢刊初編所収)に基づき、洪本健校箋『欧陽修詩文集校箋』(上海古籍出版社、二〇〇九年)を参看した。

(2) 王安石「明妃曲」に対する欧陽脩・司馬光の唱和詩については、内山精也「明妃曲考(下)——北宋中期士大夫の意識形態をめぐって——」(宋代詩文研究会『橄欖』第六号、一九九五年)に詳しい(後に同氏『蘇軾詩研究——宋代士大夫詩人の構造』〔研文出版、二〇一〇年〕所収)。

(3) 注(1)所掲『欧陽修紀年録』、治平元年(一〇六四)の条、及び程民生『宋代地域文化』(河南大学出版社、一九九七年)、第四章「科挙制反映的地域文化差異」、二二七~二三〇頁を参照。

(4) 「濮議」については、既に小林義廣『欧陽脩　その生涯と宗族』(創文社、二〇〇〇年)、第六章「濮議論争——あるべき国家像を求めて——」に委細が尽くされているため、詳述を避ける。

(5) 司馬光と欧陽脩は共に歴史家でもあり、『春秋』に深い関心を寄せていたが、経書観については違いが見られる。武内義雄『中国思想史』(岩波書店、二〇〇〇年。初版は一九三六年、一九五七年に改版)、第二十四章「春秋学——欧陽修と司馬光」を参照。

（6）欧陽脩が公正な態度を心がけていたことについては、『三朝名臣言行録』（四部叢刊初編所収）巻二之二、「参政欧陽文忠公」の条に次のようにある。「公自云、学道三十年、所得者、平心無怨悪爾。」

（7）『続詩話』の原文は、内閣文庫本を影印した李裕民・佐竹靖彦共編『増広司馬温公全集』（汲古書院、一九九三年）によった。

（8）『六一詩話』と『続詩話』の内容の比較については、豊福健二「欧陽脩・司馬光・劉攽の詩話書」（中国中世文学会『中国中世文学研究』第四十五号・第四十六号合併号、二〇〇四年）に詳しい。また『続詩話』については、許山秀樹・松尾肇子・三野豊浩・矢田博士訳注「『温公続詩話』訳注稿」（愛知大学語学教育研究室紀要『言語と文化』第九号、二〇〇三年）がある。

（9）湯浅陽子「蘇軾の吏隠――密州知事時代を中心に――」（京都大学中国文学会『中国文学報』第四十八冊、一九九四年）に、欧陽・司馬の両者が白居易における閑適のあり方を強く意識したとする指摘が見える（七八〜八四頁）。

（10）欧陽脩・司馬光・蘇軾の号がいずれも白居易の詩に基づくことは、南宋・龔頤正の『芥隠筆記』「楽天詩」の条に指摘が見える。原文は次のとおり。「酔翁、迂叟、東坡之名、皆出於白楽天詩云」。因みに欧陽脩の号である「酔翁」は、白居易「病中詩十五首・別柳枝」（『白氏文集』巻六十八、作品番号三四一九）に見える語である。

（11）宋人の雅号と文人生活との関わりについては、合山究「雅号の流行と宋代文人意識の成立」（『東方学』第三十七輯、一九六九年）に考察されており、北宋において士大夫が雅号を名乗るようになった嚆矢は欧陽脩であるとの指摘がある（八七頁）。

（12）「迂叟」と号したことが、王安石との政治的闘争に敗れ、洛陽に退居した司馬光にとって韜晦であったということについては、本書第九章「司馬光の洛陽退居生活とその文学活動」を参照。

（13）注（11）所掲、合山氏論文、八八〜八九頁を参照。

（14）古代の射礼において行われた五種類の射法。

（15）『論語』八佾篇に「君子無所争、必也射也」とあるのを踏まえ、君子は争わないが、五射の際には腕を競い合うことをいう。

（16）古代の双六。盤上に向かい合い、六つのコマを並べ、六本の箸（サイコロの役目を担う）を投げ、出た数だけ進んで敵陣に入る遊技。

（17）東晋・葛洪の『西京雑記』巻六に見える。前漢の武帝期の人である郭舎人は、投壺が得意で、矢を勢いよく投げ入れては、跳ね返ってくる矢を掴んでまた投げ込み、百回以上繰り返すことができた。これを「百驍」という。

(18) 中尾友香梨『江戸文人と明清楽』(汲古書院、二〇一〇年)、第三章「姫路藩主酒井家の明楽と『明楽唱号』」に、司馬光の該詩と投壺に関する説明がある(一一六〜一二〇頁)。

(19) 中国の象棋史における『七国象棋』とその位置づけ、及び北宋における象棋の流行については、朱南銑『中国象棋史叢考』(中華書局、二〇〇三年)、「北宋象棋及其変種」に詳しい。

(20) 青木正児『琴棊書画』(平凡社東洋文庫、一九九〇年、初出は一九五八年、春秋社)、一六頁を参照。なお青木氏が基づいた『法書要録』が不明であるため、唐・何延之「蘭亭記」の原文は、『叢書集成初編』所収のものから引用した。余談になるが、昭和三十二年(一九五七年)、青木氏が『琴棊書画』の序に相当する「新春に想う　読書と著書に――序に代えて――」に添えた署名は「酔迂叟」となっている。司馬光の別号に基づくかと思われる。

(21) 該当する原文は次のとおり。「歳有其物、物有其容、情以物遷、辞以情発。一葉且或迎意、虫声有足引心。況清風与明月同夜、白日与春林共朝哉。」

(22) 欧陽脩の「李白杜甫詩優劣説」(『欧陽文忠公集』巻百二十九、『筆説』)を参照。また欧陽脩の「清風明月」については、森博行「欧陽脩と邵雍――地上の仙界をめぐって――」(大谷女子大学志学会『大谷女子大学紀要』第三十六号、二〇〇二年)に詳しい。

(23) 該当する原文は次のとおり。「会老堂口号曰、金馬玉堂三学士、清風明月両閑人。初謂清風明月、古通用語。後読南史謝譓伝、曰、入吾室者、但有清風。対吾飲者、惟当明月。欧陽文忠公文章雖優、辞亦精緻、如此。」(南宋・許顗『彦周詩話』)

(24) 「西湖念語」は欧陽脩が皇祐元年(一〇四九)に制作した後、晩年に手を加えたものとされる。注(1)所掲『欧陽修紀年録』、皇祐元年の条を参照。

(25) 欧陽脩や蘇軾ら宋人における「自然の所有」という観点から論じたものに、合山究「蘇東坡の自然観」(『中国文学論集　目加田誠博士古稀記念』、龍渓書舎、一九七四年)があり、このような自然観を主張した先蹤として白居易がいるという重要な指摘が見える(三七〇〜三七一頁)。

(26) 欧陽脩「尺牘」に対する大野修作氏の解題による(『中国書道全集』第五巻・宋I所収、平凡社、一九八七年、一七五頁)。
(27) 原文は、注(26)所掲書によった。

第九章　司馬光の洛陽退居生活とその文学活動

前章の「司馬光と欧陽脩」にも言及したように、司馬光は『資治通鑑』の編者としてはよく知られているものの、文学の方面においてはこれまで殆ど注目されることがなかった。宋代の代表的な詩総集である『宋詩鈔』を繙《ひもと》いても彼の名は一顧だにされていない。つまり司馬光は後世の人々にとって文学者としては殆ど意識されなかったと言える。(1) しかし司馬光の文学は、そもそも注目するに値しないものであるかと言えば、決してそうではない。北宋当時において、司馬光の詩文は周囲の士大夫たちにかなりの影響力を持っていたと考えられるのである。

本章では司馬光の洛陽退居時代に注目し、彼の洛陽での文人生活において重要な意味を持つ「独楽」を手掛かりとして、北宋時代における司馬光の文学活動とその意義について考える。(2)

一　司馬光の洛陽退居と「独楽園記」

熙寧三年（一〇七〇）、王安石との政争に敗れた司馬光は、知永興軍に転出した後、翌熙寧四年に西京留司御史台として洛陽に赴任した。時に五十三歳であった。これ以後、元豊八年（一〇八五）に開封に召還されるまでの十五年間を洛陽で過ごすことになるが、司馬光は洛陽に至った時の感慨を次のように詠んでいる。(3)

三十余年西復東
労生薄宦等飛蓬
所存旧業惟清白
不負明君有樸忠
早避喧煩真得策
未逢危辱好収功
太平触処農桑満
贏取閭閻鶴髪翁

三十余年　西復《ま》た東
労生薄宦　飛蓬に等し
存する所の旧業　惟《た》だ清白
明君に負《そむ》かず　樸忠《ぼくちゅう》有り
早《つと》に喧煩《けんはん》を避くるは　真に得策たり
未だ危辱《きじょく》に逢わず　功を収むるに好《よ》し
太平　触処《いたるところ》に農桑満ち
贏《かさ》ねて取る　閭閻《むらざと》の鶴髪の翁

（司馬光「初到洛中書懐」詩、『温公文集』巻十一）

司馬光は宝元元年（一〇三八）に科挙に及第し、官途に就いてから三十三年間、「飛蓬」のように各地に飛ばされたが、守り抜いたのは官途における清廉潔白と皇帝に対する忠誠心である。そしていよいよ洛陽に退居することになったが、早々と世間の喧噪と煩わしさを避け、危険や恥辱にさらされる前に功績を収めることができるのは得策である、と詠みながらも、最後の一句では自らを村里の一老人に擬えるところに、一抹の寂寥感が漂う。

司馬光の洛陽退居は、蘇軾が「其の洛に退居するに方《あ》たり、眇然《びょうぜん》として顔子の陋巷《ろうこう》に在るが如《ごと》く、累然《るいぜん》として屈原の陂沢《はたく》に在るが如し」[4]と述べたように、当時の司馬光にとって必ずしも好ましいものではなかったようである。だが司馬光は、失意を抱きながらも、洛陽における生活に楽しみを見いだしつつあったと考えられる。

例えば、退居の翌年に作られた次の詩を見よう。

吾心自有楽　吾が心　自《おのずか》ら楽しみ有り
世俗豈能知　世俗　豈に能《よ》く知らんや
不及老萊子　老萊子《ろうらいし》に及ばざるも
多於栄啓期　栄啓期より多からん
縕袍寛称体　縕袍《おんぽう》　寛《ゆる》やかにして体に称《かな》い
脱粟飽随宜　脱粟《だつぞく》　飽きて宜しきに随う
乗興輒独往　興に乗ずれば　輒《すなわ》ち独往し
携笻任所之　笻《つえ》を携えて　之《ゆ》く所に任す

（司馬光「楽」詩、『温公文集』巻十二）

まず前半部分においては、自分には世俗の人々に理解できない楽しみがあるとし、その楽しみは老萊子には及ばないにしても、栄啓期よりは多いという。続いて後半部分においては、その楽しみとは、粗布の衣服と粗末な食事に満足し、興に乗じれば笻竹の杖を携えて独り気ままに遊行することである、と詠んでいる。第七句の「独往」は、謝霊運の「入華子岡是麻源第三谷」詩（『文選』巻二十六）に見える語であり、李善が司馬彪の『荘子』注を引いて述べるところによれば、自然に任せて世間を顧みないことを指すという。(5) つまり司馬光は、塵俗を離れて奢侈を退け、独り自然の中に分け入ることに楽しみを求めたのである。(6)

司馬光のこのような「独楽」は、彼の代表作「独楽園記」（『温公文集』巻六十六）において、更に明確に示されるようになる。「独楽園記」は長文のため、庭園の構成を紹介した部分を割愛し、三つの部分に分けて引用する。

孟子曰、独楽楽、不如与人楽楽。与少楽楽、不如与衆楽楽。此王公大人之楽、非貧賤者所及也。孔子曰、飯蔬食飲水、曲肱而枕之。楽亦在其中矣。顔子、一簞食、一瓢飲、不改其楽。此聖賢之楽、非愚者所及也。若夫鷦鷯巣林、不過一枝、偃鼠飲河、不過満腹、各尽其分而安之。此乃迂叟之所楽也。

孟子曰く、「独り楽《らく》して楽《たの》しむは、人と楽して楽しむに如《し》かず。少なきと楽して楽しむは、衆《おお》きと楽して楽しむに如かず」（『孟子』梁恵王下篇）と。此れ王公大人の楽しみにして、貧賤の者の及ぶ所に非ざるなり。孔子曰く、「蔬食《そし》を飯《くら》い、水を飲み、肱《ひじ》を曲げて之れに枕す。楽しみ亦た其の中に在り」（『論語』述而篇）、「顔子、一簞の食、一瓢の飲、其の楽しみを改めず」（『論語』雍也篇）と。此れ聖賢の楽しみにして、愚者の及ぶ所に非ざるなり。若《も》し夫《そ》れ「鷦鷯《みそさざい》の林に巣くうは、一枝に過ぎず、偃鼠《もぐら》の河に飲むは、腹を満たすに過ぎず」（『荘子』逍遥遊篇）、各《おの》おの其の分を尽くして之れに安んず。此れ乃《すなわ》ち迂叟《うそう》の楽しむ所なり。

まず『孟子』と『論語』を引いて、人と共に享受する王者の楽しみ、赤貧に甘んじて泰然自若と過ごす聖賢の楽しみをそれぞれ挙げ、自身は「王公大人」でも「聖賢」でもなく、単に「貧賤」な「愚者」に過ぎず、王者や聖賢のような楽しみは享受できないとし、更に『荘子』を引いて、己の本分を全うして知足の境地に安住することこそ、「迂叟」つまり司馬光自身の分に合った楽しみである、と述べる。

これは一種の韜晦であると筆者は考えるが、その理由については第二節で詳述することにし、ここでは「独楽園記」の続きを見よう。

熙寧四年、迂叟始家洛、六年、買田二十畝於尊賢坊北、闢以為園。（中略）迂叟平日、多処堂中読書。上師聖人、下友群賢、窺仁義之原、探礼楽之緒。自未始有形之前、暨四達無窮之外、事物之理、挙集目前。所病者、学之未至。夫又何求於人、何待於外哉。志倦体疲、則投竿取魚、執衽采薬、決渠灌花、操斧剖竹、濯熱盥手、臨高縦目、逍遙相羊、唯意所適。明月時至、清風自来。行無所牽、止無所柅。耳目肺腸、悉為己有。踽踽焉、洋洋焉。不知天壌之間復有何楽可以代此也。因合而命之、曰独楽園。

熙寧四年、迂叟、始めて洛に家し、六年、田二十畝を尊賢坊北に買い、闢《ひら》きて以て園を為《つく》る。（中略）迂叟平日、堂中に処《お》りて書を読むこと多し。上は聖人を師とし、下は群賢を友とし、仁義の原《みなもと》を窺《うかが》い、礼楽の緒《はじまり》を探《たず》ぬ。未だ始めより形有らざる前より、四達無窮の外に暨《およ》び、事物の理、目前に挙集す。病む所は、学の未だ至らざるのみ。夫《そ》れ又た何をか人に求め、何をか外に待たんや。志倦《う》みて体疲《つか》れなば、則《すなわ》ち竿を投じて魚を取り、衽《たもと》を執《おさ》えて薬を采《と》り、渠《ほり》を決《ひら》きて花に灌《そそ》ぎ、斧を操《と》りて竹を剖《さ》き、熱を濯《あら》い、手を盥《あら》い、高きに臨んで縦目《しょうもく》し、逍遙相羊《しょうようしょうよう》して、唯だ意の適《かな》う所のままなり。明月時《とき》に至り、清風自《おのずか》ら来たる。行くも牽《ひ》く所無く、止まるも柅《とど》むる所無し。耳目肺腸、悉《ことごと》く己の有するところと為る。踽踽焉《くくえん》たり、洋洋焉《ようようえん》たり。天壌の間に復《ま》た何の楽しみか以て此れに代うべき有るかを知らざるなり。因りて合して之れを命《な》づけて、「独楽園」と曰う。

「独楽園」は、白居易の旧宅のあった履道坊に隣接する尊賢坊に構えられており[7]、約百十アールの面積を有した。北宋の李格非の『洛陽名園記』によれば、この園は他の庭園ほど広大ではなく、読書堂をはじめとする園内の建物の規模も比較的に小さかったようである[8]。

司馬光は平素この庭園の中で書物を読み、書中の聖人賢者を師友とした。読書に倦めば、庭園内で魚を釣り、薬草を採り、園芸に興じ、園内の水で手を洗って涼を取り、高きに登って遠くを眺め、自由に散策を楽しみ、意の赴くままに自適した。特に明月の夜には、清らかな風に吹かれながら独りで園内を逍遙し、目にふれるもの、耳に入るもの、及び五感で感じるものすべてを独り占めするその楽しみは何ものにも代え難い、と述べている。

庭園の塀を隔てて、その外側は車馬が雑踏する紅塵の巷であるのに対し、その内側は閑静で清浄な別世界である。司馬光は洛陽城内に独楽園を造成し、世俗に身を置きながら、俗世間とは一線を画した閑雅な世界を独り楽しんだのである。

しかし司馬光にとって、このような「独楽」は世人の非難を蒙りかねないものとしても意識されていた。

或咎迂叟曰、吾聞君子所楽、必与人共之。今吾子独取足於己、不以及人。其可乎。迂叟謝曰、叟愚、何得比君子。自楽恐不足、安能及人。況叟之所楽者、薄陋鄙野、皆世之所棄也。雖推以与人、人且不取。豈得強之乎。必也有人肯同此楽、則再拝而献之矣。安敢専之哉。

或るひと迂叟を咎めて曰く、「吾聞く、『君子の楽しむ所は、必ず人と之れを共にす』と。今、吾子《あなた》は独り己に足るを取り、以て人に及ぼさず。其れ可ならんか」と。迂叟、謝して曰く、「叟《おきな》、愚なれば、何ぞ君子に比するを得ん。自《みずか》ら楽しむも足らざるを恐るるに、安《いず》くんぞ能《よ》く人に及ぼさんや。況《いわ》んや叟の楽しむ所のものは、薄陋鄙野《はくろうひや》にして、皆な世の棄つる所なり。推して以て人に与《あた》うと雖も、人且《まさ》に取らざるべし。豈に之れを強うるを得んや。必ずや人の肯《あ》えて此の楽しみを同じくするもの有れば、則《すなわ》ち再拝して之れを献ぜん。安《いず》くんぞ敢えて之れを専《もっぱ》らにせんや」と。

ここでは、架空の設定と見られるある人物が、司馬光に対して、独りで楽しむのは君子の行うことではないと非難するのが見える。「独楽」という言葉が「独善」と同義に受け取られかねないことは、司馬光の予想するところであったのだろう。[9] そこで司馬光は、自身は君子ではなく、また楽しむところのものも世間が棄てて顧みないものであるが、もし己と同様にこの楽しみを享受する人がいれば、進んでこれを献じたいと述べるのである。「独楽」が決して「独善」ではないという、司馬光の意思表示とも受け取れよう。

以上、司馬光の洛陽退居直後の失意と孤独及び「独楽園記」について見てきたが、司馬光のいわゆる「独楽」とは、塵俗を離れて奢侈を退け、自然を楽しむことであり、決していたずらに孤高を気取った杜門厭世の隠者の楽しみではなく、あくまでも世俗の中に身を置きながら、志を同じくする人たちと共に分かち合いたいという文人の楽しみなのである。

二　洛陽における司馬光の詩作活動

洛陽退居時代に司馬光は詩の秀作を多数残しているが、本節ではその代表的な作品を幾つか分析し、司馬光の詩作活動の実態に触れよう。まず司馬光の生活の一面を端的に示す作品に、次のようなものがある。

老去春無味　　老い去れば　春に味わい無く
年年覚病添　　年年　病の添うを覚ゆ
酒因脾積断　　酒は脾積《ひせき》に因りて断ち
灯為目痾嫌　　灯は目痾《もくあ》の為に嫌う

勢位非其好　勢位　其れ好むところに非ず
紛華久已厭　紛華　久しく已《すで》に厭う
唯余読書楽　唯だ余す　読書の楽しみ
暖日坐前檐　暖日　前檐《のきば》に坐す

（司馬光「上元書懐」詩、『温公文集』巻十二）

年を取れば春も味気なく、病気は年々増える一方である。消化器の持病により酒を断ち、長いこと患《わずら》っている眼は灯光を嫌うほど衰えている。権勢と高位は好むところでなく、華やかさも以前から嫌っている。唯一の楽しみは読書であり、暖かい日には縁側に坐してこれを楽しむ。老いと病気に悩まされながら、世間の権勢や華やかさを遠ざけて暮らす司馬光の洛陽退居生活の一面が窺える。

しかし、いかなる逆境の中でも司馬光が忘れなかったのは、風雅を楽しむ心であった。それは次の詩に明確に示されている。

閑中有富貴　閑中に富貴有り
迥与俗塵殊　迥《はる》かに俗塵と殊なる
水浄斉紈展　水浄《きよ》きこと　斉紈《せいがん》を展《の》ばすがごとく
花繁蜀錦紆　花繁きこと　蜀錦《しょくきん》を紆《めぐ》らすがごとし
竹風寒扣玉　竹風　寒くして　玉を扣《たた》くがごとく
荷雨急跳珠　荷雨　急にして　珠を跳ぬるがごとし

可笑公孫衍　笑うべし　公孫衍《こうそんえん》の
酣歌誇丈夫　酣歌《かんか》して　丈夫を誇るを

（司馬光「閑中有富貴」詩、『温公文集』巻十四）

この詩において、司馬光はまず閑適の世界には世俗と異なる富貴が有るとし、自然界の清らかな水と美しい花をそれぞれ斉の白絹と蜀の錦に喩え、また竹風と荷雨の音をそれぞれ玉を叩く音と珠の跳ねる音に喩える。そして最後の二句においては、戦国時代の縦横家公孫衍《こうそんえん》が、世俗の富貴を誇ったことを嘲笑する。つまり司馬光は、自然の中にこそ人間を豊かにする要素が含まれていると見なし、自然に恵まれた生活に価値を認めていた。それは次の詩にも表れている。

草濃初過雨　草は濃くして　初めて雨過《よぎ》り
林静遠含煙　林は静かにして　遠く煙を含む
燕引新飛鷇　燕は新たに飛ぶ鷇《ひな》を引き
荷承半墜蓮　荷は半ば墜《お》つる蓮を承《う》く
朋来惟有月　朋《とも》の来たるに　惟《た》だ月有るのみ
山見不須銭　山見ゆるも　銭を須《もち》いず
誰与同其楽　誰か与《とも》に其の楽しみを同じくする
壺中濁酒賢　壺中　濁酒の賢あり

（司馬光「和王安之題独楽園」詩、『温公文集』巻十四）

雨上がりの独楽園では、雨に濡れた草が色鮮やかに茂っており、静かな林には遠くまで靄《もや》がかかっている。燕は飛びはじめたばかりの雛を引き連れ、池の蓮は今にも実がこぼれ落ちそうである。訪ねて来た朋友に提供できるのは、明月と嵩山の眺めであり、この楽しみを共にしてくれるのは壺中の濁り酒であるという。

この詩は独楽園を訪れてくれた王尚恭（字は安之）の詩に唱和したものである。そもそも同好の士と共に自然の景物を愛でつつ詩酒を楽しむことは、白居易が「尚歯会」(10)にて行ったことであり、司馬光はそれを次の詩に詠んでいる。

吾愛白楽天　　吾は愛す　白楽天
退身家履道　　身を退けて　履道に家す
醸酒酒初熟　　酒を醸《かも》して　酒初めて熟し
澆花花正好　　花に澆《みずそそ》ぎて　花正《まさ》に好《よ》し
作詩邀賓朋　　詩を作りて　賓朋を邀《むか》え
欄辺長酔倒　　欄《おばしま》の辺りに　長《つね》に酔倒す
至今伝画図　　至今　画図《がと》に伝う
風流称九老　　風流　九老を称す

（司馬光「独楽園七題・澆花亭」、『温公文集』巻四）

この詩は、「独楽園七題」という連作詩の一首である。「独楽園七題」は司馬光が独楽園内の七つの場所（「読書堂」「釣魚庵」「采薬圃」「見山台」「弄水軒」「種竹斎」「澆花亭」）に因んで、前漢の董仲舒、後漢の厳光・韓康、東晋の陶淵明・王徽之、唐の白居易・杜牧への敬慕の情を詠んだものであるが、見てのとおりこれらの人物の中には学者もあれば隠者もあり、また詩人もある。ただいずれも司馬光が好ましいと判断した生活様式を有した人々である。そして「澆花亭」詩においては白居易を追慕しているが、司馬光にとってその人物像は、自ら酒を醸して花を植え、酒が熟して花が咲く頃には友人を招いて共に花を愛でながら詩酒を楽しみ、九老会の図と共にその風流を伝えるというものである。

しかも司馬光は元豊六年（一〇八三）、六十五歳の時に、実際に白居易の「尚歯会」に倣って「真率会」を結成した。参会者は兄の司馬旦と、王尚恭、席汝言、楚建中、王慎言、宋道並びに鮮于侁、范純仁であり、いずれも官職を退いたかあるいは閑職に身を置いた士大夫たちである。(11) その集まりの様子を司馬光は次のように詩に詠んでいる。

洛陽衣冠愛惜春　　洛陽の衣冠　春を愛惜し
相従小飲任天真　　相い従いて小飲し　天真に任す
随家所有自可楽　　家の有する所に随いて　自《みずか》ら楽しむべし
為具更微誰笑貧　　為に具うるの更に微なるも　誰か貧を笑《あざけ》らん
不待珍羞方下筯　　珍羞《ちんしゅう》（珍味）を待ちて方《はじ》めて筯《はし》を下すにあらず
只将佳景便娯賓　　只《た》だ佳景を将《も》って　便《すなわ》ち賓を娯《たの》しましむるのみ
庾公此興知非浅　　庾公　此の興の浅きに非ざるを知るも(12)
藜藿終難作主人　　藜藿《れいかく》（真率会）　終《つい》に主人と作《な》り難し

（司馬光「和潞公真率会詩」、『温公文集』巻十四）

この詩は、司馬光が文彦博（潞公）の詩に唱和したものである。洛陽の士大夫たちは春を惜しみ、宴を催して自然に任せ、気の向くままに楽しむ。各家の所有するものに満足し、供する食事が粗末だからと言って嘲笑する者はいない。たとえ珍味が無くとも、自然の良き風景を以て賓客を楽しませるからである。東晋の庾亮のごとく風雅を解する文彦博は、真率会の趣は理解できても、アカザと豆の葉を用いた粗末な食事でもてなすような宴の主人とはなりにくかろうと詠む。

自然の好風景を愛でることは、「独楽園記」にも述べられているが、司馬光は真率会を結成することにより、世俗を離れて共に高雅な生活を享受できる同志を獲得したのである。

北宋期、白居易の尚歯会に倣うことは、真率会以前にも行われており、欧陽脩が洛陽で開いた「八老」の集会や、文彦博が元豊五年（一〇八二）に開催した「洛陽耆英会」がある(13)が、真率会がこれらと異なるのは、白居易のみならず陶淵明を追慕し(14)、会約を定めて贅沢を戒め、極力貴顕を排除しようと努めたことである(15)。真率会の名称は、『宋書』巻九十三、陶潜伝に見える「真率」の語に由来し(16)、司馬光の詩の第二句に見える「天真に任す」も、陶淵明の「連雨独飲」詩（『陶淵明集』巻二）に「任真無所先」（真に任せて先んずる所無し）とあるのを踏まえる。王尚恭をはじめとする参会者たちは、司馬光の「独楽」に共鳴して陶淵明と白居易を慕い、自然の中に真実と風流を見いだしたのである(17)。

ここまで、司馬光が洛陽に移住して以来、読書と自然の景物を愛好する「独楽」を、「独り楽しむ」ことから、同好の士大夫たちにまで広げたことを見てきた。では、司馬光が「独楽」を個人のものから周囲へと波及させたのは、ただ孤独を癒すためであったのだろうか。確かに洛陽時代初期の詩には、孤独感を詠むものが見えるが、司馬光が自らの庭園を「独楽園」と命名し、また「独楽園記」を著したのは、単に同好の士を求めてのゆえとは考えられない。そこには、何らかの意図が潜められているのではないか。このような疑問を発する時、「独楽」という言葉が生み出される背景に、一体何があったかについて思いを致す必要があるだろう。

司馬光が「独楽園記」を著したのは熙寧六年（一〇七三）であるが、その直前に『資治通鑑』の編纂書局が開封から洛陽に移るという事件があった。そのことは、司馬光が『資治通鑑』の編纂官の一人である范祖禹（字は夢得）に宛てた次の書簡より窺い知れる。

偶忘之耳。今上此文字、是呼之使醒也。若依所謂廃局、以書付光令自修、夢得還銓、胥吏各帰諸司、将若之何。蓋執政光平生欲修此書而不能者、止為私家無書籍筆吏。所以須煩県官耳。今若付光自修、必終身不能就也。示諭求罷局事、殊未暁所謂。光若得夢得来此中修書、其為幸固多矣。但朝廷所以未廃此局者、豈以光故。

局を罷むるを求むる事を示諭せるは、殊に未だ謂う所を暁《さと》らず。光、若《も》し夢得の此中《ここ》に来たりて書を修むるを得れば、其れ幸いたること固《もと》より多し。但《た》だ朝廷の未だ此の局を廃せざる所以《ゆえん》は、豈に光を以ての故ならんや。蓋《けだ》し執政の偶《たま》たま之れを忘るるのみ。今、此の文字を上《たてまつ》れば、是《こ》れ之れを呼びて醒めしむるなり。若《も》し所謂《いわゆる》廃局に依り、書を以て光に付して自《みずか》ら修めしめば、夢得は銓に還《かえ》り、胥吏《しょり》は各《おの》おの諸司に帰り、将《まさ》に之れを若何《いかん》せんとす。光、平生、此の書を修めんと欲して能《あた》わざるは、止《た》だ私家に書籍・筆吏無《な》きが為なり。所以《ゆえ》に須《すべか》らく県官を煩《わずら》わすべきのみ。今、若《も》し光の自《みずか》ら修むるに付せしめば、必ず終身就《な》る能わざるなり。

（司馬光「与范夢得内翰論修書帖」其二、『陸状元増節音註精義資治通鑑』巻一所載）(18)

開封の『資治通鑑』編纂書局にいる范祖禹が司馬光に、書局を辞し、洛陽に来て司馬光の『資治通鑑』編纂を手伝いたいと申し出た。しかし范祖禹が辞職願を出せば、時の執政に書局の存在を思い出させ、廃局へと導いてしまう可能性が高い。かりに書局が廃止され、司馬光が自力で『資治通鑑』を編纂することになると、これを完成させることはできなくなる、ということが右の書簡から読み取れる。結局、司馬光は皇帝に上書して書局を洛陽に移してもらい、范祖禹を洛陽に呼び寄せることになったが、この書簡で注目したいのは、司馬光が『資治通鑑』を編纂できなくなることを甚だ危惧していることである。熙寧五年（一〇七二）八月から熙寧六年三月の間にこの書簡が著された背景には、新法派と旧法派の対立により、開封の『資治通鑑』編纂書局が閉鎖の危機にみまわれるという事情があったとされる。[19] 結果的に書局は洛陽に移り、『資治通鑑』の編纂事業も継続することになるが、司馬光はこの時期に西京御史留台から提挙崇福宮に移っており、書局の移転と官職の異動及び独楽園の造成は、全く無関係なものではなかったと考えられる。つまり、司馬光は新法旧法両党派の対立の渦中にあって、『資治通鑑』の編纂を中止に追い込まれないために、自らが政治的野心を持っていないことを世間に対して表明する必要があったのである。こうした背景を勘案すれば、司馬光が庭園に「独楽」と名づけたのも決して単なる偶然とは思えない。

筆者は、司馬光の独楽園の命名には三つの意図が込められていると考える。まず一つ目は「独り楽しむこと」の表明である。これについては「独楽園記」の最終段に仮設された世人の非難より窺える。しかし、それはあくまでも表面的なものであり、後述するように司馬光は決して自分だけ楽しむことができれば良いと考えていたのではない。

そして二つ目は、政治的立場の「韜晦」である。「独楽園記」の冒頭に述べられる「独楽」の語は、前述のように『孟子』に由来するが、司馬光が慕った白居易の「題新澗亭、兼訓寄朝中親故見贈」詩（『白氏文集』巻六十九、作品番号三五八四）にも「自得所宜還独楽」（自《みずか》ら宜しき所を得て　還《ま》た独り楽しむ）とあり、司馬光の「独楽」は『孟子』よりもむしろ隠遁を主題とした白詩を強く意識した可能性が高いと見られる。[20] また本書の第八章「司馬光と欧陽脩」で既に述べたように、司馬光の号である「迂叟」は、白居易の「迂叟」詩（『白氏文集』巻六十六、作品番号三二九六）に基づいており、司馬光が「独楽園記」に、「叟《おきな》、愚なれば、何ぞ君子に比するを得ん」と述べるのも、白居易が「迂叟」詩に「応須縄墨機関外、安置疎愚鈍滞身」（応須《まさ》に縄墨機関の外に、疎愚にして鈍滞の身を安置すべし）と自らを愚者に喩えたのを踏まえるであろう。つまり司馬光は白居易に倣って愚者の仮面をかぶることによって、自身の政治的立場を韜晦しようとしたのである。[21]

三つ目は、「時弊を改める」ことである。言い換えれば、司馬光にとっての「独楽」は、隠遁に徹するような消極的なものではなく、むしろ孤独にあっても世間に対して道徳的であり、且つ非俗的な生活の在り方を主張する意志をも内包するものであった。司馬光の洛陽における生活について劉安世は、当時の士大夫らの中には自らを古代の賢人宰相に擬える者が現れたため、そのような時弊を改めるべく、司馬光は晋や唐の先人に倣ったと回想する。[22]ここで言う先人とは、直接には「独楽園七題」に詠まれている東晋の王徽之と唐の白居易を指し、さらには陶淵明と杜牧を含む。このうち、王徽之を除く三者はいずれも首都を離れた土地で名利を求めない生活を実践した人々であり、王徽之にしても俗を避けて竹を「此君」と呼んで友と見なした風流人である。そして先秦の聖人に自らを擬えた人物とは、王安石を指すと見られる。[23]つまり劉安世は、司馬光が晋や唐の先人に倣ったのは、首都開封で聖人気取りの王安石に対抗し、名利を追い求める風潮に歯止めをかけようとしたからであると述べるのである。司馬光自身は「独楽園」に関わる詩文を創作した動機を語っていないが、劉安世は司馬光の直弟子であるので、その発言には信憑性がある。上記を踏まえれば、南宋の黄徹が「其の心の憂楽、未だ始《かつ》て天下のことに在らずんばあらず[24]」と述べるように、司馬光が「独楽園記」と「独楽園七題」を作ったのは、自らが洛陽にて名利を度外視して生活していることを詩文に綴ることにより、当世の士大夫たちを感化する目的があったと見てよいだろう。

実際に「独楽園七題」の内容は、白居易の風流に倣うこと（「澆花亭」詩）のほかに、董仲舒のように学問に精勤すること（「読書堂」詩）、杜牧のように吏隠となって詩酒を楽しむこと（「弄水軒」詩）、厳光のように微禄のために齷齪《あくせく》しないこと（「釣魚庵」詩）、王徽之のように竹を愛し清貧に生きること（「種竹斎」詩）、韓康のように名利から遠ざかること（「采薬圃」詩）、陶淵明のように隠遁しながらも忠君の精神を忘れないこと（「見山台」詩）等、教訓的な内容が詠まれている。[25]これらは司馬光自身に対する慰めであると同時に、名利の追求に明け暮れる人々に対する戒めであったと考えられる。

司馬光の洛陽時代の作品は、実際、当時の士大夫たちに大きな影響を及ぼしている。北宋の李格非の『洛陽名園記』には、「温公、自《みずか》ら之れ（独楽園）が為に序し、諸亭台の詩、頗《すこぶ》る世に行わる。人の欣慕するところと為る所以《ゆえん》は、園に在らざるのみ」[26]と記述されており、独楽園はその佇まいによってではなく、司馬光の「独楽園記」と「独楽園七題」によって広く名を知られていたことが分かる。また、北宋の邵伯温の『邵氏聞見録』には、司馬光が友人の范鎮と洛陽郊外の名山を巡った際、互いに応酬した詩を集めた「遊山録」が、当時の士大夫らによって争って書き写されたとの記事が見える。[27]「遊山録」は散佚したためその内容を知る術がないが、「独楽園七題」を読む限り、司馬光が求めていたのは、地位や名誉、富の追求を習いとした世俗の価値観の対極にある高雅で非俗的な文人生活であった。真率会についても同様のことが言える。北宋の秦観は「鮮于子駿行状」に、「搢紳、其の遊びを慕う」[28]と、真率会が当時の士大夫たちの慕うところとなったことを述べるが、これらを踏まえれば、司馬光の「独楽」は独楽園を舞台とする彼の詩作活動により、「独りの楽しみ」から、真率会の同志を得て、「時弊を改め」、「賢者と共にする楽しみ」へと昇華し、[29]当時の士大夫たちに大きな影響を与えるものになったと考えられる。

つまり司馬光の詩歌は、世俗の顧みない自然に価値を与え、かつ反俗の価値観を世間に向けて発信したものであり、当時の士大夫たちもこれに共感したからこそ、争ってこれを伝えたのであろう。

年表四　司馬光（一〇一九～一〇八六）洛陽関連略年表

皇帝	年号	年齢	事跡
英宗	治平三年（一〇六六）	四十八	司馬光、英宗に『通志』を進める。このことにより、英宗より『歴代君臣事迹』（後の『資治通鑑』）の編纂を命じられる。
神宗	治平四年（一〇六七）	四十九	司馬光、神宗より『資治通鑑』の書名とその序文を賜る。
	熙寧三年（一〇七〇）	五十二	司馬光、知永興軍として長安に転出。王安石が中書門下平章事となる。
洛陽時代	熙寧四年（一〇七一）	五十三	司馬光、西京留司御史台として洛陽に退居。呂誨の墓誌銘を執筆。
	熙寧五年（一〇七二）	五十四	『資治通鑑』編纂書局が、開封より洛陽に移転。これにともない、編纂官の一人である范祖禹も洛陽に赴任。
	熙寧六年（一〇七三）	五十五	司馬光、「独楽園記」を作り、「迂叟」と号す。
	熙寧七年（一〇七四）	五十六	司馬光が「応詔言朝政闕失事」を朝廷に進める。
	元豊二年（一〇七九）	六十一	烏台詩案。司馬光、蘇軾に連座して罰銅の処分を受ける。
	元豊五年（一〇八二）	六十四	司馬光、中風を患い、「遺表」を著す。
	元豊七年（一〇八四）	六十六	『資治通鑑』を神宗に進める。
哲宗	元豊八年（一〇八五）	六十七	神宗が崩御し、哲宗が即位。司馬光、開封に呼び戻され、門下侍郎に拝せられる。
	元祐元年（一〇八六）	六十八	司馬光、九月に卒す。翌月、杭州で『資治通鑑』の刊刻が始まる。

合山究氏は、熙寧六年（一〇七三）頃より蘇軾や黄庭堅が「不俗」の立場から対俗批判を行ったことを取りあげ、彼らにおける「俗」と「不俗」との分岐点は「自然を解する心の有無」にあったことを示唆している[30]。そうであれば、蘇黄よりもむしろ司馬光の方が先んじて富や名誉を追求する世俗の価値観を否定し、陶淵明や白居易を慕って自然の

景物を愛でたのであり、前に見たように「独楽園七題」や「遊山録」が士大夫の間で盛んに書き写されたことから見れば、当時において名声といい、社会的立場といい、蘇黄を凌駕した司馬光の方が、文壇により大きな影響力を持っていたことを疑う余地はないであろう。

司馬光は、「時弊を改める」意図を以て、自然の中に風流を見いだす高雅な生活が存在することを繰り返し詠むことにより、蘇黄による反俗の気風の形成において、先駆的でかつ大きな役割を果たしたのである。

三　北宋における司馬光の「独楽」の意義

これまで、司馬光の独楽園における詩作活動が「時弊を改める」意図によって行われたものであること、また司馬光の詩が当時の士大夫たちの間で盛んに伝えられたことを述べた。本節では司馬光の「独楽」が持つ意義について論じるが、それに先立ち、司馬光とその他の文人の退居生活にいかなる相違点があるかについてふれておきたい。

司馬光と同時代に退居生活の楽しみを謳歌した人物に、欧陽脩と王安石がいる。まず欧陽脩であるが、彼はかの有名な「酔翁亭記」（『欧陽文忠公集』巻三十九、『居士集』巻三十九）において、「山林の楽しみ」「禽鳥の楽しみ」「人の楽しみ」を内包する「太守の楽しみ」を述べ、また熙寧四年（一〇七一）に致仕して以来、「六一居士」と号し、俗世間とは交渉を断って趣味の世界に遊んだ。

一方、王安石は熙寧七年（一〇七四）より南京に移り住み、半山に居を定めて退居生活を送った。この時期の詩には、南京東郊の鍾山における山中の楽しみが、「真の楽しみ」として詠まれている。

漱甘涼病歯　甘きに漱《くちすす》げば　病歯《びょうし》涼しく
坐曠息煩襟　曠《ひろ》きに坐せば　煩襟《はんきん》息《や》む
因脱水辺屨　因りて水辺に屨《くつ》を脱ぎ
就敷巌上衾　就きて巌上に衾《ねどこ》を敷く
但留雲対宿　但《た》だ雲の対《むか》いて宿るを留め
仍値月相尋　仍《な》お月の相い尋ぬるに値《あ》う
真楽非無寄　真楽　寄するところ無きに非ず
悲虫亦好音　悲虫も亦た好音なり

（王安石「定林」詩、『臨川先生文集』巻十四、四部叢刊初編所収）[31]

詩題の「定林」とは、鍾山に在った寺院である。この詩の内容は次のようである。山中にて流泉の水に口を漱ぎ、開けた場所に坐っていると胸中の思い煩いが消え去る。そこで水辺に履き物を脱ぎ、岩の上に気ままに寝床を敷く。仰向けになって空の雲と向かい合っていると、いつの間にか月が尋ねてきた。これこそ真の楽しみであり、それが体得できれば、悲しく聞こえる虫の音さえも耳に心地よいのである。このように王安石の楽しみは、山林の自然の中においで見いだされるものであった。

欧陽脩にしても王安石にしても、官僚として政治に携わる時は「先憂後楽」の姿勢を堅持したが、一旦退居すると俗世間から離れて隠棲し、趣味や自然の景物を楽しみながら悠々自適の生活を営んだ。

それは司馬光の退居生活とおのずと異なる。その最も大きな違いは、欧陽・王の両者が都会の喧噪から遠く離れた場所で静かに退居生活を楽しんだのに対して、司馬光は洛陽城内という俗世間に身を置き、世俗との交渉を断たず、

『資治通鑑』の編纂という公務に携わりながら、忙中に閑適の楽しみを求めたことである。

司馬光が洛陽に退居している間も極めて多忙であったことは、元豊元年（一〇七八）に宋敏求に宛てた書簡（「与宋次道書」、南宋・胡仔『苕渓漁隠叢話』後集巻二十二所引）によって知ることができる。[32] しかも『資治通鑑』はこの時点で、唐の大暦末年までの草稿しかできていなかった。こうした状況の下で、司馬光が「独楽園記」やその他の詩文に綴ったような楽しみを存分に享受できたとは思えない。司馬光が寸暇を惜しんで『資治通鑑』の編纂に勉めたことは、次の詩からも窺える。

東城糸網蹴紅毬　　東城の糸網に　紅毬を蹴り
北里瓊楼唱石州　　北里の瓊楼に　石州を唱う
堪笑迂儒竹斎裏　　笑うに堪えたり　迂儒《うじゅ》の竹斎の裏《うち》に
眼昏逼紙看蝿頭　　眼昏《くら》くして紙に逼《せ》まり　蝿頭《ようとう》を看《み》るを

（司馬光「次韻和復古春日五絶句」其三、『温公文集』巻十四）

これは宋迪（字は復古）に次韻した詩である。世人が蹴毬や妓楽に興じて春を楽しむ時、世事に疎い自身はよく見えない眼で蝿の頭ほど小さな字を読んでいる、と自嘲する。このような詩から、司馬光が『資治通鑑』の編纂に刻苦精励する様子が看取される。司馬光は多忙の中に在りながら、「独楽」に高雅な文人生活を追い求めたのである。

司馬光が多忙であったのは、『資治通鑑』の分量が多かったからだけでなく、新法派側の妨害にさらされたためでもあった。

致堂胡氏曰、司馬公六任冗官。皆以書局自随。歳月既久。又数応詔上書、論新法之害。小人欲中傷之。而光行義無可訾者。乃倡為浮言謂、書之所以久不成、縁書局之人利尚方筆墨絹帛及御府果餌金銭之賜耳。既而承受中貴人陰行検校、乃知初雖有此旨、而未嘗請也。光於是厳課程、省人事、促修成書。

致堂胡氏曰く、「司馬公、六たび冗官に任ぜらる。皆な書局を以て自《みずか》ら随えばなり。歳月既に久し。又た数《しば》しば詔に応じて書を上《たてまつ》り、新法の害を論ず。小人、之れを中傷せんと欲す。而《しか》れども光の行い義にして訾《そし》るべきもの無し。乃《すなわ》ち倡《いつわ》りて浮言を為《つく》りて謂う、『書の久しく成らざる所以《ゆえん》は、書局の人の、尚方の筆墨・絹帛、及び御府の果餌・金銭の賜に利あるに縁《よ》るのみ』と。既にして中貴人の陰《ひそ》かに検校を行うを承受す。乃《すなわ》ち初め此の旨有りと雖も、而《しか》れども未だ嘗て請わざるを知るなり。光、是《ここ》に於いて課程を厳にし、人事を省き、促《せま》り修めて書を成す」と。

（元・馬端臨『文献通考』巻百九十三、『資治通鑑』条）

右の文を見れば分かるように、『資治通鑑』の完成が遅れているのは、司馬光が官給の資財を横領しているからであると中傷する人間がいたので、司馬光は宦官によってひそかに調査され、清廉潔白が証明されたものの、『資治通鑑』の編纂を急がなければならなかった。また元豊二年（一〇七九）には蘇軾の「烏台詩案」に連座して罰金の処分を受けるなど、司馬光の洛陽退居生活は常に新法党の監視や圧力を受ける緊迫した空気の中で営まれていた。

つまり司馬光の「独楽」はこうした時間の余裕が無い状況の中で営まれたのであるが、司馬光が多忙と緊張の中で、敢えて真率会を結成し、優雅な集会を開いたのは何故であろうか。それは司馬光の士大夫としての矜持ゆえであったと筆者は考える。

洛陽時代の司馬光の生活態度を見ると、西京御史留台や提挙嵩福宮を務めながら『資治通鑑』の編纂に全精力を傾注しており、官僚であると同時に詩人であり、その精神構造において最も重きが置かれていたのは、やはり学者としての使命感であった。宋代においては科挙が官僚機構の最も重要な基盤として認知されたことにより、士大夫の理念モデルが官・学・文の三つの要素が組み合わさるという基本構造を持つようになったことが指摘されているが(33)、洛陽時代の司馬光においても、この基本構造が維持されていたのは明らかである。

君子学道従政、勤労罷倦、必従容宴息、以養志游神。故可久也。蕩而無度、将以自敗。故聖人制礼以為之節、因以合朋友之和、飾賓主之歓、且寓其教焉。

君子は道を学びて政に従い、勤労して罷倦すれば、必ず従容《しょうよう》として宴息して、以て志を養いて神を游ばしむ。故に久しかるべし。蕩《みだり》にして度無ければ、将《まさ》に以て自《おのずか》ら敗れんとす。故に聖人は礼を制《つく》りて以て之れが節と為し、因りて以て朋友の和を合わせ、賓主の歓を飾り、且つ其の教えを寓《よ》するなり。

（司馬光「投壺新格序」、『温公文集』巻六十五）

これは熙寧五年（一〇七二）に作られた『投壺新格』の序である。ここで司馬光は、君子は道の修得と政治に励み、疲れたら休息して精神を楽しませることによって、その務めを長く持続させることができるが、節度がなければならず、そのために聖人は「礼」を作った、と述べている。

したがって、第一節に見た「独楽園記」において司馬光が庭園内で閑適を楽しみ、一見悠々自適の生活を送るかのように見えるのも、その実は適度な余暇があってこそ『資治通鑑』の編纂に専念できるという平衡感覚が働いたためと考えられる。つまり、司馬光にとって自然を賞玩し詩作を楽しむ「独楽」とは、多忙と緊張の中に在りながら、『資治通鑑』の編纂を成し遂げるという大きな使命を果たすためのものでもあったのである。

しかも編纂の余暇に営まれる楽しみは、単なる自己満足に止まらず、第二節に述べたように、「時弊を改める」という側面も持つ。

端明殿学士司馬公、以清徳直道、名重天下。其脩身治家、動有法度、其子弟習而化之、日趨于善。蓋亦不言之教矣。又伸之以詩章、俾其諷誦警策、則其積善貽謀之道、可謂至備。宜其子子孫孫世有令人。

端明殿学士司馬公、清徳・直道を以て、名は天下に重んぜらる。其の脩身・治家に、動《ややもす》れば法度有り、其の子弟習《なら》いて之れに化し、日び善に趨《おもむ》く。蓋《けだ》し亦た不言の教えなり。又た之れを伸ぶるに詩章を以てし、其れをして諷誦・警策せしむれば、則《すなわ》ち其の積善・貽謀の道、至りて備わると謂うべし。宜しく其の子子孫孫に世よ令人有るべし。

（范純仁「司馬公詩序」、『范忠宣集』巻十、文淵閣四庫全書所収）

これは司馬宏（司馬光の甥）が持ち来たった司馬光の詩に范純仁が寄せた序文であるが、司馬光の修身・治家には常に規範があり、自らの挙措を不言の教えとして子弟を善導し、またその教えを詩に詠み、子弟らに諷誦させ、これを以て彼らを励まし奮い立たせることによって、司馬家は代々すぐれた人物を輩出しているという。

ここに見えるように、司馬光は子弟を善導するために、まず身を以て模範を示し、更に詩を用いて徳育を施したのである。こうして見ると、第二節に見た、詩を用いて時弊を改め教化を行なうことは、司馬家で行われた子弟教育の延長であり、その精神は修身・斉家・治国・平天下という儒家の理念に基づくものであった。

畢竟するに、司馬光の詩文は儒学者の文学であり、一見したところ閑適の境地を詠んでいるかに見える洛陽時代の詩であっても、それは子弟を教育し、当世を感化するものであり、しかも文学は政治に有用であるべきとする彼の思想を具現するものであった(34)。

ただ司馬光の詩文に現れる「独楽」は、これに込められた司馬光の意図が難解であったため、同時代及び後世の人々にとって「独善」と同様に受け取られ、その価値が充分に認識されることはなかった。例えば、南宋の黄徹は次のように述べている。

東坡賦詩云、児童誦君実、走卒知司馬。蓋言其得人心也。又云、撫掌笑先生、年来效瘖啞。疑未尽命名之意。

東坡、詩（「司馬君実独楽園」詩）を賦して、「児童は君実を誦し、走卒は司馬を知る」と云う。蓋《けだ》し其の人心を得たるを言うなり。又た、「掌《たなごころ》を撫《う》ちて笑う　先生（司馬光）の、年来　瘖唖《いんあ》に効《なら》うを」と云う。疑うらくは、未だ命名の意を尽くさざるなり。

（南宋・黄徹『䂬溪詩話』巻一）

黄徹は右の文に、北宋の人々が司馬光の「独楽」に込められた真意を理解できなかったことを指摘している。

しかし、『資治通鑑』の編纂事業を文え、また儒家道徳の実現のために行った「独楽」、並びにこれによって生み出された司馬光の洛陽時代の詩文は、北宋期の文学を考える上で極めて重要な位置を占めることを、筆者はここにあらためて強く主張したい。

以上、司馬光の洛陽退居生活とその文学活動について考察した。従来、司馬光の文学に対する研究は薄弱であり、中でも洛陽退居期の文学活動の実体については殆ど解明されていなかったと言っても過言ではない。しかし、本章で論じたように、司馬光の洛陽時代の文学活動は大変重要な意義を持つ。しかもその「独楽」の理念の下、陶淵明の清貧と白居易の風流を慕いつつ洛陽で営まれた高雅な文人生活は、同時代の士大夫たちの憧憬の的となり、自然を愛し塵俗を批判した詩文はやがて蘇軾らによる反俗の文学の先駆けとなるなど、その意義は極めて大きいと言わねばならない。

注

（1）司馬光の文については、王安石が「君実之文、西漢之文也」と評したという逸話（北宋・邵伯温『邵氏聞見録』巻十）があるほかに、『資治通鑑』の編者であることもあって一定の評価が与えられているが、詩については清・李調元『雨村詩話』巻下（郭紹虞編選、富寿蓀校点『清詩話続編』所収、上海古籍出版社、一九八三年）に、「温公詩絶少佳句、蓋史才非詩才也」とあるように、その評価はあまり芳しくない。特に清代以前にその詩を顧みる者が稀であったことは、清・賀裳『載酒園詩話』（前掲『清詩話続編』所収）に、「荊公詩人猶称之、温公絶無言及者」と述べられるとおりである。近代以降は、陳衍『宋詩精華録』に十二首が収められるなど、一定の評価が与えられる場合もあるが、著名な銭鍾書の『宋詩選注』はやはり『宋詩鈔』と同様に司馬光の詩を一首も収めておらず、彼の詩人としての認知度は格段に低いと言えよう。また、王運熙・顧易生主編『宋金元文学批評史』（上海古籍出版社、一九九六年）上冊、劉人傑主編『中国文学史』第四巻（中国対外翻訳出版公司、一九九九年）、第五編「宋遼金文学」には司馬光に関する言及が見えるが、単独で紹介されるには至っておらず、ほかの宋代の詩人と比べれば、文学者としての司馬光は甚だ注目の度合いが低いと言わざるを得ない。

（2）先行研究には、中国では顔中其「司馬光詩歌剖視」（『晋陽学刊』一九八六年第六期）、張海鷗『北宋詩学』（河南大学出版社、二〇〇七年）、第四章「王安石、司馬光的詩学思想」等がある。また楊洪傑・呉麦黄『司馬光伝』（山西人民出版社、一九九七年）、第十章「退隠西京」に、司馬光の洛陽時代の作品に対する分析がある。日本では寺地遵「司馬光における自然観とその背景」（『東方学』第三十二輯、一九六六年）、三浦國雄「資治通鑑考」（『日本中国学会報』第二十三集、一九七一年）、名畑嘉則「司馬光『潜虚』について」（『日本中国学会報』第四十一集、一九八九年）、森博行「司馬光・邵雍交友録（前・中・下の上・下の下）」（大谷女子大学日本語日本文学会『大谷女子大国文』第三十三号～第三十六号、二〇〇三年～二〇〇六年）等がある。本書ではこれらの研究成果を踏まえた上で、先行研究とは異なる視点から司馬光の文学へのアプローチを試みる。

（3）本書の序章で断ったとおり、司馬光の詩文は基本的に『温公文集』によるが、該集において詩は古詩（巻二より巻五）と律詩（巻六より巻十五）とに分けられており、洛陽時代の詩に限って言えば、明らかに年代順に配列されている。例えば、『温公文集』巻十四には、熙寧十年（一〇七七）に歿した邵雍を悼む「邵堯夫先生哀辞二首」が収められているが、この二首後に「和景仁七十一偶成」詩、続いて「六十寄景仁」詩が見え、范鎮と司馬光の年齢から判断するとこれらが作られたのは元豊元年（一〇七八）であり、作品が年代順に配列されていることが分かる。ほかにも、司馬光が洛陽で詩を唱和した人物に王拱辰及び文彦博がいるが、李之亮『宋代郡守通考』（巴蜀書社、二〇〇一年）所収『北宋京師及東西路大郡守臣考』によれば、両者が司馬光と共に洛陽に居住したのは、王拱辰が判河南府を勤めた熙寧五年～八年（一〇七二～一〇七五）、文彦博が判河南府を勤めた元豊三年～六年（一〇八〇～一〇八三）であり、司馬光がこの二人と詩を唱和したのは、他の作品の配列を勘案するとほぼこの時期であることが分かる。このようなことから、少なくとも司馬光の洛陽時代の詩に関しては年代順に配置されていると考えられる。近年、李之亮箋注『司馬温公集編年箋注』（巴蜀書社、二〇〇九年）が刊行されたが、司馬光の洛陽時代の古詩の編年については混乱が見られるため、これにはしたがわない。李氏の著書の問題点については、拙稿「繫年考証のむずかしさ――李之亮『司馬温公集編年箋注』読後」（東方書店編『東方』第三百五十六号、二〇一〇年十月）を参照されたい。

（4）原文は次のとおり。「方其退居於洛、眇然如顔子之在陋巷、累然如屈原之在陂沢。」（蘇軾「司馬温公神道碑」、『東坡集』巻三十九）

（5）原文は次のとおり。「司馬彪曰、独往、任自然不復顧世也。」

（6）北宋文学において「楽」という概念が重要であることは、程傑『北宋詩文革新研究』（文津出版社、一九九六年）、第十三章「北宋詩文革新中『楽』主題的発展」に指摘がある。また、文学そのものに対する楽しみについて論じた研究に、緑川英樹「文字之楽——梅堯臣晩年の唱和活動『楽』の共同体」（京都大学中国文学会『中国文学報』第六十五冊、二〇〇二年）がある。

（7）白居易と洛陽との関わりについては、本書第三章「白居易と洛陽」を参照。

（8）該当する原文はおよそ次のとおり。「司馬温公在洛陽、自号迂叟、謂其園曰独楽園。園卑小、不可与它園班。其曰読書堂者、数十椽屋。澆花亭者益小。弄水種竹軒者尤小。曰見山台者、高不過尋丈。曰釣魚菴、曰采薬圃者、又特結竹杪落蕃蔓草為之爾。」

（9）『孟子』尽心上篇に、「窮すれば則《すなわ》ち独り其の身を善くし、達すれば則ち天下を兼ね善くす」とあるが、司馬光にとって「独楽」と「独善」は等しい概念ではない。例えば、「答陳師仲監簿書」（『温公文集』巻六十一）において、「豈敢效古之人以道不行而自蔵哉」と述べるように、司馬光は自身の洛陽退居が現実社会に対する抗議の表れであることを否定している。

（10）「尚歯会」とは、白居易が始めた集会であり、宋代に多く催された老人集会はこれに因む。七十歳以上の致仕した老人によって開催され、官位ではなく年齢に従って席次を決めた。「耆老会」「九老会」とも称する。参考のため、白居易の詩の題を挙げる。「胡吉鄭劉盧張等六賢、皆多年寿、予亦次焉。偶於弊居、合成尚歯之会。七老相顧、既酔甚歓。静而思之、此会稀有。因成七言六韻以紀之、伝好事者」（『白氏文集』巻七十一、作品番号三六四〇）

（11）「真率会」の構成員は次の詩題に見える。「二十六日作真率会。伯康（司馬旦）与君従（席汝言）七十八歳、安之（王尚恭）七十七歳、正叔（楚建中）七十四歳、不疑（王慎言）七十三歳、叔達（宋道）七十歳、光（司馬光）六十五歳、合五百一十五歳。口号成詩、用安之前韻」其一（『温公文集』巻十四）。また、「真率会」に范純仁や鮮于侁も加わったことは、范純仁「子駿作真率会、招安之不至二首」（『范忠宣集』巻四、文淵閣四庫全書所収）、無名氏「忠宣堯夫公伝」（『范忠宣集』補編、同上）より看取される。

（12）『世説新語』容止篇に見える故事に基づく。庾亮が武昌（現在の湖北省武漢市）の南楼に登り、下僚たちと夜景を愛でたことを踏まえて、文彦博を庾亮に擬える。因みに該詩の「庾公此興知非浅」とは、『世説新語』に引用される庾亮の「諸君少住、老子於此処興復不浅」という語による。

（13）欧陽脩が洛陽にて「八老」の集会を催したことについては、王水照「北宋洛陽文人集団与地域環境的関係」（『王水照自選集』所収、上海教育出版社、二〇〇〇年）、一五五～一五六頁を参照。また、北宋期にこの種の集会が多く開かれたことが、欧陽光

『宋元詩社研究叢考』（広東高等教育出版社、一九九六年）に指摘されている。

(14) 陶淵明が反俗の詩人であったことについては、拙稿「陶淵明『読山海経詩』に見える『楚辞』の影響」（広島大学東洋古典学研究会『東洋古典学研究』第七集、一九九九年）を参照。

(15) 北宋・呂希哲『呂氏雑記』巻下に次のようにある。「於是乃与楚正叔通議、王安之朝議、耆老者六七人、相与会於城中之名園古寺、且為之約、果実不過五物、殽膳不過五品、酒則無算。以為倹則易供、簡則易継也。命之曰真率会。文潞公時以太尉守洛、求欲附名於其間、温公為其顕弗納也。一日、潞公伺其為会、戒厨中具盛饌、直往造焉。温公笑而延之曰、俗却此会矣。相与歓飲、夜分而散。亦一時之盛事也。」

(16) 該当する原文は次のとおり。「貴賤造之者、有酒輒設、潜若先酔、便語客、我酔欲眠、卿可去。其真率如此。」

(17) 「真率会」「洛陽耆英会」が持つ性質については、本書第十一章「北宋の耆老会」を参照。

(18) 原文は明・毛晋校汲古閣本（内閣文庫蔵）に基づく。

(19) 鄔国義「新発現的司馬光《与范夢得内翰論修書帖》考論」（『華東師範大学学報』〈哲学社会科学版〉、一九八八年第一期）を参照。

(20) 「迂叟」詩の原文は次のとおり。

一辞魏闕就商賓　　一たび魏闕を辞して　商賓に就き
散地閑居八九春　　散地に閑居すること　八九春
初時被目為迂叟　　初時は目して迂叟と為され
近日蒙呼作隠人　　近日は呼びて隠人と作《な》さる
冷暖俗情諳世路　　冷暖の俗情　世路を諳《そら》んじ
是非閑論任交親　　是非の閑論　交親に任す
応須縄墨機関外　　応須《まさ》に縄墨機関の外に
安置疎愚鈍滞身　　疎愚にして鈍滞の身を安置すべし

（『白氏文集』巻六十六、作品番号三二九六）

（21）南宋の黄徹は、司馬光が「迂叟」と号したのは、単に白居易の閑適の生活を慕ったのではないという。該当する原文は次のとおり。「温公自称迂叟。香山居士亦嘗以自号。其詩云、初時被目為迂叟、近日蒙呼作隠人。司馬豈慕其洛居有閒適之楽耶。」（黄徹『䂬渓詩話』巻九）

（22）該当する原文は、およそ次のとおり。

先生曰、老先生既居洛、某従之蓋十年。老先生于国子監之側得営地、創独楽園、自傷不得与衆同也。以当時君子自比伊周孔孟、公乃行植竹澆花等事、自比唐晋間人、以救其弊也。

先生（劉安世）曰く、「老先生（司馬光）既に洛に居り、某《それがし》之れに従うこと蓋《けだ》し十年なり。老先生、国子監の側に営地を得て、独楽園を創り、自《みずか》ら衆と同じくするを得ざることを傷《いた》むなり。当時の君子の自《みずか》ら伊・周・孔・孟（伊尹・周公旦・孔子・孟子）に比《なぞら》うるを以て、公、乃《すなわ》ち植竹・澆花等の事を行い、自《みずか》ら唐・晋間の人に比《なぞら》え、以て其の弊を救うなり」と。

（北宋・馬永卿編、明・王崇慶解『元城語録解』巻中、文淵閣四庫全書所収）

（23）南宋・胡仔『苕渓漁隠叢話』後集巻二十二、「迂叟」の条に次のように見える。「苕渓漁隠曰、東坡有詩云、（中略）。与元城（劉安世）所云、当時君子自比伊周孔孟、意皆誚金陵（王安石）也。」

（24）黄徹『䂬渓詩話』巻一に見える。該当する原文は、およそ次のとおり。「温公治第洛中、鬪園曰独楽。其心憂楽、未始不在天下也。其自作記有云、世有人肯同此楽、必再拝以献之矣。」

（25）唐代には隠者として認められている陶淵明を、司馬光が忠義の臣として詩に詠むことには、やや奇異な印象を抱くが、忠臣としての陶淵明像を描き出した先人に顔真卿がおり、この種の陶淵明受容は司馬光に限定されるわけではない。参考までに顔真卿の詩を挙げる。

張 良 思 報 韓　　張良　韓に報いんことを思い
襲 勝 恥 事 新　　襲勝　新に事《つか》うるを恥ず
狙 撃 不 肯 就　　狙撃して　就くを肯《がえ》んぜず
舎 生 悲 縉 紳　　生を舎《す》てて　縉紳悲しむ

烏呼陶淵明　烏《あ》呼《あ》　陶淵明
奕葉為晋臣　奕葉《えきよう》（代々）　晋の臣たり
自以公相後　自《みずか》ら公相（陶侃）の後（後裔）たるを以て
毎懐宗国屯　毎《つね》に宗国の　屯《わざわい》を懐《おも》う
題詩庚子歳　詩に庚子の歳を題し
自謂羲皇人　自《みずか》ら羲皇の人と謂う
手持山海経　手には『山海経』を持ち
頭戴漉酒巾　頭には漉酒《さけこし》の巾《ずきん》を戴《いただ》く
興逐孤雲外　興は孤雲の外を逐《お》い
心随還鳥泯　心は還《かえ》る鳥の泯《き》ゆるに随う

（顔真卿「詠陶淵明」詩、『全唐詩』巻百五十二）

（26）原文は次のとおり。「温公自為之序、諸亭台詩、頗行於世。所以為人欣慕者、不在於園耳。」

（27）該当する内容は、およそ次のとおり。「司馬温公既居洛時、（中略）嘗同范景仁過韓城、抵登封、憩峻極下院、登嵩頂、入崇福宮会善寺、由轘轅道至龍門、遊広愛奉先諸寺、上華厳閣千仏嵒、尋高公堂、渡潜渓、入広化寺、観唐郭汾陽鉄像、渉伊水至香山皇龕、憩石楼、臨八節灘、過白公影堂。凡所経従多有詩什、自作序曰『遊山録』。士大夫争伝之。」（北宋・邵伯温『邵氏聞見録』巻十一）

（28）該当する原文は、およそ次のとおり。「公（鮮于侁）之在西京也、今枢密范公亦領台事、而司馬温公提挙崇福宮。三人相得歓甚、搢紳慕其游。」（北宋・秦観「鮮于子駿行状」、『淮海集』巻三十六、四部叢刊初編所収）

（29）程傑氏は注（6）所掲書において、北宋の士大夫における「楽」は、「時を楽しむ」「民を楽しむ」「民と楽しむ」「賢者と楽しむ」の四つの主題を持つものと見なし、「賢者と楽しむ」楽は、「民と楽しむ」楽が発展したものであると述べる（三七四～三七六頁）。

（30）合山究「宋代文芸における俗の概念——蘇軾・黄庭堅を中心にして——」（九州中国学会『九州中国学会報』第十三巻、一九六七年）、四六頁を参照。

（31）王安石詩の本文は四部叢刊初編本によったが、併せて南宋・李壁箋注、高克勤点校『王荊文公詩箋注』（上海古籍出版社、二〇一〇年。ただし同書巻二十二における詩題は「定林院」）を参照した。

（32）該当する原文は、およそ次のとおり。

「進資治通鑑表」云、「臣之精力、已尽於此書」。余（胡仔）観温公「与宋次道書」、然知其言之不誣也。其書云、「某自到洛以来、専以修『資治通鑑』為事。於今八年、僅了得晋宋斉梁陳隋六代以来奏議。唐文字多托范夢得、将諸書依年月日編次為草巻、毎四丈截為一巻。自課三日為刪一巻、有事故妨廃則追補。自前秋始刪、到今已二百有余巻、纔至大暦末年耳。向后巻数須倍此、共計不減六七百巻、更須三年方可粗成編。又須細刪、所存不過数十巻而已」。其費工如此。

（33）内山精也「宋代士大夫の詩歌観――蘇軾『白俗』評の意味するもの――」（『松浦友久博士追悼記念中国古典文学論集』所収、研文出版、二〇〇六年）を参照（後に同氏『蘇軾詩研究――宋代士大夫詩人の構造』（研文出版、二〇一〇年）所収）。

（34）司馬光が華々しいばかりで実がなく、道徳に無益な詩を嫌ったことは、注（1）所掲『宋金元文学批評史』上冊にも指摘がある（一二二～一二三頁）。また、馬東瑤氏は『文化視域中的北宋熙豊詩壇』（陝西人民教育出版社、二〇〇六年）において、司馬光らの努力により洛陽が儒学の一大根拠地として中国全土に名を知られたこと、司馬光を中心とする洛陽詩壇の人々によって作られた詩歌は、純文学的には殆ど影響力を持たないが、政治・思想・学術と緊密に結びつけられ、多くの文化的意義を担ったことを指摘する（九三頁）。司馬光の詩文が儒家的精神の産物であることは、氏の指摘を俟つまでもなく明らかであろう。

第十章　司馬光の詞作

謹厳実直な学者として知られる司馬光が、非実用的な文学を嫌ったことは既に前章に述べたとおりである。[1] しかし司馬光も当時の知識人の例にもれず詞を作っている。従来、彼の詞は『全宋詞』[2]に収録されている「錦堂春（紅日遅遅）」「西江月（宝髻鬆鬆挽就）」「阮郎帰（漁舟容易入春山）」の三首のみと見なされており、それらはいずれも宋代の筆記や詩話の中から蒐集されたものである。ところが、我が国の内閣文庫が所蔵する『増広司馬温公全集』（以下、『全集』と略記）巻二十八の「楽章」には、「西江月（宝髻惚惚綰就）」「同（鼇禁十年同舎）」「踏莎行（溟水雲深）」の計三首が収められており、その中の二首は『温公文集』は勿論、『全宋詞』にも未収録のものである。後述するように司馬光作を疑う説もあるが、『全集』は欠落こそ見られるものの、司馬光の「日録」など極めて価値の高い資料を含むことから信頼できる文献として認められており、したがってこれに収められた詞も司馬光の実作として見るのが妥当であろう。一方、司馬光の詞についての先行研究は甚だ少ないが、[3] 熙寧・元豊年間（一〇六八～一〇八五）における洛陽詩壇の重要人物である司馬光の詞作について明らかにすることは、北宋時代の詞史を考える上で極めて重要であると筆者は考える。

一　司馬光の艶詞

司馬光の詞は『温公文集』には見えず、『全集』所収の「西江月（宝髻惚惚綰就）」「同（鼇禁十年同舎）」「踏莎行（溟水雲深）」、及び宋代の筆記に散見する「錦堂春（紅日遅遅）」「阮郎帰（漁舟容易入春山）」の計五首が現在確認できる。しかし、「西江月（宝髻鬆鬆挽就）」については、その艶めいた表現から司馬光の作であることを疑う説もある。例えば明の姜南は、「此の詞、決して温公の作に非ず。宣和の間、温公の独り君子たるを恥ずるもの、此れを作りて之れを誣《し》う」[4]と述べ、「西江月（宝髻鬆鬆挽就）」を司馬光に敵対する人物が彼を中傷するために偽作したものであるとする。このような見方は、司馬光の謹厳実直なイメージによってもたらされたものであろうが、前述のようにこの詞は『全集』に収録されていることから、司馬光の自作として考えるべきであり、姜南の断定は根拠のないものと言わざるを得ない。そもそも宋代には、司馬光をはじめとする知識人が艶詞を作ることに対して、これを肯定する人物もいた。例えば北宋の呉処厚は、『青箱雑記』に次のように述べている。

文章純古、不害其為邪。文章艶麗、亦不害其為正。然世或見人文章鋪陳仁義道徳、便謂之正人君子、若言及花草月露、便謂之邪人。茲亦不尽也。皮日休曰、余嘗慕宋璟之為相、疑其鉄腸与石心、不解吐婉媚辞。及睹其文、而有「梅花賦」、清便富艶、得南朝徐庾体。然余観近世所謂正人端士者、亦皆有艶麗之詞、如前世宋璟之比、今並録之。（中略）。司馬温公亦嘗作「阮郎帰」小詞曰、（中略）。楊湜『詞説』載温公「西江月」詞云、（中略）。『東皐雑録』云、世伝温公有「西江月」一詞。今復得「錦堂春」。

文章の純古たるは、其の邪たるを害《そこ》なわず。文章の艶麗なるも、亦た其の正たるを害なわず。然れども世、或いは人の文章の仁義道徳を鋪陳するを見れば、便《すなわ》ち之れを正人君子と謂い、若《も》し花草月露に言及すれば、便ち之れを邪人と謂う。茲《こ》れも亦た尽きざるなり。皮日休曰く、「余、嘗て宋璟の相たるを慕い、疑うらくは、其れ鉄腸と石心と、婉媚《えんび》の辞を吐くこと解《あた》わず、と。其の文を睹《み》るに及びて、『梅花賦』有り、清便富艶にして、南朝の徐庾（徐陵・庾信）の体を得たり」と。然して余、近世の所謂《いわゆる》正人端士なる者を観れば、亦た皆な艶麗の詞有り、前世の宋璟の比《たぐい》の如《ごと》ければ、今、並《あわ》せて之れ（張詠詩及び韓琦詞）を録す。（中略）。司馬温公も亦た嘗て「阮郎帰」小詞を作りて曰く、（中略）。楊湜《ようしょく》の『詞説』に温公の「西江月」詞を載せて云う、（中略）。『東皐雑録』に、「世に温公に『西江月』一詞有りと伝う」と云う。今、復《ま》た「錦堂春」を得たり。

（北宋・呉処厚『青箱雑記』巻八）

呉処厚（字は伯固）は司馬光と同時代の人である。司馬光の文集に「送呉駕部処厚知真州」詩（『温公文集』巻十）が見えることから、司馬光とも交流があったようである。そして『青箱雑記』は司馬光の詞を収めた筆記類では、最も早い時期のものであるが、見てのとおりこれには甚だ興味深いことが記されている。それは文学作品の内容と作者の人格とを切り離して考える見方である。呉処厚は皮日休の「桃花賦」序（『皮子文藪』巻一）に、唐代の名宰相である宋璟が「鉄腸」「石心」の持ち主で艶麗な作品など作らないと思っていたが、意外なことに宋璟には「梅花賦」という「徐庾体」の作品があると記されているのを踏まえ、当時の例として張詠の詩、韓琦の詞と併せて司馬光の詞を載せている。現在でこそ作者と作品を切り離して考えるのは必要なことであるが、正人君子も艶麗な詩詞を作ると呉処厚が特筆しているのは、やはり当時においては謹厳実直な士大夫が艶詞を残していることを奇異に思う風潮があったからなのであろう。司馬光の艶詞には「西江月（宝髻慳慳綰就）」と「阮郎帰（漁舟容易入春山）」の二首があるが、まず前者を見よう。

宝髻慳慳綰就　　宝髻《うつくしきまげ》　慳慳《そうそう》に綰《ゆ》い就《お》わり

鉛華澹澹粧成　　鉛華《おしろい》　澹澹《たんたん》として　粧《よそお》い成る
紅煙紫霧罩軽盈　　紅煙紫霧　軽盈《けいえい》を罩《つつ》み
飛絮游糸無定　　飛絮游糸　定まるところ無し

相見争如不見　　相い見るは　争《いか》でか見ざるに如《し》かん
有情還似無情　　情有るは　還《かえ》って情無きに似たり
笙歌散後酒初醒　　笙歌　散じて後　酒初《ようや》く醒《さ》むれば
深院月明人静　　深院　月明にして　人静かなり

（司馬光「西江月」詞、『全集』巻二十八）

一見したところ、この詞は宴席に侍る芸妓と、その芸妓に思いを寄せる男性の気持ちを詠んだ作品に見える。司馬光の詩には見ることのできない甚だ艶めいたものである。しかしじっくり読めば、「西江月」の本意の詞であることに気づく。宴が始まった頃、夜空に現れた「月」を薄化粧した女性に擬え、薄雲に包まれたその姿を、「紅煙紫霧　軽盈《けいえい》を罩《つつ》む」と表現し、(6)また西へと傾いていくその様子を、「飛絮游糸　定まるところ無し」と描写するのである。そして前闋《ぜんけつ》は、次に挙げる劉禹錫の詞の表現を踏まえていよう。

軽盈嫋娜占年華　　軽盈《けいえい》　嫋娜《じょうだ》　年華を占め
舞榭粧楼処処遮　　舞榭《ぶしゃ》　粧楼《しょうろう》　処処に遮《さえぎ》る
春尽絮飛留不得　　春尽　絮《わた》（柳絮）飛びて　留め得ず

随風好去落誰家　風に随い　好《よ》く去りて　誰が家にか落つる

（唐・劉禹錫「楊柳枝詞」九首・其九、『劉夢得文集』巻九、四部叢刊初編所収）

周知のように、「楊柳枝詞」は白居易や劉禹錫が洛陽にて盛んに作ったものである。劉禹錫のこの作品は、柳絮にかこつけて、白居易が可愛がっていた家妓を詠んでいる。一方、司馬光の「西江月」は、劉禹錫の「楊柳枝詞」の表現を踏まえながら全く逆の発想に基づいている。つまり表面上は若い芸妓を詠んだように見えるものの、実は「月」を詠んでいる。なお後閑《こうけつ》には、宴が終わった後、月明かりの下にたたずむ男性のもの憂い様子が描かれているが、「情有るは　還《かえ》って情無きに似たり」の句は、晩唐の杜牧の「贈別二首」第二首（『樊川文集』巻四）の「多情総似却無情、唯覚罇前笑不成」（多情は総じて似たり　却《かえ》って無情なるに、唯だ覚ゆ　罇前《そんぜん》に笑いの成らざるを）を踏まえる。

北宋の趙徳麟（一〇六一～一一三四）は、司馬光の詩詞について次のように述べている。

司馬文正公、言行倶高。然亦毎有謔語。嘗作詩云、「由来獄吏少和気、皐陶之状如削瓜」。又有長短句云、（中略）。風味極不浅。乃「西江月」詞也。

司馬文正公、言行倶に《とも》高し。然れども亦た毎《つね》に謔語《ぎやくご》有り。嘗て詩を作りて云う、「由来　獄吏　和気少なく、皐陶《こうよう》の状　削瓜の如《ごと》し」と。又た長短句有りて云う、（中略）。風味、極めて浅からず。乃《すなわ》ち「西江月」詞なり。

（北宋・趙徳麟『侯鯖録』巻八）

司馬光は言行ともに高邁な文人であるが、よく「謔語」をなしたとし、その一例として獄吏の和気の少ない険しい表情を描写するのに『荀子』非相篇の「皐陶之状、色如削瓜」（皐陶《こうよう》の状、色は削瓜の如《ごと》し）の句を借りた詩を挙げている。また味わい深いものとして、前掲の「西江月」を挙げている。このことからも分かるように、司馬光の「西江月（宝髻惚惚綰就）」は単に字面どおり宴に侍る芸妓と彼女を恋慕する男性の気持ちを描いたものではなく、宴の催される夜空に現れた「月」とそれを見上げる司馬光自身を詠んだ作品として読むべきである。

さて、この「西江月（宝髻惚惚綰就）」については、『全集』に次のような端書きが寄せられている。

昔楊元素学士嘗云、端明司馬公、剛風勁節、聳動朝野。疑其金心鉄意、不善吐婉娩辞。近得其席上所製西江月一篇。雅亦風情不薄。

昔、楊元素学士、嘗て云う、「端明司馬公、剛風勁節ありて、朝野を聳動《しょうどう》せしむ。疑うらくは、其れ金心鉄意にして、婉娩《えんび》の辞を吐くを善くせず、と。近ごろ其の席上に製《つく》る所の『西江月』一篇を得たり。雅にして亦た風情薄からず」と。

ここに見える楊元素とは、北宋の楊絵（一〇二七～一〇八八）、字は元素である。蘇軾（一〇三六～一一〇一）の友人であり、『時賢本事曲子集』（佚）の編者でもある。楊絵は、司馬光の剛直ぶりは朝野を畏れさせるものであり、優美な言辞を口にすることは苦手なはずと思っていたが、近頃入手した司馬光の「西江月」は、雅びでしかも十分に風情があるという。引用されている文章が前掲『青箱雑記』所引の皮日休「桃花賦」序を踏まえていることから、楊絵も知識人が艶詞を作ることを十分に理解していたと見える。なお、この端書きの内容からも明らかなように、司馬光は宴席の余興としてこの詞を作ったと思われるが、目の前の美しき芸妓を詠んだ艶詞かと思えば、実は夜空の「月」を詠んでおり、しかも詞牌の本意に忠実であろうとするところに、司馬光の生真面目な性格が現れていて興味深い。
司馬光の艶詞にはもう一首、「阮郎帰」がある。

漁舟容易入春山
仙家日月閑
綺窓紗幌映朱顔
相逢酔夢間

松露冷
海霞殷
匆匆整棹還
落花寂寂水潺潺
重尋此路難

漁舟　容易に春山に入り
仙家に日月閑なり
綺窓の紗幌に　朱顔映じ
相い逢いたり　酔夢の間

松露は冷たく
海霞《かいか》は殷《あか》し
匆匆《そうそう》として　棹を整えて還《かえ》れば
落花は寂寂《せきせき》たり　水は潺潺《せんせん》たり
重ねて此の路を尋ぬるは難し

（司馬光「阮郎帰」詞、北宋・呉処厚『青箱雑記』巻八所引）

詞牌からも分かるように、これは後漢の劉晨と阮肇が天台山で仙女と邂逅した故事に因む、いわゆる「本意」の作である。[7] 前関では劉・阮と二人の仙女の出会いを詠み、後関では仙女と別れた彼らが川を下って帰ってゆく様子を描いている。後関の第二句は李白の「早望海霞辺」詩（『李太白文集』巻十九）に、「四明三千里、朝起赤城霞」（四明三千里、朝に起こる赤城の霞）と詠まれる天台の朝焼けを指す。そして後関第四句の「落花寂寂」は、晩唐の韋荘の次の詩を踏まえていよう。

自有春愁正断魂　自《おのずか》ら春愁有りて　正に魂断《た》えなんとし
不堪芳草思王孫　堪えず　芳草に王孫を思う
落花寂寂黄昏雨　落花は寂寂《せきせき》たり　黄昏の雨
深院無人独倚門　深院に人無く　独り門に倚《よ》る
（唐・韋荘「春愁」詩、『浣花集』補遺、文淵閣四庫全書所収）

韋荘が詠むのは、静かに花の散る夕暮れに独り想い人を待つ女性の心情であるが、司馬光は韋荘の詩を踏まえつつ、劉・阮と仙女の別れを詠んでいる。また、同じく後関第四句の「水潺潺」は、晩唐の許渾の次の詩句を踏まえている。

丹壑樹多風浩浩　丹壑　樹多くして　風は浩浩《こうこう》
碧渓苔浅水潺潺　碧渓　苔浅くして　水は潺潺《せんせん》
可知劉阮逢人処　知るべし　劉・阮の人に逢う処
行尽深山又是山　深山を行き尽くすも　又た是《こ》れ山なるを
（唐・許渾「早発天台中巌寺、度関嶺、次天姥岑」詩、第五～八句、『丁卯集』巻上、四部叢刊初編所収）

これは許渾が天台山に遊んだ時に、劉・阮の故事を思い返して詠んだものである。司馬光は韋荘や許渾の詩を典故に用いて「阮郎帰」を作り、人間と仙女の出会いと別れを表現したのである。前章でも述べたように、司馬光は非実用的な文学を嫌ったが、実際にはこのように艶詞も作っている。司馬光が艶詞を作った理由については、後述する明の陳霆の『渚山堂詞話』に見えるように、司馬光も人間らしい感情を忘れることができず、そのために艶詞を作ったという考えも提示されているが、清人には、宋代文人の艶詞創作の理由を詞というジャンルの性質に求め、そもそも詞の本色は艶麗なものであるとする立場から、宋代文人の艶詞の創作を肯定する意見を述べる者もいる。

詞以艶麗為本色。要是体製使然。如韓魏公、寇萊公、趙忠簡、非不冰心鉄骨、勳徳才望、照映千古。而所作小詞、有「人遠波空翠」、「柔情不断如春水」、「夢回鴛帳余香嫩」等語。皆極有情致、尽態窮妍。乃知広平梅花、政自無礙。竪儒輒以為怪事耳。司馬温公亦有「宝髻鬆」一闋。姜明叔力弁其非、此豈足以誣温公。真贋要可不論也。

詞は艶麗を以て本色と為す。要《かなら》ず是《こ》れ体製の然らしむるなり。韓魏公（韓琦）、寇萊公（寇準）、趙忠簡（趙鼎）の如《ごと》きは、冰心鉄骨にして、勳徳才望、千古に照映せずんば非ず。而《しか》れども作る所の小詞に、「人は遠く　波は空しく翠《みどり》なり」(8)、「柔情は断えず　春水の如《ごと》し」(9)、「夢に回る鴛帳　余香嫩《かす》かなり」(10)等の語有り。皆な極めて情致有り、態を尽くして妍を窮む。乃《すなわ》ち広平（宋璟）の梅花（「梅花賦」）、政に自《おのずか》ら礙《さまた》ぐること無きを知る。竪儒《じゅじゅ》は輒《すなわ》ち以て怪事と為すのみ。司馬温公も亦た「宝髻鬆」一闋有り。姜明叔（姜南）、力《つと》めて其れ非なるを弁ずるも、此れ豈に以て温公を誣《し》うるに足らんや。真贋は要《かなら》ず論ぜざるべきなり。

（清・彭孫遹『金粟詞話』、詞体以艶麗為本色(11)）

右の彭孫遹の文章には、おおむね次のようなことが述べられている。詞は艶麗を本領とするが、それは詞というジャンルの性質によるものである。韓琦や寇準、趙鼎などの人物は、後世に範を垂るるに足る才徳の持ち主であったが、いずれも情致ある詞を作っている。このことから分かるように、宋璟が「梅花賦」を作ったのも政治を妨げるものではない。ただつまらない学者たちがこのことを奇怪に思っているだけである。司馬光にも「宝髻鬆」（西江月）の詞があり、姜南がこれを偽作であると懸命に弁じているが、どうしてこの詞をもって司馬光を非難することができようか。詞の真贋は論じる必要もないことである。

司馬光の人格と照らし合わせて詞の真贋を判断するのは、確かに根拠の無いことである。そもそも詞の始まりは宴の際に用いられた歌詞である。しかも前述のように、『全集』に収められている「西江月（宝髻惚惚綰就）」の端書きには、「席上所製」と明記されており、宴席の場であったからこそ司馬光は余興としてこの詞を作ったのであろう。そして個人の文学観よりも、その場に集う人々の興趣を重んじたと考えられる。しかし、司馬光の詞作がすべて宴席の余興であったかと言えばそうではない。司馬光はこれらの艶詞のほかに雅詞も創作しているのである。

二　司馬光の雅詞

北宋の柳永（九八七？〜一〇五三？）は、艶詞の作り手として知られるが、その詞は雅俗の両面を併せ持つことが先人によって指摘されている。例えば、夏敬観は次のように述べている。

耆卿詞、当分雅俚二類。雅詞用六朝小品文賦作法、層層鋪叙、情景兼融、一筆到底、始終不懈。俚詞襲五代淫詖之風気、開金元曲子之先声、比于里巷歌謡、亦復自成一格。

耆卿の詞は、雅俗の二種類に分けられる。雅詞は六朝の小品・文賦の手法を用いて重層的に叙述し、心情と風景を融合させて初めから終わりまでたゆむことなく一気に書きあげている。俗詞は五代の淫靡な風気を踏襲して、金元の散曲の前兆を見せ、巷間の歌謡と並んで、また自ら一格を成した。(12)

また村上哲見氏は、柳永の詞は大きく「艶情」と「羈旅行役」の二つのテーマに分けられ、この二つのテーマが雅と俗とに分離しやすい傾向を持つことを指摘している。(13)どのような詞が「雅」であり、またどのような詞が「俗」であるかを判断するのは難しいが、村上氏の見解を一部踏まえるならば、男女の恋情を詠むものは通俗性の高いものであり、これを含まないものは雅詞であると見なしてよいだろう。そして司馬光の詞について言えば、前に見た「西江月（宝髻慯慯綰就）」や「阮郎帰（漁舟容易入春山）」のような艶詞は、楊絵が「雅にして亦た風情薄からず」と評してはいるものの、ほかの感慨を述べた詞や、知友と唱和した詞と比較すると、やはり通俗的な趣を有すると見てよい。

本節では司馬光の三首の雅詞のうち「錦堂春（紅日遅遅）」を取りあげて、(14)この詞に表現されている司馬光の感慨について述べることにする。

紅日遅遅　　紅日　遅遅として
虚廊転影　　虚しき廊に影を転じ
槐陰迤邐西斜　　槐《えんじゅ》の陰は迤邐《いり》として　西に斜めなり
彩筆工夫　　彩筆の工夫も

難状晩景煙霞
蝶尚不知春去
謾遶幽砌尋花
奈狂風過後
縦有残紅
飛向誰家

始知青鬢無価
嘆飄零宦路
荏苒年華
今日笙歌叢裏
特地咨嗟
席上青衫湿透
算感旧
何止琵琶
怎不教人易老
多少離愁
散在天涯

晩景の煙霞を状《あらわ》し難し
蝶は尚《な》お春の去るを知らず
謾《みだ》りに幽砌《ひとけなきみぎり》を遶《めぐ》りて花を尋ぬ
奈《いかん》せん　狂風の過《よぎ》りし後
縦《たと》い残紅（落花）有るとも
飛びて誰が家にか向かうを

始めて青鬢に価《あたい》無きを知り
宦路に飄零するを嘆く
荏苒《じんぜん》たる年華
今日は笙歌の叢裏《うち》にあり
特地《とつぜん》　咨嗟《なげ》きて
席上に青衫湿透《せいさんうるお》う
旧に感ずるを算《かぞ》うれば
何ぞ琵琶（「琵琶引」）に止まらん
怎《いか》でか人をして老い易《やす》からしめざらん
多少《いくばく》の離愁
天涯に散ず

（司馬光「錦堂春」詞、北宋・呉処厚『青箱雑記』巻八所引）

これは司馬光の詞の中で唯一の慢詞である。内容はおよそ次のようである。まず前関では、春が終わって間もない日の夕べ、春が去ったことも知らず花を探して飛び回る蝶のあてどない姿を見て、慨嘆する様子が詠まれる。あちらこちらを飛びまわる蝶の姿は、官路を歩む士人とも重なることを暗示して後関に続く。人は老年に至って、鬢に白いものが混じるまで勉めてもそれに見合う報いは無いことを知り、官僚社会で浮沈する身を嘆く。移ろいやすい年月の中、今日は宴の席に侍っている。嘗ては都で活躍していたこの身は、今は地方で老いゆくばかりである。それを思えば涙がしとどに衣を濡らす。往事に思いを馳せて感じ入るのは、どうして「琵琶引」の江州司馬（白居易）だけであろうか。時の流れとはどうしてこうも早く人を老いさせてしまうのであろうか。あまりある離別の悲しみは、天の果てまで届かんばかりである。

この詞が作られた状況は不明であるが、後関の第四句、「今日は笙歌の叢裏《うち》にあり」と後関末尾の「多少《いくばく》の離愁　天涯に散ず」の両句を勘案すれば、長きにわたって共に官僚生活を送った友人の送別の宴にて司馬光が作ったものと考えられる。また制作時期も不明であるが、後関の内容から察するに、司馬光が洛陽に移り住んだ熙寧四年（一〇七一）より元豊八年（一〇八五）の間の作と見なされる。後関の第五句以降が白居易の「琵琶引」（『白氏文集』巻十二、作品番号〇六〇二）を踏まえているからである。「琵琶引」には青衫をまとった江州司馬（白居易）が、船上の元妓女の琵琶の演奏に涙を流す場面が描かれているが、司馬光が白居易を慕うようになったのは洛陽に住まいを定め、「迂叟」と号して後のことである。(15) 司馬光が「琵琶引」を踏まえるのは、心ならずも首都開封を離れて洛陽に住むことになり、南方に左遷された時の白居易の心情に共感するものがあったからであろう。なおこの詞については、明の陳霆の『渚山堂詞話』に興味深い一文が見える。

「錦堂春」長闋、乃司馬温公感旧之作。全篇曰、（中略）。公端勁有守、所賦嫵媚悽惋、殆不能忘情。豈其少年所作耶。古賢者未能免俗、正謂此耳。

「錦堂春」長闋は、乃《すなわ》ち司馬温公の感旧の作なり。全篇に曰く、（中略）。公、端勁《たんけい》にして守るところ有るも、賦する所は嫵媚悽惋《ぶびせいわん》にして、殆ど情を忘るる能《あた》わず。豈に其れ少年の作るところならんや。古《いにしえ》の賢者も未だ俗を免《まぬか》るる能わずとは、正《まさ》に此れを謂うのみ。

（明・陳霆『渚山堂詞話』巻二）

陳霆は司馬光のような人物であっても情を忘れることはできなかったとし、よって司馬光を俗に通じることを免れなかった賢者の例としている。また同じく明の徐伯齢は司馬光のこの詞を、「含蓄感慨ありて、一唱三嘆す。所謂《いわゆる》楽しみて淫《みだ》れず、哀しみて傷《やぶ》れざるものなるか」と述べて称賛している。(16) しかし該詞を素直に読めば、ここに詠まれているのは、まぎれもなく切々とした謫官の悲哀と日月が無情にも過ぎ去っていくことに対する感傷である。このことから「錦堂春（紅日遅遅）」には、司馬光自身の偽らざる真情が吐露されていると見てよいだろう。(17) 因みに政治的環境の変動によって個人の悲哀が詞に表出されるのは、司馬光だけでなく彼の政敵であった王安石（一〇二一～一〇八六）にも見られる現象と言われている。(18)

三　河橋参会

ここからは司馬光が他者と唱和した詞を取りあげよう。司馬光の「西江月」には、第一節で取りあげたもの以外に、『全宋詞』に未収録のものが一首現存する。これは『全集』に「河橋参会」と題して収められ、その端書きによって、熙寧十年（一〇七七）に司馬光とその友人范鎮（一〇〇八～一〇八九）が、洛陽より河陽（現在の河南省孟州市）に移った呂公著（一〇一八～一〇八五）を訪問した際に作ったものであることが分かる。呂公著は司馬光が元豊八年（一〇八五）に宰相として返り咲いた時に副宰相として抜擢を受けた同志であり、洛陽在住の思想家邵雍（一〇一一～一〇七七）の「四賢吟」（『伊川撃壌集』巻十九）には、司馬光、范鎮、富弼（一〇〇四～一〇八三）と共に洛陽にて名声を博した人物として称えられている。司馬光と范鎮が呂公著を訪ねた時のことを、呂公著の子である呂希哲（一〇三九～一一一六）は次のように記している。

正献公守潁時、趙康靖公概自宋訪欧陽公於潁、与公二人会燕於欧陽公第。因名其堂曰会老。後公守河陽。司馬文正公、范忠文公自洛来訪。因名所館曰礼賢。是二会皆有歌詩楽語、盛伝於世。范淳父寄詩紀其事曰、会老名堂清潁上、礼賢開館大河浜。

正献公（呂公著）、潁に守たりし時、趙康靖公概、宋より欧陽公を潁に訪《おとな》い、公ら二人と与《とも》に欧陽公の第に会燕す。因りて其の堂を名づけて「会老」と曰う。後に公、河陽に守たり。司馬文正公、范忠文公、洛より来訪す。因りて館《やど》る所を名づけて「礼賢」と曰う。是《こ》の二会、皆な歌詩・楽語有りて、盛んに世に伝えらる。范淳父（范祖禹）、詩を寄せて其の事を紀《しる》して曰く、「会老　堂を名づく清潁の上《ほとり》、礼賢　館を開く大河の浜」と。

（北宋・呂希哲『呂氏雑記』巻下）

これによれば、呂公著は嘗て潁州（現在の安徽省阜陽市）にて欧陽脩（一〇〇七～一〇七二）と趙概（九九六～一〇八三）と共に会老堂の集いを持ち(19)、河陽では司馬光らの訪問を受けた。そしてこの二つの集いで作られた詩歌は、盛んに世に伝えられたという。なお引用された范祖禹（一〇四一～一〇九八）の詩から分かるように、会老堂の集会と礼賢館の集会は、当時の士大夫たちの間で美談として語り継がれた。河陽の集いで作られた司馬光の詩は残っていないが、後日、司馬光はこの時のことを回想して次の詩を作っている。

蓬飛匏繋十余年　　蓬《ほう》飛《ひ》　匏繋《ほうけい》　十余年
並蔭華榱出偶然　　並びに華榱《かすい》（模様を施した榱《たるき》）に蔭《おお》わるるは　偶然より出づ
郭隗金台雖見礼　　郭隗《かくかい》の金台（黄金台）に礼を見ると雖も
華歆龍尾豈能賢　　華歆《かきん》の龍尾　豈に能《よ》く賢ならん
浮雲世味閑尤[20]薄　　浮雲の世味　閑にして尤《もっと》も薄く
寒柏交情老更堅　　寒柏の交情　老いて更に堅し
明日河梁即分首　　明日　河梁に即《すなわ》ち首《こうべ》を分かつ
人生楽事信難全　　人生　楽事　信《まこと》に全うし難し

（司馬光「去春、与景仁同至河陽謁晦叔、館於府之後園。既去、晦叔名其館曰礼賢。夢得作詩、以紀其事。光雖愧其名、亦作詩以継之〈去春、景仁と同《とも》に河陽に至りて晦叔に謁し、府の後園に館《やど》る。既に去れば、晦叔、其の館を名づけて「礼賢」と曰う。夢得（范祖禹）詩を作りて、以て其の事を紀《しる》す。光、其の名に愧《は》ずと雖も、亦た詩を作りて以て之れを継ぐ〉」詩、『温公文集』巻十四）

詩題から分かるように、司馬光のこの詩は前述の范祖禹の詩を承けて詠まれたものである。まず第一句では、ムカシヨモギが風に吹かれて転がるように各地に左遷されたり、食されることもなくただぶら下がっているヒサゴのように閑職に置かれたりした過去の十年あまりを振り返り、続いて第二句では後漢の王粲の「公讌詩」（『文選』巻二十）に「高会君子堂、並坐蔭華榱」（君子の堂に高会し、並び坐して華榱《かすい》に蔭《おお》わる）とあるのを踏まえ、呂公著の任地で雅宴を持ったことをいう。そして第三句では郭隗の黄金台の故事、第四句では魏の華歆《かきん》、邴原《へいげん》、管寧《かんねい》がそれぞれ龍頭、龍腹、龍尾に擬えられたという故事を用いている。なお詩の後半には、閑適の生活を送る司馬光らにとって、浮雲のように虚しい名利は求めるところではなく、歳寒の松柏のごとく変わらぬ友情はますます堅固になっていることが詠まれている。ここでは『論語』述而篇に見える「不義にして富み、且つ貴きは、我に於いては浮雲の如《ごと》し」、及び同じく『論語』子罕篇の「歳寒くして、然る後に松柏の後れて彫《しぼ》むを知る」という言葉を踏まえる。一読すれば、新法旧法両党派の政争の激しい時期に、世俗の名利に背を向け、心を許し合った友人同士の交情を温める詩であることが分かる。しかし、『全集』に収められている河陽の集いの席で作られた「西江月（鼇禁十年同舎）」を見ると、いささか趣が異なることに気づく。まずその端書きから見よう。

范公鎮景仁、司馬光君実、呂公公著晦叔、熙寧初同在禁林為学士。于後景仁致仕、君実、晦叔各在外服。至熙寧十年、晦叔移知河陽。景仁、君実游済源。因参会於河橋。君実即宴作「西江月」辞、以道旧、幷叙別。景仁、晦叔皆依韻賡之。並為絶倡。

范公鎮景仁、司馬光君実、呂公公著晦叔、熙寧初《はじ》めに同《とも》に禁林（翰林院）に在りて学士たり。後に景仁は致仕し、君実、晦叔は各《おの》おの外服に在り。熙寧十年に至り、晦叔移《うつ》りて河陽に知たり。景仁、君実、済源に游ぶ。因りて河橋に参会す。君実、宴に即《つ》きて「西江月」辞を作り、以て旧《むかし》を道《い》い、幷《あわ》せて別れを叙《の》ぶ。景仁、晦叔も皆な韻に依りて之れを賡《つ》ぐ。並びに絶倡たり。

右の文章も前掲の「西江月（宝髻憁憁綰就）」の端書きと同様に詞作の背景を詳しく述べている。司馬光は范鎮と共に済源（現在の河南省済源市）に遊んだ際に呂公著を訪問したのであるが、その宴の席で、まず司馬光が「西江月」を作って懐旧の情を述べ、范鎮と呂公著も次韻して「西江月」を作ったという。残念なことに范鎮と呂公著の「西江月」は散佚したが、司馬光の詞は見ることができる。

鼇禁十年同舎
河橋三月春風
緑楊陰底一樽同
道旧依稀如夢

歌罷塵飛酒盞
舞余花落筵中
主人開宴客西東
此別千金非重

鼇禁《ごうきん》（翰林院）の十年　舎を同じくし
河橋の三月　春風あり
緑楊の陰《かげ》底に一樽を同《とも》にし
旧《むかし》を道《い》えば　依稀《おぼろげ》なりて夢の如《ごと》し

歌罷《や》みて　塵は酒盞《しゅさん》に飛び
舞余《おさま》りて　花は筵中に落つ
主人　宴を開きて　客　西東す
此の別れは　千金も重きに非ず

（司馬光「西江月」詞、「河橋参会」、『全集』巻二十八）

まず前関には、嘗て翰林学士として十年の歳月を共にした三人が、春風の吹く三月に都を離れた河陽にて酒を酌み交わすことが詠まれている。三人は昔話に花を咲かせるが、今にして思えば往事のことはおぼろげで夢のようであるという。続いて後関には次のような内容が詠まれている。歌も止み舞も終わり、宴席には散る花が舞い落ちる。主人の呂公著は宴の終わりを告げ、司馬光と范鎮も済源へと旅立つ。次に会うのはまたいつになるか分からない名残り惜しさを胸に、三人は別れの挨拶を交わしたのである。

この詞には前に見た河陽の詩とは異なる感情が詠まれている。それは翰林院で三人が共に過ごした十年の歳月を懐かしく思う気持ちであり、河陽の詩の初句が、「蓬飛《ほうひ》　匏繫《ほうけい》　十余年」と詠まれるのと好対照をなす。翰林学士として各々の才幹を発揮した思い出は、司馬光らが胸襟を開いて語らい合うにあたって懐旧の情を促すものなのである。そこには、友人同士だからこそ共有できる感情の機微があったのだろう。そしてこの集会において司馬光、范鎮、呂公著が唱和した「西江月」は、『呂氏雑記』に見えるように、欧陽脩の会老堂の集会の詩と共に風雅なものとして当時盛んに伝えられたのである。

四　洛陽における詩詞の唱和

司馬光の詞の中には、「西江月（宝髻憁憁綰就）」や「錦堂春（紅日遅遅）」のように、司馬光の詞作の技倆をよく示し、かつ後世の人によって高い評価が与えられたものがある一方で、比較的平凡なものも存在する。それは「踏莎行（溟水雲深）」である。

宋代には多くの「寿詞」が作られており、[21]司馬光の詞作についても、これにまつわる不名誉な逸話が残されている。

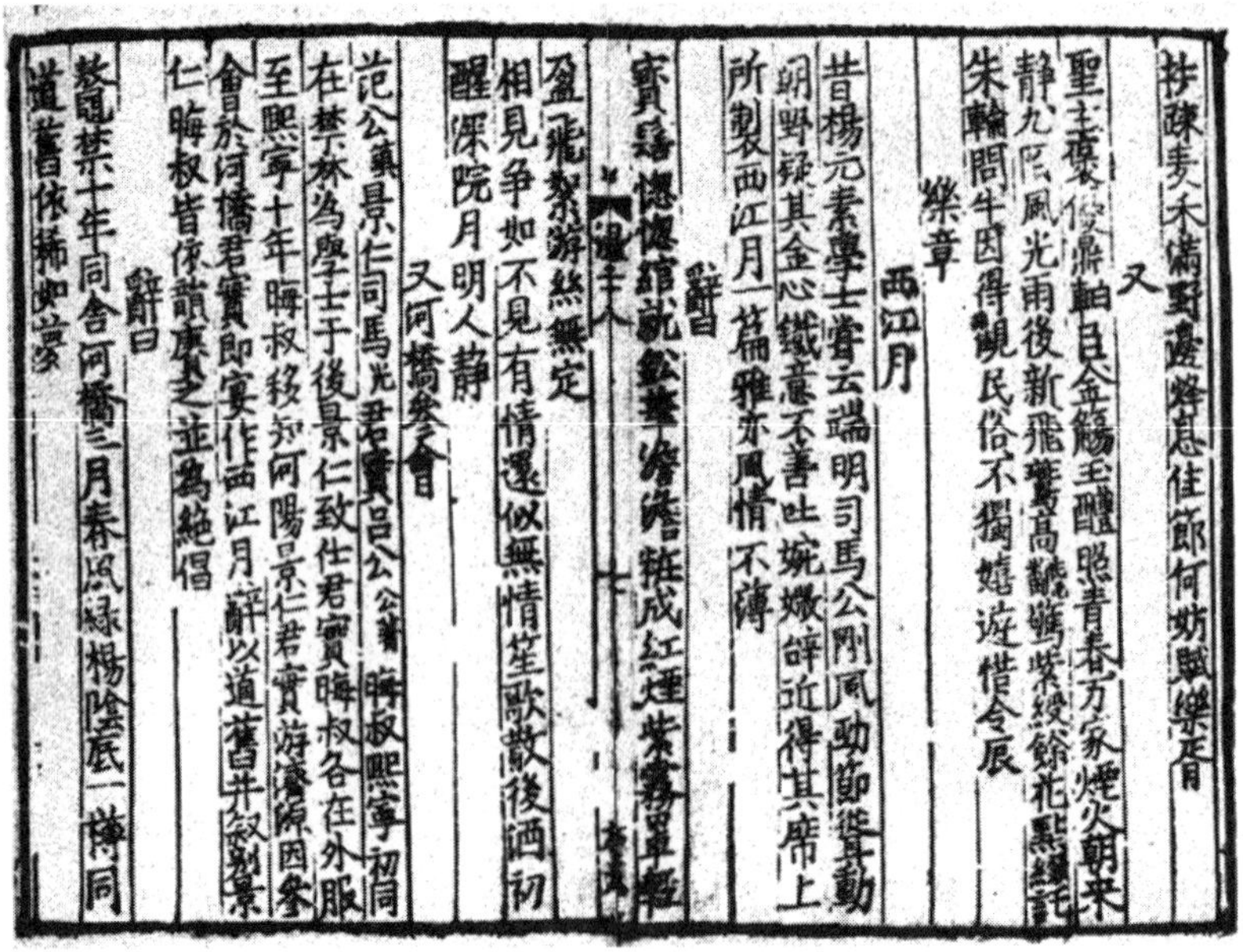
拚疎麥禾備對邊烽息佳節何妨賦樂章
又
聖主褒賢鼎鼐臣金觴玉醴照青春方家煙火朝來
靜九陌風光雨後新飛蓋高軒攀紫綬餘花點綴託
朱輪問牛因得覩民俗不獨嬉遊惜令辰
樂章
西江月
昔楊元素學士嘗云端明司馬公剛風勁節聳動
朝野疑其金心鐵意不善吐婉孆辭近得其席上
所製西江月一篇雅亦風情不薄
辭曰
寶髻鬆鬆挽就鉛華淡淡粧成紅煙翠霧罩輕
盈飛絮游絲無定
相見爭如不見有情還似無情笙歌散後酒初
醒深院月明人靜
又河橋參會
范公鎮景仁司馬光君實呂公公著晦叔熙寧初同
在禁林為學士于後景仁致仕君實晦叔各在外服
至熙寧十年晦叔移知河陽景仁君實游洛濱因參
會於河橋君實即宴作西江月辭以道舊且叙别景
仁晦叔皆依韻屬之並為絕倡
辭曰
燮毘禁十年同舍河橋三月春風綠楊陰底一樽同
道舊皆依稀如夢

図十一　司馬光「西江月」詞（『増広司馬温公全集』所収）

それは司馬光が文彦博（一〇〇六〜一〇九七）におもねって、文彦博夫人の誕生日に詞を送り、下僚に咎められたというものである。

生日献詞、盛於宋時。以諛佞之筆、攔入風雅。不幸而伝、豈不倒却文章架子。孔毅夫『野史』、文潞公守太原、辟司馬温公為通判。夫人生日、温公献小詞、為都漕唐子方峻責。此事固未可信然。

生日に詞を献ずるは、宋時に盛んなり。諛佞の筆を以て、風雅を入るるを攔《さえぎ》る。不幸にして伝われば、豈に文章の架子《かし》（骨子）を倒却せざらんや。孔毅夫（孔平仲）の『野史』に、文潞公、太原に守たりしとき、司馬温公を辟《め》して通判と為す。夫人の生日に、温公、小詞を献じ、都漕《とそう》唐子方に峻責せらる。此の事、固《もと》より未だ信ずべからず。

（清・呉衡照『蓮子居詞話』巻三、生日献詞）(22)

孔平仲の『野史』は未見であり、また司馬光の寿詞も残っていないので断定はできないが、管見の及ぶ限り、司馬光が文彦博治下の太原府に通判として赴いた事実は見えないため、おそらく呉衡照が述べるようにこの逸話は真実ではないだろう。しかし、司馬光が文彦博に全く詞を献じていないかと言えばそれは否である。『全集』には司馬光が文彦博に寄せた次の詞が収められている。

湨水雲深
銅駞風暖
重陽動色軽冰断
雪花独共鶺鴒飛
灯光漸与蟾蜍満

徳行星高
文章錦煥
冥鴻威鳳煙霄伴
脂車須在落梅前
新声飜入韶華管

湨水《よくすい》に雲深く
銅駞《どうだ》に風暖かなり
重陽（天）は色（景色）を動かし　軽冰《けいひょう》断《た》ゆ
雪花は独《た》だ鶺鴒《せきれい》と共に飛び
灯光　漸《ようや》く蟾蜍《せんじょ》（月光）と与《とも》に満つ

徳行　星のごとく高く
文章　錦のごとく煥《あき》らかなり
冥鴻　威鳳　煙霄の伴
脂車　須《すべから》く落梅の前に在るべし
新声　飜《ひるがえ》り入る　韶華の管

（司馬光「中呂調・踏莎行」詞、「寄致政潞公」、『全集』巻二十八）

この詞も春の野遊びを主題とする「本意」の詞である。第一節に見た「西江月（宝髻憁憁綰就）」や「阮郎帰（漁舟容易入春山）」もそうであるが、「本意」の詞が多く見られるのは、司馬光の詞の特色といって良いだろう。ところで、「踏莎行（湨水雲深）」には、「寄致政潞公」(23)の題が附されており、文彦博に寄せられた頌歌献詞であることが明らかである。詞の内容は、洛陽とその南方に位置する許昌（現在の河南省許昌市）の春景を詠むものである。まず前闋では、許昌の近辺を流れる湨水《よくすい》（河南省密県の東南を流れる川）と洛陽の名勝である銅駝街とを対にして挙げ、早春の夕暮れの景色を描く。続いて後闋では、まず文彦博の徳行と文章の素晴らしさをそれぞれ星と錦に喩え、その周囲には文彦博のお供にふさわしい鴻や鳳凰に類する高才の士が侍っていることをいう。そして最後の二句では、文彦博とそのお伴をする士大夫たちが車に油をさして行楽し、音楽の鳴り響く中、梅見の宴に興じることを詠んで詞は収められる。前闋の第一句と第二句に許昌と洛陽の地名が対になっているのは、当時、文彦博と司馬光がそれぞれ許昌と洛陽にいたことを示す。そうすると、後闋第三句の「冥鴻」と「威鳳」が暗示する人物もおのずと想定される。それは許昌で「飛英会」(24)と呼ばれる文人集会を開いていた范鎮と韓維（一〇一七～一〇九八）の二人であり、共に司馬光の旧友である。

ところで、この「踏莎行」は司馬光の他の四首の詞に比べてあまりにも儀礼的であり、とりたてて面白味も感じられない。宋代に盛んに作られた「寿詞」と同様に、風雅を妨げる阿諛追従の作と断じられても弁解の余地はない。しかしこの詞を別の角度から捉えなおしたならば、その創作の背景を垣間見ることができる。

司馬光の「踏莎行（湨水雲深）」は、「寄致政潞公」の添書きがあることを勘案すれば、文彦博が致仕した元豊七年（一〇八四）か、またはその翌年の春に作られたと考えられる。そして同時期に洛陽と許昌に在住の他の士大夫たちの詞と関連づければ、創作の状況をより絞り込むことができる。その士大夫たちとは、司馬光の友人韓維とその兄韓絳（一〇一二～一〇八八）である。韓氏兄弟が唱和した詞は、朱孝臧『彊村叢書』（上海書店、一九八九年）所収の『南陽詞』に収められているが、欠字が多いため、韓維の『南陽集』（文淵閣四庫全書所収）巻三十所載の詞に基づき、欠字を補って列記する。

帰雁低空
游蜂趁暖
憑高目向西雲断
具茨山外夕陽多
展江亭下春波満
双桂情深
千花明煥
良辰誰是同遊伴
辛夷花謝早梅開
応須次第調絃管
嵩嶠雲高
洛川波暖

帰雁　空に低く
游蜂　暖かきに趁《おもむ》く
高きに憑《よ》りて　目は西雲の断ゆるところに向かう
具茨山外に夕陽多く
展江亭下に春波満つ
双桂　情深く
千花　明煥たり　※自注……双桂楼、千花閣。
良辰　誰か是《こ》れ同遊の伴
辛夷花謝《ち》りて　早梅開けば
応《まさ》須に次第に絃管を調《しら》ぶべし
嵩嶠《すうきょう》　雲高く
洛川《らくせん》　波暖かなり

（韓維「踏莎行」詞、「次韻范景仁、寄子華」、『南陽集』巻三十）

挙頭喬木森無断　　頭《こうべ》を挙ぐれば　喬木　森として断ゆる無し
護花微雨絶風塵　　花を護る微雨は風塵を絶つ
小橋頻過春渠満　　小橋　頻りに過《よぎ》れば　春渠《しゅんきょ》満つ
□□離宮
□稜斗煥
万家羅綺多遊伴　　万家の羅綺《らき》　游伴多し
玉鞭金勒自風流　　玉鞭《ぎょくべん》　金勒《きんろく》　自《おのず》ら風流
尋春是処喧絃管　　春を尋ぬれば　是《こ》の処　絃管　喧《かまびす》し

（韓絳「踏莎行」詞、『南陽集』巻三十）

韓維の詞の前関に見える「具次山」は現在の河南省密県にある山、「展江亭」は韓維が許昌に作った亭である[25]。ここでは韓維が許昌の展江亭にて夕日を眺めることを詠んでいる。続いて後関では、銭惟演（九七七〜一〇三四）が洛陽に建造した「双桂楼」[26]と、同じく洛陽にある「千花閣」を詠み、洛陽の韓絳に早春の良い季節に梅見の宴を催すことを勧めている。一方、韓絳はこれに唱和して、前関に風光明媚な洛陽の風景を描き、後関には春の行楽のにぎやかな様子を詠んでいる。

この三首の「踏莎行」は、一読すれば分かるように同じ韻字を用いている。つまり司馬光、韓絳・韓維兄弟、それから作品自体は散佚したが同じく「踏莎行」を作ったと見られる范鎮は、一つのグループを形成して詞を作ったと考えられる。そうするとこれらの詞が作られた時期もおのずと特定できる。元豊七年（一〇八四）から翌年にかけて、韓絳は西京留守の任に在って洛陽に住み、韓維は司馬光と同じく提挙嵩福宮の閑職に在って許昌に邸宅を構えていた。三首の「踏莎行」はこの時期に作られたと見られる。韓絳と韓維の「踏莎行」は兄弟同士で洛陽と許昌の春の様子を詠んでいるが、注目したいのは韓維の詞に「次韻范景仁、寄子華」（范景仁〈范鎮〉に次韻し、子華〈韓絳〉に寄す）との題が附されていることである。つまり韓維の該詞は、同じく許昌に住む范鎮の詞に次韻したものであるが、范鎮の詞もまた司馬光の「踏莎行」に次韻したものではないだろうか。つまり文彦博が致仕した後に許昌を訪れる際、司馬光は「踏莎行」を寄せた。そして許昌で文彦博から司馬光の詞を示された范鎮はこれに次韻して同じく「踏莎行」を詠み、またその後、韓維が范鎮に次韻し、更に韓絳が韓維に次韻したと考えられるのである。たとえこの推測が完全には正しくないとしても、少なくとも司馬光の「踏莎行」が范鎮、韓維、韓絳の詞と無関係ではないことは確かである。

その傍証として、同時期に司馬光、文彦博、范鎮、韓絳らが洛陽に集まって宴を催し、詩を唱和したことが挙げられる。参考までに司馬光と文彦博の唱和詩をここに紹介しよう。

独佐成康世　　独り成康（周の成王・康王）の世を佐《たす》け
高年有畢公　　高年　畢公（畢公高）有り
神心降維嶽　　神心　維嶽《いがく》より降り(27)
亀兆告非熊　　亀兆（亀卜の兆《しるし》）　非熊《ひゆう》（太公望）を告ぐ(28)
黄閣遵成範　　黄閣（中書門下省）　範（模範）と成るに遵《したが》い
太常書茂功　　太常（太常礼儀院）　茂《さか》んなる功を書す
帰来保眉寿　　帰来　眉寿（長命）を保ち

恩礼享優隆　恩礼ありて　優隆（優待）を享《う》く

（司馬光「陪致政開府太師、留守相公、致政内翰燕集、輒歌盛美為三公寿。皆用公字為韻〈致政開府太師（文彦博）、留守相公（韓絳）、致政内翰（范鎮）の燕集に陪し、輒《すなわ》ち盛美を歌いて三公の為に寿《ことほ》ぐ。皆な「公」字を用《も》って韻と為す〉」詩〔太師〕、『温公文集』巻十五）

水軒淙夜響　水軒（弄水軒）淙《そそ》がれて夜に響き
花寨燁春紅　花寨　燁《かがや》きて春に紅《くれない》なり
中有群書府　中に群書の府有り
恬然独楽公　恬然《てんぜん》たり　独楽公
清吟如唳鶴　清く吟ずること　唳鶴《れいかく》（遺賢）の如《ごと》く
高翥若冥鴻　高く翥《あが》ること　冥鴻《めいこう》（隠士）の若《ごと》し
汗簡猶多費　汗簡《かんかん》（書籍）猶お費《つい》え多く
時聞橐屢空　時に聞く　橐屢《ふくろしば》しば空しと

（文彦博「留守相公和提挙端明作三寿公字韻詩、輒継前韻〈留守相公（韓絳）、提挙端明（司馬光）の三寿公字韻詩を作るに和せば、輒《すなわ》ち前韻を継ぐ〉」詩〔君実端明〕、『潞公文集』巻七、文淵閣四庫全書所収）

二首の詩及び詩題を見れば分かるように、まず司馬光が「公」字を韻字として文彦博、范鎮、韓絳の三人の長寿を言祝ぐ三首の詩を作り、それに韓絳が唱和し、更に文彦博がこれに司馬光を詠む詩を加えて唱和している。司馬光の詩は文彦博を西周の功臣に擬え、国家の重鎮として大きな功績を挙げたことを称えており、文彦博の詩は司馬光が独楽園にて『資治通鑑』の執筆に励んでいることを詠んでいる。またこの時、同じく宴集に参席したと見られる范純仁（一〇二七～一一〇一）も「公」字を韻字として詩を唱和している。[29] これらの唱和詩が作られていることを鑑みても、司馬光や文彦博を核にした洛陽の文人集団の間で、詩ばかりではなく詞の唱和も行われたことは十分に考えられる。また范純仁が別の詩において司馬光のことを「詞伯」と称していることを見ると、司馬光は洛陽詩壇の領袖的存在であったと考えられる。[30] それゆえに司馬光は、元豊五年（一〇八二）に盛大に催された文彦博の「洛陽耆英会」では幹事役を務めて「洛陽耆英会序」（『温公文集』巻六十五）を著し、また文彦博や韓絳らが催した集会においても率先して詩詞を詠んだと推察されるのである。

　ところで、司馬光たちが詞を唱和した際、そこには詩には含まれない要素が内在する。それは司馬光と范鎮がその理論について一家言を持った音楽である。河陽にて司馬光が「西江月（鼇禁十年同舎）」を作り、范鎮と呂公著がこれに次韻した時、それらはみな同じ曲調の音楽に合わせて歌われたはずである。そしてそのことが三人に強い一体感をもたらしたに違いない。また洛陽にて作られた司馬光の「踏莎行」が許昌に伝えられ、許昌の士大夫たちによって次韻された詞と共に「中呂調」の旋律によって歌われた時には、洛陽と許昌という二つの都市を結んだ空間的な広がりを持った一つの場が形成されたことであろう。そのことは、司馬光と韓氏兄弟の詞にそれぞれ梅花と管弦を伴う宴のことが詠まれていることにも明らかである。宋代には次韻による唱和詩が擬似的な「座」を提供したと見なされているが、[31] 司馬光や文彦博及び范鎮の交流にともなわれた詩詞の唱和は、まさしく「座の文学」と呼ぶべきものである。彼らの詩詞を個別に見ると、内容的には必ずしもすぐれているとは言い難い。しかし、彼らの次韻した詩詞を読むことにより、当時の士大夫たちの交流の様子を窺うことができるのだ。

ここで司馬光の詞作の状況についてまとめると次のようになる。司馬光は老年に及び洛陽にて「西江月（鼇禁十年同舎）」「踏莎行（溟水雲深）」「錦堂春（紅日遅遅）」などの詞を作っている。これらはいずれも宴席での作か、宴席に供されることを想定した作である。また制作時期は不明だが、「西江月（宝髻惚惚綰就）」もやはり宴席で作られたものであるので、「阮郎帰（漁舟容易入春山）」を除けば、司馬光の詞の大部分は個人的に詠まれたものというよりは集宴の場で作られたものである。したがってこれらの詞は、社交上の必要に応じて、ある時は交情を深めるために、またある時は宴席の余興として作られたことが明らかである。また司馬光の詞が志怪小説に因むものや艶詞に始まり、旧友との交情を温める唱和詞、先輩文人への頌歌献詞に至るまで幅広い内容を持つのも、主として創作の場である宴席の雰囲気に左右されたからであると考えられる。つまり司馬光は詞の創作において個人的な文学観よりも座の雰囲気を重んじた。そして『全集』のように最終的な編集は後人によって行われたものは別として、司馬光自編の文集に基づくと考えられる『温公文集』に詞が一首も収められていないことから判断すれば、司馬光は自作の詞を自らの文集に収録する意図はなかったようである。したがって宴席に興を添えるものや、唱和を目的とする詞は司馬光にとってはあくまでも一時的な作品であり、司馬光の他の詩文に見られるような生真面目さは不要であったと見える。

以上、司馬光の詞の内容とその創作の状況について考察し、司馬光の詞が生み出された背景に詞作を促す場があったことを明らかにした。司馬光の詞は必ずしも多くないが、中には佳作も含まれており、また北宋中期の文人における詞作の在り方や、洛陽詩壇において詞の応酬がなされた状況について有益な情報を与えてくれる。北宋中期の文人たちによる詞の唱和については、杭州にて張先（九九〇～一〇三八）を中心として蘇軾や楊絵らが詞を唱和したことを除き、これまで殆ど注目されることがなかったように思うが、司馬光をはじめとする洛陽及び許昌在住の元老級の士大夫たちによって詞が唱和されていたことは、北宋時代の詞史において決して見過ごされてはならないであろう。

注

（1）王運熙・顧易生主編『宋金元文学批評史』（上海古籍出版社、一九九六年）上冊、第四章「王安石、司馬光的実用文学観」を参照。

（2）唐圭璋編、王仲聞参訂、孔凡礼補輯『全宋詞』（中華書局、一九九九年）

（3）管見の及ぶ限り、薛礪若『宋詞通論』（上海書店、一九八五年。初出は開明書店、一九三七年）、第三編・第二章の一小節に司馬光を紹介する簡単な文章と「西江月（宝髻鬆鬆挽就）」の原文の引用が見られるのと、陶爾夫・諸葛憶兵『北宋詞史』（黒龍江教育出版社、二〇〇二年）、第二章・第四節に「成績斐然的其他慢詞作家」の一小節が設けられているのを除き、司馬光を詞人として取りあげた研究はない。

（4）明・楊慎『詞品』巻三、「温公詞」の項に見える。該当する原文はおよそ次のとおり。「任和姜明叔云、此詞決非温公作。宣和間、恥温公独為君子、作此誣之。」

（5）宋璟の「梅花賦」は『全唐文』巻二百七に見えるが、これについては偽作であると見なされている。偽作説の詳細については、劉辰「『全唐文』宋璟的『梅花賦』為偽説補証」（『文学遺産』二〇〇八年第四期）を参照。

（6）唐・王勃の「江南弄」（『王子安集』巻二、四部叢刊初編所収）に、「玉童仙女無見期、紫霧香煙眇難託、清風明月遙相思」とある。ここで「紫霧香煙」は仙界の神秘的な雰囲気を表現するのに用いられた言葉である。司馬光が「西江月（宝髻慂慂綰就）」の中で「紅煙紫霧」の語を用いているのも、月を神女に擬えているからであろう。

（7）厳建文『詞牌釈例』（浙江文芸出版社、一九八四年）の「阮郎帰」の条を参照。

（8）この句は韓琦「点絳唇」（北宋・呉処厚『青箱雑記』巻八所引）に見える。

（9）この句は寇準「夜度娘」（明・卓人月『古今詞統』巻一）に見える。

（10）この句は趙鼎「点絳唇〈春愁〉」（『趙忠簡得全居士詞』、『四印斎所刻詞』所収）に見える。

（11）清・彭孫遹『金粟詞話』の原文は、唐圭璋編『詞話叢編』（中華書局、一九八六年）に基づく。

(12) 夏敬観の手批は、朱孝臧『彊村叢書』(上海古籍出版社、一九八九年)所収『楽章集』、六二九頁より引用した。
(13) 村上哲見『宋詞研究――唐五代北宋篇』(創文社、一九七六年)、下篇・第三章「柳耆卿詞論(下)」、二四八頁を参照。
(14) 注(3)所掲『北宋詞史』において、「錦堂春」は司馬光の詞の中で最も出色の作であり、慢詞の雅化の傾向がはっきり表れたものとされている(二九一～二九二頁)。
(15) 司馬光における白居易の受容については、本書第九章「司馬光の洛陽退居生活とその文学活動」を参照されたい。
(16) 該当する原文を、その前後の文章と併せて次に引用する。「司馬温公製『錦堂春』詞極繊麗。予得『梁渓漫志』而読之、殊不似公作者。豈公精華発見、不得而揜、詞筆夐出韞藉之外。然含蓄感慨、一唱三嘆。所謂楽而不淫、哀而不傷者歟。」(明・徐伯齢『蟫精雋』巻六、「温公詞」、文淵閣四庫全書所収)
(17) 司馬光の「錦堂春」は謫官の悲しみを詠んでいるが、同様の主旨を持つものに欧陽脩の「臨江仙(記得金鑾同唱第)」(『欧陽文忠公集』巻百三十三、『近体楽府』巻三、四部叢刊初編所収)がある。該詞には「錦堂春」に見える「天涯」「離愁」の二語が用いられており、「錦堂春」の成立に何がしかの影響を及ぼした可能性が考えられる。参考までにその原文を次に挙げる。「記得金鑾同唱第、春風上国繁華。如今薄宦老天涯。十年岐路、空負曲江花。聞説閬山通閬苑、楼高不見君家。孤城寒日等閑斜。離愁難尽、紅樹遠連霞」
(18) 鄧喬彬「北宋中期詞的変化」(鄧喬彬編『第五届宋代文学国際研討会論文集』所収、暨南大学出版社、二〇〇九年)、二四九～二五〇頁を参照。
(19) 欧陽脩の「会老堂」の集会については、本書第十一章「北宋の耆老会」を参照されたい。
(20) 『温公文集』では「尤」字を「先」字に作るが、李文沢・霞紹暉校点『司馬光集』(四川大学出版社、二〇一〇年)の校勘にしたがって改めた。
(21) 宋代の「寿詞」については、村上哲見『宋詞研究――南宋篇』(創文社、二〇〇六年)、第一章「綜論」、八～一〇頁に詳しい。
(22) 清・呉衡照『蓮子居詞話』の原文は、注(11)所掲『詞話叢編』に基づく。
(23) 『全集』では、「踏莎行」の題を「寄政政潞公」に作るが、注(20)所掲『司馬光集』にしたがい、「政政」を「致政」に改めた。

(24) 范鎮の「飛英会」については、南宋・朱弁『曲洧旧聞』巻三、「蜀公飛英会」の条に見える。

(25) 『河南通志』巻五十二、「許州・展江亭」の条に見える。原文は次のとおり。「在州城西南二里、西湖中。宋韓持国（韓維）所作。取宋文献公（宋庠）『展尽江湖極目天』意。」

(26) 北宋・邵伯温『邵氏聞見録』巻八に見える。この楼閣は欧陽脩が古文を創作するきっかけを与えた記念すべき建物でもある。原文は次のとおり。「（銭文僖公）因府第起双桂楼西城、建閣臨圜駅。命永叔、師魯作記。永叔文先成、凡千余言。師魯曰、某止用五百字可記。及成、永叔服其簡古。永叔自此始為古文。」

(27) 「維嶽」は、『詩経』大雅・崧高に見える「維嶽降神、生甫及申」（維《こ》れ嶽　神を降し、甫［呂侯］及び申［申伯］を生む）を踏まえる。

(28) 「非熊」は太公望呂尚を指す。周の文王が出猟に際して亀卜を行ったところ、得るものは王者の補佐であるとの兆が出、果たして渭水の辺で太公望を得たという故事を踏まえる。『蒙求』の「孔明臥龍、呂望非熊」を参照。

(29) 范純仁「和君実陪潞公、子華、景仁宴集各一首」（『范忠宣集』巻二、文淵閣四庫全書所収）

(30) 范純仁の「和君実微雨書懐韻」詩（『范忠宣集』巻二、文淵閣四庫全書所収）に、「詞伯玩書籤」の句があり、これに「君実方修書」と注されている。また「寄伯康君実〈明月照分袂〉」詩（同前）にも「詞伯約新年」とあり、司馬光が洛陽詩壇の領袖と見られていたことが分かる。因みに「詞伯」とは杜甫の「懐旧」詩（宋本『杜工部集』巻十二、続古逸叢書所収）に見える語である。該当する句は次のとおり。「自従失詞伯、不復更論文」

(31) 和田英信「聯句から次韻へ――中国における『座』の文学」（『和漢聯句の世界』、『アジア遊学』第九十五号、勉誠出版、二〇〇七年一月）、一四一～一四四頁を参照。

第十一章　北宋の耆老会

北宋の熙寧・元豊年間（一〇六八～一〇八五）、洛陽では白居易（七七二～八四六）の「尚歯会」[1]に倣った集会が数多く開かれた。「九老会」または「耆老会」「耆英会」などと称されるこれらの集会は、中国のみならず日本や朝鮮半島においても催され[2]、東アジアの文化に大きな影響を与えた。北宋の耆老会の中で最大規模を誇ったのは、元豊五年（一〇八二）に文彦博（一〇〇六～一〇九七）によって開催された「洛陽耆英会」である。

「洛陽耆英会」のために序を著したのは、当時、文彦博と共に洛陽文壇をリードしていた司馬光（一〇一九～一〇八六）である。本書第九章に述べたように、司馬光は白居易の影響を強く受けているが、北宋の耆老会の歴史において彼は甚だ重要な位置を占め、その影響力は文彦博を凌ぐものがあったと考えられる。しかし従来は基本的に文彦博の「洛陽耆英会」が重視され、司馬光の「真率会」や彼も関わった熙寧年間の洛陽の耆老会の重要性は等閑視されていた。もっとも、文彦博の「洛陽耆英会」は、実は熙寧年間の洛陽の耆老会に影響されて行われたものであり、熙寧年間の洛陽の耆老会は、また欧陽脩（一〇〇七～一〇七二）の「会老堂の集い」を契機として開かれたものである。つまり白居易の「尚歯会」を起源としつつ、直接には欧陽脩の集会に触発され、その精神を受け継いだのが熙寧・元豊年間の耆老会であった。しかし欧陽脩と司馬光が北宋の耆老会において果たした役割は、これまで十分に論じられていない。特に欧陽脩とその周辺人物の耆老会との関わりは殆ど注目されなかった事柄に属する。

そこで本章では、北宋の主要な耆老会に考察を加えて、それらと欧陽脩及び司馬光の耆老会との関係を明らかにし、その性質について論じる。北宋の耆老会が後に東アジア全域に展開されたことを鑑みれば、耆老会の実態を明らかにすることは極めて重要である。参考までに、本章の末尾に「北宋耆老会年表」を附す。

一　杜衍の五老会

北宋の初期に、白居易の文学を愛好する風潮を承けて[3]、李昉（九二五～九九六）や宋祺（九一七～九九六）らの士大夫によって「九老会」の催しが試みられたことがある。しかし開封で開かれる予定であったその集会は、結局中止されて行われなかった。その後、洛陽で欧陽脩らによって「八老の集い」が催され、また後には南方の蘇州で徐祐の「九老会」が行われている。これらの集会の主なものは南宋の周密の『斉東野語』に記録されているので、参考までに次に挙げよう。ただ江南の耆老会については、次節にて論じるため省略する。

前輩耆年碩徳、閑居里舎、放従詩酒之楽。風流雅韻、一時歆羨。後世想慕、絵而為図、伝之好事。蓋不可一二数也。今姑拠其表表者于此、致景行仰止之意云。唐香山九老、則集於洛陽、楽天序之。胡杲、吉皎、劉真、鄭拠、盧真、張渾、白居易。所謂七人五百八十四者是也。又続会者二人、李元爽、僧如満。或又云、狄兼謨、盧貞二人、以年未七十、雖与会而不及列云。宋至道九老、則集於京師。張好問、李運、宋祺、武允成、呉僧賛寧、魏丕、楊徽之、朱昂、李昉。然此集竟不成。至和五老、則杜衍、王渙、畢世長、朱貫、馮平。時銭明逸留鑰睢陽、為之図象而序之。元豊洛陽耆英会、凡十有二人。富弼、文彦博、席汝言、王尚恭、趙丙、劉几、馮行己、楚建中、王謹《ママ》言、王拱辰、張問。司馬光用唐狄兼謨故事預焉。温公序之、図形妙覚僧舎。其後又改為真率会云。

前輩、耆年にして碩徳あり、里舎に閑居して、詩酒の楽しみに放従す。風流にして雅韻あり、一時に歆羨《きんせん》せらる。後世、想い慕い、絵《えが》きて図を為《つく》り、之の好事を伝う。蓋《けだ》し一二もて数うべからざるなり。今、姑《しばら》く其の表表たる者を此《ここ》に抛《ひ》きて、景行《したい》仰止《あおぐ》の意を致すと云う。唐の香山の九老は、則《すなわ》ち洛陽に集い、楽天之れに序す。胡杲、吉皎、劉真、鄭拠、盧真、張渾、白居易なり。所謂《いわゆる》「七人五百八十四」とは是《こ》れなり。又た会に続く者二人あり、李元爽、僧如満なり。或るいは又た云う、「狄兼謨、盧貞の二人は、年の未だ七十ならざるを以て、会に与《あずか》ると雖も列に及ばずと云う」と。宋の至道の九老は、則ち京師に集う。張好問、李運、宋祺、武允成、呉僧賛寧、魏丕、楊徽之、朱昂、李昉なり。然れども此の集い竟《つい》に成らず。至和の五老は、則ち杜衍、王渙、畢世長、朱貫、馮平なり。時に銭明逸、睢陽《すいよう》に留鑰《りゅうやく》すれば、之れが為に象を図《えが》きて之れに序す。元豊の「洛陽耆英会」は、凡《およ》そ十有二人あり。富弼、文彦博、席汝言、王尚恭、趙丙、劉几、馮行己、楚建中、王慎言、王拱辰、張問なり。(4) 司馬光、唐の狄兼謨の故事を用《も》って焉《こ》れに預る。温公（司馬光）之れに序し、形を妙覚僧舎に図く。其の後、又た改めて「真率会」を為すと云う。

（南宋・周密『斉東野語』巻二十、「耆英諸会」）

ここに挙げられている北宋時代の諸耆老会の中で、特に重要なものは杜衍《とえん》（九七八〜一〇五七）の「五老会」と文彦博の「洛陽耆英会」であるが、文彦博の「洛陽耆英会」については、伊原弘氏や木田知生氏の著書に紹介されているため詳述を避け、ここではまず杜衍の「五老会」について取りあげる。

杜衍、字は世昌、謚は正献、越州山陰（現在の浙江省紹興市）の人。『宋史』巻三百十に本伝が見える。范仲淹（九八九〜一〇五二）らと共に「慶暦の新政」に取り組んだことで知られるが、改革が失敗に終わり中央を逐われた杜衍は、引退後に南京応天府（宋州睢陽、現在の河南省商丘市）にて「五老会」を催した。この会を開催するに至った理由は明らかでないが、杜衍が徐祐の「九老会」に寄せた賛詩を見る限り（第二節に後述）、白居易は勿論のこと宋代の先人による耆老会に触発されたのではないかと考えられる。銭明逸（一〇一五～一〇七二）が杜衍の「五老会」のために著した序には、次のように記されている。

夫踏栄名而保終吉、都貴勢而躋遐耇、白首一節、人生所難。今致政宮師相国杜公、雅度敏識、圭璋巖廟、清徳令望、亀準当世。功成自引、得謝君門。視所難得者、則安享之、謂所難行者、則恬居之。燕申睢陽。与賓客太原王公、故衛尉河東畢卿、兵部沛国朱公、駕部始平馮公、咸以耆年掛冠、優游郷梓、暇日宴集、為五老会。賦詩酬唱、怡然相得。宋人形於絵事、以紀其盛。昔唐白楽天居洛陽、為九老会。于今図識相伝、以為勝事。距茲数百載、無能紹者。以今況昔、則休烈鉅美過之。明逸游公之門久矣。以郷閭世契倍厚常品。今仮手留鑰、日登翹館。因得図像、占述序引、以代郷校詠謡之万一。至和丙申中秋日、銭明逸序。

夫《そ》れ栄名を踏みて終吉を保ち、貴勢に都《お》りて遐耇《かこう》（高齢）に躋《のぼ》り、白首もて節を一にするは、人生の難き所なり。今、致政宮師相国杜公、雅度敏識は、巖廟に圭璋たり、清徳令望は、当世に亀準たり。功成りて自《みずか》ら引き、君門に謝するを得たり。得難き所を視《み》れば、則《すなわ》ち之れを安享し、行い難き所と謂《おも》えば、則ち之れに恬居《てんきょ》す。睢陽に燕申（燕居）す。賓客太原王公（王渙）、故衛尉河東畢卿（畢世長）、兵部沛国朱公（朱貫）、駕部始平馮公（馮平）と与《とも》に、咸《み》な耆年を以て掛冠（致仕）し、郷梓に優游すれば、暇日に宴集して、「五老会」を為す。詩を賦して酬唱し、怡然《いぜん》として相い得たり。宋人、絵事に形《あらわ》して、以て其の盛んなるを紀《しる》す。昔、唐の白楽天、洛陽に居りて、「九老会」を為す。今に于《お》いて図識《ずしき》相い伝わりて、以て勝事と為す。茲を距《へだ》つること数百載なれば、能《よ》く紹《つ》ぐ者無し。今を以て昔に況《くら》ぶれば、則ち休《おお》いに烈《いさお》あり鉅《おお》いに美なること之れに過ぎたり。明逸、公の門に游ぶこと久し。郷閭の世契を以て倍《ます》ます常品（慣例）より厚くす。今、手を留鑰《りゅうやく》に仮りて、日び翹館《ぎょうかん》に登る。因りて図像を得て、序引を占述して、以て郷校の詠謡の万一に代《か》う。至和丙申の中秋の日、銭明逸序す。

（南宋・祝穆『古今事文類聚』前集巻四十五、楽生部・寿所引、「睢陽五老図」序）

銭明逸の序には、仁宗の至和三年（一〇五六）に杜衍、王渙、畢世長、朱貫、馮平の五人の退官した士大夫が「五老会」を催し、宋州睢陽の人々がその盛んな様子を図に描いたとある。言うまでもないことだが、耆老会の様子を絵図にするのは、白居易の「尚歯会」に倣ったものである。北宋の王闢之の『澠水燕談録』には、当時の士大夫たちが杜衍の「五老会」を高雅なものとして慕ったことが記されており、[5]また明の趙琦美の『趙氏鉄網珊瑚』巻十三（文淵閣四庫全書所収）の「睢陽五老図」の条には、杜衍ら五老の詩と共に、欧陽脩の「借観五老詩次韻為謝」詩（『欧陽文忠公集』巻十二、『居士集』巻十二）をはじめとする計十七名に及ぶ他の文人の詩が収められている。[6]すべて次韻の作である。以上のことからも、「五老会」が衆目を集めたであろうことが察せられる。

ところで杜衍らの耆老会は、実は至和三年（一〇五六）が初めてではない。蘇頌（一〇二〇～一一〇一）の詩によれば、仁宗の皇祐二年（一〇五〇）に杜衍、朱貫、馮平の三名と欧陽脩の間でも耆老会が行われている。蘇頌はこの会に同席しており、後年これを回想した詩を作っているが、その題において当時の様子を次のように記している。

潤守修撰見招、与左丞王公、大夫兪公東園集会。賓主四人更無他客。某頃為南都従事。値故相杜公与王賓客煥《ママ》、畢大卿世長、朱兵部貫、馮郎中平、同時退居、府中作五老会。一日大尹廬陵欧陽公、作慶老公宴。而王畢二公以病不赴、中座亦只四人。某時与諸僚同与席末。言念往昔、正類今辰。然自皇祐庚寅、迄今元符己卯、整五十年矣。

撫事感懐、輒成七言四韻。

潤守修撰〈龔原〉に招かれ、左丞王公、大夫兪公と与《とも》に東園に集会す。賓主四人にして更に他客無し。某《それがし》〈蘇頌〉頃《さきごろ》に南都従事たり。故相杜公の王賓客渙、畢大卿世長、朱兵部貫、馮郎中平と、同時に退居し、府中に「五老会」を作《な》すに値《あ》う。一日、大尹廬陵の欧陽公〈欧陽脩〉、「慶老公宴」を作《な》す。而《しか》れども王・畢の二公、病を以て赴かざれば、中に座するは亦た只《た》だ四人のみ。某〈蘇頌〉時に諸僚と同《とも》に席末に与《あずか》る。言《ここ》に往昔を念《おも》えば、正に今辰に類す。然して皇祐庚寅〈皇祐二年（一〇五〇）〉より、今の元符己卯〈元符二年（一〇九九）〉まで、整《まさ》に五十年なり。事に撫《ふ》れて感懐あれば、輒《すなわ》ち七言四韻を成す。

（北宋・蘇頌『蘇魏公文集』巻十二、文淵閣四庫全書所収）

右の文によれば、皇祐二年の耆老会は欧陽脩の呼びかけによって催されたが、杜衍、朱貫、馮平と主催者の欧陽脩の四人しか揃わなかったという。ここで注目すべきは、欧陽脩が杜衍らのために宴席を設けて耆老会を行ったことである。これは彼の退隠後の耆老会を論じる上でも極めて重要である。つまり欧陽脩が耆老会を催したのは、決して単に白居易を慕ったからではなく、師と仰ぐ杜衍に倣う気持ちの方が強かったのではないかと、筆者は推測する。杜衍を慕う欧陽脩の気持ちは、次の詩にもよく表れている。

掩涕発陳編　　涕を掩《おお》いて陳編〈旧作〉を発《ひら》き

追思二十年　　追思す　二十年

門生今白首　　門生　今は白首にして

墓木已蒼煙　　墓木　已《すで》に蒼煙あり
報国如乖願　　国に報いて如《も》し願いに乖《そむ》かば
帰耕寧買田　　耕に帰して寧《むし》ろ田を買わん
此言今始践　　此の言　今始めて践《ふ》み
知不愧黄泉　　黄泉に愧《は》じざるを知る

（欧陽脩「余昔留守南都、得与杜祁公唱和詩。有答公見贈二十韻之卒章云、報国如乖願、帰耕寧買田。期無辱知己、肯逐利名遷。逮今二十有二年、祁公捐館亦十有五年矣。而余始蒙恩得遂退休之請。追懐平昔、不勝感涕、輒為短句置公祠堂〈余、昔南都に留守し、杜祁公《ときこう》と詩を唱和するを得たり。公に贈らるるに答うる二十韻の卒章に云う有り、「国に報いて如《も》し願いに乖《そむ》かば、耕に帰して寧《むし》ろ田を買わん。知己を辱《はずかし》め、肯《あ》えて利を逐《お》いて名の遷《うつ》る無きを期す」と。今に逮《およ》ぶこと二十有二年、祁公、館を捐《す》つること亦た十有五年なり。而して余、始めて恩を蒙《こうむ》りて退休の請いを遂ぐるを得たり。平昔を追懐して、感涕に勝《た》えざれば、輒《すなわ》ち短句を為《つく》りて公の祠堂に置く〉」詩、『欧陽文忠公集』巻五十七、『居士外集』巻七、四部叢刊初編所収）[7]

ここで欧陽脩は二十二年前（皇祐三年〈一〇五一〉）に杜衍に唱和した「答太傅相公見贈長韻」（『欧陽文忠公集』巻十二、『居士集』巻十二）を読み返しながら、杜衍と同じく退老の身となった自身を顧みて感慨に耽るのであるが、この詩が作られたのは煕寧四年（一〇七一）であり、欧陽脩の「会老堂の集い」（第三節に後述）が開かれたのはその翌年である。両者を直接結びつける史料は乏しいが、敬慕する杜衍の「五老会」に倣うといった発想が、欧陽脩の耆老会の背景にあったと考えても、あながち誤りではなかろう。もしそうであれば、杜衍の「五老会」は欧陽脩の耆老会に直接影響を及ぼしたことになる。

二　江南における耆老会

耆老会は北宋時代にしばしば行われているが、その開催地を見れば、おおむね西京洛陽や南京睢陽でなければ、蘇州・杭州・湖州といった江南の諸都市である。江南で行われた最初の耆老会は、杜衍の耆老会よりも七年以上遡《さかのぼ》る慶暦元年（一〇四一）から慶暦三年の間に徐祐、葉参[8]（九六四～一〇四三）ら五人の士大夫によって開催されたものである[9]。

徐祐、字受天、擢進士第為吏、以清白著声。慶暦中、屏居於呉、日渉園廬、以自適。時葉公参亦退老于家、同為九老会。晏元献、杜正献、皆寓詩、以高其趣。晏之首題云、買得梧宮数畝秋、便追黄綺作朋儔。杜之卒章云、如何九老人猶少、応許東帰伴酔吟。時与会者纔五人。故杜詩及之。享年七十有五、終都官員外郎。

徐祐、字は受天、進士の第に擢《ぬきん》でられて吏と為り、清白を以て声を著《あらわ》す。慶暦中、呉に屏居し、日び園廬を渉《わた》りて、以て自適す。時に葉公参も亦た家に退老し、同《とも》に「九老会」を為す。晏元献（晏殊）、杜正献（杜衍）、皆な詩を寓《よ》せて、以て其の趣を高くす。晏の首題に云う、「買い得たり　梧宮数畝の秋、便《すなわ》ち黄綺（夏黄公・綺里季）を追いて朋儔《ともがら》と作《な》る」と。杜の卒章に云う、「九老の人の猶お少なきを如何せん、応《まさ》に東帰して酔吟に伴うを許すべし」と。時に会に与《あずか》る者、纔《わず》か五人なり。故に杜詩、之れに及ぶ。享年七十有五、都官員外郎に終わる。

（南宋・龔明之『中呉紀聞』巻二、「徐都官九老会」）

五人で行われたこの会は、当時の士大夫たちの関心を惹いたようであり、晏殊と杜衍が詩を寄せている。杜衍が後に「五老会」を開いたのは、もちろん根本的には白居易の「尚歯会」に倣ったのであろうが、直接的には徐祐の「九老会」に刺激を受けたと言える。

次いで慶暦六年（一〇四六）には呉興（現在の浙江省湖州市）にて「六老会」が開かれた。

慶暦六年、呉興郡守宴六老於南園。酒酣賦詩、安定胡先生瑗教授湖学、為序其事。六人者、工部侍郎郎簡、年七十九、司封員外郎范説、年八十六、衛尉寺丞張維、年九十一、倶致仕。劉維慶《ママ》、年九十二、周守中、年九十五、呉琰、年七十二、皆有子弟列爵於朝。劉殿中丞述之仲父、周大理丞頌之父、呉大理丞知幾之父也。詩及序、刻石園中。園廃、石亦不存。其事見図経及安定言行録。

慶暦六年、呉興郡守（馬尋）、六老を南園に宴《もてな》す。酒酣《たけなわ》なれば詩を賦し、安定胡先生瑗教授湖学、為に其の事に序す。六人は、工部侍郎郎簡、年七十九、司封員外郎范説、年八十六、衛尉寺丞張維、年九十一、倶《とも》に致仕せり。劉余慶、年九十二、周守中、年九十五、呉琰、年七十二、皆な子弟有りて爵を朝に列《つら》ぬ。劉は殿中丞述の仲父、周は大理丞頌の父、呉は大理丞知幾の父なり。詩及び序、園中に刻石す。園廃《すた》るれば、石も亦た存せず。其の事、『図経』及び『安定言行録』に見ゆ。

（南宋・周密『斉東野語』巻十五、「張氏十詠図」所引「十詠図」跋）

右の文にあるように、呉興における「六老会」の参加者は、郎簡[10]（九六八～一〇五六）、范説、張維（九五六～一〇四六）、劉余慶、周守中、呉琰であり、主催者は太守の馬尋、序を著したのは胡瑗[11]（九九三～一〇五九）であった。そしてこの時に作られた詩と序を、湖州郡府の南園にある石に彫って記念にしたという。この集会は杜衍の「五老会」に先立つこと四年であり、この時期に耆老会が流行したことが分かる。

郎簡らの「六老会」の後はしばらく江南の耆老会に関する記録が見えないが、元豊年間以降のものが再び宋代の筆記類に現れる。

又元豊初、趙清献守杭。趙康靖自南都来、年八十一。共游湖山、為二老図。清献時七十一。程給事師孟守越。又減清献一歳、嘗同唱和。清献謝事過之。因増程公為三老図。盛哉、承平典型也。

又た元豊の初め、趙清献（趙抃）、杭（杭州）に守たり。趙康靖（趙概）、南都より来たり、年八十一なり。共に湖山に游び、「二老図」を為《つく》る。清献、時に七十一なり。程給事師孟、越（越州）に守たり。又た清献に減ずること一歳にして、嘗て同《とも》に唱和す。清献、事（職）を謝《さ》りて之れを過《よぎ》る。因りて程公を増して「三老図」を為《つく》る。盛んなるかな、承平の典型なり。

（南宋・葉寘『愛日斎叢抄』巻二）

右の文には、元豊元年（一〇七八）に趙抃《ちょうべん》（一〇〇八～一〇八四）と趙概（九九六～一〇八三）が共に杭州に遊んで「二老図」を作ったことと、趙抃が致仕後、越州を訪問して程師孟（一〇〇九～一〇八六）と遊び、「二老図」に程を加えて「三老図」としたことが記されている。また南宋の龔明《きょうめい》之《し》の『中呉紀聞』には、ほぼ同じ時期に蘇州で「九老会」が開かれたことが記されている。

徐師閔、字聖徒、仕至朝議大夫、退老于家、日治園亭、以文酒自娯楽。時太子少保元公絳、正議大夫程公師孟、朝議大夫閭丘公孝終、亦以安車帰老。因相与継会昌洛中故事、作九老会。章岵為郡守、大置酒合楽、会諸老於広化寺。又有朝請大夫王琉、承議郎通判蘇湜与焉。公賦詩為倡、諸公皆属而和之。以為呉門盛事。

徐師閔《じょしびん》、字は聖徒、仕うること朝議大夫に至りて、家に退老し、日び園亭を治めて、文酒を以て自《みずか》ら娯楽《たの》しむ。時に太子少保元公絳、正議大夫程公師孟、朝議大夫閭丘公孝終、亦た安車を以て帰老す。因りて相い与《とも》に会昌の洛中の故事を継ぎて、「九老会」を作《な》す。章岵《しょうこ》、郡守たり、大いに置酒して楽を合し、諸老に広化寺に会す。又た朝請大夫王琉、承議郎通判蘇湜有りて焉《こ》れに与《あずか》る。公、詩を賦して倡を為せば、諸公も皆な属《つづ》きて之れに和す。以て呉門の盛事と為す。

（南宋・龔明之『中呉紀聞』巻四、「徐朝議」）

章岵が蘇州の知事として在任したのは元豊元年（一〇七八）から三年にかけてであり、したがって徐師閔の九老会もこの頃に行われたはずである。参加者には徐師閔と章岵のほかに、元絳(12)（一〇〇九～一〇八四）、程師孟、閭丘孝終らがいる。ただ元絳の卒年が元豊七年（一〇八四）であることを勘案すれば、この時の九老会は次に挙げる「十老会」とは開催された時期が異なり、構成員も一部入れ替わっているようである。(13)

呉中則元豊有十老之集、為盧革、黄挺、程師孟、鄭方平、閭丘孝終、章岵、徐九思、徐師閔、崇大年、張詵。米芾元章為之序焉。

呉中には則《すなわ》ち元豊に十老の集い有り、盧革、黄挺、程師孟、鄭方平、閭丘孝終、章岵、徐九思、徐師閔、崇大年、張詵たり。米芾《べいふつ》元章、之れが序を為《つく》る。

（南宋・周密『斉東野語』巻二十、「耆英諸会」）

この集会は元豊八年（一〇八五）に開かれており、その様子は米芾（一〇五一～一一〇八）の「九雋老会序草」（米芾『宝晋英光集』巻六、文淵閣四庫全書所収）に記されている。米芾は当時、杭州従事の任にあったが、母の喪に服するため元豊八年（一〇八五）に職を辞し、郷里である丹徒（現在の江蘇省鎮江市）へ赴く途中、蘇州にて盧革（一〇〇四～一〇八五）らの「十老会」に参加したのである。(14) 米芾の原注には、「十老会、後更名曰耆英、又名真率。元豊間、章岵守郡、与郡之長老遊従、各飲酒賦詩。時余以杭州従事罷官、経由。為作序」（「十老会」、後に名を更《あらた》めて「耆英」と曰い、又た「真率」と名づく。元豊の間、章岵、郡に守たり、郡の長老と遊従し、各《おの》おの酒を飲みて詩を賦す。時に余、杭州従事を以て官を罷《や》め、経由す。為に序を作る）とある。名称の変更については、元豊五年（一〇八二）に開かれた文彦博の「洛陽耆英会」、及びその翌年に開かれた司馬光の「真率会」に倣ったことが容易に推測できよう。

ところで、郎簡や馬尋らの耆老会から三十余年の歳月を経て、再び江南の地で耆老会が行われるようになったのは何故だろうか。これには趙概と程師孟の存在が影響していると考えられる。江南の耆老会の構成員を見れば分かるように、杭州の耆老会のことを知り、かつ蘇州の耆老会に参加しているのは程師孟である。おそらく程師孟は趙抃と遊んで「三老図」に加えられたことを契機に、蘇州でも耆老会に参加するに至ったのであろう。また前述のように趙概は元豊元年（一〇七八）に杭州を訪れ、当時の郡守であった趙抃と共に山川を遊歴しており、そのことについて趙抃は後年、次のような詩を残している。

塵事不留毫　塵事　毫も留めず
誰云夢寐労　誰か云う　夢寐《むび》に労すと
因思四老会　因りて思う　四老の会

今復数年高　　今　復《ま》た数年高きを　（北宋・趙抃「次韻呉天常」詩、『清献集』巻三、文淵閣四庫全書所収）

（自注）戊午歳、余邀叔平少卿、同行湖上。時君与呉著作皆和詩、号四老云。

戊午歳（元豊元年）、余、叔平少卿（趙概）を邀《むか》えて、同《とも》に湖上に行《あそ》ぶ。時に君と呉著作と皆な詩を和して、四老と号すと云う。

共に詩を作った呉天常[15]（一〇三七～一〇九七）は当時まだ四十代の壮年であったが、趙抃の自注によれば、趙概、呉著作（未詳）と併せて「四老」と号したという。なおここで注目されるのは、趙抃が遠い南京睢陽より趙概を迎えたということである。その理由を案ずるに、趙概は江南の耆老会に先立って別の耆老会に参加しており、風雅な集いを催したことで名が知られていたからである。詳しくは次節で述べるが、趙概は実のところ欧陽脩の「会老堂の集い」に参加しており、したがって元豊年間の江南における耆老会の盛行は、欧陽脩の「会老堂の集い」がその発端であったと考えられるのである。

三　欧陽脩の耆老会

欧陽脩、字は永叔、号は酔翁または六一居士。言わずと知れた北宋を代表する文宗である。彼は生涯にわたって三回にわたって耆老会に関与している。一回目はその青年期にあたる仁宗の明道元年（一〇三二）に洛陽で行われた「八老の集い」、二回目は壮年期の皇祐二年（一〇五〇）に宋州で杜衍らを招いて開いた「慶老公宴」、三回目は晩年の熙寧五年（一〇七二）に潁州（現在の安徽省阜陽市）で催した「会老堂の集い」である。しかし従来の研究では、青年期の「八老の集い」だけが取りあげられがちである。

欧陽脩が洛陽にいた頃、当地では彼を含む文人集団が形成されていた。(16) 欧陽脩は明道元年（一〇三二）に梅堯臣に宛てた書簡の中で、尹洙、楊愈、王顧、王復、張汝士、張先、梅堯臣、欧陽脩自身の八人を、それぞれ辨老、俊老、慧老、循老、晦老、黙老、懿老、逸老と呼んでおり、(17) これは言うまでもなく白居易の九老会を意識したものである。実際に欧陽脩は後年、洛陽時代を懐かしむ次の詩を残している。

洛社当年盛莫加　　洛社　当年　盛んにして加うることなく
洛陽耆老至今誇　　洛陽の耆老　今に至るも誇る
死生零落余無幾　　死生零落して　余すところ幾ばくも無く
歯髪衰残各可嗟　　歯髪衰残して　各《おの》おの嗟《なげ》くべし
北庫酒醪君旧物　　北庫の酒醪　君が旧物
西湖煙水我如家　　西湖の煙水　我には家の如《ごと》し
已将二美交相勝　　已《すで》に二美を将《も》って交《こも》ごも相い勝るも
仍枉新篇麗彩霞　　仍《な》お新篇を枉《ま》ぐれば　彩霞より麗《うるわ》し

（欧陽脩「酬孫延仲龍図」詩、『欧陽文忠公集』巻五十六、『居士外集』巻六）

これは欧陽脩が潁州の知事であった皇祐元年（一〇四九）に、嘗て洛陽で共に遊んだ孫祖徳（字は延仲）に贈った詩であるが、洛陽を離れて既に十年以上の歳月が経つにもかかわらず、当時の「洛社」「洛陽耆老」の雅遊が忘れられず、これを懐かしく思う気持ちが歴々と表れている。そしてその多感な青年時代に経験した耆老会の鮮やかな記憶を再現したのが、孫祖徳に詩を贈った翌年に宋州で杜衍らを招いて開いた「慶老公宴」と晩年に潁州で行った「会老堂の集い」である。

王安石の「青苗法」に強硬に反対した欧陽脩は、熙寧四年（一〇七一）に蔡州（現在の河南省洛陽市汝陽県）の知事の職を辞して潁州に退隠し、同じく致仕して訪ねてきた趙概や当地の知事であった呂公著（一〇一八〜一〇八九）と共に宴を開いた。欧陽脩の書簡や呂希哲の筆記にそのことが記されている。

近叔平自南都恵然見訪。此事古人所重、近世絶稀、始知風月属閑人也。呵呵。有会老堂三篇、方刻石続納。

近ごろ叔平（趙概）に南都より恵然として訪《おとな》わる。此の事、古人の重んずる所なるも、近世絶えて稀なれば、始めて風月の閑人に属するを知るなり。呵呵。「会老堂」三篇有り、方《まさ》に石に刻み、続けて納めん。

（欧陽脩「与呉正献公」其八、『欧陽文忠公集』巻百四十五、『書簡』巻二）

正献公守潁時、趙康靖公概自宋訪欧陽公於潁、与公二人会燕於欧陽公第。因名其堂曰会老。

正献公（呂公著）、潁に守たりし時、趙康靖公概、宋より欧陽公を潁に訪《おとな》い、公ら二人と与《とも》に欧陽公の第に会燕す。因りて其の堂を名づけて「会老」と曰う。

（北宋・呂希哲『呂氏雑記』巻下）

欧陽脩、趙概、呂公著の三者がそれぞれ「会老堂」詩を詠み、欧陽脩はこれを石に刻んで記念としたようである。欧陽脩にはまたほかに「会老堂致語」（『欧陽文忠公集』巻百三十一、『近体楽府』巻二）、「叔平少師去後、会老堂独座偶成」

詩（『欧陽文忠公集』巻五十七、『居士外集』巻七）などもあるが、ここでは参考までに「会老堂」詩を紹介しよう。

古来交道愧難終
此会今時豈易逢
出処三朝倶白髪
凋零万木見青松
公能不遠来千里
我病猶堪釂一鍾
已勝山陰空興尽
且留帰駕為従容

古来　交道　終《ひさ》しくし難きを愧《は》ず
此の会　今時　豈に逢い易《やす》からん
出処すること三朝　倶《とも》に白髪
凋零する万木に　青松見《あら》わる
公　能《よ》く遠しとせずして千里を来たり
我　病むも猶お一鍾を釂《つ》くすに堪う
已《すで》に山陰の空しく興の尽くるに勝れば
且《しばら》く帰駕を留めて　従容を為せ

（欧陽脩「会老堂」詩、『欧陽文忠公集』巻五十七、『居士外集』巻七）

仁宗、英宗、神宗の三人の皇帝に仕えた彼らが、白髪の老人になっても青松のように変わらぬ交情を保ち、千里の道程を遠しとせず訪ねて友情を温めることの得難さを詠んでいる。第七句の「山陰」は、東晋の王徽之が山陰（現在の浙江省紹興市）に戴逵を訪ねようとして出発したが、途中で興が尽きたので戴逵に逢わずに帰ったという、『世説新語』任誕篇に見える故事を踏まえており、最後の句ではせっかく潁州まで来たのだからしばらく留まり、共に楽しんでほしいというのである。

北宋の蔡居厚の『蔡寛夫詩話』には、欧陽脩がこの詩を作り、趙概と共に遊んだ地に「会老堂」を建て、その翌年には返礼として睢陽に趙概を訪ねようとしたが、果たさずして逝去したことが記されている。(18) なお、欧陽脩の「会老堂の集い」は近隣の人々の知るところとなり、周囲の耳目をひいたことが次の致語に見える。

某聞、安車以適四方、礼典雖存於往制、命駕而之千里、交情罕見於今人。伏惟致政少師一徳元臣、三朝宿望。挺立始終之節、従容進退之宜。謂青衫早並於俊遊、白首各諧於帰老。已釈軒裳之累、却尋鶏黍之期。遠無憚於川塗、信不渝於風雨。幸会北堂之学士、方為東道之主人。遂令潁水之浜、復見徳星之聚。里閭拭目、覚陋巷以生光、風義聳聞、為一時之盛事。敢陳口号、上賛清歓。

某《それがし》聞く、「安車にして以て四方に適《ゆ》くは、礼典、往制に存すと雖も、駕を命じて千里を之《ゆ》くは、交情、今人に見ること罕《まれ》なり」と。伏して惟《おも》んみるに致政少師、一徳の元臣、三朝の宿望なり。始終の節を挺立し、進退の宜しきに従容す。謂う、「青衫早《はや》くも俊遊に並び、白首各《おの》おの帰老に諧《かな》う」と。已《すで》に軒裳の累を釈《と》けば、却って鶏黍《もてなし》の期《とき》を尋ぬ。遠く川塗を憚ること無く、信《まこと》に風雨に渝《か》わらず。幸いに北堂の学士に会して、方《はじ》めて東道の主人と為る。遂に潁水の浜をして、復《ま》た徳星の聚《あつ》まりを見しむ。里閭《りりょ》は目を拭《ぬぐ》い、陋巷《ろうこう》に以て光の生ずるを覚え、風義は聳聞し、一時の盛事と為す。敢えて口号を陳《の》べ、賛を清歓に上《たてまつ》る。

（欧陽脩「会老堂致語」、『欧陽文忠公集』巻百三十一、『近体楽府』巻一）

欧陽脩の「会老堂」については、北宋の畢仲游（一〇四七〜一一二一）の「輓欧陽文忠公三首」第一首（『西台集』巻二十、文淵閣四庫全書所収）にも、「酔翁亭遠名空在、会老堂深壁未乾」（酔翁亭　遠くして名は空しく在り、会老堂　深くして壁は未だ乾かず）とあり、欧陽脩が最晩年にこれを建造したことが分かる。なおこれは前述の『蔡寛夫詩話』の記述とも一致する。

欧陽脩は不遇な時期に「酔翁」や「六一居士」と号して私的世界を構築し、風雅な生活を楽しんだが、[19]「会老堂の集い」の営みもその一環であったと考えられる。そして欧陽脩の耆老会の開催や、白居易の詩に由来する雅号を名乗るといった文人生活の営みは、後に司馬光をはじめとする洛陽の士大夫たちへと受け継がれたが、[20]潁州における欧陽脩の耆老会を洛陽文壇に伝えたのは、「会老堂の集い」に参加した呂公著である。

四　熙寧・元豊年間の洛陽における耆老会と司馬光

本章末所掲の「北宋耆老会年表」を見れば分かるように、洛陽では明道年間の「八老の集い」、慶暦年間の「九老会」（後述）の後、耆老会は途絶えていたが、呂公著が洛陽に赴任した熙寧五年（一〇七二）頃を境に再び開催されるようになる。呂公著が欧陽脩の耆老会を洛陽の士大夫たちに伝えたことによると考えられる。

呂公著は熙寧三年四月から熙寧五年まで潁州の知事を務め、同年に潁州を離れて、[21]提挙嵩山崇福宮として洛陽に移り住んだ。[22]邵雍（一〇一一～一〇七七）の「四賢吟」にその名が見える。

彦国之言鋪陳　　彦国（富弼）の言は鋪陳
晦叔之言簡当　　晦叔（呂公著）の言は簡当
君実之言優游　　君実（司馬光）の言は優游
伯淳之言調暢　　伯淳（程顥）の言は調暢

四賢洛陽之名望　四賢は洛陽の名望なり
是以在人之上　是《ここ》を以て人の上に在り
有宋熙寧之間　有宋　熙寧の間
大為一時之壮　大いに一時の壮たり

（北宋・邵雍「四賢吟」、『伊川撃壌集』巻十九、四部叢刊初編所収）

これには富弼（一〇〇四〜一〇八三）、司馬光、程頤（一〇三三〜一一〇七）と並んで呂公著の名が挙がっており、当時の洛陽において呂公著はかなり注目される存在であったことが分かる。その彼が穎州で経験した欧陽脩の耆老会を洛陽文壇に伝えたと考えれば、熙寧年間の洛陽で耆老会が再び盛行したのも何ら不思議なことではない。実際に呂公著は洛陽でも耆老会に参加しており、その際に次のような詩を詠んでいる。

六老皤然鬢似霜　六老　皤然《はぜん》として　鬢は霜に似たり
縦心年至又非狂　縦心の年（七十歳）至るも　又た狂に非ず
園池共避何方勝　園池に共に避《のが》るれば　何方《いずく》か勝《すぐ》るる
樽酒相歓未始忙　樽酒もて相い歓べば　未だ始《かつ》て忙《せわ》しからず
杖屨爛遊千載運　杖屨《じょうく》　爛《おお》いに遊ぶ　千載の運
衣巾濃惹万花香　衣巾　濃く惹《ひ》く　万花の香
過従見率添成七　過《よぎ》りて率《ひき》いらるるに従い　添いて七（七老）と成る

況復秋来亦漸涼

況《いわ》んや復《ま》た秋来たりて　亦た漸《ようや》く涼しきをや

（北宋・呂公著「和王安之六老詩仍見率成」其一、清・龔崧林『重修洛陽県志』巻二十一、芸文十）(23)

右の詩の内容から分かるように、呂公著は王尚恭（一〇〇七～一〇八四、字は安之）ら六人に誘われて耆老会に参加していた。呂公著が洛陽に滞在したのは熙寧五年（一〇七二）より河陽の知事となった熙寧十年（一〇七七）までの五年間であるので、この詩が作られたのもその時期と見てよい。

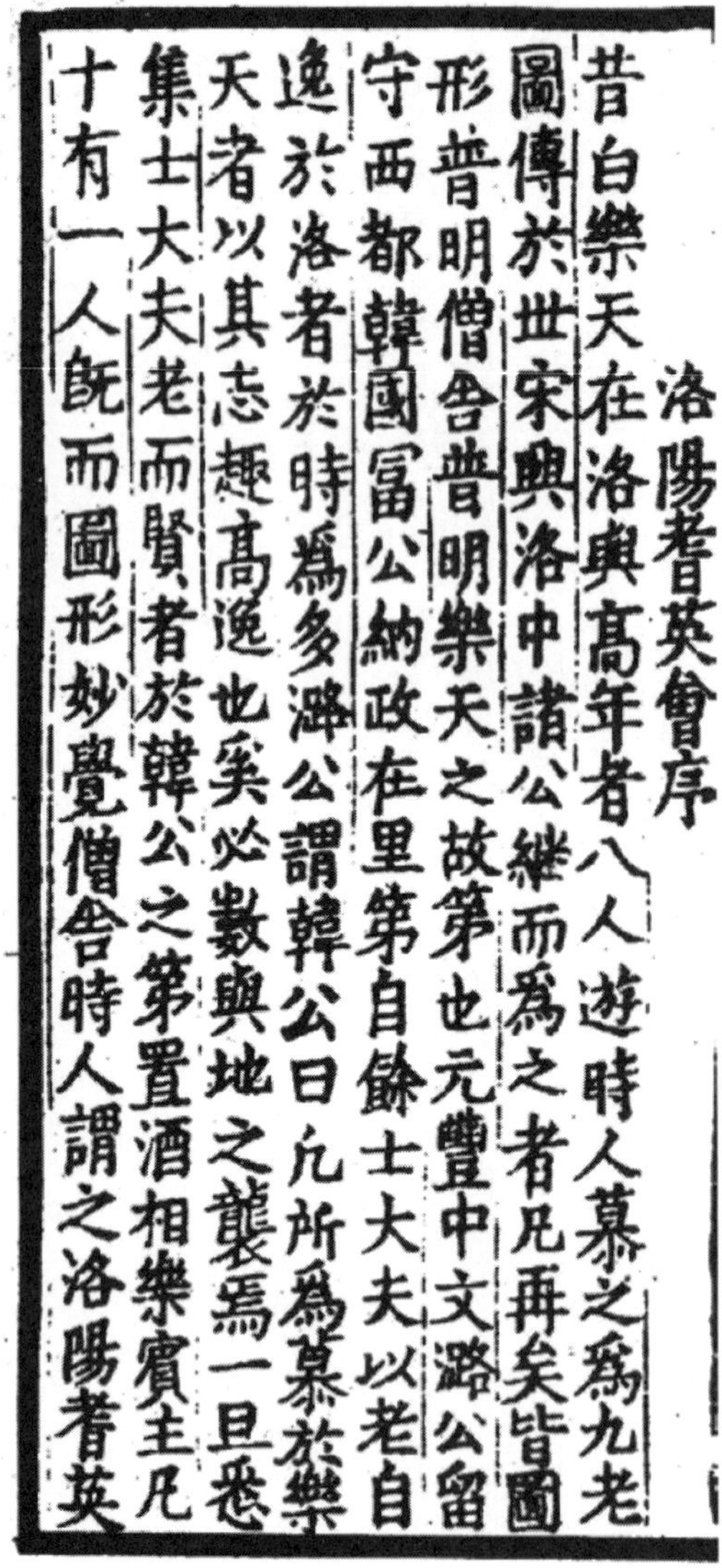
洛陽耆英會序
昔白樂天在洛與高年者八人遊時人慕之爲九老圖傳於世宋興洛中諸公繼而爲之者凡再矣皆圖形普明僧舍普明樂天之故第也元豐中文潞公留守西都韓國富公納政在里第自餘士大夫以老自逸於洛者於時爲多潞公謂韓公曰凡所爲慕於樂天者以其志趣高逸也奚必數與地之襲焉一旦悉集士大夫老而賢者於韓公之第置酒相樂賓主凡十有一人既而圖形妙覺僧舍時人謂之洛陽耆英

図十二　「洛陽耆英会序」
（『温国文正司馬公文集』所収）

同時期に洛陽では王拱辰（一〇一二～一〇八五）と司馬光らによる「四老会」、主催者不明の「窮九老会」（後述）など複数の耆老会が行われており、これらは後の元豊年間の耆老会盛行の基盤を作ったと考えられる。

元豊年間には文彦博によって「五老会」「洛陽耆英会」「同甲会」などが催されたが、中でも最大規模を誇ったのは「洛陽耆英会」である。「洛陽耆英会」はその規模の大きさから従来の研究でもしばしば取りあげられ、北宋の耆老会の中で最も重要なものとされている。例えば近年、侯少宝氏によって著された『文彦博評伝』（四川大学出版社、二〇一〇年）には、特に「文彦博与洛陽耆宿詩会論略」の一章が設けられ、文彦博の耆老会開催の動機とその影響力が力説されている。

しかし前述のように、文彦博が「洛陽耆英会」や「五老会」を開催する以前、熙寧年間の洛陽では少なくとも三つの耆老会が行われていた。しかもその中の一つである「窮九老会」は司馬光の「真率会」の前身であり、文彦博にもこれを詠んだ詩がある。

洛城冠蓋敦名教
任是清貧節転高
見説近添窮九老
従初便不要山濤

洛城の冠蓋　名教に敦《あつ》く
任《たと》い是《こ》れ清貧なるも　節転《うた》た高し
見説《いうならく》　近ごろ窮九老を添え
初めより便《すなわ》ち山濤を要《むか》えず

（北宋・文彦博「前朔、憲孔嗣宗太傅過孟云、近於洛下、結窮九老会。凡職事稍重、生事稍豊者、不得与焉。其宴集之式、率稱其名。其事誠可嘉、尚其語多資嘔噱。因作小詩、以紀之。亦以見河南士人有名教之楽簡貪薄之風、輒録呈留守宣徽、聊資解頤」（前朔、憲孔嗣宗太傅、孟（河陽）を過《よぎ》りて云う、「近ごろ洛下に於いて、窮九老会を結ぶ。凡《およ》そ職事の稍《や》や重く、生事の稍や豊かなる者は、焉《こ》れに与《あずか》るを得ず。其の宴集の式は、率《おおむ》ね其の名に称《かな》う」と。其の事は誠に嘉《よみ》すべきも、尚《な》お其の語は嗢噱《おっきゃく》（笑い）に資すること多し。因りて小詩を作り、以て之れを紀《しる》す。亦た以て河南の士人に名教の楽しむこと簡にして貪ること薄きの風有るを見れば、輒《すなわ》ち録して留守宣徽（王拱辰）に呈して、聊《いささ》か頤《おとがい》を解くに資せん）」詩、『潞公文集』巻六、文淵閣四庫全書所収）

これは文彦博が判河陽を務めた熙寧六年（一〇七三）から翌年の間に、西京留守在任中の王拱辰に贈った詩である。(24)孔嗣宗が洛陽に近い河陽を訪れた時、文彦博は彼によって初めて「窮九老会」なるものが洛陽で結成されたことを知らされる。この集会は清貧を尊び、職責の重い者及び富裕な者は参加を許されないという。文彦博はその会の趣旨に可笑しみを覚え、これに招かれなかったと見られる王拱辰に詩を寄せたのである。

この「窮九老会」については、文彦博の詩のほかにこれを記した史料が見つからないため詳しいことは分からないが、この集会が倹約を旨とし、重職にある者と富裕な者を排除するという性質を持っていたことを鑑みれば、司馬光をはじめとする洛陽在住の士大夫たちによって組織された可能性が極めて高いと言える。しかもその名称から分かるように、これは白居易の「尚歯会」を意識したものである。

また司馬光の「真率会」も「窮九老会」と同様の性質を持つ集会であった。元豊六年（一〇七三）に洛陽で「真率会」が結成された時、やはり貴顕であった文彦博はこれに招かれなかった。そして文彦博は司馬光に次の詩を贈っている。

近知雅会名真率　　近ごろ知る　雅会　名は真率
率意従心各任真　　率意　従心　各《おの》おの真に任す

顔子箪瓢猶自楽
庾郎鮭韮不為貧
加籩只恐労煩主
緝御徒能困倦賓
務簡去華方尽適
古来彭沢是其人

（自注）是詩也、率爾而作、斐然而成。雖甚鄙拙、亦有希真之意焉。

顔子の箪瓢《たんぴょう》　猶《なお》自楽しみ
庾郎（庾杲之）の鮭韮《かいきゅう》　貧と為さず
加籩《かへん》（籩豆を増すこと）　只《た》だ主を労煩せしむるを恐れ
緝御《つけびと》　徒《いたずら》に能《よ》く賓を困倦せしめん
簡に務め華を去りて　方《はじ》めて適を尽くすは
古来　彭沢（陶淵明）　是《こ》れ其の人なり

是《こ》の詩や率爾として作り、斐然として成る。甚だ鄙拙と雖も、亦た真を希《のぞ》むの意有り。

（文彦博「聞近有真率会、呈提挙端明司馬」詩、『潞公文集』巻七）

「真率会」の開催を知った文彦博は、簡素に務めるその会の趣旨を、一箪の食、一瓢の飲を楽しんだ顔回や、韮《にら》ばかりの食事に甘んじた南斉の庾杲之の清貧(25)に喩える。そして詩の結句に陶淵明が詠まれていることから分かるように、「真率会」の名称が『宋書』の陶潜伝に由来する(26)ことを文彦博は理解していたのである。

一方、司馬光は文彦博に次のような返詩を寄せている。

洛陽衣冠愛惜春
相従小飲任天真
随家所有自可楽

洛陽の衣冠　春を愛惜し
相い従いて小飲し　天真に任す
家の有する所に随いて　自《みずか》ら楽しむべし

為具更微誰笑貧
不待珍羞方下筯
只将佳景便娯賓
庾公此興知非浅
藜藿終難作主人

為に具うるの更に微なるも　誰か貧を笑《あざけ》らん
珍羞《ちんしゅう》（珍味）を待ちて方《はじ》めて筯《はし》を下すにあらず
只《た》だ佳景を将《も》って　便《すなわ》ち賓を娯《たの》しましむるのみ
庾公　此の興の浅きに非ざるを知るも
藜藿《れいかく》（真率会）　終《つい》に主人と作《な》り難し

（司馬光「和潞公真率会詩」、『温公文集』巻十四）

これは文彦博の詩に次韻したものである。本書第九章で既にふれたので詳しい説明は省くが、庾公（庾亮）は文彦博の喩えであり、彼のような貴顕は雅宴の楽しみは知っていても、アカザと豆の葉のような粗末な食べ物で客をもてなす集いの主人役を務めることはできないという。前に見た文彦博の王拱辰に贈った詩の結句に、「窮九老会」は西晋の山濤（ここでは王拱辰の喩え）を招かないとあったように、「窮九老会」と「真率会」は共に貴顕を排除する性格を持つ集会であった。

しかし、最終的に文彦博は「真率会」への参加を認められた。その一部始終が次の筆記に記されている。

優遊多暇、訪求河南境内佳山水処。凡目之所睹、足之所歴、窮尽幽勝之処。十数年間、倦於登覧。於是乃与楚正叔通議、王安之朝議耆老者六七人、相与会於城中之名園古寺。且為之約、果実不過五物、殽膳不過五品、酒則無算。以為倹則易供、簡則易継也。命之曰真率会。文潞公時以太尉守洛、求欲附名於其間、温公為其顕弗納也。一日、潞公伺其為会、戒厨中具盛饌、直往造焉。温公笑而延之曰、俗却此会矣。相与歓飲、夜分而散。亦一時之盛事也。

（司馬光）優遊して暇《いとま》多く、河南境内の佳《よ》き山水の処を訪ね求む。凡《およ》そ目の睹《み》る所、足の歴《ふ》る所、幽勝の処を窮め尽くせり。十数年の間、登覧に倦《う》む。是《ここ》に於いて乃《すなわ》ち楚正叔通議（楚建中）、王安之朝議（王尚恭）ら耆老の者六七人と、相い与《とも》に城中の名園・古寺に会す。且つ之れが約を為るに、果実は五物を過ぎず、殽膳《こうぜん》は五品を過ぎず、酒は則《すなわ》ち算《かぞ》うる無し。以為《おも》えらく倹なれば則ち供し易《やす》く、簡なれば則ち継ぎ易きなりと。之れを命《な》づけて「真率会」と曰う。文潞公、時に大尉を以て洛に守たり、求めて名を其の間に附さんと欲するも、温公、其の顕なるが為に納れざるなり。一日、潞公其《そ》の会を為すを伺《うかが》い、厨中（厨房）に戒めて盛饌を具《そな》え、直《ただ》ちに往造（訪問）す。温公、笑いて之れを延《ひきい》れて曰く、「此の会を俗却す」と。相い与《とも》に歓飲し、夜分にして散ず。亦た一時の盛事なり。

（北宋・呂希哲『呂氏雑記』巻下）

これは呂公著の子希哲が記したものである。文彦博は「真率会」に加わることを望んだが、その官位が高いことから司馬光から参加を拒まれた。しかし機会を窺って豪勢な料理をもって押しかけたので、司馬光も笑いながら仕方なく彼を招き入れたという[27]。前掲の文彦博と司馬光の詩及びこの逸話を併せて考えれば分かるように、本来洛陽の耆老会の中心的な人物は、文彦博ではなく司馬光であった。つまり文彦博は熙寧年間より既に洛陽で開かれていた司馬光や呂公著・王尚恭らによる耆老会に便乗しただけであり、もともと耆老会の主催を志していたわけではなかったのだ。

文彦博にとどまらず、真率会に参加することを喜んだ士大夫はほかにもいた。「真率会」の構成員は司馬光と王尚恭を含む七人であるが、時には范純仁（一〇二七～一一〇一）や鮮于侁（一〇一九～一〇八七）といった司馬光の友人も含まれており、彼らも「真率会」で詩を唱和していたことが、司馬光や范純仁の文集によって知ることができる。また司馬光と同時代の人である祖無択（一〇一〇～一〇八五）は、自らが真率会に参加したことを「聚為九老自詠」（『祖龍学文集』巻四、文淵閣四庫全書所収）に詠んでいる。その注には「龍学因分司西京御史台、与司馬温公九人為真率会、謂之九老」（龍学〈祖無択〉、西京御史台に分司せらるるに因りて、司馬温公ら九人と「真率会」を為し、之れを九老と謂う）とあり、祖無択らが「真率会」を「九老会」と見なして参加していたことが分かる。

右記のように、洛陽で行われた耆老会の中で「真率会」は文彦博や祖無択といった元老級の士大夫まで取りこんで挙行されていた。「真率会」がこのように洛陽の士大夫たちに愛好された理由を考えれば、これが司馬光によって主催され、かつ白居易の「尚歯会」により近いものであったことが挙げられる。そのことは司馬光の次の詩に顕著に表れている。

七人五百有余歳　　七人　五百有余歳
同酔花前今古稀　　同《とも》に花前に酔うは　今古稀《まれ》なり
走馬闘鶏非我事　　走馬　闘鶏　我が事に非ず
紵衣糸髪且相輝　　紵衣《ちょい》（麻衣）　糸髪（白髪）　且つ相い輝く

（司馬光「二十六日作真率会。伯康与君従七十八歳、安之七十七歳、正叔七十四歳、不疑七十三歳、叔達七十歳、光六十五歳、合五百一十五歳。口号成詩、用安之前韻（二十六日、真率会を作《な》す。伯康（司馬旦）と君従（席汝言）は七十八歳、安之（王尚恭）七十七歳、正叔（楚建中）七十四歳、不疑（王慎言）七十三歳、叔達（宋道）七十歳、光（司馬光）六十五歳、合わせて五百一十五歳。口号して詩と成すに、安之の前韻を用う）」其一、『温公文集』巻十四）

この詩は三月二十六日に開かれた「真率会」を記念して詠んだ作品である。その自注に「楽天九老詩云、七人五百七十歳」（楽天の九老詩に云う、「七人五百七十歳」と）とあり、白居易の「尚歯会」の詩を踏まえていることが分かる。「真率会」が三月に開かれたのも、白居易の「尚歯会」を意識してのことであろう。『温公文集』を繙《ひもと》けば、第一回の「真率会」が開催されたのはおそらく三月二十一日または二十四日であり、(28) その後二十五日、二十六日、二十七日、二十八日、三十日と、「春尽」まで計六回開かれている。白居易の詩を踏まえて詩を作り、しかも耆老会の開催時期まで白詩に合わせていることを鑑みれば、司馬光の内面に白居易の耆老会を継承しようとする意識が強く働いていたことが窺われる。南宋の胡仔は次のように記している。

苕渓漁隠曰、洛中尚歯会、起於唐白楽天。至本朝君実亦居洛中、遂継為之、謂之真率会。好事者写成図、伝於世。所謂九老図者也。

苕渓漁隠曰く、洛中の「尚歯会」は、唐の白楽天より起こる。本朝に至りて君実（司馬光）も亦た洛中に居れば、遂に継ぎて之れを為し、之れを「真率会」と謂う。好事の者、写《えが》きて図を成して、世に伝う。所謂《いわゆる》「九老図」なるものなり。

（南宋・胡仔『苕渓漁隠叢話』後集巻二十二、「迂叟」の条）

右の文によれば、司馬光の「真率会」は白居易の後を継ぐものであり、「真率会」を描いた図も「九老図」として世に広まったという。つまり司馬光の「真率会」は自他ともに白居易を継承するものとして認識されていたのである。

ところで、司馬光が「真率会」を組織し、また洛陽の士大夫たちが積極的にこれに参加したのはいかなる理由によるのだろうか。これに関しては三つのことが考えられる。まず一つ目は、熙寧年間に「会老堂の集い」を開いた欧陽脩に対する敬慕である。二つ目は、「真率会」の名称から判るように清貧で知られた隠者陶淵明に対する憧れである。三つ目は、白居易と同じく洛陽にて耆老会を行うことに対する大きな喜びである。そしてその背景には、北宋の士大夫たちの官界における不遇感があったことを指摘せねばならない。

白居易の「尚歯会」は、「歯《よわい》に序して官に序さず」というように、官位と関係なく年長者を尊ぶ集いであったが、視点を変えれば、官界での浮沈に苦しむ人物に平安を与えるものでもあった。白居易本人の詩文には「尚歯会」を開いた動機に関する記述が見えないが、「尚歯会」に参加した士人については次のような記録が残っている。

公諱渾、字万流、其先洛陽人。（中略）罷永、居於洛師。与少傅白公為嵩少琴酒之侶、遂絶意於宦途。以会昌六年八月廿三日、疾薨于河南府洛陽県仁風里。年七十六。

公、諱は渾、字は万流、其の先は洛陽の人なり。（中略）永（永州刺史）を罷《や》めて、洛師に居る。少傅白公と嵩少・琴酒の侶《ともがら》と為り、遂に意を宦途に絶つ。会昌六年八月廿三日を以て、河南府洛陽県仁風里に疾薨す。年七十六なり。

（唐・韋邈「唐故永州刺史清河張公墓誌銘」）(29)

張渾は洛陽の人で、白居易と「尚歯会」の楽しみを共にした人物である。彼は永州（現在の湖南省永州市）の刺史を以て致仕しており、墓誌を読む限り必ずしも官途に恵まれていたとは言えないが、「尚歯会」に参加することにより官途への未練を断ち切ったという。つまり張渾は「尚歯会」の構成員となり、官位の高下に縛られない比較的自由な交わりを持つことによって、官人としての不遇感から解放されたと言える。また白居易をはじめとする「尚歯会」の参加者たちは、官界を離れた自由な交わりに歓びを見いだしたようである。

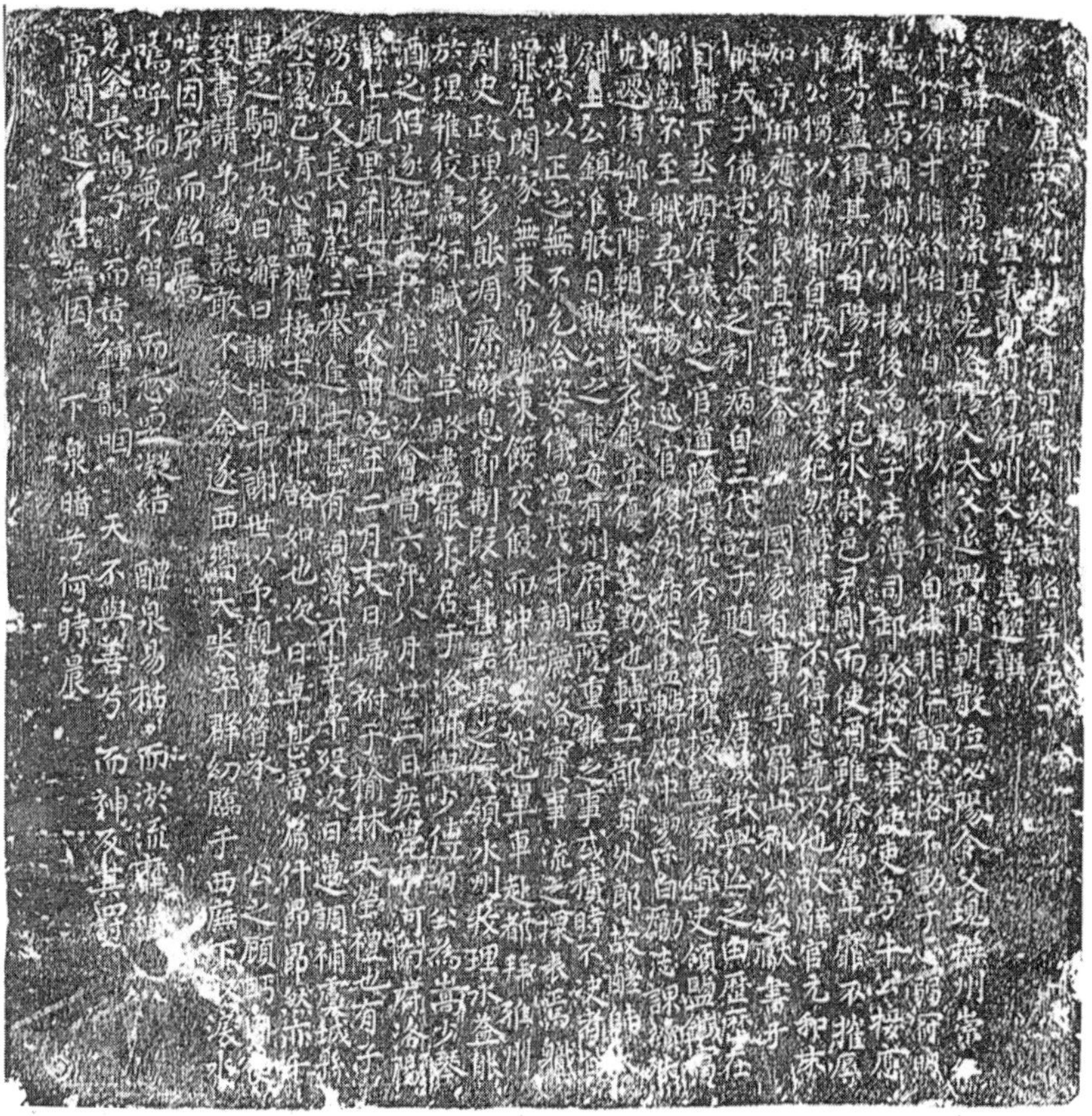

図十三　「張渾墓誌銘」（『洛陽出土墓誌輯縄』所収）

白居易の「尚歯会」のこのような性質は、北宋の耆老会にもそのまま受け継がれている。例えば、仁宗朝の将軍高志寧《こうしねい》（九七一～一〇五三）はもともと遼に対する主戦派であったが、朝廷が遼と和平を結んだため、意を得ずして致仕し、「九老会」を催してその不遇を慰めたことが、韓琦（一〇〇八～一〇七五）の著した墓誌銘に記されている。

公諱志寧、字宗儒、其先渤海蓨人。唐末乱、遠祖避地沢潞而遷洛、遂為河南洛陽人。曾祖逵、祖潜、値五代多故、皆以儒術自富、不求聞達。父素能世其学、而喜黄老言、高放不仕、以公貴、累贈尚書刑部侍郎。（中略）会朝廷遣使復通北好、公雅志、卒不遂。即上章告老。詔以右領軍衛大将軍致仕。公既得謝、乃与鄧国張公、太子少師任公、曁休官諸老凡九人、放懐林泉間、以詩酒相娯楽、追唐白傅九老之会。京洛好事家、多図写而伝之。

公、諱は志寧、字は宗儒、其の先は渤海蓨の人なり。唐末に乱あれば、遠祖、地を沢（沢州）潞（潞州）に避けて洛に遷《うつ》り、遂に河南洛陽の人と為る。曾祖の逵、祖の潛、五代の多故（多事）に値《あ》うも、皆な儒術を以て自《おのずか》ら富み、聞達を求めず。父の素、能《よ》く其の学を世《つ》ぎ、而《しか》も黄老の言を喜び、高放して仕えざるも、公の貴きを以て、累《かさ》ねて尚書刑部侍郎を贈らる。（中略）朝廷の使を遣りて復《ま》た北（遼）と好《よし》みを通ずるに会い、公の雅志、卒《つい》に遂げられず。即《すなわ》ち章を上《たてまつ》りて告老す。詔《つ》げられて右領軍衛大将軍を以て致仕す。公、既に謝《さ》るを得たれば、乃《すなわ》ち鄧国張公（張士遜）[30]、太子少師任公（任中師）[31]、曁《およ》び官を休《や》めたる諸老と凡《およ》そ九人にして、懐《おも》いを林泉の間に放ち、詩酒を以て相い娯楽《たの》しみて、唐の白傅の「九老の会」を追う。京洛の好事家、図《えが》き写して之れを伝うるもの多し。

（北宋・韓琦「故衛尉卿致仕高公墓誌銘」、『安陽集』巻四十七、文淵閣四庫全書所収）

右の記述から分かるように、高志寧は官途での志を遂げられなかったがために致仕し、洛陽に戻って諸老と「九老会」を行った。慶暦二年（一〇四二）頃のことである[32]。つまり高志寧は白居易の「尚歯会」に倣うことで、官界での挫折による失意から抜け出そうとしたのであろう。

同様のことは、慶暦の改革に失敗した杜衍や、王安石の新法に反対して致仕した欧陽脩、また洛陽で十五年も閑職に留まることを余儀なくされた司馬光についても言える。したがって耆老会が、官途で意を得なかった士大夫たちがその挫折感を忘れ、政治的な束縛から自由になろうとした営みの一つであったことは否めない。

特に熙寧・元豊年間の洛陽における耆老会に関して言えば、従来言われているように、その構成員が政治的に非主流派であった旧法派の士大夫たちであったことも考慮に入れる必要があるだろう。王安石との政治闘争に敗れた司馬光ら旧法派の士大夫たちが、政治に志を得ず官途に希望を見いだせなくなった時、白居易と同様に潔く政界の第一線から身を引いた人物として想起したのは、同じく王安石の新法に反対し、古稀に及ばずして勇退した欧陽脩であったはずである。

それに加えて、洛陽という都市には白居易以来の耆老会の伝統がある。前代より耆老会の伝統を継いできたその土地の歴史と、北宋の士大夫たちが尊崇した欧陽脩の「会老堂の集い」への憧れ(33)が相俟って、熙寧・元豊年間の耆老会を形成した。北宋時代の士大夫たちにとって、杜衍や欧陽脩のように耆老会を開くということは、言うなれば白居易以来の名利にとらわれない文人の系譜に列なる行為であり、大きな喜びと栄誉感をもたらすものであった。たとえ政治的には不遇であっても、悠久の歴史を持つ古都洛陽で白居易や欧陽脩と同じく耆老会を行うということに、司馬光をはじめ洛陽の士大夫たちは誇りを覚え、楽しみを見いだしたはずである。

次に掲げる蘇頌の詩は、哲宗の元符二年（一〇九九）に潤州（現在の江蘇省鎮江市）で開かれた「四老会」において、五十年前に宋州で参加した杜衍の「五老会」を回想するものであるが、先達の営みを自らも行い得ることに対する喜びが率直に詠まれている。詩題は本章第一節に見たので、ここでは詩の本文のみを挙げよう。

曾覧祁公五老詩　曾《かつ》て覧《み》る　祁公《きこう》（杜衍）五老の詩

仍陪三寿燕留司　仍《な》お三寿（杜衍・朱貫・馮平）に陪して留司（欧陽脩）と燕《うたげ》す

今逢北固開尊日　今逢う　北固（潤州）に尊《たる》を開く日

正似南都命席時　正に似たり　南都（宋州）に席を命じられし時
喜奉笑言揮麈柄　笑言を奉り　麈柄を揮《ふる》うを喜ぶも
却慙衰朽倚瓊枝　却って衰朽の瓊枝に倚《よ》るを慙《は》ず
定知此会人間少　定めて知る　此の会　人間《じんかん》に少《まれ》にして
五十年才一再期　五十年に才《わず》かに一再の期あるのみなるを

（自注）白楽天詩云、除却三山五天竺、人間此会定応無。
白楽天の詩に云う、「三山五天竺を除却せば、人間に此の会　定めて応《まさ》に無かるべし」と。

数十年の歳月を経て再び参加した耆老会は、嘗て体験した「五老会」と同じであると述べ、白居易の「尚歯会」の詩を踏まえて、蘇頌は耆老会の席に列なっている喜びをかみしめている。そしてこの喜びは、ただ蘇頌一人に限られるものではなく、耆老会に参加した多くの士大夫たちの共通した思いであったと目される。

なお、北宋時代の耆老会の中で司馬光の「真率会」と文彦博の「洛陽耆英会」がとりわけ広く認知されていることに関しては、その理由として次の三点が挙げられる。まず一つ目は、「洛陽耆英会」が文彦博や司馬光をはじめとする十三名の元老級の士大夫たちによって行われ、最大級の規模を誇ったことである。南宋の周密が『斉東野語』に、江南の耆老会に先んじて、李昉の「九老会」と杜衍の「五老会」、そして「洛陽耆英会」を紹介するのは、これらが宰相格の人物によって主催されたからであろう。功成り名を遂げた士大夫たちが、朝廷を離れて詩酒を事とする風雅な集会を催す。そのことは多くの知識人に憧憬の念を抱かせたに違いない。

二つ目は、耆老会の詩や詩序、そして絵図が広く伝えられたことである。北宋時代には白居易の「九老図」に言及した詩文が見られ、また前に見たように司馬光の集会を描いた絵も「九老図」と呼ばれていた。なお明清時代の『趙氏鉄網珊瑚』などの書画に関する書籍や現代の『故宮書画録』（中華叢書委員会、一九五六年）などにも「耆英会図」に関する記述が見える。このように詩文と絵図が一体となったものは、視覚的に多くの人の関心を集めたはずである。

三つ目は、司馬光と文彦博の耆老会の開催地が洛陽であったということである。周知のように、洛陽という都市は西周以来の歴史を有する古都である。多くの王朝がここを都に定め、唐と北宋を通じて国都に準じる都市であった。また韓愈や白居易ゆかりの地であり、かつ長安に比べれば多くの唐代の遺構を残していた。唐代の息吹の残る古都において、白居易に由来する耆老会を行い得たことが、司馬光や文彦博の名声を大きく高めたのであろう。

洛陽の耆老会は、後世には日本や朝鮮半島にも伝わり、これらの地においても同様の集会が開かれた。つまり唐宋時代の洛陽の耆老会は、後世の中国だけでなく、東アジア全域に大きな影響を与えたのである。

年表五「北宋耆老会年表」

年号	場所	会の名称	参加者	序者	備考
唐　武宗 会昌五年 （八四五）	**洛陽**	**尚歯会**	胡杲、吉皎、鄭拠、劉真、盧真、張渾、**白居易**	**白居易**	**白居易**「胡吉鄭劉盧張等六賢皆多年寿予亦次焉偶於弊居合成尚歯之会七老相顧既酔甚歓静而思之此会稀有因成七言六韻以紀之伝好事者」（『白氏文集』巻七十一）
北宋　真宗 咸平二年 （九九九）	開封	九老会 **※開催されず**	李昉、張好問、李運、宋祺、武允成、魏丕、呉僧賛寧、楊徽之、朱昂	無し	王禹偁「左街僧録通恵大師文集序」（『小畜集』巻二十）
仁宗 明道元年 （一〇三二）	**洛陽**	**八老の集い**	尹洙、楊愈、王顧、王復、張汝士、張先、梅尭臣、**欧陽脩**	不明	**欧陽脩**「与聖兪」其三（『欧陽文忠公集』巻百四十九、『書簡』巻六）
慶暦元年～三年 （一〇四一 ～一〇四三）	**蘇州**	**九老会**	徐祐、葉参	不明	南宋・龔明之『中呉紀聞』巻二、「徐都官九老会」
慶暦二年～五年 （一〇四二 ～一〇四五）	**洛陽**	**九老会**	**高志寧**、任中師、張士遜等	不明	韓琦「高志寧墓誌銘」（『安陽集』巻四十七）
慶暦六年 （一〇四六）	**湖州**	**六老会**	郎簡、范説、張維、劉余慶、周守中、呉	胡瑗	南宋・周密『斉東野語』巻十五、「張氏十詠図」

			琰、馬尋、胡瑗		
皇祐二年（一〇五〇）	**宋州**	**五老会**	**杜衍、朱貫、馮平、欧陽脩、蘇頌**	不明	**蘇頌**「潤守修撰見招与左丞王公大夫俞公東園集会賓主四人更無他客某頃為南都従事値故相杜公与王賓客煥畢大卿世長朱兵部貫馮郎中平同時退居府中作五老会一日大尹廬陵欧陽公作慶老公宴而王畢二公以病不赴中座亦只四人某時与諸僚友同与席末言念往昔正類今辰然自皇祐庚寅迄今元符己卯整五十年矣撫事感懐輒成七言四韻」（『蘇魏公文集』巻十二）
至和三年（一〇五六）	**宋州**	**五老会**	**杜衍**、王渙、畢世長、朱貫、馮平、銭明逸	銭明逸	南宋・周密『斉東野語』巻二十、「耆英諸会」
神宗 熙寧五年（一〇七二）	**潁州**	**会老堂の集い**	**欧陽脩**、**趙概**、**呂公著**	不明	**欧陽脩**「会老堂致語」（『欧陽文忠公集』巻百三十一、『近体楽府』巻一）
熙寧五年～十年（一〇七二～一〇七七）	**洛陽**	**七老会**	**王尚恭**、**呂公著**等	不明	**呂公著**「和王安之六老」其一（清・龔崧林『重修洛陽県志』巻二十一）
熙寧六年～八年（一〇七三～一〇七五）	**洛陽**	**四老会**	王拱辰、宋選、李幾先、**司馬光**	不明	**司馬光**「又和六日四老会」（『温公文集』巻十三）
熙寧六年～八年	**洛陽**	**窮九老会**	不明	不明	**文彦博**「前朔憲孔嗣宗太傅過孟云近於洛下結窮九老会凡

（一〇七三〜一〇七五）					職事稍重生事稍豊者不得与焉其宴集之式率称其名其事誠可嘉尚其語多資嘔噱因作小詩以紀之亦以見河南士人有名教之楽簡貪薄之風輒録呈留守宣徽聊資解頤」（『潞公文集』巻六）
元豊元年（一〇七八）	**杭州**	**四老会**	**趙概**、**趙抃**、呉天常、呉某	不明	**趙抃**「次韻呉天常」（『清献集』巻三） 南宋・葉寘『愛日斎叢抄』巻二
元豊二年（一〇七九）	**越州**	**二老会**	**趙抃**、**程師孟**	不明	南宋・葉寘『愛日斎叢抄』巻二
元豊元年〜七年（一〇七八〜一〇八四）	**蘇州**	**九老会**	**徐師閔**、**程師孟**、元絳、閭丘孝終、王琉、蘇湜、章岵	不明	南宋・龔明之『中呉紀聞』巻四、「徐朝議」
元豊三年（一〇八〇）	**洛陽**	**五老会**	**文彦博**、**范鎮**、張宗益、張問、史炤	不明	**文彦博**「五老会」（『潞公文集』巻七）
元豊五年（一〇八二）	**洛陽**	**洛陽耆英会**	富弼、**文彦博**、席汝言、**王尚恭**、趙丙、劉几、馮行己、楚建中、王慎言、張問、張燾、王拱辰、**司馬光**	**司馬光**	**司馬光**「洛陽耆英会序」（『温公文集』巻六十五） 邵伯温『邵氏聞見録』巻十
元豊六年	**洛陽**	**真率会**	司馬旦、席汝言、**王**	不明	**司馬光**「二十六日作真率会伯康与君従七十八歳安之七十

(一〇八三)			**尚恭**、楚建中、王慎言、宋道、**司馬光**		七歳正叔七十四歳不疑七十三歳叔達七十歳光六十五歳合五百一十五歳口号成詩用安之前韻」(『温公文集』巻十四)
元豊六年(一〇八三)	**洛陽**	**同甲会**	**文彦博**、程珦、司馬旦、席汝言	不明	**文彦博**「同甲会」(『潞公文集』巻七)
元豊六年(一〇八三)	**洛陽**	**同年会**	**司馬光**、**范純仁**等	不明	**范純仁**「和司馬君実同年会作」(『范忠宣集』巻四)
元豊八年(一〇八五)	**蘇州**	**十老会**	盧革、黄挺、**程師孟**、鄭方平、閭丘孝終、**章岵**、徐九思、**徐師閔**、崇大年、張詵、米芾	米芾	米芾「九隽老会序草」(『宝晋英光集』巻六) 南宋・范成大『呉郡志』巻二、「風俗」
元豊年間(一〇七八～一〇八五)	許州	飛英会	**范鎮**等	不明	南宋・朱弁『曲洧旧聞』巻三、「蜀公飛英会」
哲宗 元祐五年～六年(一〇九〇～一〇九一)	益州	四老会	楊咸章、楊損之、任傑、楊武仲、呂陶	楊咸章	楊咸章「梵安寺内浣渓四老唱和詩」並序(南宋・扈仲栄、程遇孫等編『成都文類』巻十四)
元祐五年～九年(一〇九〇	許州	五老会	**范純仁**、韓維、王晳、卞仲謀等	不明	韓維「和微之」「予招賓和微之」(『南陽集』巻十一)

～一〇九四）					
元符二年（一〇九〇）	潤州	四老会	蘇頌、龔原、王某、兪某	不明	※皇祐二年の「五老会」に同じ

※右の年表は、欧陽光『宋元詩社研究叢考』（広東高等教育出版社、一九九六年）、王水照「北宋洛陽文人集団的構成」（『王水照自選集』所収、上海教育出版社、二〇〇〇年）、及び備考等に掲げた諸資料に基づいて作成したものである。

注

（1）白居易の尚歯会については、静永健「白楽天、仏教徒になれなかった詩人」（中国社会文化学会『中国―社会と文化』第二十四号、二〇〇九年。後に同氏『漢籍伝来――白楽天の詩歌と日本』（勉誠出版、二〇一〇年）所収）に言及がある。白居易の尚歯会の参加者は『白氏文集』巻七十一によれば、胡杲、吉皎、鄭拠、劉真、盧貞、張渾、白居易の七名であるが、盧貞については静永氏論文の注（5）の考証にしたがって、盧真に改めた。

なお、宋代の耆老会に関する先行研究としては代表的なものに、欧陽光『宋元詩社研究叢稿』（広東高等教育出版社、一九九六年）があるが、耆老会間の関係については「洛陽耆英会」と「真率会」を除いて必ずしも明確にされておらず、また「洛陽耆英会」と「真率会」の関係についても会の規約を混同する等の誤りが見られる。ほかに木田知生「北宋時代の洛陽と士人達――開封との対立のなかで」（『東洋史研究』第三十八巻・第一号、一九七九年）、同『司馬光とその時代』（白帝社、一九九四年）、伊原弘『中国開封の生活と歳時――描かれた宋代の都市生活』（山川出版社、一九九一年）、宋衍申『司馬光評伝――忠心為資治、鴻篇伝千古』（広西教育出版社、一九九五年）、楊洪傑・呉麦黄『司馬光伝』（山西人民出版社、一九九七年）、馬東瑤『文化視域中的北宋熙豊詩壇』（陝西人民教育出版社、二〇〇六年）、侯少宝『文彦博評伝』（四川大学出版社、二〇一〇年）等にも耆老会に関する言及が見えるが、元豊年間の洛陽の耆老会について、諸論著ではこれが当時の政治情勢と関わることを認めながらも、耆老会の持つ政治性については見解が分かれる。欧陽・木田・宋の三氏が耆老会を政治結社と見なしているのに対して、伊原・馬の両氏はこの見解に消極的である。案ずるに、北宋時代に各地で開催された諸耆老会の中に元豊年間の洛陽の耆老会を位置づければ、政治性を完全に排除するのは難しいが、耆老会を政治結社として見ることには賛成しがたい。

(2)　日本の「尚歯会」については、後藤昭雄氏の「尚歯会の系譜——漢詩から和歌へ——」（兼築信行、田渕句美子編『和歌を歴史から読む』、笠間書院、二〇〇二年。後に同氏『平安朝漢文学史論考』〔勉誠出版、二〇一二年〕所収）などに詳しい。韓国の「尚歯会」については、『高麗史』巻九十九、崔讜伝などに耆老会の記録が見える。

(3)　張海鷗『北宋詩学』（河南大学出版社、二〇〇七年）、第一章・第一節「『白体』及其詩人的詩学思想」を参照。

(4)　「洛陽耆英会」の参列者は、『斉東野語』では司馬光を含めて十二名となっているが、実際はこれに張燾（一〇一三〜一〇八二）を含む十三名である。司馬光「洛陽耆英会序」（『温公文集』巻六十五）及び北宋・邵伯温『邵氏聞見録』巻十に見える耆英会の条を参照。

(5)　該当する内容の文は次のとおり。「慶暦末、杜祁公告老、退居南京。与太子賓客致仕王渙、光禄卿致仕畢世長、兵部郎中分司朱貫、尚書郎致仕馮平、為五老会、吟酔相歓。士大夫高之。祁公以故相耆徳、尤為天下傾慕。」（『澠水燕談録』巻四「高逸」）

(6)　「五老」のほかに詩が挙げられているのは、欧陽脩、晏殊、范仲淹、富弼、韓琦、胡瑗、蘇頌、邵雍、文彦博、司馬光、張載、程顥、程頤、蘇軾、黄庭堅、蘇轍、范純仁の計十七名。

(7)　本章に引用する欧陽脩の詩文は、『欧陽文忠公集』（四部叢刊初編所収）に基づき、洪本健校箋『欧陽修詩文集校箋』（上海古籍出版社、二〇〇九年）を参看した。また欧陽脩の事跡については、劉徳清『欧陽修紀年録』（上海古籍出版社、二〇〇六年）にしたがう。

(8)　葉参、字は次公。『宋史』に伝はないが、その事跡は北宋・宋祁「故光禄卿葉府君墓誌銘」（『景文集』巻五十九、文淵閣四庫全書所収）に見える。

(9)　江南で開かれた最初の九老会の開催時期を慶暦元年（一〇四一）から慶暦三年の間と見なすのは、葉参の卒年が慶暦三年だからである。

(10)　郎簡、字は叔簾、杭州臨安の人。『宋史』巻二百九十九に本伝がある。

(11) 胡瑗、字は翼之、諡は文昭。泰州海陵の人。『宋史』巻四百三十二、儒林伝に本伝があり、その事跡は欧陽脩の「胡先生墓表」(『欧陽文忠公集』巻二十五、『居士集』巻二十五)に見える。

(12) 元絳、字は厚之、諡は章簡。杭州銭塘の人。『宋史』巻三百四十三に本伝があり、その事跡は蘇頌の「太子少保元章簡公神道碑」(蘇頌『蘇魏公文集』巻五十二、文淵閣四庫全書所収)に見える。

(13) 『宋史』巻三百三十一、程師孟伝によれば、程の最終官歴は知青州である。李之亮『宋代郡守通考』(巴蜀書社、二〇〇一年)所収『北宋京師及東西路大郡守臣考』は程の知青州退任の年を元豊四年(一〇八一)としており、もしそうであれば程の「九老会」への参加はこの年以降のこととなる。

(14) 曹宝麟「米芾年表」(劉正成主編『中国書法全集』第三十八巻、宋遼金編・米芾巻二、栄宝斎、一九九二年)による。因みに盧革と張詵の伝は、『宋史』巻三百三十一に見える。

(15) 張耒「呉天常墓誌」(『張右史文集』巻六十、四部叢刊初編所収)にその事跡が見える。

(16) 王水照「北宋洛陽文人集団的構成」(『王水照自選集』所収、上海教育出版社、二〇〇〇年)、一三一〜一三八頁を参照。

(17) 欧陽脩「与梅聖兪」第三篇(『欧陽文忠公集』巻百四十九、『書簡』巻六)による。

(18) 該当する原文は次のとおり。「文忠与趙康靖公、同在政府、相得歓甚。康靖先告老帰睢陽、文忠相継謝事帰汝陰。康靖一日単車特往過之、時年幾八十矣。留劇飲踰月日。於汝陰縦游而後返。前輩掛冠後能従容自適、未有若此者。文忠嘗賦詩云、(中略)因牓其游従之地為会老堂。明年、文忠欲往睢陽報之、未果行而薨。両公名節固師表天下、而風流襟義又如此。誠可以激薄俗也」。『蔡寛夫詩話』の原文は呉文治主編『宋詩話全編』(江蘇古籍出版社、一九九八年)第一冊所収「蔡居厚詩話」に基づく。

(19) 合山究「雅号の流行と宋代文人意識の成立」(『東方学』第三十七輯、一九六九年)を参照。

(20) 本書第八章「司馬光と欧陽脩」を参照。

(21) 注(13)所掲『北宋京師及東西路大郡守臣考』による。

(22) 南宋・杜大珪編『名臣碑伝琬琰之集』(文淵閣四庫全書所収)下巻十所載の「呂正献公公著伝」による。

(23) 該詩の原文は、『中国方志叢書』第四百七十六号(成文出版社、一九七六年)に影印されている乾隆十年(一七四五)刊本に基づくが、『全宋詩』第八冊（北京大学出版社、一九九二年）にしたがい、一部文字を改めた。

(24) 注（13）所掲『北宋京師及東西路大郡守臣考』による。王拱辰の事跡は「王拱辰墓誌」（洛陽市第二文物工作隊編『洛陽新獲墓誌』所収、文物出版社、一九九六年）に詳しい。これによれば、王拱辰は熙寧四年（一〇七一）に判河陽、熙寧五年（一〇七二）から熙寧八年（一〇七五）にかけて西京留守を勤めている。

(25) 『南斉書』巻三十四、庾杲之伝に次のようにある。「庾杲之、字景行、新野人也。（中略）清貧自業、食唯有韮葅、瀹韮、生韮、雑菜。或戯之曰、『誰謂庾郎貧、食鮭常有二十七種』。言三九（三韮）也。」

(26) 『宋書』巻九十三、陶潜伝に「真率」の語が見える。該当する原文は次のとおり。「貴賤造之者、有酒輒設、潜若先酔、便語客、我酔欲眠、卿可去。其真率如此」。なお南宋・呉曾は『能改斎漫録』に、司馬光が会を「真率」と名づけたのは東晋の羊曼の故事に基づいたとする。該当する原文は次のとおり。「司馬温公有真率会。蓋本於東晋初時拝官相設供饌。羊曼在丹陽日、客来早者、得佳設。日晏則漸不復精、随客早晩而不問貴賤。時羊固拝臨海守、竟日皆美、雖晩至者、猶獲精饌。時言、固之豊腆、不如曼之真率。」（『説郛』巻十七・上所引『能改斎漫録』佚文、「真率会」条）

(27) 文彦博が「真率会」に参加したことは蘇轍の詩にも見える。蘇轍は「送文太師致仕還洛三首」第三首（『欒城集』巻十六、四部叢刊初編所収）の自注に、「公昔与司馬公同居洛下、常与諸老為真率之会」と記している。

(28) 白居易の「尚歯会」が会昌五年（八四五）三月二十一日に行われた（『白氏文集』巻七十一による）ことを勘案すれば、第一回の「真率会」はおそらく同じく三月二十一日か、あるいは『唐詩紀事』巻四十九所収の「尚歯会詩」に記されている三月二十四日に催されたであろう。

(29) 張渾の墓誌は『洛陽出土墓誌輯縄』（中国社会科学出版社、一九九一年）に見える。なお同墓誌については、拙訳による謝思煒「白居易の詩文と唐代墓誌」（原題：「唐代墓誌与白居易詩文研究」、白居易研究会『白居易研究年報』第十号、二〇〇九年）、「張渾」の条を参照されたい。

(30) 張士遜（九六四～一〇四九）については『宋史』巻三百十一に本伝があり、その事跡は「張文懿公士遜旧徳之碑」（北宋・宋祁『景文集』巻五十七、文淵閣四庫全書所収）に詳しい。

(31) 任中師については『宋史』巻二百八十八に本伝があり、『続資治通鑑長編』巻百六十八に皇祐二年（一〇五〇）七月に卒したことが記されている。

(32) 李之亮・徐正英箋注『安陽集編年箋注』（巴蜀書社、二〇〇〇年）巻四十七所収の該墓誌の箋注による。

(33) 王水照氏は「北宋洛陽文人集団与地域環境的関係」（注(16)所掲『王水照自選集』所収）において、司馬光らの耆老会は、遠くは白居易に倣い、近くは欧陽脩の「八老の集い」を慕ったものとする（一五五～一五七頁）。卓見であるが、司馬光に先行する洛陽の耆老会であるからといって、「八老の集い」と司馬光の耆老会とを直ちに結びつけることには首肯しがたい。何故なら欧陽脩は司馬光に大きな影響を及ぼしたには違いないが、たとえ欧陽脩らが白居易を意識して「八老の集い」を行ったとしても、当時の欧陽脩はまだ少壮の士大夫に過ぎないからである。また集会が行われた時期も、司馬光の洛陽時代と四十年ほど隔たっており、皇祐二年（一〇五〇）に行われた杜衍の「五老会」の方が年代的にもより近い。

終章

以上、後漢の張衡に始まり、北宋の司馬光に至るまでの洛陽の知識人について論じてきた。ここで本書に取りあげた主な知識人についてもう一度概観しよう。

唐の陪都洛陽に実際に移住し、この土地にて意欲的に詩文を綴るのは中唐の孟郊に始まる。彼は現実の故郷としては江南を思い描きながらも、洛陽を擬似的な故郷と見なし、陶淵明や杜甫の影響を色濃く受けつつ特色ある詩歌を残した。孟郊に少し遅れて生を受けた白居易は、科挙に及第してからは国都長安で活躍したが、数度の左遷を経た後、青年期を過ごした洛陽に居を構えた。白居易の洛陽への移住は、政治的事件や家族にまつわる事情によるものであり、必ずしも本意ではなかったが、彼は洛陽での生活に対して肯定的な姿勢をとり、また洛陽に対するトポフィリア（土地と環境に対する情緒的な結びつき）を懐いて、内容豊かな詩文を作り続けた。なお北宋に入ると、銭惟演や梅堯臣、欧陽脩の後を承けて、旧法党の領袖である司馬光が洛陽に退居した。司馬光の洛陽退居は、新法旧法両党派の間で行われた権力闘争に敗れた結果であり、司馬光は洛陽時代の初期にこそ失意を抱いていたが、後に己と同じく洛陽に退居した白居易と高潔で清貧なイメージを持つ陶淵明を仰ぎ慕うようになり、また彼らと欧陽脩の生活態度を継承し、「真率会」を主催するなどの活動によって、当時の士大夫たちに大きな影響を与えた。

古都洛陽の詩人たちには、いくつかの共通点がある。それは彼らが政治的に恵まれない境遇にあったこと、しかしそうした状況にいたずらに甘んじるのではなく、詩文によって自身の考えを表現し、政治にとらわれない自由な境地を謳歌したことであり、また俗世が貴ぶ名誉や贅沢な生活を排して隠遁に対する憧憬を示し、先行する隠者や文人の高邁な精神と気高い生き方を慕い、自らも先人のごとき清貧な生活を営んでいることを詩歌に詠みあげたことである。

だが、それでは彼らが実際に清貧な生活を送り、また隠者のようになり得たかといえば、決してそうではない。彼らの生活は必ずしも貧しかったわけではなく、しかも司馬光などは晩年に宰相にまでなっている。白居易が繁華な都会であった洛陽を、閑静な街のように描いていることや、司馬光が「独楽園」を造営し、「独楽」を標榜しながら、現実には范祖禹の「和楽庵記」（『范太史集』巻三十六、文淵閣四庫全書所収）に、「公賓客満門」（公の賓客、門に満つ）とあるように、独楽園が門前に市を為すがごとき賑わいを見せていたことも、彼らが詩歌に詠み、散文に綴った情景と他者の見た光景とが現実には異なることを示す。

無論、文学作品にある程度の虚構が許されるのは当然であるが、古都洛陽に関して言えば、ただそれだけで片付けられるような単純な事柄ではない。後漢の班固の「両都賦」と張衡の「二京賦」にそれぞれ描かれているように、その頃より長安が人々の物欲と名誉欲にまみれた世界としてイメージされていたとすれば、洛陽は奢侈を排して質素と倹約を重んじ、名利を超越した有徳の人士の住まう場所として意識されていた。つまり両都制の下、物質的なものよりも精神的なものを重んじる文化都市としての洛陽のイメージは、「両都賦」「二京賦」によって既に規定されていたようにも見える。ただし中唐以降について言えば、それはあくまでも皇帝の行幸することのない陪都洛陽が、首都を対立軸に据えた場合にのみ言えることであり、安史の乱以前の洛陽が、李庾の「東都賦」に見たように奢侈に耽溺する都市であったことは前述のとおりである。白居易や司馬光が洛陽を「閑静」な都市として描き、そこで営まれる生活を「清貧」なものとして表現するのは、あくまでも洛陽の伝統的なイメージと首都の繁華を意識してのことであり、必ずしも実生活を反映しているわけではない。したがって、たとえ物質的な生活が豊かであったとしても、彼らはそのことを詩文に誇ることはなく、また少なくとも表面上は世俗の名誉を捨てている。そして俗世を超越したかに見える生活を詩文に綴ることによって、白居易をはじめとする洛陽の文人は、後世の人々が仰ぎ慕い、模範とする存在となったのである。

洛陽の知識人たちが名利を追い求めない生活を営むにあたっては、白居易に明らかなように、政治的な成功が得られない自らの状況を顧みて様々な葛藤があったと見られる。しかし、彼らは自身が実際に生活する環境に価値を見いだした。それが「トポフィリア」である。白居易や司馬光が洛陽の風光の中に世俗を離れた喜びを感じた時、彼らはその土地で生きてゆくことに肯定的な価値を見つけ、そして目の前に広がる自然の中に地上の名利を超越した豊かな価値を見いだしたのである。

その一方、洛陽の知識人たちはその地に単なる慰めと安らぎとを見いだしたわけではなかった。首都を離れて陪都に留まり続け、簡単に悟りきるのではなく、葛藤を葛藤として抱えたまま自らの心情を詠み続けたことによって、彼らは不朽の名声を世に垂れることになったのである。かつ自身を世俗から離れた場所に置くことは、自らの首都における嘗ての生活を客観視させ、また自身と対極的な生活を送る首都の人々に目を向けることになる。彼らは往々にして隠遁者を自認するが、現実の彼らの姿は世捨て人では決してない。白居易や司馬光が俗世の名利を否定する詩を作ったように、彼らは首都の外側、つまり陪都洛陽にありながら、名利を求めて奔走する首都の人々に、より人間らしい生き方を喚起する賢者として詩歌を発信したのである。

もしも白居易が首都長安でその生涯を終えていたならば、また司馬光が洛陽に移住することなく首都開封に留まり続けていたとしたら、彼らは洛陽の文人としてこれほどまで名声を馳せ得たであろうか。また後世に大きな影響力を及ぼし得たであろうか。そのように考えると、彼らのごとき文人を生み出したのは、実に古都洛陽であったと言えるだろう。洛陽で生みだされ、蓄えられた文化と伝統こそが彼らの詩文に生命を与え、そして彼らの生涯を光輝あるものと為さしめた。そしてそれと同時に彼らの詩文によって、洛陽の伝統文化は更に形成され発展したのである。

以上をまとめればおおむね次のようになろう。政治への上昇志向を持つ一方で、それが遂げられない現実に直面した時、唐宋時代の知識人は古都でありかつ陪都である洛陽に居住し、この地に対するトポフィリアを懐いて文学活動を行った。その活動は白居易と司馬光に顕著なように、先人の経験を承け、苦しみや悲しみ、寂しさや空しさを喜びと楽しさへと止揚して営まれた。その結果、彼らの活動は非政治的で世俗の名利を排した文化の形成に寄与し、かつ後世にまで伝わる風雅で豊穣な文学を生み出した。換言すれば、白居易や司馬光らを後代にまで名の伝わるすぐれた文人として育てあげ、世俗の名利にとらわれない伝統文化を形成・発展させたのは、古都洛陽の歴史と文化及び自然であったのだ。

白居易をはじめとする洛陽の文人は、一見すると人生の達人であるかのようにも見える。しかし多くの場合、政治と関わる中国の知識人が、隠遁生活において日常の楽しみを詩文に綴ったとしても、それが作品の作り手の感情をそのまま素直に表現しているとは限らない。白居易のようにかなり意図的に自身の詠む題材を選択する文人の場合、政界に暗雲の漂う時期にも閑適の詩を詠み続けたことを勘案すれば、彼が敢えてそのようにした動機にまで思いをめぐらす必要があろう。つまり隠遁めいた日常生活に対する賛歌が作られる背景には、そのようにせざるを得ない政治的状況があり、したがって白居易や司馬光がその種の詩文を創作し続けたのは、政界に対する韜晦であったと筆者は考えるのである。勿論、文学作品をすべて政治に結びつけて考えることは、場合によっては作品を素直に鑑賞する妨げになるため、極力避けた方が良いことは筆者もよく承知している。だが少なくとも洛陽に退居した白居易と司馬光が、「迂叟」と名乗って韜晦の姿勢を見せたことを忘れてはならない。洛陽がそれに最も相応しい都市であったことも。

なお、古都洛陽の文化は、北宋で途絶え消滅したわけではない。中国の後代ばかりでなく、朝鮮半島や本邦にも影響を及ぼしている。まず近代以前、京都を洛陽とも称していたことは常識に属するだろう。その起こりは十世紀初期の紀長谷雄らの漢詩文に求められ、左京は洛陽、右京は長安と呼ばれていたが、十世紀後半になると右京の衰退を承けて、平安京は専ら洛陽と呼ばれるようになったという。(1) 右京の衰退と長安の唐名を結びつけることには異論もあり、左京の唐名が洛陽として成立した後に、右京が長安に比定されるようになったとの説もあるが、(2) いずれにせよ平安時代に京都が洛陽と称されるようになったことに違いはない。

唐宋時代の洛陽の文化が日本に与えたもう一つの大きな影響は、耆老会の盛行である。日本で耆老会が盛行するのは十一世紀から十二世紀であり、それは「洛陽」が京都の唐名として定着するのと時期をほぼ同じくする。唐宋時代の洛陽の耆老会が、中国のみならず日本と朝鮮半島においても大きな広がりを見せたのである。朝鮮半島では高麗より李氏朝鮮に至るまで王族や両班によって耆老会が催された。(3) 一方、日本においては南淵年名によって貞観十九年（八七七）に「尚歯会」が開かれ、また藤原在衡らによって安和二年（九六九）に「尚歯会」が開かれた。(4) この二つの会が開催されたのは、中国の晩唐から北宋初期にあたり、まだ北宋で耆老会が行われる前であることから、白居易の「尚歯会」に倣っていることが分かる。しかも平安時代は白居易の文学が大きな影響力を持った時代であるので、「尚歯会」の開催はむしろ自然な成り行きであったとも言える。しかし、「安和尚歯会」からおよそ百三十年後に開かれた源経仲らの「和歌尚歯会」（嘉保二年〈一〇九五〉）とその後に開かれる藤原宗忠の「尚歯会」（天承元年〈一一三一〉）、藤原清輔の「和歌尚歯会」（承安二年〈一一七二〉）、賀茂重保の「和歌尚歯会」（養和二年〈一一八二〉）は、白居易を直接慕うというよりは、北宋の耆老会に影響を受けたものと見るのが自然であろう。つまり平安京が洛陽と呼ばれるようになることと、この地で耆老会が開かれたことには密接な関係があると考えられるのである。なお室町時代になると、横川景三、万里集九ら五山の僧侶たちが耆老会を行っている[5]。五山僧の場合、彼らが意識したのは明らかに司馬光であり、司馬光の耆老会の影響は意外にも大きかったと見られる。万里集九以後は、江戸時代に大窪詩仏が「尚歯会」を開いており[6]、また高野長英と渡辺華山も「尚歯会」を催している。児玉空々の琴社がその雅会を「真率会」と称したのも有名な話である。これらの逸事は、日本の知識人が洛陽という都市とかの地で開かれた耆老会に憧憬の念を懐いていたことを如実に示すものと言えよう。洛陽は西周以来の歴史を有する古都である。多くの王朝がここを都に定め、唐と北宋を通じて陪都であった洛陽は、中国本土においてばかりではなく、日本でも華麗な都として認識されて、日本文化に少なからぬ影響を与えたのである。

前言でもふれたように、近年には「洛陽学」の名を打ち出した国際シンポジウムが開かれるなど様々な研究が活発に行われ、洛陽という古都が東アジアの歴史において重要な位置を占めることがにわかに注目されはじめた。本書では十分に論じることができなかったが、近代以前に洛陽という都市が日本でどのように認識され、またかの地に集った唐宋時代の知識人の文学活動が日本人にどのような影響を及ぼしたかということは、我々が日本の伝統文化を考える上でも、決して等閑視できない問題を多く含んでいる。今後、洛陽及びその近郊にて続々と発見されている墓誌等の出土資料の収集・整理と相俟って、洛陽に関する諸分野の研究は大きく進展することであろう。文史哲の諸領域にわたる学際的な洛陽研究がより盛んになることを期待し、かつ本書がその一助となることを望んでやまない。

注

（1）　岸俊男「平安京と洛陽・長安」（岸俊男教授退官記念会『日本政治社会史研究（中）』、塙書房、一九八四年）、一六～一七頁、四四～四五頁を参照。

（2）　嶋本尚志「京都唐名考」（『博物館学年報』第三十五号、同志社大学博物館学芸員課程、二〇〇三年）を参照。嶋本氏は平安時代を通じて左右京のそれぞれの唐名は固定化されていたわけではなく、それらが固定化されていくのは十四世紀頃であると推測する。また洛陽の唐名が長安より優勢になったことについて、（一）洛陽に因む熟語のバリエーションの豊富さ、（二）唐滅亡後の長安の衰退、（三）『文選』『白氏文集』による文学的影響、及び周公旦をはじめとする儒教に関係の深い土地であることの三点を推定している。

（3）　高麗の耆老会については、『高麗史』巻九十九、崔讜伝、及び『高麗史』巻百八、蔡洪哲伝に、崔讜と蔡洪哲がそれぞれ耆老会を行ったことが見える。李氏朝鮮に入ってからは、権近の「後耆英会序」（『陽村集』巻十九）や、『朝鮮王朝実録』の『成宗実録』十八年正月十九日の条により、民間ばかりでなく朝廷においても耆老会が開催されたことが分かる。高麗時代に耆老会が開かれた時期は、中国の北宋末期にあたり、北宋の耆老会の影響を受けていることは明白である。

（4）　本邦における「尚歯会」の歴史については、後藤昭雄「尚歯会の系譜――漢詩から和歌へ――」（兼築信行・田渕句美子編『和歌を歴史から読む』、笠間書院、二〇〇二年）、同「安和二年粟田殿尚歯会詩考」（東京大学国語国文学会『国語と国文学』昭和六十二年二月号、一九八七年）、同「嘉保の和歌尚歯会」（『文学』第四巻・第五号、岩波書店、二〇〇三年）などの一連の研究に詳しい（上記の諸論考は後に同氏『平安朝漢文学史論考』（勉誠出版、二〇一二年）所収）。

（5）　東一夫『日本中・近世の王安石研究史』（風間書房、一九八七年）、二三九～二四一頁、及び中川徳之助『万里集九』（吉川弘文館、一九九七年）、三五～三八頁を参照。

（6）　大窪詩仏「尚歯会」詩（『詩聖堂詩集三編』巻十、『詩集日本漢詩』第八巻（汲古書院、一九八五年）所収）に見える。詩の内容を見れば、詩仏が白居易の「尚歯会」と、文彦博と司馬光の「洛陽耆英会」を意識していることは明らかである。参考までに次に全文を引用する。「白髪蒼顔十一人、太平勝事太平民。年齢可比耆英会、員数多於九老真。胸裏何曾横一物、筆端各足斡千鈞。歯牙耳目猶無恙、喜我従容陪衆賓」

初出一覧

著書として体裁を整えるため、全体にわたって加筆補訂した。

第一章　孟郊と洛陽
原題……「孟郊の陶淵明受容について」（『中唐文学会報』第十号、二〇〇三年十月）

第二章　白居易と長安新昌里邸
原題……「白居易の長安新昌里邸について」（『九州中国学会報』第四十三巻、二〇〇五年五月）

第三章　白居易と洛陽
原題……「白居易と洛陽」（『中国文学論集』第三十四号、二〇〇五年十二月）

第四章　白居易の孤独とトポフィリア
原題……「洛陽時代の白居易と魏晋の士人――「竹林七賢」を中心に」（『中唐文学会報』第十八号、二〇一一年十月）

第五章　洛陽の壊滅と復興――李庾の「東都賦」を中心に
原題……「唐代における洛陽の壊滅と復興――李庾「東都賦」を中心に」（『梅光学院大学論集』第四十三号、二〇一〇年一月）

第六章　唐末動乱期の洛陽と韋荘
原題……「唐末動乱期の洛陽と韋荘」（『日本文学研究』第四十六号、二〇一一年一月）

第七章　北宋の洛陽士大夫と唐代の遺構
原題……「北宋の洛陽士大夫と唐代の遺構――梅堯臣・司馬光を中心に」
（『梅光学院大学論集』第四十四号、二〇一一年一月）
第八章　司馬光と欧陽脩
原題……「司馬光と欧陽脩」
（『日本文学研究』第四十四号、二〇〇九年一月）
第九章　司馬光の洛陽退居生活とその文学活動
原題……「司馬光の洛陽退居生活とその文学活動」
（『日本中国学会報』第六十集、二〇〇八年十月）
第十章　司馬光の詞作
原題……「司馬光の詞について――内閣文庫蔵『増広司馬温公全集』所収作品を中心に」
（『風絮』第六号、二〇一〇年三月）
第十一章　北宋の耆老会
原題……「北宋耆老会考」
（『東洋古典学研究』第三十集、二〇一〇年十月）

あとがき

わたしは学部時代を島根大学で過ごした。恩師は唐宋時代の口語と紀年詩が御専門の塩見邦彦先生であり、わたしが漢詩に格別な関心を抱くようになったのもひとえに先生の影響によるものである。二年生の時に初めて先生の中国文学演習に参加したが、教材として手渡された『杜工部草堂詩箋』の複写を見て目が点になった。校点本ではなく、割り注がびっしりと詰まった版本の影印だったからである。言うまでもなく、慣れるまで演習の準備には毎回四苦八苦した。『文選索引』や『佩文韻府』を調べながら徹夜で出典を探すこともあった。準備は大変だったが、授業は楽しかった。そして三年次の演習では『靖節先生集』を読み、卒業論文は陶淵明について書いた。今思えば、学部の二、三年の時から杜甫や陶淵明といった大詩人の詩を、校点本に頼らず、自分で点を切りながらしっかり読み込んだことは、後の研究生活の良き基礎を築いてくれた。そういう意味でも塩見先生はまさにわたしを学問の世界へと導いてくださった啓蒙の師である。

学部三年の五月、塩見先生はわたしに大学院への進学を勧めてくださったが、当時のわたしはとにかく早く自立したいという思いが強かったので、結局就職の道を選んだ。ところが就職して半年が過ぎた頃から、わたしは毎日機械のように働くだけの生活に対して次第に飽き足りないものを覚え、自分の全精力を傾注してやるべき仕事はこれではないと考え始めた。そして思い出されたのが、大学院への進学を勧めてくださった塩見先生の御言葉であった。

わたしは意を決して仕事を辞め、島根大学大学院の修士課程に入学して、塩見先生の懇切丁寧な御指導を受けながら六朝文学を中心に研究を行った。当時、中国文学研究室には大学院生がわたし一人しかいなかったので、毎日のように演習の準備に追われ、研究室で夜を明かすこともしばしばあったが、かつて睡眠時間を削って働いていたことを思えば、学んだことのすべてが自分の知識となる大学院時代は非常に楽しいものであった。そして修士二年の時に処女論文である「陶淵明『読山海経』詩に見える『楚辞』の影響」を『東洋古典学研究』に発表し、庾信の天道観について修士論文をまとめた。

島根大学の中国文学研究室では、ほかに西脇隆夫先生、安本武正先生、要木純一先生、蔡毅先生にも大変お世話になった。西脇先生からは中国の近現代文学について御教示いただき、安本先生には中国語文法学の変遷の歴史を学んだ。また元曲や散曲が御専門であった要木先生からは音韻学について御指導いただき、ちょうどそのころから普及しはじめたパソコンの使い方も教えていただいた。なお蔡先生には主に中国語を教わったが、修士二年の時に杭州へ一年間留学することになり、留学生活について蔡先生にアドバイスを求めたところ、「旅行をすること、本を買うこと、中国の十大名酒を味わうこと」と言われたことは深く印象に残っている。無論わたしは留学中にこれを実践するため努力を惜しまなかったが、最後の項目についてはまだ目標を達成できずにいる。

修士課程を修了した後、わたしは九州大学大学院比較社会文化学府の博士後期課程に進学して、合山究先生のもとで学んだ。先生は常々門弟たちに大きなスケールで物事を考えることを求め、それまで研究対象を六朝文学に限定していたわたしに対しても、時代を広げて唐宋までを視野に入れるように要求した。当時のわたしにとっては甚だ難しいことであったが、言うまでもなく本書はまさに先生のその要求が実を結んだものである。授業では宋詞について学び、宋代文学について研究を始めてからは先生の御論著によって啓発を受けることがきわめて多くなった。そして今でも時々思い出すのだが、すでに取り壊されて跡形も無くなった六本松キャンパスの先生の研究室でたびたび拝聴した、雑談のようなそれでいて意味深いお話は、研究者としてまた人としてどう生きるべきかを考える上で大変貴重なものであった。

比較社会文化学府では、合山先生のほかに岩佐昌暲先生、森川哲雄先生、故日下翠先生、中里見敬先生にも大変お世話になった。岩佐先生、森川先生、日下先生にはいつも総合演習の研究発表で的確なコメントをいただき、また中里見先生の授業では沈従文や蕭紅といった近現代作家の小説を読み、併せて西洋の文学批評理論について学んだことが新鮮で楽しかった。

ただわたしが博士論文をまとめる前に合山先生が定年退職を迎えられたので、それ以後は同じ九州大学大学院の人文科学府にて静永健先生と竹村則行先生に御指導を仰いだ。ここでは漢詩・漢文の読みと解釈に対する徹底した分析が求められた。最も印象に残っているのは、静永先生の『文選』の演習である。九十分の授業を連続して二コマつまり三時間を費やして、陸機の「文賦」と左思の「三都賦」を読んだが、殊に『文選集注』には李善単注本や五臣注本などの『文選』諸本に見えない注釈もあり、毎回がまるで伏魔殿を目の前にしているような緊張感あふれる授業であった。しばしば先生から発せられる問いかけに受講生一同が知恵をしぼり、時には議論が白熱して百八十分の授業時間を大幅に超過することもあったが、学会では決して聞くことのない新説、異説が飛び交い、また時には珍説まで提示される刺激的なひとときに、わたしは『文選』を読む楽しさを堪能した。型にはまらない自由で斬新な発想をすることの大切さを学んだ授業でもあった。

また、人文科学府のもう一人の恩師である竹村先生は、博士後期課程から入学した外様のわたしに他の学生とまったく隔たりなく接してくださり、演習、研究会、学会等ではいつも的確な御助言を与えてくださった。また研究以外のことでも親身になって御指導を賜った。人文科学府への入学が決まった後、入学式と当時非常勤講師を担当していた他大学の授業が重なったので、入学式を欠席したい旨を先生に申し上げたところ、「君はパートの院生ですか」と返されて何も言えなかったことを覚えている。わたしは大学院生としての自覚が足りなかったことを猛省し、このことをきっかけにいっそう気を引き締めて研究に臨むようになった。また新入生歓迎会では、「之れを知る者は之れを好む者に如かず、之れを好む者は之れを楽しむ者に如かず」と『論語』の言葉を引用して学問の楽しさを諭された先生の御挨拶が深く印象に残っている。わたしにとっては何よりも力強い励ましの御言葉であった。

こうしてわたしは多くの先生方にお世話になりつつ、研究分野を六朝時代から唐代、唐代から宋代へと広げていった。当然ながらそれにともなってわたしの視野も次第に広がった。唐代文学を専攻していたころは、宋代以降の詩話類に登場する多くの未知の人名に悩まされたが、司馬光を研究の対象とし、宋代文学に関する書籍を多く読むようになってからはその悩みが解決された。また司馬光は陶淵明と白居易の影響を強く受けた人物であり、司馬光が愛好した陶・白の詩文はわたしがかねてより研究対象として長く慣れ親しんだものであるので、司馬光における陶・白の受容を理解する上でさほど困難は覚えなかった。

ここにたどり着くまで随分と長い道のりを歩んだが、これまで学んできたものが何一つ無駄ではなかったことを、今あらためて実感している。唐代文学の研究には六朝文学の知識が必須であり、宋代文学の研究には唐代文学の知識が不可欠である。また複数の時代の文学に一本の線を通すことによってはじめて見えてくるものもある。そうした意味でも、多くの優れた先生方に出会えたことはわたしにとって何よりの幸運であった。

本書の土台となった学位請求論文の審査にあたっては、静永先生が主査を、竹村先生、柴田篤先生、南澤良彦先生が副査を務めてくださった。論文審査において先生方からいただいた種々の貴重な御意見、特にわたし自身がそれまで漠然と考えながらも明確な像を結ぶに至らなかった都市と人間との関係に関する御示唆は、本書の執筆に大きなヒントを与えてくれた。なお、この論文によってわたしは二〇一〇年二月に九州大学より博士の学位を授与された。

本書を構成する各章のもととなった論文の中には、かなり以前に発表したものもある。これについては近年の研究の進展を受けて部分的に書き改めた箇所もあるが、それを踏まえて全面的に書き改めることはしなかった。また本書の北宋篇については、博士論文の執筆後に発表した論文をつけ加えているが、全体的に博士論文の主旨と大きく異なるものではない。


このように多くの先生方の御助力を得てできあがった本書は、未熟ではあるが、わたしのこれまでの研究のまとめとして読者諸賢の御批正を仰ぐものであり、またこれまで懇切丁寧な御指導を賜った先生方への御報告と御礼でもある。なお、諸学会や研究会等で研究発表を行ったり、会報に論文を投稿したりした際は、多くの先生や学友からいろいろと貴重なアドバイスをいただいており、特に九州大学中国文学研究室の学友諸君には実に多くを教えられた。また二〇一一年度、わたしが中唐文学会の代表幹事を務めた際には、九州大学中国文学研究室の学友諸君から献身的な御協力をいただいたことをここに記して、併せて謝意を表したい。

本書の刊行は、梅光学院大学より出版助成金の交付を受けて行うものである。汲古書院の石坂叡志社長には採算を度外視して本書の出版を快諾していただき、また編集部の小林詔子さんには大変お世話になった。併せて感謝申し上げたい。

そして最後に、九州のはずれにある、必ずしも学問に理解があるとはいえない土地で生まれ育ったわたしを大学院まで行かせてくれた両親と、いかなる場合にもわたしを理解し支えてくれた妻に、感謝をささげたい。

二〇一二年九月　宿舎にて　著者識す

著者略歴

中尾　健一郎（なかお　けんいちろう）

1973年長崎県生まれ。梅光学院大学准教授。博士（文学）。
2008年九州大学大学院人文科学府博士後期課程退学。

主要論文に「陶淵明『読山海経』詩に見える『楚辞』の影響」（『東洋古典学研究』第7集、1999年）、「六朝詠桐詩考――沈約より庾信に至る『龍門の桐』」（『九州中国学会報』第40巻、2002年）、「杜甫献賦考」（『九州中国学会報』第42巻、2004年）、「清風明月　人の管する無し」（『東アジアの短詩形文学――俳句・時調・漢詩』、『アジア遊学』第152号、勉誠出版、2012年）などがある。

古都洛陽と唐宋文人

平成二十四年十月二十九日　発行

著　者　中尾　健一郎
発行者　石　坂　叡　志
印刷所　中台整版
日本フィニッシュ
モリモト印刷

発行所　汲　古　書　院
〒102-0072　東京都千代田区飯田橋二―五―四
電　話〇三（三二六五）九七六四
FAX〇三（三二二二）一八四五

ISBN978－4－7629－2987－8　C3097

Kenichiro NAKAO　© 2012

KYUKO-SHOIN, Co.,Ltd.　Tokyo

索　　引

人名索引

タ行

ワ行

書名索引

ワ行